I0710501

上海守财奴

孙宝强　著

飞马国际出版社

对奴隶的定义就是，不仅不反对在自己脖子上套绳索，反而伸出舌头，吻套绳索的手那一类人。

—— 茨威格

目次

第一章　怎样一个人

陈老伯今年八十六岁。头不昏眼不花，腰不驼耳不背，说话声若洪钟，走路虎虎有声。除了三伏天，蓝大褂一年三季迎风飘扬。孙子问：为什么老穿工作服？他呵呵一笑：大褂挡灰挡油，省了肥皂和水钱。一月多少？十年多少？

他国子脸上，最瞩目的就是那双丹凤眼。伟岸的他，怎么生就丹凤眼，这是世界之谜。眼梢不但上翘，还风情万种。不过这风情不属于风尘女而属于思想家：有时虔诚有时惶恐，有时木讷有时犀利，有时唯诺有时狠毒，有时犹豫有时果断。脉脉时是温柔的天鹅湖，绝情时是残酷的杀戮场。

退休后他一直致力于公益活动。门卫值班，目光如炬，连苍蝇孙辈都不放过；做纠察，动作横平竖直堪比仪仗队；春夏秋冬忙碌在居委会，年复一年驻足在看报栏。油腻的大褂，如迎风飘扬的红旗，浑厚的男中音，比麦克风还高亢。

"您忙什么？"孙子不解地问。

"我要值班，要巡逻，要观察。一有异样马上汇报。"

"异样？什么是异样？"

"西方亡我之心不死，我们不能马放南山，刀枪入库。"

"你活得太累了。"孙子老气横秋摇着头。

"累是累了一辈子。要不累，我还憋得慌。"一双粗糙的手，摩挲着孙子的天灵盖。一双老眼，竟有了湿润。

天没亮老陈就起床了。他把毛票放进手绢，手绢放进内衣，使劲按了几下。出门后他打了个喷嚏。乍浦路上除了一长溜的饭店，既没一棵树，也没半根草，空气中，除了脂粉味就是油烟味。

一只垃圾箱仰面而躺，五脏六肺撒了一地。一只猫倏地窜起，受惊的他一脚踩到污水中，好在脚蹬套鞋无大碍。衣袂飘飘的大褂，配上高帮套鞋甚是相得益彰。

出了弄堂就是武昌路，穿过武昌路就是吴淞路。吴淞路上有上海滩著名的三角地菜场。突然，一股浓浓的豆浆味飘来，他敞开胸膛阖动鼻翼，使劲呼吸着免费的香味。

"喝碗豆浆吧。"一大嫂热情招呼着。

"吃过早饭了。"老陈挺了挺肚子，可肚子却不争气地叫起来。

"怕是隔夜泡饭都消化喽！"大嫂乜个白眼，"就不能偶尔犒劳自己？"

老陈打了个激灵：既然今天我犒劳别人，为啥不犒劳自己？想到这，肚子叫唤的更厉害了。他一挺胸："那就来一碗淡浆。"

"来不及了，里面已经放了糖。"大嫂得意地端上豆浆。

"啧啧！手脚忒快了。"老陈极惋惜。

"再来付大饼油条？"

"免了。咦！这豆浆咋这么少？"

"你要加？"大嫂歪着头问。

"不加可以但打八折……二八十六，去零留整是一毛。"老陈看着墙上价格表。

"二八十六，四舍五入应该二毛。"大嫂朝前逼了一步。

"给你二毛，我亏四分。半碗豆浆付半碗钱——我只出一毛。"

"好你个陈老头。"大嫂柳眉倒竖。"今天就收你一毛，只让你灌个饱。"

"这可是你说的，银货二讫。"老陈郑重地掏出一毛钱。

"满上。"大嫂踮脚举勺，大有"飞流直下三千尺"的气势。

"满了。"老陈忙用嘴去舔溢在桌上的豆浆。

"不用舔，还有二碗。""再有六碗也不能浪费。"老陈"呼哧呼哧"

舔得不亦乐乎。

"甭恶心我，喝碗里的。"大嫂一把拎起老陈的后领。"这么早上哪？"

"上……菜场。"豆浆太烫，烫得老陈龇牙咧嘴，"今天有贵客。"

"你能请客？"大嫂嘲笑着。

"我为什么不能请客？"老陈"呼哧哧"消灭了第一碗。"他是我恩人。"

"什么恩人？"

"我的平反全靠他证明，证明我是中农而不是富农。"老陈打着嗝端起第二碗。

"听说你补发了许多钱。"

"哪里！哪里！"老陈仰着头，把最后一滴豆汁灌进喉咙。

"还有一碗呢。"大嫂的眼盯着老陈的肚腩。

"哦！"老陈边喝边扭臀，这样才能使豆浆以最快的速度流入膀胱。

"八十六岁的老人灌三碗豆浆，比武松还豪气三分。现在，怕是五脏六肺晃成舢板了吧？"

"它晃它的，我喝我的。"老陈仰头灌浆。放下碗时顺手蘸汁，把桌上几颗芝麻扫到嘴里。

"花了一毛钱，省下二天食粮。"大嫂冷笑着。

老陈一揢大褂飘然出门。沉稳中有睿智，淡然中有超脱，倒显得大嫂一身小家子气。

三角地菜场因占了唐沽路，峨眉路，汉阳路而得名。硕大的菜场里，鱼肉蔬菜呈扇字形排开。老陈逐一察看成色价格，坚持货比十家的原则。经过及其艰苦的拉锯战，终于买了活鸡一只，死鱼一条，另有豆腐青菜胡萝卜若干。

"老陈！"日下柳梢时，门外传来呼唤。老陈趋步出门，一把抓住来者的手，宛如隔世觅到的珍宝。

一只只菜上桌，白斩鸡，咖喱鸡，炸鸡翅，糖醋鱼。又花又绿的是鸡心肝炒菜叶，又花又白的是鸡肫肠炒菜梗。又红又白的是胡罗卜伴豆腐，又翠又白的是鱼片缀香菜，最后还上来一只鸡头二只鸡爪的汤。

"喝！"老陈拿出五粮液。酒瓶是拾荒婆的真货，酒却是装进去的赝品。

"破费破费。"客人很感动。

"瓶子是买来的假……"孙子话未说完嘴就被大手堵上，老陈忙中偷闲白了孙子一眼。

"恩人！请吃刚出锅的新货。"老陈端出一盆花生，趁机把鱼和鸡的朝后挪动。花生含有大量不饱和脂肪，一进嘴就是水泥进胃，不堵个严严实实才怪呢！

"喝！吃！"老陈又斟酒又夹菜，客人大口喝酒大口嚼菜，花生米发出"咯哒咯哒"的脆蹦，如一串小鞭炮。

"恩人我敬你酒！恩人我敬你菜！"老陈手忙嘴忙，感情浓烈的就差滴血为盟。客人满嘴泛油，又是一串响亮的饱嗝后，他趴在桌上。

老陈满意地看着饭局。是残局又不是残局：鸡，基本未动；鱼，基本朝天；花生米彻底消灭。他兴奋地抖着腿：十元不到，就招待了一贵客。哈哈！

"你……笑啥？"客人张开迷糊的眼。

"现在几点？"

"还不到七点。"

"是嘛？"客人朝五斗橱上瞅。橱上站在三只台钟，三个指针指在不同的位置。

"这是时差钟？"客人诧异地问。

"哈哈！你听听有没有滴答？"老陈爽朗地笑了。客人侧耳听，果然没一声滴答。祖母辈的钟，钟面斑驳，克罗米上有铜绿，绝对是迟暮美人；母亲辈的钟，外壳尚新，玻璃尚亮，绝对是徐娘；少女辈的钟，一脸新鲜，一身朝气，可是没内脏，就一绣花枕头。虽然老中青联袂登场，却都是占着茅坑不拉屎的主。

"既然不能看时间，为啥不扔？"

"放着不占一子儿。"

"为啥不买个电子钟？"

"那玩意耗电。"

"那你怎么掌握时间？"

"窗外西山墙，太阳影子就是时间。那个准，比古代漏时器强多了。"

"你干脆回到史前，茹毛饮血罢了。"客人不满地说。

"我这是返璞归真。"

"那是啥玩意？"客人好奇地一指。窗台上站着三只坛，里面装着三种不同颜色的水。

"这是流水线上的水。"孙子快乐地叫着。

"这词新鲜。"客人乐了。

"我来操作流水线。"老陈把毛巾放进 A 坛，顺溜溜洗了脸；又把抹布放进 B 坛，搓洗一遍；接着把碗筷放进 C 坛，洗刷一番。然后他把 C 坛的水倒进木盆，把 B 坛的水倒进 C 坛，把 A 坛里的水倒进 B 坛，再在 A 坛里装上自来水。整套程序得心应手一气呵成。

"C 倒进 B，B 倒进 A，A 么……"客人伸出五指划拉，看来消化不了流水线的顺序。

"记住 ABCD。A 洗脸，B 洗揩布，C 洗锅碗，D 冲痰盂，然后把用过的水依此类推轮回一遍。"老陈的总结言简意赅。

"这么说……一水四用？"

"反复使用循环使用，物尽其用一水多用。"

"点子是金点子，可是……太累。"

"一见帐单就不累。呵呵！"

"一月几个字？"

"这个数！"老陈骄傲地伸出蒲扇大手。

"五个？"

"是 0.5 ！"老陈爽朗地笑了，幽暗的灯照在雪白的牙齿上，客人顿觉背上凉嗖嗖的。

"抽烟。"老陈烟是抽出来了，可是打火机打了半天也不见火苗，于是他拉开抽屉。

"这橱忒有意思。"客人像哥伦布发现新大陆盯着家具。橱的漆水，如巴儿狗的毛一律朝外翻卷。"有点……意思。"

"呵呵！人可以烫发，家具为啥不能？"

"问题是你用啥法子搞成这样？"客人谦虚地问。

"在白胚木上直接上漆——不用猪血老粉不用泡力水，一省砂皮二省工料。"

"翻卷的漆皮里是白胚的木料，新鲜啊。"客人把眼凑上去。

"名贵的大理石都这样：乌黑中嵌着白，雪白中透着黑。如何？"

"这是家具，不是大理石。""有异曲同工之妙！"老陈不但敝帚自珍，还有奇货可居的自豪。

"清一色的家具，清一色的卷毛狗特征，让我开了眼。"客人感慨着。

"做家具就花了三瓶油漆钱。木料是现成的，木匠是免费的。"

"你遇到雷锋木匠？"

"小木匠是大姑娘上轿第一次。因为我给了他第一次，所以免费。他从最基本的量线锯料锛刨开始，边学边干。"

"各有所需皆大欢喜？"

"当然！"

"怪不得家具不方不圆不伦不类不平不整。"客人不客气地说。

　　"我认为小木匠和鲁班没有区别，丑到极点就是美到极至。"老陈辨证地说，"我们看电视吧！"

第二章　怎样一个家

卷毛狗旁有一黑不拉喇的衍生物。单从肤色，就明白它的户籍所在地是垃圾桶。它不但丑陋还残疾，假肢是一堆烂砖。衍生物上搁着一只十四寸的黑白电视机。

电视机外壳也是白胚，外壳有裂缝，旋纽能扭动，喇叭歪叽叽，一看就知道是七十年代小作坊的产品。电源一开，图像就一团飘飞的雪花。老陈用蒲扇大手左一巴掌右一巴掌地教训它，于是雪花停了，声音也消失了。

"转旋钮。"孙子指挥着，"再转天线，不行用武器。"

老陈取出锤子，前三下后三下，左三下右三下，节奏轻重有序，力度有张有驰，如尽职的谍报员。一番槌击后，声音果然出来了。"中央电视台，现在开始新闻联播。"

"手法果然了得。"客人赞赏着，"可是播音员的脸没了。"

"没了就听电视——只要不耽误领会中央的精神。"

"对！看新闻和听新闻没有区别。"客人响应着。老陈站起来，把一杯茶恭恭敬敬送过去。

"这水……"客人只喝一口，就发生了井喷，"这水咋有一股怪味？"他抹着下巴上的茶水。

"不是怪味是油味。"孙子很原则地纠正。

"油味？"客人把鼻翼凑在茶杯上，"为啥水里有油味？难道你把刷锅水灌进水瓶？"

"为什么不呢？"老陈神闲气定地反问。

"你连刷锅水都不放过？"客人倒吸一口凉气，"问题是，你要这油渍麻花的水干吗？"

“可以下面条可以烧汤，综合利用。”

“综合利用？”

“既然街道都有综合办，我为什么不？”老陈很得意。

“你倒是紧跟形势几十年如一日。”客人冷笑着。

“生活中处处有综合利用的例子。”

“洗耳恭听。”客人皮笑肉不笑。

“百闻不如一见——这边请。”老陈把客人领到厨房。

厨房不大，桌面上搁着煤气灶，灶上搁着一把水壶。水壶被包在圆而窄的铁皮里，铁皮上压着铁板，铁板上放着锅子，锅子上压着棉被，棉被上压着铁皮。

“这是煤气灶还是碉堡？”

“这是热能不流失的碉堡——小火开着，铁皮围着，棉被捂着，铁板压着。水壶的开水灌塑料瓶；锅里的热水灌铁壳瓶……”

“刷铁锅的水灌竹水瓶。”

“对！喝的水，盥洗的水，烧汤的水，各司其职绝不混淆。可惜我刚才张冠李戴，让你喝了刷锅水。”老陈抱歉地说。

“这是什么？”客人指着一堆黑家伙问。

“这是新的搪瓷锅，这是旧的铝锅，这是有洞的铁锅。新的保值，旧的干活……。”

“有洞的呢？”客人拉长声音。

“可以炒货啊！用铁锅炒，一香，二含铁质，三节省能源。小洞能让受热值达到最高，小洞能让煤气消耗降到最低，这是新型的节能锅。”

“节能锅不假，但是有洞。”客人斩钉截铁地说。

“有洞不假，但洞口小于炒物的面积。”老陈也斩钉截铁地说。

“蚕豆花生黄豆的面积，均大于此洞。不信你看。”客人迎窗举锅，一番目测后沮丧地放下锅子。“三坛水，三个水瓶，三个锅子，好一个三三制。”

“还有三个痰盂。”老陈骄傲地说。客人一低头，果然三个痰盂一字排开，如桃园三结义的好汉。

第一个痰盂身材修长，有玉树临风之态，可惜身上缠满膏药，有白头宫女的凄凉；第二个痰盂矮而壮，遗憾的是肚子瘪进去，像毁容的癞蛤蟆。第三个痰盂貌不出众，头上却戴着一顶尖而窄的盖子，浑然一游街的土豪劣绅。

“第一个痰盂是妻子的陪嫁；第二个痰盂在文革中受到冲击；第三个痰盂是孙子的尿盆。”

“难道三痰盂也有三个用途，三个活法？”客人的眼，瞪的比铜铃大。

“对！A痰盂在生病时启用，高度可以减轻病人下蹲的痛苦；B痰盂全天候使用，矮胖决定了它旺盛的生命力；C痰盂在哮喘咳嗽时使用．”

“为啥？”“随手一拎，免了弯腰。”老陈双指一夹，帽子拔地而起，果然利索到极点。

“三三制啊三三制！”客人仰天长叹，终于有了俯首称臣。

“‘三’不但吉利还稳定。三雄争霸，三国鼎立，三条腿的凳子，三驾马车，一个好汉三人帮，一个篱笆三个桩，讲的就是平衡之道。”老陈神采飞扬。

“最重要的是西方的三权鼎立。行政独立，立法独立，司法独立，各自为政，各行其是。”客人热烈响应着。

“最重要的是我们莫谈国事，尤其是敏感的政治。”老陈沉下脸，把客人请出厨房请进房。

“哎呀！床上又是一个‘三’。”客人兴奋地嚷着。“三张残破的席。”

“这是乡下带来的篾席，这是儿子用过的凉席，这是孙子用过的草席。”

“为什么要放三张？难道也是综合利用，也有平衡之道？”客人皱着眉。

"温度高时睡在篾席可降温，温度低时睡在草席不太凉，温度不高不低睡在凉席。三种席子三个功能。有了这，省下电扇省下电费。"老陈娓娓道来。

"席子的功能我不否认，但是这么小的残席，焉能安置你魁梧的身躯？"

"弱水三千只取一瓢。"

"这……"颇有文化底蕴的客人，被更有文化底蕴的老陈镇住了。

"天宽地宽不如心宽。只要后背靠席，任督二条经络打开，清凉之意贯通全身，难道这不是平衡之道？"

"旷达之人，淡泊之士。"客人来了个九十度的一作揖。"可是，难道这也是综合利用，平衡之道？"客人的手指向枕头。枕上盖着竹席，竹席不是篾青而是是篾竹。失去韧性的篾竹，露出白花花的刺。

"这是枕席还是练功道具？莫不是卧薪尝胆悬梁刺股？"客人怪笑一声。

"看过孙邈思的经络图吗？"

"没……有。这和这也有关系？"

"人的全身有十四条经络，三百六十一个穴位，四十八个经奇外穴。其中大部分穴位在头上，尤其集中在后脑。这是神经中枢的指挥部。知不知道摩擦生电的道理？"

"我只知道燧石取火。"客人叹了一口气。

"知道陆游诗吗？觉来忽见天窗白，短发萧萧起自枕。这个'枕'，指的就是梳头。"

"你扯远了——我们说的是枕头而不是梳头。"客人正色道。

"不远。穴位需要摩擦，需要刺激。摩擦能让促进血液循环，刺激能增强皮脂腺的兴奋，有利于头部营养的新陈代谢，有利于……"

"你是说，用竹刺摩擦后脑刺激后脑？"

"要的就是这效果。枕头里装茭白叶，叶子清凉败火生津通脉。

如果说铁锅是节能锅，这枕就是健康枕。时时刻刻的按摩，日复一日的刺激，这不是保健枕是啥？"老陈眉飞色舞地说。

"去病免病，省了多少医药费。一月多少？十年下来又是多少？"客人也眉飞色舞。

"哎呀！新爷爷也学会了计算。"孙子欣喜地嚷着。突然"嘶拉"一声。

"你又毁了什么？"老陈严肃地问孙子。

"我没毁什么，倒是您亲手毁了一条拉链。"孙子严肃地说。老陈一听忙用手去遮裤裆，可为时已晚，门襟大开中，露出斑斓的内裤。

"啊呀！八十六岁的老汉还穿牛仔裤？""这是儿子扔下的……这拉链质量不行。"老陈把努力把拉链拉上。

"已经蹦裂了。"客人大笑不止。

"拽不下来，赶快帮爷爷扯下来。"老陈使劲褪裤子。

"问题是怎么穿上去的？是不是奶奶帮的忙？"孙子一边拽一边问。

"别废话，使劲！"

"我们现在做拔萝卜游戏。"孙子停止动作。"我朝前拽，你朝后蹬。我说一二三，你我一起动。一二三……"孙子一个马步一声吼，牛仔裤不但拽下，还把内裤一起拽下。

"哎呀呀！"老陈忙用手遮住档部。

"不好！春光外泄。"客人笑的更厉害了。

"穿吧。"孙子抽出短裤扔过去，老陈急忙套上，脸上已是红白交加。

"可恶的裤子，害的爷爷露出屁股。"孙子把裤子扬手一扔，老陈长臂一探拣起来。

"穿不下的裤子也要综合利用？"客人感兴趣地问。

"……剪下大腿做一付袖套；屁股部位做一只饭单；腰头做鞋垫。"老陈一边比画一边介绍。

"破破烂烂的裤脚派啥用场？"客人追问着。

"破破烂烂做拖把，这样的拖把最吸水。"老陈叠好裤子朝桌下放。

"桌子下是什么？"客人的眼睛又定格了。

"我家最值钱的宝贝，可惜打进冷宫不见天日。"孙子钻进桌子，推出一个五花大绑的家伙。

"这是啥？就像押赴刑场的阿 Q ？"客人围着家伙踱起方步。

阿 Q 身上缠着油布，油布里还有二层塑料纸。老陈打开三层，露出洗衣机的尊容。尊容一现，陋室立刻生辉，如贫民窟来了王妃。

"这是八十大寿时，儿子送的礼物。"老陈骄傲地说。

"这么说，她已有六岁了。"

"六年中，一共享用了半次。"孙子不满地嚷着。

"为什么说是半次？"客人饶有兴趣地问。

"奶奶刚用了五分钟，爷爷就冲过来：不得了了，电表转的贼快，水表转得贼快啊！"

"呵呵呵！"客人乐不可支。

"这舶来品不是个玩艺。电表水表转得我心惊肉跳，血压升高手冰凉。"老陈感慨着。

"所以绳子绑着，油纸封着，永远打进冷宫？可惜啊，活活折杀小天鹅这个美人也。"

"死了张屠夫不吃混毛猪。不用这玩意，我洗的更健康更有特色。"老陈的二郎腿得意地抖着。

"这就是爷爷洗被子的武器。"孙子从床下拖出一双高及膝盖的套鞋，上面缀满了补丁。

"你还保留这鞋？"客人惊讶不已。"这是你爷爷的爷爷留下的遗产，我们小时候在乡下，穿着它捕鱼捉蟹。"

"穿了套鞋，爷爷在澡盆里跳迪斯科。"

"既强身健体又节约水电，何乐而不为？"老陈的二郎腿抖得更来劲了。

　　"踩着被子，爷爷的汗下来，二道鼻涕也下来了。"

　　"我完全能够想象这动感地带。"客人笑的眼泪都下来。

　　"晚饭吃好，小心火烛，门窗关好！当！当！"一声声响亮的梆子声由远而进。老陈打着哈欠，领着客人去了巷子深处的小旅馆。

　　天没亮老陈就醒了。客人船票是下午三点，早饭和午饭看来是逃不掉了。吃什么？怎么吃才能最大限度的热闹，最小限度的支出？先来盆油炸花生，再来盘豆瓣咸菜，最后是红烧黄豆。三大法宝是老家带回来的土特产，不需自己掏一子儿。

　　不行！昨天油炸花生是主角，今天老调重弹怕客人反感，怎么也得搞几个菜堵住嘴。他嘴里没獠牙，却是家乡的小喇叭，也就是政府最为重视的煤体。抓住煤体就抓住舆论，抓住舆论就抓住民心，抓住民心就能稳定。虽然不屑家乡的泥腿子，但婊子都晓得立牌坊，难道不兴我立立自己的口碑？

　　要口碑就要下功夫，要下功夫就要掏钱。如何做到二全其美？对了！家里还有小青菜，毛豆炒菜叶，菜梗一渍一拌，就是二道菜。再用豆油朝隔夜鸡上一抹，那就是小绍兴的白斩鸡。可是鸡终归是鸡，还是留给孙子打牙祭。怎么才能不掏钱，又能整出一桌晕菜？

　　对了！家乡的鱼干，滴几滴酒放几块姜，隔水一蒸就是宫廷御菜。端上来刮刮叫，咽下去喷喷香。可是怎么既上桌又不被消灭掉呢？老陈的丹凤眼一挤，主意马上到。

　　"客人吃不吃辣？"老陈问老伴。

　　"记得小时候不吃，你别在菜里放辣。"

　　"我把一只只菜端上桌，至于吃不吃那是他的事。"老陈一击掌。这时门被推开。

　　"恩人啊！昨晚睡得香不香？"老陈热情地迎上去。

　　"我睡得香不香不要紧，关键是你睡得香不香？"客人诡谲一笑。老陈一惊：难道他知道我的秘密？为了便宜，让客人住在里弄小旅馆；

又为了半折，让客人睡在厕所的隔壁；又为了半折里的半折，让客人睡在临时搭的钢丝床上。

"我关心……你的睡眠嘛！"到底是做贼心虚，老陈有了尴尬。

"只要你睡得香，哪怕我不睡也行。"客人微笑着，笑的老陈直发毛。

"走！咱们吃点心去。"老陈赶紧说。

"你平时吃不吃点心？"

"我是嫌那个脏。油条里放洗衣粉，水饺里放淋巴肉，煎饼里放泔脚油。哎呀呀！"

"你一说，把我食欲吓跑了。"

"那我们去还是不去？"老陈谦虚地问对方意见，一如莎士比亚笔下的犹太人，专把问号扔给对方。

"免了！"客人果然中计。

"为什么要免？"老陈明知故问。

"先恶心，再邀请，这是上海人的待客之道还是你的待客之道？"客人笑着问。

"我是尊重客人选择。胃的容量就这点，早饭吃的多午饭吃的少，早饭不吃午饭多吃。"

"你当我猴啊？早上三颗中午四颗，中午三颗早上四颗。"

"你真有学问，连'朝三暮四'的典故都知道。"

"再有学问，也架不住算计啊。现在我宣布，就是早上的三颗不吃，中午也只吃三颗。"客人庄重地说。

"我这就去张罗午饭。"老陈赶紧顺坡下驴。他袖口一卷，饭单一挂，摆出宫廷御厨的架势。

厨房的局面很混乱，比鸡窝鸭寮还混乱。有身首分离的板凳若干，臭哄哄的拖把若干，还有一只煤球炉子。

"家有煤气，还要炉子干嘛？"

"煤气有煤气的用途，炉子有炉子的用途。过年时用炉子，炉火旺时炒货又香又脆；炉火将熄不熄时，搁一锅黄豆脚爪，骨头都能熬成渣。"

"留炉子只为一年一用？"

"可这一用就是过年啊。除夕时，点燃引火纸，压上刨花，搁上木柴，放上煤球。把壁角的济公扇取出来，把旮旯里的火钳拿出来，点燃一只红通通的炉子，象征祖国的繁荣昌盛蒸蒸日上……"

"炉子将熄不熄时，象征什么？"客人笑着问。

"这……"老陈有了结舌。

"炉子可以形容共和国的军队，红红火火热气腾腾；可以形容人民的幸福生活，红烟缭绕百尺竿头；可以形容神州的美不胜收，红光冲天胜过霓虹。"

"咱不说炉子……"

"那就说扇子。济公扇可以呼风唤雨，形容人民的惬意自得；火钳可以上下舞动，形容龙人的战天斗地。至于……"

"不敢了，不敢了，再也不敢班门弄斧了。"客人作揖称臣。

"炉子还可以煎中药……"老陈更得意了。

"干脆你就说，奉领袖的最高最新指示，炼丹制药，以解悬壶之苦……"

"使不得！使不得！"老陈连连摇手，"不敢犯上作乱。"

"每天听谀言听谀歌，听的耳朵起茧，听的胃都冒酸。想不到你这个不是御用文人的人，也搞起了欢乐颂。"客人冷笑着。

"我这不是……习惯成自然嘛？"

"假话说多了，自己都不知道哪句是假，哪句是真。"

"呵呵！"老陈干笑着。

"这是什么？"客人指着东南西北四个角落上的铁家伙。

"捕鼠器啊！"

"为什么要放四只？"

"老鼠多，捕鼠器也多。有了四大捕快，就能全歼老鼠。逮了老鼠，送到居委会登记。我可是街道爱国卫生运动的积极分子，去年还上台领了奖……”

“据我所知，你永远是运动的积极分子。”客人终于冷笑了，“你是否运动成瘾？你是否戴红花成瘾？你是否做戏成瘾？”

“哎呀！紧跟上面就能杜绝犯错。”老陈戴上袖套，“我这也是以不变应万变嘛！”

“原以为你老和尚念经，有口无心。想不到你亦步亦趋……”

“我也是邯郸学步，形势所逼嘛！”老陈干笑着拿起一桶油，又拿起油瓶。

“油啊油！用油不至于也有 ABC 三步骤？”

“当然有三步骤。”老陈踌躇满志。

“什么？”

“你且看我操作。”老陈先把桶里的油倒进油瓶，油瓶油又倒进茶盅，茶盅里的油，再倒进一个微型茶壶里。

“三步曲果然一步不拉。可倒来倒去有啥意思？”客人饶有兴趣地问。

“先用油瓶倒，再用茶盅里的小调羹加，最后用茶壶添，这样才能反冒进。”老陈高举油瓶一个大俯冲后，锅里油还是难觅踪影。

“有俯冲，怎么不见炮弹下来？”客人拿起壶对窗凝望。

“呵呵！”

“究竟有何弦机？”客人把壶当天文望远镜，远看近瞅，忙得不亦乐乎。

“秘诀在茶壶口。”

“茶壶有口，怎不见油出来？”

“为了杜绝无政府主义，我用油灰把壶嘴堵了一半。”

“这样的话，任凭三俯冲四射击，也不能冒出一滴油星子。高！高家庄！马家河！”客人翘起大拇指。“又一个长学问的三三制。”

“起锅，放菜，再放盐。”三个步骤后老陈拿起糖罐。他用调羹挖啊挖，挖了半天才挖出眼屎大一点。

"你不是挖糖，这是挖金矿。"

"糖多吃，会产生糖尿病；肉多吃，会产生三高；海鲜多吃，回产生痛风。"

"鱼多吃，会被骨头梗死。"客人果断地说。"米多吃，会被饭噎死。"

"你看我的菜，青菜含大量叶绿素，毛豆是营养之王，黄金搭档美食一绝。"

"还是素的满汉全席。"

"呵呵！"老陈把菜盛进碗。"吱溜"一声，洗锅水进了竹篾水瓶。

"菜没吃，明天的汤已经准备好了。"客人接过水瓶。

"别人是寅粮卯吃，我是卯粮寅吃，这叫反其道而行之。"老陈把菜端上桌。"因为你是我老乡，所以我特意为你烧家乡菜。"

"要是仇人，你一定用大鱼大肉折杀他。"客人对了下联。

"我回来了。"儿子兴冲冲推开门。

"回来了，一起吃一起吃！"客人热情地站起来。老陈也急忙站起，他不是张罗儿子吃饭，而是趁客人分神，把四十支光的灯，改成八支光的灯。同时忙里偷闲，瞪了老伴一眼。

"咦！灯怎么暗了？"客人惊讶地问。

"快拿碗！"老陈对儿子吆喝，企图转移客人的视线。

"我来拿。"儿子拉开抽屉。"况"！一只八宝箱掉下。

"啥东西？"客人俯下身子。老陈慌忙用身子抵挡。可是来不及了，客人从地上拣起一叠票子。

"天呐！这么多全国粮票。"客人呆呆地看着花花绿绿的票子。

"给我。"老陈急切地伸出手。

"二十……一百……二百……四百五十。"

"快给我。"老陈声音嘶哑地说。

"五百……六百……一千。"

"快给我。"老陈用手捂胸，发出呻吟。

"没事吧？"看到老陈的异样，客人停止了统计工作。"这里还有。"儿子从地上拣一叠票子。"工业券，付食品券，布票，油票，糖票……"

"还有棉花票。"老陈声若游丝。

"天呐！你怎么能存下这么多？你就是一辈子不吃不喝不穿，也攒不下这么多？"

"全打了水漂喽！"老陈仰天而叹。

"怎么能攒下这么多？这么多？"客人的眼瞪得好大好大。

"我抠着，省着，藏着，攒着、掖着。我冷着，饿着，自己虐待自己。"

"不是你一个人抠着，省着，藏着，攒着，掖着，而是全家和你一起抠着，省着，藏着，攒着；掖着，不是你一个人冷着，饿着，自己虐待自己，而是全家一起冷着，饿着，自己虐待自己。"有个声音又冷又尖，又硬又亢。老陈抬头，和儿子的眼撞个正着。这不是眼，这是一把闪着寒光的匕首。

"这是一堆废纸，更是一堆苦难的历史。"客人感慨地说。"既伤心，何不一烧了之？"

"烧？"老陈瞪大眼。"绝不能！说不定宝贝能起死回生。"

"你还想回到以前的日子？"

"……早知道就用粮票换一个鸡蛋。蒸着吃，煮着吃，煎着吃，炖着吃，烤着吃，撒成蛋花吃，放在糖水里吃。饿的滋味，我至今记得清清楚楚。"

"早知今日何必当初？"

"今日是今日，当初是当初啊。"老陈把票证横平竖直理好，然后整整齐齐端端正正地放进八宝箱。神情之虔诚，动作之小心，就像失恋者在埋葬初恋。

"但愿票证能起死回生。"客人朝儿子眨眨眼。儿子咬紧牙关，脸如冰雕。

　　饭终于吃完，这预示着客人要走了。老陈打开橱门，客人再一次睁大眼。"这么多毛选？"

　　"这是毛选精装版，这是毛选外文版。"老陈的大手摩挲着书本。

　　"你懂洋文？"客人问。

　　"不懂就不能买？买不买是态度问题，懂不懂是文化问题，这有质的区别。"

　　"好一个莘莘学子。"

　　"这是毛主席像章。这包是铜的，这包是铁的，这包是瓷的。"老陈凝重地说，一如历史博物馆的讲解员。

　　"这包是什么？"

　　"军装。这是儿子的，这是老伴的，这是我的。"

　　"文革中你不是坏分子吗？老伴和儿子不是坏分子家属吗？"客人更惊讶了。

　　"毛主席说：全国人民学解放军。我们不是解放军，难道还不能学解放军？"

　　"精神可嘉，人人一套军装。这是……皮带。你要这么宽的皮带干吗？"

　　"毛主席说'不爱红装爱武装'后，我特意买给老伴的。"

　　"让她也学宋彬彬？让她也对人民挥起武装带？我记得当时她是受批斗的富农婆。"

　　"受批斗就不能扎？照扎不误，照样表白自己红心。"

　　"太可笑了，难道她是红卫兵女将？"客人抢白着。

　　"难道她是须眉男子？"老陈也抢白道。

　　"……言之有理。"客人低下头颔首称是。"这包……是啥？"

　　"松紧鞋，就是风靡全国的林彪鞋。"

　　"你不是喜欢穿工作鞋吗？"

　　"穿衣服鞋子，不根据自己爱好，而根据政治形势来决定。三双松紧鞋花了六块钱，可惜穿上不久就废了。""你可以修补啊！好八连是新三年，旧三年，缝缝补补又三年。""我想修补，但是林彪摔死了。"老陈沮丧地说。"他一死，松紧鞋也废了。"

　　"哈哈哈！跟错形势了吧！我问你，你穿军装，你套林彪鞋，你挂红宝像，你还让老伴扎了武装带。可是这一切，能改变你悲惨的命运吗？"客人咄咄地问。

　　"不经过九九八十一难，和尚焉能超度成唐僧？"老陈自豪地挺起胸。"经过种种劫难，我终于修成正果，党和政府给我平反了。哈哈哈！"这次老陈的笑，不是"呵呵"，而是"哈哈"。

　　"可喜可贺！"客人一拱手。"山外青山楼外楼，今天终于大开眼界。"

　　客人走了，走的悻悻然忿忿然，走的龇牙咧嘴意犹未甘。老陈如十里相送的梁兄，叮咛着，寒暄着，嘱咐着。临上车时，郑重地把一包东西塞给客人。包里装的是水果糖。既不是今天买的，也不是今年买的，而是儿子大婚时多出来的。它在老陈的碗橱里，安然地渡过若干个寒暑。孙子有几岁，它就有几岁，不过要加上九个月。

　　"变质糖还送人？"儿子知道后非常生气。

　　"他乘十六铺的船回启东。"老陈翘着二郎腿。

　　"糖和船有什么关系？"

　　"当然有关系。就是糖变质也不怨我：糖不是化在我家，而是化在船上。发潮也好，发粘也罢，这是他自己保管不善造成的。我一来做个人情，二来腾个地方。"老陈满意地吁了口气。"弃之可惜，嚼之无味，现在总算有个好归属了。"

　　"爷爷果然是十四档算盘。"孙子敬佩地说。

第四章　怎样的发家史

三十年代末的一个早晨，从十六铺码头跳下一个后生。后生和梁生宝一样，头上顶着一个麻袋，肩上扛着一个麻袋，胳膊下挟着一个用麻袋包着的被窝卷。他掏遍全身口袋，用仅有的十个铜板批了几捆蔬菜，背着铺盖沿街叫卖。憨厚的乡音淳朴的脸打动了许多主妇。下午不到，菜就卖完。虽嗓子哑了，但十个铜板变成二十个。

老陈用一个铜板买了二个坚硬的饼。拿着冷冰冰的饼，心上涌起了暖流。这城市有它的宽厚和空间，仅仅半天，他已经看到了生存之道。

月上树梢，他扛着铺盖寻找旅馆。可是最便宜的客栈也要六个铜板。十九个铜板就是十九只鸡蛋，我要完成蛋孵鸡，鸡生蛋的过程。想到这，他一撅屁股钻进桥洞，攥着十九个铜板进入梦乡。

星星还在眨眼，月亮还在树梢，他已经钻出恒丰路桥洞，朝十六铺进军。一根麻绳，紧了紧咕咕叫的肚子，也紧了紧松散的被卷。一盏路灯下，有个将熄不熄的炉子，有个将睡不睡的姑娘。

"大哥！吃碗水饺吧。"一看到人，摊主的瞌睡一扫而光。

"我不饿。""只要二铜板啊。"姑娘坚持着。"那就倒碗水饺汤给我。"老陈掏出一个铜板递过去。

"喝汤不收钱。"姑娘把铜板推过来。"不收我不喝。"老陈也坚持着。姑娘收了铜板，一拐一拐递上一碗饺子汤。老陈这才发现姑娘是小脚。

"脚再小，也要养活自己。我从山东逃婚到上海。""裹脚不是你的错。"老陈仰头喝汤，饺子却"哗哗"落在嘴里。老陈看了看姑娘心中升起一股暖流。从此，老陈白天卖菜，傍晚摆地摊，深夜则是小脚女忠实的伙计。他如装上了核装置的船，分分秒秒朝前驶。一毫一厘地攒，半分一毛地省。不抽烟不喝酒，一天吃二餐，每餐吃半饱。小脚女不但是他老板，还是红粉知已。她虽频送秋波他只以哥妹相称，做到发乎情而止于礼。半年后，他在吴淞路上的仁智里租了个二层阁，把"父母之命媒灼言"的发妻士芳接到上海。

妻子来后，他破天荒为自己放了半天假，又破天荒地上面馆。士芳死活不肯，直到他说这是结婚纪念日这才点头。

老陈要了一碗面，又要了二碗不要钱的面汤。面给士芳，自己则把馍泡进汤里。虽然他没看过小说"梁生宝买稻种"，但他们的思维方式惊人地一致。

桌子上出现一只小手，手黑而脏而瘦，指甲里装满污垢。手怯怯挪动，一往情深地朝钱包靠拢。

"你这个贼。"伙计的蒲扇大手，落在乞丐的小脸上。

"不要打了。"老陈叹口气，掏出三个铜板塞进肮脏的小手。

"你有钱，为什么二人只叫一碗面？你有钱，为什么蹭了二碗汤？"伙计一扬下巴。

士芳一仰头吞下面，扯着他走出面馆："……给一个就行了。"

"我知道饿的滋味。"老陈摇着头。一阵寒风吹过，士芳打了个哆嗦。老陈脱下外套罩上去。士芳定定地看着他，眼角有了湿润。

第二天，老陈在过街楼下支起二块木板，一块板上放着剪刀划粉针头线脑，另一块木板上写着：上扣补洞裁剪缝纫。字不但端正而且遒劲，虽不是瘦金体，却有瘦金体的框架。

暮色笼罩了城市，士芳收了摊位朝家里走。二层阁约有二十平方，除了中间三平方，其余全是一到一米五的高度。厨房免谈，卫生间免谈，吃喝拉撒全在闺房内完成。采光口来自客堂板壁上的一扇窗。下面烧肉上面闻香，下面拉屎上面嗅臭。窗子的寄生性，是上海石库门的一大特色。

士芳勺了一碗米，想了想又倒去半碗。她点着火油炉搁上锅。米一滚马上关火，剩下的事交给余热。一把菜皮用盐渍着。虽然菜皮能炒能煮，但还是以"凉拌"为主唱。因为这样，连幽幽的火苗都省略了。

楼梯上响起了脚步，士芳拉亮电灯。老陈进门掏出铜板，放在士芳手心里。"啊……六十五枚。""应该六十六枚。"老陈一个狗吃屎趴在地上，又一个鹞子翻身爬起。"我想起来了，一只铜板已经送给乞丐。明天我就用这些铜板，为你买一架美人牌缝纫机。"

"真的？""你用什么来谢我？"老陈歪着头问。士芳吻了他一口。

"我不要蜻蜓点水，我要你整个的人。"老陈拉灭灯朝床上滚，寄生窗里透进来的光，把床上动作放大若干倍，宛如黑白三级片。

一架美人牌缝纫机倚墙而站，士芳把风火轮踩得飞快。有了风火轮她就是哪吒；有了风火轮，她就是鸿翔时装店的红帮裁缝。

"哥卖蔬菜嫂裁剪，不出明年能换房。"小脚女一拐一拐地走来。她由老陈做媒，嫁给底楼的小山东。楼上楼下，干兄妹走的更近了。

"是啊！换房是我们最大的心愿。"士芳的风火轮踩得更快。

"衣服好了嘛？"七嫂花枝招展地走来，一个猥琐男蜒着口水凑上去。

"你这个流氓，吃豆腐也不看人头。"七嫂柳眉倒竖。

"不就是摸一下屁股？"一身绸褂的他嬉皮笑脸。

"二流子！你偷鸡摸狗不要脸。"小脚女骂着。

"要不是你干哥做媒，你早就饿死在街头。"二流子白她一眼，身子不安分地朝七嫂蹭。

"滚！"七嫂推开他。

"叫花子来了。"二流子大叫一声。

"谁是叫花子？"老陈担着二只大缸走过来。

"胡子一边高一边低，一边稀一边旺，这不是叫花子是什么？"二流子指着老陈，"你啊你，怎么连把刀片也不舍得买。"

"二流子。"老陈放下箩筐。"你整天游手好闲，为啥不找个事干干？”

“人活着难道为了吃苦受累？”二流子一瞥嘴。

“你应该靠自己的手来创造财富。”老陈响亮地说。

“靠手有什么用？早晚让你明白，靠手还不如靠嘴。”二流子倒背双手走了。

上楼后，士芳把一件新棉袄披上老陈肩头。“真暖和啊。”老陈摩挲着松软的棉袄。“我也准备送你一件礼物。”

“什么礼物？”士芳含嗔带娇。

“我准备送你一个老板娘的称呼，小生这厢有礼了。”老陈做个揖，士芳哈哈大笑。“有人要转让酱油厂，我想把它盘过来。”

“真的？”“可是我只有一半的钱，所以找了娘家的李哥合伙。”“好！李哥是个厚道人，和他合伙我放心。”

“明天把款子送去，我就是半个老板，你就是半个老板娘了。”

“天呐！我的命咋这么好？”士芳抱住老陈。“我不相信命，我只相信这双手。”老陈攥起了拳。

酱油厂很快盘下来，李哥熟谙工艺配方，生产流程，所以坐镇厂长宝座；老陈擅长提蓝小卖，沿街推销，所以做了销售部部长。

一个阴雨绵绵的早晨。应士芳要求，老陈带她去厂里拉酱油。从吴淞路穿过新建路来到一所棚户区。区内陋室挤挨，污水横流。大人蓬头，小孩垢面。

“这是啥地方？怎么这么脏？”“这是虹镇老街，住着都是江北难民，他们靠剃头修脚收破烂为生。”老陈领着士芳，七拐八弯来到一排废墟前。

“这是啥地方？房子怎么都塌了？”

“这是老闸北，房子让鬼子的飞机炸了，老百姓连个窝都没有了。”

“作孽啊。”“中国人现在成了亡国奴。我们要好好赚钱，把钱捐给政府买飞机大炮。一定要把狗日的打出去。"老陈大步流星走着，一个汗珠摔八瓣。

"你们是走来的？"一进酱油厂就碰上李哥。"为了省二张车票走这么远？"

"此话差也！一省钱，二锻炼，三了解民情民风。什么地段卖什么酱油，什么酱油在什么地方最有销路。走一路，就能把地形记下。昨天去东边，今天去西边，拾遗补缺才能把酱油卖出去。"

"卖酱油还卖出了学问。"李哥欣喜地说。"今天下雨，就挑二个小缸吧。"

"天晴天雨一样干，来二口大缸。"老陈一个马步一挺胸，大缸应身而起。紧攥绳轻踮步，腰如松身如钟，一个健实的卖货郎出发了。

"卖酱油喽！价廉物美的酱油喽！一勺子二铜板，二勺子三个半铜板喽！"老陈边走边吆喝，片刻身边就围了一堆人。

"这酱油究竟好不好？"有个主妇问。

"大嫂，你先买半勺试试。""半勺也能买？""买卖不分大小，给一个铜板。大妈！你买多少？"

"我只有……"大妈忸怩地翻着口袋。"给你一勺，欠的下次给我。老奶奶！买酱油嘛？"

"我没带瓶子。""可我带了干净瓶子……大嫂买嘛？"

"雨天……我不放心。""我就是淋成落汤鸡，也不让酱油进一滴雨。您看，缸上有油纸有油布。"老陈打完酱油用抹布一擦，恭恭敬敬递给顾客。动作麻利脸带微笑，一会功夫酱油卖完了。

"你真行。"士芳崇拜地瞅着丈夫，掏出手帕递过去。

"做生意和做人全靠二个字：诚实。热情待客童叟无欺，质量保证买卖公道。"老陈边走边说。"能帮人尽量帮人，能让利尽量让利。交朋友要交这样的朋友。"他的手指劈向脖子。

"杀头？""不是杀头，而是割颈之交。比喻交朋友要交滴血拜盟的；桃园结义的；临终托孤的；二肋插刀的。"

“我不懂这些，我就信你这个人。”士芳依恋地攥住他袖子。

“前面是烧饼铺，一人一只饼，在饼上抹一层酱油，这滋味打嘴巴都不放。”

“跟你在一起，大饼能吃出月饼味。”夫妻俩说说笑笑走进烧饼铺。掌柜接过铜板递来二只饼。用饼在缸底走一番，白饼子成了红饼子。

“真好吃。”士芳咬了一大口。

“不对啊！一个铜板应该二个隔夜饼，可这饼却是新鲜的。”

“你是多年主顾，今天让利一次。”掌柜笑着说。

“不！我应该再给你一个铜板。”老陈郑重地把铜板放在掌柜手里。

雨停了。天灰蒙蒙的，像要沁出墨汁。马路上的人多起来。士芳停下脚步，贪婪地瞅着一个孩子。“快走吧，要下雪了。”

“这孩子太可爱了，我真想有……儿子。”“现在不行。日本鬼子还占着中国，我们不能养小亡国奴。”“鬼子不走，我们一直不要孩子？”“鬼子是秋后的蚂蚱，这是基金会说的。”“基金会？”“我捐了一笔钱给抗日基金会，他们说……”

“捐多少？”士芳着急地问。

“我知道老婆节约的连月经纸都不买。但国家兴亡匹夫有责。将士卖命，我们捐点钱难道不应该？”“应该当然应该，可是……”“打走鬼子马上生孩子。看见对面的恒丰路桥吗？你看桥下面是什么？”

“桥下面是河水。”“桥和水的中间是什么？”“桥洞啊。”“你丈夫刚到上海时就睡在桥洞，一睡就是半年。”“你没说过啊。”“男人受苦还跟老婆说？我要用汗水，为你和孩子撑起一块天地。”老陈豪迈地说。“啊！下雪了。”

“这不是雪而是绵白糖。”士芳美美一笑。

“你先回家，我再去卖一趟。”老陈挑着缸，消失在大雪中。士芳痴痴看着他的背影，一丝笑纹荡漾开了。

第五章　十字路口

天很晚了。士芳收了活爬上阁楼。她盛了半碗饭，滴了几点酱油在饭上。桌上有一只碗，碗里有十几颗黄豆。她用锅盖遮上去，想了想，又放进碗橱关上橱门。这个家，奉行的是靠山吃山：卖菜时，以下脚菜皮为菜；卖酱油时，以缸底酱油为菜。

吃完饭，她就着寄生窗开始纳鞋底。"吱啊啊"的声音很单调，但是她的心一点也不单调。线儿长针儿密，带着希望纳鞋底。眼光沿着针线走，与其说悲不如说是喜。一针针，一线线，绣出一片新天地。新天地里，有一个爱着的男人，有一个追求的希望，足也！

"今天我卖了四大缸。"老陈兴冲冲推开门。

"吃饭吧。"士芳打开碗橱。"黄豆免了，有酱油泡饭足也。""黄豆有营养，酱油没营养。""酱油也是黄豆的后代，后代前代都有营养。""你一定要吃。"士芳把黄豆伴进饭里。"咦！你的新棉袄呢？"

"我送人了。""送给李哥？""送给乞丐，他又老又残。"

"棉袄用了六两棉花七尺布，里子和领子还是娘家陪嫁的布。"士芳很生气。

"你就当棉袄还穿在我身上嘛。""明天下雪怎么办？要不，把我的小花袄穿里边……你怎么了？"她回过头，发现老陈倚在椅子上已经睡着了。

"劈啪啪"的鞭炮响了，如喜鹊报春，如山河起舞。"吱"，红红的高升点着了，老陈一扬手臂，一声巨响，留下一地火树银花。

"一个……二个……三个。还放？"士芳问。"放！抗战八年，我要放八十个高升。"

"一个高升要二个铜板呐。""打败鬼子，这是最大的喜事。"

"放吧！你高兴放多少就放多少。"

"赶快买酒，今天要一醉方休。把李哥叫来，把妹子叫来，把邻居叫来，人越多越好，酒越多越好。"老陈手舞足蹈一派癫狂。

"乒乓！乒乓！"一个接一个高升，震得云彩都颤抖了。

太阳依恋着晚霞，暮色不由分说地涌上来，仁智里开始热闹了。引浆的引着炉子，走卒的买回蔬菜，当妈的抱着孩子，当二奶的完成了最后的摩登。烟飘了，勺响了，连猫狗也跟着叫起来。引浆的抱怨卖浆的艰难，走卒的感叹物价的膨胀，女人啧言世风日下，二奶唏嘘男人的花花肚肠。

士芳踩着风火轮心如止水：板车和她不搭界，炉子和她不搭界，锅瓢和她不搭界，孩子和她不搭界。鸡飞狗跳也好，飞流短长也罢，这一切离她很远很远。

"陈伯母还不收摊？"戴着金丝镜的王老师，夹着公文包走进弄堂。"学校已经放学。世面不稳，学生也静不下来。"

"收摊喽！"小脚女一拐一拐地走来。"王老师，这仗要打到什么时候？"

"乍暖还寒最难将息。"王老师沉重地说，"才下眉头，又上心头。"

"我问你打仗，你扯什么眉头粉头的？"小脚女不耐烦地嚷着。"现在究竟谁和谁在打？""共产党和国民党呗。""谁是好人谁是坏人呢？""千秋功罪，让老百姓来评说吧。"王老师一推眼镜。"这是我的法国老师说的。"

"好好的法国不住，跑回来干吗？"小脚女抢白着。

"老婆病了，我能不回来？"王老师蹙着眉，"糟糠之妻不可弃。"

"酸是酸，总算是好货。"小脚女推着缝纫机就走。士芳的缝纫机，平时就寄放在前客堂。

"王师母这二天好点吗？"士芳夹着二块招牌，跟在缝纫机后面。

"有了起色。""又要上课，又要照料病人，苦了你了。"

"古人曰：富贵不能淫。再说我还没富贵呢。"王老师一推眼镜。

"就是富贵也不许干坏事，不然砸碎你小腿。哈哈！"小脚女爽朗地笑着，三人走进十三号后门。突然，一阵尖亢的哭，铺天盖地而来。

"七嫂在哭。"士芳看着楼上。"整天吃香喝辣，嚎啥啊？"小脚女一撇嘴。

"现在不是七嫂了。"二流子楼梯上冲下来，"现在是七寡妇，她男人死了。黑心黑肺黑肚肠，囤布囤药囤粮食，可惜被金黄的炮弹击中。哈哈！"二流子狂笑着走过来。

"又一个家庭破碎了，孤儿寡母可怜啊。"王老师神色黯然，"打日本，这是全民抗战。可内战，却是中国人和中国人的自相残杀。"

"我们快去看看，能不能帮上什么忙。"小脚女一拐一拐上了楼。

"煮豆燃豆萁，豆在釜中泣，本是同根生，相煎何太急？"王老师深深地叹了一口气。

桌上放着一排排饺子，如美女撅起的鼓唇，如汉子饱满的肌腱。炉火通红，窜着火苗，沸腾的水，顶着锅盖上下起舞。

自从小脚女嫁给大脚丫后，仁智里就香飘四季。男人在码头上出大力，她在家里整面食。醋辣蒜姜轮番上阵，饺子馄饨每天变化。有钱时，楼上楼下清一色炸酱面；无钱时，碎苞米熬一大锅稀粥。一无所有不假，了无牵挂是真。穷是穷，穷夫妻是一对神仙伴侣。

"干哥怎么还不回来？"小脚女用勺子敲着碗。

"不到天黑，他不会回来。"士芳就着炉子纳鞋底。

"你们二个过的是啥日子？不点灯，不炒菜，摸黑吃饭；不抽烟，不喝酒，光喝生水。"

"横批是'如此生活'。"王老师摇头晃脑，"这对联是你们真实生活的写照。"

"失礼了！"老陈笑吟吟走进来。

"鄙人的肚皮，已经贴成一张皮了。"王老师一推眼镜。小脚女赶紧把饺子朝锅里推。"好香啊！"老陈嗅着鼻子。"这碗给王师母，这碗给七嫂，这碗端给老哥。"小脚女一边盛水饺一边嘱咐。

"这水饺真好吃啊！"老陈大口吃着。

"老妹问你一句话。你不吃不喝不置房子不留种，究竟为啥？"小脚女锅盖一扔双手叉腰。

"等仗打完再说吧。""房子可以等，肚子不能等。过了播种期，想播也播不上。看！我们的种已经在这了。"小脚女自豪地拍着肚子。

"可你的种呢？"

"快了！"老陈朝士芳一挤眼。

"谢谢你们的饺子。"七嫂一身素服站在门外，"我不进来，裁缝钱给陈师母。"

"楼上楼下要啥钱？"老陈把钱推过去。

"不行！做孝衣的钱一定要给。"七嫂坚持着。

"我来做裁判。"王老师站起来。"迪格钞票么哈呼。"

"合伙？这是裁缝钱为什么要合伙？"七嫂急了。

"我说的哈呼是英文单词，也就是二分之一的意思。"

"假文酸醋。"小脚女夺过钱抽出二张，剩下的钱推给七嫂，"你真要还，等你儿子长大后还吧。"

"你们全是好人啊。"七嫂感动地说。

天上的飞机一天比一天多，隆隆的炮声一天比一天近，小道消息一天比一天密集。"这仗究竟要打到啥时？"小脚女把炉子拎到门口。

"有事可以坐下来协商，中国人打中国人算什么本事？"王老师痛心疾首。

"不得了了！苏州河里飘着许多尸体，有个大肚子女人也佘在水上，二个奶子涨成一对猪奶子。"二流子大笑着。

"不要脸的东西！"小脚女骂着。

"自己搂着男人快活，就不许我想女人？"

“二流子，国难当头休得胡言乱语。”王老师很生气。

“听说五角场死的人更多，尸体都发臭了。”老陈一脸忧心忡忡。“苏州河旁的邮政大楼成了碉堡群，子弹嗖嗖大炮况况。”

“子弹杀的是中国人，大炮轰的也是中国人。”王老师皱着眉。“国家和国家都能谈判，中国人为什么一定要置中国人于死地？”

“打得猛打得好，打得天翻地覆更加妙。”二流子开心地说。

“打日本人是天理，中国人打中国人算啥本事？”山东汉愤怒地说。

“好日子就要来到了。”二流子兴奋中带着神秘，神秘中带着激动。“共产党分田分地分银子分娘子，这娘子可是个好东西。”

“花痴！”小脚女骂着。“男人想女人，天经地义。”二流子理直气壮地说。

“男人要靠劳动娶女人。女人不是牲口咋有分配一说？”王老师气愤地说。

“反正我就等着分女人。”二流子吹着口哨抖着腿，“共产党马上要来了。”

“共产党来了也没你好日子过。昨天你把你妈打得一塌糊涂，儿子打妈灭绝人性。”

“谁让她不给我钱？”二流子说。

“你聋了还是瞎了？你残了还是废了？你十个手指烂了吗？”小脚女愤怒地说。

“我不残不废不聋不瞎，我就等共产党给我分钱分粮分房分娘子。”二流子兴奋地舔着嘴唇，“不信走着瞧。”

“真有这事？”七嫂惊讶地问。

“没这好事，老百姓凭什么跟着共产党打老蒋？”二流子更得意了。

“我的钱我的地凭什么让你们分？天下哪有这等荒唐事？”老陈大笑。

"咱骑驴看唱本走着瞧。"二流子胸有成竹，"不信问山东汉。"

"老山东，怎么说？"众人异口同声地问。

"……共产党打到山东，父亲来信说家里分到一亩地，十吊钱。"

"这么说是真的？"众人大惊。

"打土豪分田地，分了田地分娘子，分了娘子睡娘子。"二流子的眼，无所顾忌地停在七嫂胸脯上。

"真不要脸。"

"脸是什么？不就一张皮。"二流子一翻白眼。

"古人说：君子爱财，取之有道。"王老师恳切地说。

"咚咚锵！打土豪分田地，分浮产分娘子。咚咚锵！分了娘子进洞房，进了洞房抱上床，脱光衣裳我就上……"二流子正唱着，头上突然飞来一发炮弹。他一个倒吃屎朝门里扑去。众人也急忙涌进了十三号后门。

老陈关上门，掏出一条金项链。昏暗的屋子顿时亮堂。"盛世置地，乱世置黄金。这个局势吃不准啊。"

"我们走还是留？"士芳急切地问。

"山东汉让我去台湾，他说老家的地主都毙了。可李弟不让我走。"

"只有李哥，哪来李弟？""李弟是李哥的表弟，就是厂里的搬运工。"

"他不是好鸟。不但好吃懒做，一双眼睛整天贼溜溜转。他的话不能听。"

"走也难来留也难，这厂子是我多年的心血。你明天跟我去厂子，能整理的先整理，能打包的先打包，我们要一颗红心二种准备。"

"陈老伯在家吗？"一个人影闪进来。

"……原来是李弟。快坐，不然就和天花板碰头了。"老陈话没说完，李弟捂住头叫起来。

“对不起啊！”

“你只是对不起自己。咋住这样的狗窝？”李弟环视四周。

“你咋这样说话？我们是人不是狗。”士芳生气地说。

“我这人就是嘴臭。来！我们喝一盅。”李弟从怀里掏出一瓶酒，又掏出几包卤菜。

“我不会喝酒。”老陈冷淡地说。

“你是说，你这辈子没喝过酒？”

“只有唯一的一次：庆祝抗战胜利。”

“那次值的庆祝，今天就不值得？告诉你，你快成为社会栋梁民族精英了。”

“封这么多头衔给我？”老陈笑了。

“不是我封的，是共产党封的。”

“我连共产党长的怎么样都不知道，他咋就封我？”

“国民党已经崩溃，共产党马上进城。”李弟一擂桌子。

“进城就进城呗，听说共产党共产共妻。”“这是谣言。共产党不杀人放火抄家打劫，专为人民谋解放。”

“你咋知道的这么多？”

“我是中国共产党上海总部闸北分部特派员，还是酱油厂地下交通员兼党支部书记。”

“失敬失敬。”老陈一拱手，“不知小庙还藏个大菩萨。”

“不知者不知罪。今天我代表党组织……”

“组织？组织是什么？”“打个比方。如果说共产党是皇帝，我就是代表皇帝的钦差大臣。”“失敬失敬。”老陈又一拱手。

“我这是真人不露相。”李弟从口袋里掏出一张红派司，昏暗的房间亮堂多了，“看！这就是中国共产党党证。”

“党证有多大？”“如果说共产党是皇帝，党证就是尚方宝剑，就是承天奉运的生死牌。”

“真有这么大？”老陈睁大丹凤眼。

"我看你是狗眼看人低。"李弟生气地说。

"我！"老陈羞愧地低下头。

"共产党人心胸宽广，你的不敬我忽略不计。现在最重要的问题是，你准备留还是走？走，就是走向死亡；留，就是留在崭新的天地。你留下，有你的甜头吃，有你的桂冠戴。""我不要甜头不要桂冠，我只要自己的产业。""你是说维持现状？""对！不是我的我不要，是我的不能夺去。""你真是鼠目寸光。现在算什么？现在是家庭小作坊，以后是国家企业；现在是十几个人七八条枪，以后是野战军加集团军；现在是沿街叫卖，以后用火车拖飞机装；现在占地一亩，以后方圆几十里。"

"可是我不想，不是我的我不要。"

"不想做将军绝不是好士兵。要是你什么都不想，还猫在启东种地呢！留在上海，先把产业扩大，然后养一群孩子，想上什么学校就上什么学校。"

"是……嘛？"老陈的丹凤眼开始上扬。

"从今往后，你不再是卖货郎，而是陈厂长陈总经理了。你看你，吃着老菜皮住着狗窝房，这哪是人过的日子啊。"李弟长叹一声。

"能吃饱饭，能不睡桥洞我已经满足。不苛刻不虐待自己能置下半个厂？"

"所以说你是红色资本家嘛！""这红色啥意思？""红色的资本家就是国家功臣，民族精英。"

"言重言重。"老陈直摇头。"这玩笑开不得。"

"你以为我开玩笑？我今天不是代表个人，而是代表共产党闸北分部来的。"说到这，李弟昂头起身，不料又和天花板碰头了。"我……我以我血荐辕轩。""只是一个大包，绝对没有血。"老陈忙摆手。

"我以大包的代价，给你指一条金光大道。"

"你说你的，我还想听听李哥的意见。"

"我现在是他上司，他已经归顺花果山。""你……占山为王？”“没有井岗山，哪有王者风范？”“我是孤陋寡闻啊。”“你孤陋寡闻，我绝不孤陋寡闻：你曾为某个基金会捐过款。”

“捐款买飞机打鬼子，我们不能做亡国奴。”老陈骄傲地说。

“可你捐给了国民党而不是共产党。”“不是说国共合作一起打鬼子嘛？不分党派不分民族，不分穷人不分富人，有钱出钱有力出力。”

“好！”李弟伸出了拇指。“不但有赤子之心，还有慈悲之。你经常送钱给乞丐。”

“于心不忍嘛……咦！你咋知道？”“你曾把棉袄送给乞丐，可惜他不是叫花子，而是老地下党员。”“我咋没看出来？”“你看出来，说明我们工作有误。”“我有眼无珠。”老陈有些悻悻。

“你就留还是走的问题，咨询了好几个人。一个是山东汉，他老婆就是你做的媒。山东汉虽苦大仇深，却是国民党的应声虫。他不但劝你去台湾，还说共产党杀人放火。”

“他也是道听途说，不知者不知罪嘛。”“你还问了王老师，他不但劝你走，还后悔自己回来了。”“他也就胡扯几句。”“仅仅是胡扯？”李弟沉下脸。“他反对解放战争，还说是自相残杀。”

“他也是道听途说，不知者不知罪嘛。”“你也说了许多，要不要我一一道来？你怎么出汗了？天有这么热嘛？”李弟笑了。

“我着急啊。”“只要不走一切好说。来！为我们光明的前途，为我们的合作干杯！”

“合作？你和我合作什么？”“难道你不愿和共产党合作？”“我不愿意我愿意。”“我们的合作，将是天长地久永永远远。”

“天长地久……永永远远。”老陈喃喃着，如剑走偏锋的痴呆。

“来！喝酒吃菜。”李弟热情招呼着。“这酱肘烧的多酥，牛肉炖的多烂，熏鱼炸的多香。嫂子你也吃。”

“吃！吃！”士芳含糊着，看看丈夫又看看李弟，看看李弟又看看丈夫。昔日意气风发神采奕奕的丈夫，现在却蔫不拉几眼神呆滞，而平时懒散邋遢猥琐萎靡的混弟，现在却意气风发神采奕奕，而且眼睛还特贼亮。

　　"陈老伯吃！吃！"

　　"吃……吃！"老陈嚼着肉，香糯的肉，如猪头死死压在他心上。

　　"陈老伯！"半夜时分，山东汉的吼叫，打破仁智里的寂静。"你妹子要生了。"

　　"赶快送医院。"老陈披着衣服冲下楼。"快叫车。"

　　"正在打仗，哪来的车？"山东汉一跺脚。

　　"上楼拿藤椅，让人躺在藤椅上，挑着藤椅上医院。"

　　"哎呀！我怎么就想不到？""快！快！"幽暗的路灯下，一付扁担一前一后挑起了藤椅。天亮时分，小脚女在医院生下一个女娃。老陈不但替他们付了医药费，还多了一个干女儿。

第六章　解放了

　　"吱!"一个艳丽的高升被点着,"乒乓"一声后留下一点残骸;"吱!吱!吱!"数不清的高升被点着,"乒乓"数声后留下一地残骸。

　　"庆祝上海解放!"老陈扬起了手臂。"庆祝上海解放!"工人们扬起了手臂。

　　"欢迎解放军进城!"老陈扬起了嗓子。"欢迎解放军进城!"工人们扬起了嗓子。

　　"共产党万岁!"老陈又扬手臂又扬嗓子。"共产党万岁!"工人们又扬手臂又扬嗓子。

　　"把红旗挂起来。"老陈吩咐着士芳。"把秧歌扭到大街上。"老陈吩咐着女工。"把茶水鸡蛋送给解放军。"老陈吩咐着工友。

　　"老陈!"李弟抖擞地走来。壮实的他,戴红袖章执红缨枪,就如"哪咤闹海"里的红孩子。"我马上去军管会开会,你要注意特务的情况。"

　　"特务我知道。鬼鬼祟祟,形迹可疑。尖头猴腮,贼眉鼠目。"

　　"觉悟提高的贼快啊。好!工厂交给你我绝对放心。"李弟钻进吉普车扬长而去。

　　"工厂交给你,我绝对放心?这工厂是他的还是我的?"老陈又悻悻又恼怒,胜利的喜悦因此被打了半折。

　　解放的上海,到处是哗拉拉的红旗,到处是喜庆的秧歌队。喇叭里传达着胜利也传达着命令,会场上传达着胜利也传达着纪律。手臂如林,呐喊如涛。衣冠不整的人兴奋着,因为推翻了三座大山;衣冠楚楚的人亢奋着,因为他们是民族的脊梁。没有指示也要庆祝,没有会议也要发言，骚动的城市骚动在东海之滨，激动的人民激动在白渡桥上。

老陈莫名其妙地亢奋着，如出笼包子热气腾腾，如新鲜豆浆浓厚纯粹。印堂上带着光，掌心里带着汗，嘴角溢着笑，脚下带着风。今天跟着收音机唱革命歌曲，明天跟着军人打绑腿。士芳剪个童花头，自己穿件列宁装。每过二小时，嘴里蹦出一个新名词；每过四小时，重听一次新闻；早上搞治安，晚上搞巡逻，星期天则是扫盲班的老师。

他意气风发，见人必称战友；他眼观八路，逢人必谈政治。唯一不变的是菜肴，凉拌菜皮是桌子上不落的红太阳，这点，他一点也没跟上革命形势。

李弟也变了。脱下油腻腻工作服，穿上蓝色中山装，戴上鲜红的袖章。他现在是上海酱油厂工会主席兼党小组长。眸子不再盯着姑娘的奶子媳妇的臀部，而是盯在阶级斗争的动向上。他大刀阔斧发动群众，一次次谈心后发展了一批战友，现在手下有了七八个人，五六条枪。

老陈不再挑着酱油缸走街穿巷。听说国民党潜伏了一批特务，为了挖出这批定时炸弹，丹凤眼成了铜铃眼，就是睡觉，也睁着一只眼。由于弦绷的太紧，对盛世下的儿女播种，有了力不从心。

定时炸弹还没挖出，后院却起火：厂里工资发不出了，工人的肠子一半是空的。原因呢，一是提缸小卖的后生玩截款，二缸酱油只交几张毛票；原因二是工人阶级搞马列，一搞二搞把生产程序搞乱了。老陈和李哥商量后，决定按既定方针办：老陈重出江湖，二口大缸走天下；李哥再掌玉玺，压缩读报和秧歌舞的排练时间。虽然李主席颇有啧言，酱油厂毕竟是二轮摩托的天下，而不是三驾马车的市场。

夜深了，深黑漆黑如乌贼鱼。老陈打开收音机，听了五分钟就有了手舞足蹈。"不得了了，快醒醒。"

"天还没亮呢！"被推醒的士芳咕哝着。

"还睡？都打起来了。"

"谁和谁打？"

"中国和美帝国主义打起来了。不！和南朝鲜，和联合国……"

"你是说三个国家一起打美国鬼子？"士芳一骨碌爬起来。

"什么啊，是中国和三个国家打起来。不！好像不止三个国家。"

"究竟几个国家？"士芳扳着手指。"既然是联合国，那就不是一个国家。"

"究竟几个？"士芳不耐烦了。

"顾名思义，联合国就是联合所有的国家。妈啊！这次搞大了。"

"大到什么程度？"士芳冷静地问。

"我也说不清。听！电台的社论来了：人民日报社论。"

"糊涂！人民日报管中国，又不管联合国。"

"听：美帝国主义把战火烧到鸭绿江……全国人民团结起来，抗击侵略战争。"

"鸭绿江是啥玩意？""鸭绿江是条河，是中国和朝鲜的边境河。""就是十三号和 14 号的中间地带？"

"对！"

"既然不是十三号的事，就不要找十三号的麻烦。是鸭绿江上，又不是黄浦江上起火。"

"听：有钱的出钱，有力的出力，为粉碎帝国主义的侵略战争，贡献一份力量。"

"贡献？莫不是让我们掏口袋？"

"这个嘛当然。""这次不掏一子儿。""真让我们掏的话……"老陈牙关咬的嘎嘎响。

"不！坚决不掏一子儿。"士芳斩钉截铁地说。"上次掏自觉自愿，这次掏不情不愿。"

"为什么？""小日本打中国，中国人当然掏钱打他们；现在美国鬼子又没打进中国，凭什么要中国人掏钱？"

"哎呀！你说的太对了，你一说我就开窍。"老陈一把抱住士芳。"文盲还能说出道理来。"

　　"听我的话，今天下午就去买房。钱没了，就是让捐也是白搭。不是我们的事，凭啥让我们掏钱？"

　　"我一定听你的。"老陈把关节捏得嘎嘎响。

　　一幢楼坐落在浓浓的绿荫中，这是江苏路上一幢哥特色的楼房。钢窗，地板，大小卫生。

　　"这是煤气。"老陈"啪"地打开开关。"不就是火油炉子？""这炉子不用倒油，烧到一半不熄火。""能用一小时？""就是一百小时也能用，一辈子不用倒油。""我的妈啊！这是聚宝盆啊！"士芳幸福地闭上眼。

　　"知道这是什么？""这不是池塘嘛？和启东乡下养鱼的池塘一样。"

　　"这不是养鱼的池子，是洗身子的浴缸。"

　　"这么大的池子洗身子？"士芳的嘴张得比蛤蟆还大。这辈子她没有完整地洗过澡，她的洗澡，就是用一盆水，湿一湿身子擦一擦污垢。

　　"整个人可以浸在水里，要是愿意，还可以游泳。"

　　"我的妈啊，池塘进家了。"士芳双手捂胸，又一次幸福地闭上眼睛。

　　"知道这是啥玩意嘛？"老陈拉着她，把她从幸福的陶醉里唤醒。

　　"这贼亮贼白的东西，装什么宝贝？是不是装米？"士芳的眸子都亮了。

　　"不是装宝贝也不是装米。""那是装什么？""装的是屎是尿。"

　　"你是说……尿壶？你不是咒我吧？"

　　"把屁股坐上去，然后双脚垂下来……"

　　"蹲了坑后再端出去倒？""不用端不用倒，开关一揿，屎尿下去。"

　　"额的妈啊！这是宝贝啊。"士芳激动得直喘粗气，"我……我再也不用担心尿壶溢出，每一次拉屎我都夹着肛门。"

"以后拉屎拉尿，不用憋不用怕。堂堂正正地拉屎，昂首挺胸地拉尿。"老陈声音洪亮充满了男性的磁力，"看！这是百页窗。白天转，进来太阳；晚上转，进来月亮。"

"太阳月亮攥在手上，我不成了神仙？"

"从此，冬天不用把被子搬到乍浦路桥上晒，夏天不用躲到上海大厦旁的巷子里乘凉。下雪时，不用端着尿壶穿街走巷，下雨时，不用把水提到阁楼上。从此，上楼不弯腰进门不低头，我们是真正的人了。"说着说着，老陈的眼红了。

"我们上天堂了……我们上天堂了。"二人相依相偎，唏嘘不已。

"其实外国人早就是这个生活了。"老陈抹着泪花。

"咦！不是说我们还要去解放他们，他们不是生活在水深火热中嘛？"

"真不知谁解放谁？哈哈！"房主笑吟吟地走过来，"看！这是落地阳台，前面就是花园……这是后花园，这是桂花树，这是一长串的玫瑰……"

"呜哇！"老陈突然甩开士芳的手，"你干嘛……掐我？"

"我怕……我怕是一场梦。"士芳的眼神痴迷而恍惚。

"这不是梦。只要签了合同，这个房子就属于你们了。"

"真的……假的？"士芳喃喃着。

"这是房契，这是房产证，这是……对不起，我接个电话。"房主拿起电话，叽里呱啦说了一通听不懂的洋话。挂上电话后房主说："抱歉！我马上要到机场接人，SORRY！SORRY！合同明天再签。"

"明天一定签吗？"老陈着急地问，"二根金条我都带来了。"

"OK！一定！OK！一定！"房主闭门谢客匆匆而去。

卖主走了，买主没有走。他们倘佯在花园，欣赏着洋楼。丈量每一寸红墙，摩挲每一尺栏杆。一棵大树就是一片绿荫，一棵小草就是一个春天。老脸绽放，如枯木逢春；神态可鞠，如儿童嬉戏。这一刻，他们才知道，原来人可以生活在花园里；原来，天堂不再是遥不可及的梦。

太阳一点点下坠，朝情人的怀抱扑去。害羞的红霞，急忙拉上帏帐。小鸟飞回巢穴，月亮轻移莲步。老陈伸长脖子，呆呆凝视着远方。到上海的十几年里，他从未观察过长河落日的景致。二层阁的不见天日，挑缸外卖的艰辛，让他完全忽视了大自然的美景。

"我真是白活了这么多年。"他感慨着，"除了打拼赚钱，我们一无所有。"

"从现在起……我们一定要好好活一回。"士芳激动得语无伦次。

"我们终于有了一个真正的家。"老陈骄傲地扬起手臂。

到家了。到家了。他们爬上狭窄的楼梯，弯着腰，回到黑古隆冬的阁楼。老陈一把抱住士芳："今天太幸福了，你应该犒劳我。"

"幸福……幸福……我们一起幸福。"她的身子又软又松。

"让我们一起到达幸福的终点。"老陈咬着她的耳垂，把手伸进敏感地带。

"陈老伯！陈老伯！"一声呼唤，门被撞开。

"谁？"老陈掩着下身跳起来，"你……你怎么把门撞开了？"

"这个司别令锁太单薄。你们在干什么？"李弟大咧咧地问。

"进来也不敲门。"老陈恼怒地套上裤子。

"敲什么门？难道你在发电报？"

"虽然不是发电报，我们……终究是夫妻。"老陈黑着脸，把被子遮住士芳赤裸的肩膀。

"今天下午你上哪？我找了你一下午。"李弟若无其事地掏出香烟。

"今天有点事。""什么事？"李弟的眸子如二根针。

"你找我有什么事？"老陈不乐意地问。

"上午我去市委开会，你知道我和谁握手？陈毅！我和陈毅市长握了手。”

“……市长有啥指示？”老陈冷淡地说，他的肾上腺激素还没消退。

“你怎么一点不关心国家大事？”“不关心？新闻我听了，反动派把战火烧到边境……是可忍孰不可忍。”

“很有觉悟嘛！”李弟亲热地拍着老陈的肩，“接着说。”

“中国人民决不屈服帝国主义的挑衅，我们要齐心合力打败敌人。”“还有呢？”

“我们要有钱出钱有力出力……”“说的好！”李弟一拍桌子，“有钱出钱。对！看来你早有思想准备。”

“准……备？准备……什么？什么……准备？”老陈慌慌张张地问。

“我把你的情况向市长作了汇报。他说，好一个老陈，五百年前我们是一家。”

“市长真这么说？”老陈有些兴奋。

“陈毅市长说，你和他是一家人。”“真的？”老陈激动地把椅子朝前拖，上身前倾，口袋前倾。

“我说你不但是红色资本家，还是爱国的资本家，抗战时就有捐款记录。”

“这是应该的。”老陈一扬头。

“……既然你说应该，那我就照办喽！”李弟的二根手指如二条鳗鱼，一个滑溜钻进口袋。瞬间，二根手指攥住二根金条。

“……你？”老陈的脸刷地白了。

“好同志啊！不声不响，不哼不哈就把金条备好。现在我就去市委汇报，明天报纸上头版头条。”

“这是我的金条。”老陈一把拉住李弟，脸涨得比猪肺还紫。

“金条我先保存。你呢，迎接记者的采访。”李弟推开老陈，箭一样朝门口窜去。

"金条……金条。"老陈跟着追出去。下了楼，已经不见了李弟的踪影。他追到巷子外，马路上只有熙熙攘攘的人流。老陈徘徊在四川路上，很久很久。

半夜时分，老陈蹑手蹑脚上了楼。

"金条追回来了吗？"士芳弯着腰站在门口。

"金条……金条他先替我们保存。"老陈有气无力地说。

"我们的金条，我们靠劳动拼死拼活挣到的金条，凭啥要他保管？"士芳大声嚷着。

老陈一颤，他用手捂住自己的耳朵，捂得很紧很紧。

"打倒美帝国主义！""拥护政府的英明决定！""保家卫国！"惊天动地，排山倒海的口号，响彻食堂每一个角落。职工食堂兼有吃饭和开会的二大功能。

"同志们，战友们！"李弟敏捷地跳上饭桌。"下面唱革命歌曲：雄纠纠，气昂昂，跨过鸭绿江。唱！"随着他有力的手势，大家扯开嗓子唱起来。

"同志们！我们刚推翻了蒋介石的统治，联合国就把战火燃烧到国门前。这是对五亿中国人民的挑衅。你们说答应不答应？"

"不答应。"声音整齐洪亮。"对！我们坚决不答应。下面由工人代表发言。"

"同志们！"一个络腮胡跳上桌，"托政府的福，我娶了个女人。可是被窝刚捂热鬼子就来了。他们一来，我的女人岂不是打了水漂？"络腮胡一伸舌一摊手，下面发出一片笑声。

"鬼子打过鸭绿江，就是想抢上海的女人。他们睡我们的女人，我们的女人就是煮熟的鸭子飞走了。这行嘛？"

"不行！不行！"一片欢呼夹着欢笑。

"同志们！工人代表发言结束，下面由知识分子代表发言。"李弟赶紧把络腮胡推下去，又把一个眼镜男请上来。眼镜男脚蹬卓别麟大鞋，衣服的纽扣都错了位。

"同志们！联合国是啥东西？红头阿三加黄毛，还有鹰勾鼻子臭蛮子。"眼镜男咳嗽一声。

"这么说，我们和联合国打起来了？"有人惊慌了。

"联合国是啥东西？联合国是七拼八凑的怪物。"眼镜男轻蔑地说。

"别怪物不怪物的，你就告诉我们联合国究竟有几个国家？"有个老工人问。

"法国算一个。"李哥扳着手指。"老牌英国也算吧。""还有黑手党的意大利。""红头阿三印度也逃不了。""还有鹰爪鼻，就是苏联老毛子。"下面七嘴八舌嚷开了。

"这么说，联合国有五个国家？"老工人伸出一只手。

"胡说！苏联是我们的人。"眼镜男很生气。

"那就扣了苏联加上凶牙利。敌人都穷凶极恶。""还有日本鬼子。""还有八国联军。""妈啊！加起来不是一只手，而是一个加强班啊。"老工人举起了二个手。

"不对啊！"有人尖叫一声，"打一个小日本要八年，打一个联合国要几个八年？"

"我们不怕！"眼镜男急了，"大不了再来八个……八年抗战。""八八是六十四。妈啊！这仗要打到猴年马月？打到孙子灰孙子辈了。"

"肃静！"李弟一看形势不对，急忙站出来，"同志们！我们已经打败日本打败蒋介石，难道还怕联合国？下面由工会代表发言，大家要仔细听，认真喊口号。"

一个男人汲着鞋跳上来。此人大名小名，别名绰号全二个字：无赖。汲鞋敞怀的他，擅长借米借钱，无事生非。虽神情委琐面目可憎，舌头倒是莲花舌，素有"不鸣则已一鸣惊人"的效果。

无赖一上台就骂开了。先骂美帝是条黑甲鱼，剖肚挖肠心不死；

再骂南朝鲜是芭蕉树，叶枯枝烂根不绝。骂完以后唱赞歌，赞歌完了唱颂歌，颂歌唱完搞回忆对比。开骂时，龇牙咧嘴唾沫四溅；歌颂时，一脸陶醉脸若桃花；回忆时，咬牙切齿唏嘘不已。无赖的发言特煽情，特有感染力。十分钟后听众已是群情激奋，斗志昂扬。好一个怒发冲冠凭栏处，不是潇潇雨歇而是涕泪飞溅。

"刚才无赖，不！无同志的发言非常好。他的发言是一首诗，一幅画，一声雷，还是一蓬火。"李弟满脸带笑，"现在会已经开到了白热化的程度。下面由妇女代表发言。"

一个头发枯黄，脸上有伤的女人冲上来。"姐妹们！共产党推翻了三座大山。不，应该说是四座大山，还有一座就是夫权山。"傻大姐开门见山，大有先声夺人的气势。

"瞧见傻大姐脸上的伤嘛？""洛腮胡说要保护女人，自己的女人怎么成了伤兵员？""就是啊！"下面有了骚动，李弟威严地咳嗽一声，下面立刻安静。

"毛主席说妇女是半爿天。既然半爿天，就要摆出半爿天的样子。昨晚色狼打我，我毫不客气回击了他。""为什么打你？""他想搞我我不让……"

"哈哈！哈哈！"下面笑成一团。"你！"李弟恶狠狠盯着傻大姐：刚煽起来的革命豪情，岂能毁于一旦？

"……我们妇女同志要团结起来，打败侵略者。"傻大姐再傻，也知道转舵这二个字。

"慢慢说，不要急。"李弟使了个眼色。

"我们要团结起来，万众一心打败美帝，打掉他们的牙齿。"傻大姐从慌张中镇静下来。

"为什么不打鬼子脑袋而要打牙齿？"有人问。

"不是说美帝武装到牙齿吗？既然这样，那就先打掉牙齿。牙没了，人就凶不起来。"傻大姐咧开嘴，露出被打的落花流水的牙，"我男人就是这样打我的。"

　　"建议给解放军一人发一把钢丝钳。"有人嚷着，"大一号的，因为鬼子的牙齿特别大。""对！对！"下面一片嘈杂。

　　"同志们！要打败武装到牙齿的敌人，我们现在最需要什么？"李弟一个肘子把傻大姐扫下去。傻大姐怏怏地下了台，为功亏一篑的发言难过：她不知道哪句话说错了。

　　"同志们！你们仔细想一想，此刻我们最需要什么？"李弟再一次启发同志们的觉悟。

　　"需要什么？需要什么？"众人目目相觑。

　　"我郑重地告诉同志们，我们现在最需要的是枪，是炮，是子弹，也就是金子。"

　　"哇！金子！""谁有金子？""我家没金子，却有金色的苞米。""我家没有金色的苞米却有金色的粑粑。""啥叫粑粑？""粑粑就是大粪……"众人七嘴八舌乱成一锅粥。

　　"肃静！肃静！下面有请酱油厂的舵主，党组织最倚重的陈老伯发言。掌声欢迎。"李弟使劲鼓掌，下面响起热烈的掌声。在如潮的掌声中，一个矫健的身影飞上台。和粗胚的络腮胡比，和邋遢的眼镜男比，和猥琐的无赖比，和憔悴的傻大姐比，老陈整一个鹤立鸡群伟岸挺拔。

　　"同志们！"老陈喊了一声。"鼓掌！鼓掌！鼓掌！"李弟站起来有节奏地鼓掌，下面的群众也站起来有节奏地鼓掌。在"哗哗哗"海潮一般的鼓掌中，老陈的眼睛湿润了。

　　"同志们！看见老陈的表情吗？这是什么？这就是拳拳之心。这是什么？这就是赤子之心。这是什么？这就是爱国之心。同志们！让我们为酱油厂的舵主陈老伯加油鼓掌。""哗哗哗"！掌声如潮掌声雄起。几十双眼睛热烈地看着他，看着这个给他们工资的当家人。

　　"我知道你此刻的感情。有什么愤怒就说，有什么义举就做。"李弟声音柔柔，带着鼻息，带着体温，带着磁性，带着魔力，一点一点吹进老陈的耳朵，老陈感到前所未有的亢奋。

"同志们！国家兴旺，匹夫有责。我们要同仇敌忾奋起反击。为了新中国，我们……""同志们，陈老伯现在宣布捐款数字。"李弟朝老陈一颔首，笑容灿烂辉煌，"再来点掌声。"

"哗！哗！哗！"有节奏的掌声，托起老陈的躯体。在一浪高一浪的潮水中，老陈有了幸福的眩晕。"我决定，捐出二根金条。"

"向陈老伯同志学习，我捐！""向陈老伯同志致敬，我也捐。"榜样的力量，不但有滚雪球的效应，还有核原子的动力。会场成了火炉，每个人成了通红的炭火。正应了郭沫若老先生一句话："在我黑奴的胸中，有火一样的心肠，我为我心爱的人儿，燃烧到这般模样。"大会还没结束，就收到捐款若干，捐物若干。

会议结束了，工人们三三二二朝外走。士芳笔直地走到他面前，一双眸子死死地看着他。"你捐了金条，难道我们不买房了？"

"房子事小，国家事大。没有国家，哪来小家？"老陈拍着她的肩。

"可是……."士芳仰头看他，一颗浑浊的眼泪淌了下来。他的心一颤：自豪中有了内疚，激昂中有了不安。

"我……我向你保证：不出二年，一定买回我们的房。""和昨天的一模一样？""比昨天的还捧。""真的？"一双眼睛可怜巴巴地望着他。

"真的！"他用糙手摩挲着妻子的枯发，百感杂陈。

"我们回家吧！"士芳哽咽着。

老陈走着，脚步不再有上台的矫健，衣袂不再有上台的飘扬，脊梁骨也不再有上台时的挺拔。走过臭气熏天的小便池，走过一地狼籍的垃圾桶，走过黑黝黝的小巷，走上逼仄的楼梯，走进低矮的阁楼。

"我要你！"老陈突然朝士芳扑去。她神情木讷面无表情，习惯地把一团棉花塞进下身。

"不要！"老陈大吼一声。"我不要烂棉花塞进去。这一次我豁出去了，我要自己的儿子，我要自己的女儿，我要自己的后代……"

老陈嚷着叫着喊着，最后伏在妻子的肚皮上哭了。

他孩子般地哭着，哭的一塌糊涂；他女人般地哭着，哭得上气不接下气。妻子什么也不说，只是用自己的糙手摩挲着他的头发，一颗颗泪珠，一颗颗崩裂一颗颗下溅。

鸭绿江的硝烟还未尘埃落定，老家来信了。启东土改基本结束，家里被评下中农。可是有人不服，把揭发信寄到县里，县工作组正在调查。

启东老家本来有良田几十亩，可是老爹吃喝嫖赌，折腾得所剩无几。以前恨老爹，一直恨到骨髓里；现在谢老爹，一直谢到肺腑里。爹啊爹，你为什么不彻底折腾，为什么还留下雏鸡五六只，破屋二三间？妈啊妈，以前对你的爱，现在演变成恨。要是早点把雏鸡杀了，早点把破屋铲了，焉有今天的检举信？焉有我的坐卧不宁，寝食不安？

第七章　风起萧墙

　　自行车一进弄堂，小脚女就抱着丫头迎上来。"快叫干爹干妈！""干爹！干妈！"声音含糊不清奶声奶气。士芳抱着她不停地亲吻，老陈则爱抚地摸着她的小脑袋。

　　"今天到我家吃饺子。""吃饺子。"丫头结结巴巴地说，一脸稚气惹得大家笑了。

　　"笑什么笑？"一束电筒光直直地罩上来，老陈下意识地用手去挡。"什么人？"

　　"你他妈什么人？哪有电筒这么照人的？"小脚女扯开嗓子骂着。

　　"我在执行公务，你这是妨碍公务。"二流子板着脸从黑暗中现身。

　　"原来是二流子。你也执行公务？早上把你爹妈打的鬼哭狼嚎也是公事？"

　　"要革命就会有牺牲，死人的事是经常发生的。"

　　"这么说，还准备把你爹妈送到马克思那里去？"

　　"不说家事说公事。最近台湾空投一批特务。老陈，你家最近有陌生人来过？"

　　"没有。侄子要来上海也被我拒绝了，不信可以问李弟。"

　　"李弟……李弟就是脸上长痣的那个？我问你，他右手是不是少了二指头？"二流子问。

　　"是啊！你认识他？"老陈很惊讶。

　　"在农村时把寡嫂的肚子搞大。逃到上海后四马路嫖妓不付钱，所以被人砍了二刀。"

“不许胡说。”老陈急忙阻止。

“谁胡说？告诉你，我现在是吴淞路居委会的二主任。”

“二流子成了二主任？稀罕稀罕。”小脚女冷笑着。

“我警告你，再鸡巴罗嗦就抓你。你的脚代表了封建社会的残渣余孽。”

“你这个兔崽子。”小脚女怒目圆睁。

“快去吃饭。”老陈拽住她朝屋里推。

“老娼妇！惹急老子莫怪下手狠。咚咚锵！三十年河东三十年河西。鲤鱼跳龙门，咸鱼翻身了。”二流子兀自嚷着，打着手电走了。

“共产党怎么会用二流子这种人？”小脚女气愤地把饺子扔进锅里。

“还有李弟。上星期有个孕妇哭哭啼啼找到厂里，说他是孩子的父亲。”

“吃你的饺子。”老陈朝妻子使了个眼。

“七寡妇把前楼让给二流子，自己住到后楼了。”山东汉把醋端上来。“有人揭发七寡妇男人是二道贩子。七寡妇说，只要组织不追究，她愿意献出房子。”

“真让了？”士芳的手在抖。

“二流子搬进前楼时，居委会的人全来帮忙，七寡妇脸上的那个笑，看的我都难受。”山东汉叹了口气。

“真是个贱骨头。左脸被打，还把右脸贴上去。”小脚女气愤地骂着。“咦！哥怎么不吃了？”

“不吃就饱了。”老陈颓然地放下筷子。

“嫂子！既然房子靠不住，还是抓紧生个孩子。”小脚女把饺子端给士芳。

“……他现在不行了。”士芳一脸黯然。“只要一运动，那东西就不灵。可是现在天天都在运动。”

"这如何是好？"小脚女着急地拍着手。"这事要抓紧，过了这村没那店。"

"什么事啊？"老陈懒洋洋地问。"还不是说你们养娃的事。"小脚女白了老陈一眼。"养什么娃？整天心惊肉跳如老鼠，就是生下来也是小耗子。"老陈一脸恹恹。"我走了，明天又要开会传达什么精神。"他佝偻着腰走了。士芳赶紧站起来跟在后面。

"你们就这么走了？"小脚女失望地问。

"现在就是吃山珍海味，都没有滋味。"士芳苦着脸说。"以前吃酱油拌饭，也吃得开开心心。"

"今非昔比，今非昔比。"老陈转过身，无精打采地加了一句。

一场饺子宴，就这么无滋无味地收场了。

半夜，老陈醒了。心口有了异样：说疼不疼，说不疼却是疼。捐金条那几天，心口也疼过。疼算什么？那怕关公刮骨疗毒，那怕袁崇焕凌迟，那怕谭嗣被砍头，他们不就一个疼。现在的我，不是疼而是恐惧。恐惧看不见摸不着，却是在头上悬着的剑，一把用头发丝系着的剑。高高地悬着，晃着，荡着，不知道哪一分哪一秒落在颈上。看不见摸不着的恐惧，这才是最大的恐惧。

老陈的眼睁的很大，他等天亮盼天亮，天亮后取信看信，看看今天是生还是死？是凶还是吉？

阁楼上，看不见星星月亮，看不见太阳云彩。黑暗中的眼虽贼光四溢赛过猫眼，还是看不出天的亮度。老陈犹豫着扭开收音机。旋钮一打开，"吱吱"声冒出来。

士芳窜起身，用一条被子压住了收音机。"你不要命了，深夜开收音机犯了大忌。你忘了后客堂的王老师？"

"哎呀呀！我昏了头。"老陈甩了自己一个大巴掌。

上个月，王老师因收听敌台判了刑。揭发者是里弄巡逻的治安员。虽然王老师三呼冤枉，治安员一口咬定在窗下听到"吱吱"声。"不收听敌台，半夜开什么收音机？不开收音机，哪来的吱吱声？"就这一句话，就让案子成了铁案。

"半夜开收音机，这是裤裆上的黄泥，不是屎也是屎。"士芳把手摸进被窝。

"我来关，我来关。"老陈羞愧不已。

"我去观察一下情况。"士芳披衣下床。她不怕窗外有耳，因为阁楼没有窗。她怕的是门外有耳。

"我来！我来！我手脚比你灵活。"老陈压低声音。

"注意：赤脚上阵。"士芳压低嗓门。"不但赤脚，还要踮脚尖走路。不许开灯。"

"当然。""开门时尽量轻。""明天就在门锁上抹油。""下楼踮着脚，出门先观察。""开门时我侧着身子。"夫妻俩压低声音你言我语，俨然一对特工搭档。

老陈蹑手蹑脚下了床，脚尖着地如企鹅摇晃。先把耳朵贴门上，然后轻拔门栓慢开门。突然有人在说话，老陈吓得瘫倒在地。士芳以夜猫子的敏捷扶起夫君。老陈朝妻子打个手势，对方领会精神，于是动作定格人定格。

"我要你陪我睡觉。"一个高亢的声音。

"你爹你妈都在……""我就是让他们听听，我怎么搞你的。"这声音粗暴而蛮横，一听就知道是二流子。

"我人已经给你，你就给我留张皮吧！"哀哀的声音是七寡妇。

"要皮干嘛？""我还有儿子。""你替我生个崽子，生个革命后代。""你饶了我吧。""我饶你，革命不会饶恕反革命兔崽子。"二流子提高了声音，"要我当着你儿子的面强奸你吗？"

"别……别！""那你跟我走。""是……是。"七寡妇抽泣着上了楼。

"二流子当着父母的面搞女人，这可是天打雷劈。"士芳的声音在抖，人也在抖。

“禽兽不如！禽兽不如！”老陈嘶哑地说。

天边泛着蛋青色，老陈一跃而起奔下楼。他把手伸进信箱，信箱空空如也。再过一小时，第一班邮差就来了，他要在第一时间里拿到家信。他在信箱前蹦跳着，他用跳蹦来抵御黎明前的寒冷。虽然上楼穿衣只是几分钟，但他却是坚守阵地的邱少云。

白雾中有个绿点在动，越来越大，越来越清晰。邮差终于递来一封信，老陈的心揪起来。拿到信后他没了拆信的力气。摆子打得厉害的他，对付不了牛皮信封。士芳再次以夜猫子的敏捷，把信纸从信封中解放出来。

一张纸递到他手上。他按了按狂跳的心，攥住纸一目十行，接着一个高升半空中炸开来。

“咋了？究竟咋了？”士芳捂着胸口。

“好！太好了！实在太好了！”他傻里傻气地笑着，又傻里傻气地哭着。士芳慌慌张张把他摁在床上。“我的亲爹啊亲爹，只怪我有眼无珠瞎了眼……”士芳一听懵了：以往一说起公公，丈夫咬牙切齿恨不能生吞活剥了他。今天怎么对爹来个深情呼唤含泪呼唤？

“咱们上医院吧？”士芳小心地说。

“我不是疯我是乐，家里评了下中农。”老陈从床上一跃而起。

“下中农是啥意思？”“地主枪毙，富农管制。中农不管不问，下中农放任自由，贫农掌权做主人。要是我爹不嫖不赌就是地主；要是我爹中嫖中赌就是富农；要是我爹小嫖小赌就是中农；要是我爹大嫖大赌就是贫农。”

“这么说……你还要感谢爹的吃喝嫖赌？”士芳生气地问。

“要不是他不吃喝嫖赌，我就是革命对象。快！快！快！打酒买菜，然后把山东汉和李哥请来，他们是我的割颈之交。”

“买啥酒？买啥菜？”士芳兴冲冲拿起篮子。

“一瓶二锅头外加猪头肉和花生。记住！酒和菜的上面盖一层菜皮。”

“怕什么？我们的钱是自己挣的，不是偷的不是抢的。”妻子不服气了。

“你啊你……不不不，我们还是夹着尾巴做人吧。”说到这，老陈的喜气一点点消失了。

“你回来了。”老陈一进弄堂，就碰上戴红袖章的薛无雪。

“回来了！薛书记忙啊？”老陈满脸带笑。薛书记是乍浦路居委会主任兼书记，她是这一地段的无冕之王。

“又出事了。”薛书记沉下脸。骨骼沟壑的脸只见骨骼不见肉。“王老师，不！王囚犯的儿子行凶搞报复。”

“他……不是学生吗？”老陈战战兢兢地问。“学生就不能是反革命？”“当然！当然！毛主席说树欲静而风不止嘛！”老陈急忙智力大转弯，还引用最流行的政治术语。

“有阶级斗争很正常，不正常的是仁智里的十三号怎么老出事？”

“话可不能这么说，二主任就住在十三号。”老陈知道二流子和薛书记不和，也知道她的醉翁之意。但是他还是要捍卫十三号的荣誉。

“晚上六点召开居民大会。你必须发言。”薛书记横他一眼，老陈急忙低下头。

“吃饭吧！”士芳端出凉拌菜皮，上面盖着一个荷包蛋。

“不过年吃什么蛋？”老陈冷着脸。

“让你补补身子，准备……”妻子半脸娇羞半脸红晕。

“我不准备生孩子。孩子说不定就是灾难根源。”

“你怎么这么说？”士芳嗓门突然大了。

“王老师已经判刑，现在又轮着他儿子了。”

“可怜的孩子……”“不仅孩子可怜，我们也可怜。书记问十三号怎么老出事？”

“那我们搬出凶宅。今天逮这个，明天抓那个，现在只剩下一个‘熬’了。”士芳痛苦地说。

老陈定定地看着妻子，突然打了个寒颤：一个“熬”，里面有多少痛苦？

“我们买个房吧，从抗战盼到今天……”

“再看看形势吧，我估计运动快……结束了。”

“真的？”“昨天卖酱油经过海南路十号。”“海南路？”“海南路十号是虹口区委。二个穿制服的人在门口说：‘快了……’”

“这么说是真的？”士芳惊喜地拉着老陈朝床上滚，“我要为你生个大胖儿子，我还要为你生龙凤胎……”

“我现在就撒下龙凤种。”老陈威风凛凛地骑上去。

“天呐！你又行了。”妻子娇羞地笑着，二朵红云涂在二颊。

“我这是雄风再现，英雄不减当年勇。”老陈的发动机开始加速，“我一定要撒下龙凤种。”

“太好了……”妻子呻吟着。“准备接种！”老陈牛气冲天地嚷着。

“居民同志们！马上要开批斗会了……”外面的喇叭响了，老陈一愣，发动机熄火抽动停止，“糟了……我的发言稿。”

“你快动啊。”妻子着急地嚷着。

“……我不行了，”老陈羞愧地从她身上滚下来。

当老陈赶到居委会，会议已经开始。“居民同志们静一静！”薛书记正在做开场白。

薛书记和老陈同年同月生，她丈夫是码头装卸工。在一次黑帮混战中被流弹误杀，从此她成了寡妇。寡妇逢人便痛说革命家史，死去的男人在她嘴里成了罢工领袖，自己则成了烈士遗孀。从此仁智里有了二个寡妇，薛寡妇和七寡妇是革命和被革命的分水岭。

“居民同志们！镇反刚开始就跳出了一个小反革命。”薛书记大手一挥，一个五花大绑的学生娃被押进会场。

"他还是孩子，能有什么罪？"山东汉的脸涨得通红。

"猴三揭发了他父亲收听敌台，他就向猴三行凶，这是反革命报复。"薛书记一开口就定了性。

"猴三！有这事吗？"小脚女大声问。

"下午我在巡逻，兔崽子朝我冲来，说我冤枉他父亲。我能冤枉人吗？那天我清清楚楚听到'吱吱'声，这不是收听敌台是什么？"

"宪法上没有说'吱吱'声就是开收音机，没有说开收音机就是收听敌台。"学生娃呐喊着。

"小兔崽子嘴还硬。"薛书记劈手就是一耳光。

"他还是孩子。"老陈失声而叫。

"孩子？这话是谁说的？说话的站出来，站出来。"薛书记双手一叉腰。老陈赶紧朝下一蹲。

"他就是个孩子。"小脚女大声嚷着。

"孩子就不能搞反革命报复？"薛书记的锐眼扫过人群，许多人赶紧低头。

"一个孩子能搞什么？"依然是小脚女的声音，依然是她单薄的声音。

"为什么十三号老出事？昨天收听敌台，今天阶级报复，明天呢？后天呢？大后天呢？"薛书记的眼朝二流子瞟去，二流子赶紧低下头。

"猴三！你接着说案情。"

"我让他和反动老子划清界限，他举手就是一个巴掌。"

"他大人大量饶他一回，要不你也揍他个半死。"山东汉努力陪着笑。

"对！打来打去，这叫一报还一报。"小脚女大大声说。

"好一个夫唱妇随。"薛书记冷笑着，"猴三，后来呢？"

"后来我把他拖到了居委会。"猴三鼻腔一耸，把流出的鼻涕收回去。

"再后来呢？""再后来把他抓起来，无产阶级胜利了。"猴三很亢奋。

"你忘了这把刀？你忘了腿上的伤？"薛书记声音柔柔，眼神却十分紧张。

"我……想起来了，他……他用刀砍我。"

"这就是凶器。"书记变戏法般地变出一把刀。

"这是我的美工刀，从铅笔盒里掉出来的。"学生娃又呐喊起来。

"小兔崽子还嚣张？居民同志们，你们看！"薛书记撩起猴三裤脚，鲜红的伤痕赫然在目。

"我没有砍他，我没有杀人。"稚嫩的声音再次呐喊。

"猴三，你让我看看你的伤。"小脚女挤出人群。

"看什么？"猴三惊慌地后退一步。

"要看也论不上你。等会公安会来验伤。"薛书记忙一把拦住小脚女。

"你们栽赃诬陷……"稚嫩的声音，如鼓如笙如锣如雷响彻了整个会场。在场所有的人打了个寒颤。

"闭嘴。"骨骼大手狠狠地捂在学生娃的嘴上，随即一声惨叫响彻整个会场。"薛书记……您怎么了？"二流子和猴三冲过去。

"他咬住我的手了……他咬住我的手了。打电话给公安局，阶级敌人在行凶，反革命小崽子在搞反攻倒算……"

第八章　镇反运动

　　这年的冬天特别冷，西北风如锋利的刀子，一刀一刀剐在人的脸上。光秃秃的树，树丫朝天傲慢无比；冷清清的路，人迹罕至阴森莫测。搂成一团的情侣蒸发了；举杯邀明月的知已消失了。跳橡皮筋的丫头，被扯着辫子进了屋；刮香烟牌的小子，被一个巴掌打进家。不喜欢看报的，一早候在报摊前买报；讨厌听广播的，整天开着收音机。调侃的成了结巴，说话的前顾后盼。飘逸的长波浪，剪的比裙子还短；老年人的眉，皱成一团烂麻。青年人的关节僵化，中年人的脊梁佝偻，老年人整一个木乃伊。呜呼！天阴雨湿声声啾，愁云惨淡万里凝。

　　今天下午，厂里召开"镇反"大会。工人在一阵阵的口号中，步伐整齐鱼贯而入，正襟端坐脸色肃穆。正可谓：口号声，广播声，喇叭声，声声入耳；厂事，国事，天下事，事事投入。

　　"把现行反革命分子李睨韬押上来。"随着主持人的一声怒吼，一个人被押上来。老陈抬起头想瞅瞅反革命长的咋样。听说反革命不是凶神恶煞，就是鼠头獐目，今天一睹芳容，也算开了眼。想不到反革命正好也抬起头，四目对视，火花四溅。

　　这火花，顿时让老陈魂飞魄散。

　　"他咋就成了反革命？"老陈惊恐地擦着眼。他不但是自己同乡，还是他八大姨的六大侄。

　　"下面由革命群众揭发反革命的滔天罪行。"李弟开腔后，一后生跳上台。这个横眉怒目的后生，除了在"吃"上能显示后生这一点外，工作上简直就是耄耄老朽。如果光是耄耄老朽也就算了，可他还是个翻江倒海的长舌妇。如果光是长舌妇也就算了，可他还是蹭软饭的主。如果光吃软饭也就算了，可他还是个搅屎棍，他能把一缸发酵的黄豆搅成一缸狗屎。鉴于此，老陈多次想炒他，均被李弟拦住：
农村革命靠泥腿子，城市革命靠无赖人。

"他的反革命思想由来已久。"屎棍子一上台就先声夺人，话一出口就有了振聋发聩的效果，会场静得能听到针落地的寂静。"第一，他明目张胆反对群众入党。仅举一例：他对要求入党者，百般辱骂恶意诽谤，甚至准备下毒手。"

"了不得啊！""太猖狂……。"革命群众有了革命的愤慨。

"但是，他准备害谁呢？"有人悄悄地问。

"他要害的人就是陈老伯。"屎棍子一张口，革命群众立即沸腾起来。"嗡"一声，老陈的脑子爆炸了。

"老陈，你站起来说。"李弟威严地说。

老陈抖抖霍霍地站起来，猛地看见一双眼。这双眼里有乞求，有惊恐，有挣扎，有期盼，最重要的还有眼泪。这眼睛曾在哪见过？

他一拍脑袋，终于想起来了。这双眼睛，就是农村里被五花大绑而等待宰杀的羊眼。

"我能不能……能不能……实话实说？"五味杂陈的羊眼给了老陈一股力量。"党提倡实话实说。"李弟一挥手。

"我说……我想参加共产党，他说……这是我的一厢情愿。"

"啥叫一厢情愿？"

"因为我不是工人阶级，所以入党只是我的单相思。"

"就这么简单？"李弟和蔼地问。

"就这么简单。"和蔼的语气给老陈增添了无限的勇，他的丹田处有一股暖流冉冉上升。

"说下去！继续说，大胆说。"李弟的声音更柔软了。

老陈挺了挺身子，他一点一点地站直了。"什么百般辱骂，什么恶意诽谤，完全是子虚乌有。至于下毒手，更是无稽之谈。我和他既没杀父之仇，又没夺妻之恨，他凭啥要杀我？"说到这老陈一耸肩，于是下面哄堂大笑。

　　此刻老陈又看到了这双羊眼。羊眸发亮，如大地对春风的感谢；羊眸潮湿，如沙漠对甘泉的感谢。瞬间，快意传遍了老陈的躯体，灵魂如安琪儿扇动的翅膀在蓝天翱翔。

　　"咱老家有句话：救人一命，胜造七级屠浮。要我红口白牙去害人，这绝对办不到。"老陈一昂首一挺胸，丹田之气再次扶摇直上。

　　"说得好。"李弟轻笑吟吟地鼓掌。

　　"这是党教育的好。"老陈得意而自谦。

　　"可是党没让你包庇反革命啊！"李弟依然笑意盈盈。

　　"我绝对没有包庇。"老陈敏捷地回应。

　　"你们一切的一切，我已记录在案。"李弟拍了拍手上的红本子。丝绸包裹的本子里，不但有最新指示，还有每个人的一举一动一言一行。这不是记录本，这是阎王爷的生死簿。

　　"没包庇？他是不是你同乡？他是不是你八大姨的六大侄？""这个……当然。""你为什么不找组织谈心，而找他咨询？""我们只是……随便聊聊。""聊聊？张三不聊，李四不聊，怎么单找反革命聊？""这……只是巧合。""偶然中包含必然，相对中包含绝对。"

　　"你不能无限上纲。"老陈有了愤怒。

　　"我上纲？今年三月十八日，你给了他十五元钱。一张十元，十个五角。"李弟掀开生死簿。

　　"这是借给他买米的钱。他家揭不开锅我总不能见死不救。""为什么张三不借李四不借，单借给他？这是活动经费，还是奖励？"

　　"冤枉啊！"老陈大叫一声。"有冤屈，一一道来。"李弟掸了掸笔记本。老陈呆呆地看着他，一张似笑非笑的脸，瞳仁闪烁，带着吞噬的渴望，下巴紧绷，带着戮杀的决伐。看着看着，老陈的身子如风中的筛子，不由自主地抖动。

　　"上周六下班后，你还去了他家。是同乡结盟还是团伙联袂？"李弟拖长了声音。老陈一屁股瘫倒在地。

"坐在地上，等待大地给你力量？"李弟冷笑着。

"不……我揭发。""党组织等待你的幡然醒悟。"李弟翘起二郎腿。"揭发他什么？"

"揭发他百般辱骂……""辱骂共产党辱骂毛主席。""他……""他怎么下的毒？""他把……毒手伸到我碗里。""你中毒后送医院抢救？""不用抢救，一泡屎拉了马上好。"

"格格！哈哈！"下面传来压抑的笑。

"愿意笑的请站出来。"李弟做了个优雅姿势，于是笑声停止，男女老少统统回到革命战壕里来。

"这么说，群众的揭发情况属实？""……完全属实。""反戈一击回头是岸。欢迎老陈回到革命的队伍里。同志们！李睨韬的反革命非一日之寒，他的反动从穿开裆裤时就开始了。"李弟话没说完，下面有了喧哗。

"哇！这么早？"有人尖叫。"母胎里带来的？"有人嘀咕。

"下面静一静。我这么说有证有据，他的名字就是最大的证据。我查过词典。睨是什么？睨是睥睨，就是乜斜。韬是什么？韬是韬略，就是韬光养晦。二个字连起来，就是乜斜着眼睛，等待有朝一日。这有朝一日是什么？就是变天，就是蒋介石的反攻大陆。歹毒啊！狠毒啊！要不是有'镇反'，这颗定时炸弹就炸开了。同志们，你们说玄不玄？"

"……玄！""镇反运动重要不重要？""重要！"群众的呼声逐渐高涨。老陈茫然着，懵懂着，恍惚着，眩晕着跟着呼口号，思绪却飘回三十年代的江苏老家。

李睨韬又名李一猴。上私塾第一天，当他响亮地报出大名后引来一阵讪笑。讪笑后老师给他改了名。睨是取笑泥猴斜眼看人，韬是祝愿他成为有用之才。想不到二十年前的改名，竟成了他的罪证。

哎呀呀！只知道祸从口出，想不到祸也能从名字出。我叫陈步堂，父母希望我一步步走到天堂。要是说我是走到帝国主义的天堂，那我死定了？爹娘啊！既不能高瞻远瞩，又不能未卜先知，你们瞎起啥名？你们应该给我起陈毅陈赓陈望道，这样才能化险为夷。

不！这也不对。要是说我剽窃首长的名字，咋办？剽窃等同盗窃，那我不成了贼？爹娘啊！你们咋不给我起"陈革命"？这样，我的革命从开档裤时就开始了。不！也不对啊！起名要看时间和地点。解放前就起陈革命，这是革谁的命？要是说我革毛主席的命……妈啊！这起名简直是走钢丝攀天堑，风险太大；这起名简直是吃耗子药，吃到哪死到哪。这不是起名，这敢情是起命啊。

冷汗一层层沁上来，冷箭一根根射心里，此刻的老陈只有一个念头，大会结束后马上请示李弟，自己的名字究竟怎么样才算安全。

会后陈睨韬被流放。流放到哪，没人知道。人们知道的就是他的直言不讳：所有人在称赞皇帝新衣时，他却说皇帝是光腚光奶子，这种人不流放流放谁？会后，健壮如牛的老陈躺倒了，这显示杀鸡儆猴的巨大能量。在惊恐的日日夜夜中，他觉得膝下尤虚。

起床的闹钟响了，老陈一骨碌爬起来。"咋这么早？"妻子披衣起床，为他热泡饭。

"不就盼个好的表现。"老陈用冷水抹着脸。"今年冬天冷得邪乎。"

"是邪乎。昨天又有个女人哭哭啼啼来厂里，说李弟把她肚子搞大了。""这种谣言信不得。""谣言？我亲眼看到的。""唉！"老陈叹着气，把泡饭扒进肚里，然后匆匆下楼。

"今天你不要走，王师母不行了。"刚下楼，小脚女一把拉着他。老陈推开后客堂的门，床上躺着一枯槁老太，气息渐无，命悬一丝。

"儿子进去后，她不吃不喝。邻居一场，总不能见死不救。"小脚女眼泪汪汪地说。

"先给她喝点热豆浆，然后上医院。这钱先用着。"老陈掏出一些钱，突然手不动了：门口站着薛书记。

"好啊！都成一家人了。"

"您别误会。她不吃不喝我只是来劝劝。"老陈赶紧解释。

"不吃不喝叫什么？"薛书记冷笑着。"这叫伤心过度。"小脚女大声嚷着。

"错！这叫威胁，这叫自绝，这叫殉葬，这叫……"薛书记厉声说。

"你就不能积点德？"小脚女冷笑着。

"我绝不积反革命的德。"薛书记咆哮着。

"薛书记说的对，我们绝不积反革命的德。"二流子挤进来。薛书记朝他飞了个眼风，眼风里有赞赏，还有热辣辣的欲望。

"你们聊，我还要上班。"老陈冲出房门，蹬车绝尘而去。整整一星期，他心神不宁。上班如丧家犬，冲下楼冲出弄堂；下班如蝙蝠，蹑手蹑脚爬上楼。

"你怕啥？"士芳疑惑地问。

我怕啥？我怕看见小脚女谴责的目光；我怕看见王师母痛苦的目光；我怕看见薛书记凶狠的目光；我怕看见自己懦弱的目光。我怕，我什么都怕。

北风吹在窗上，发出尖利的呼啸。窗户该修了窗帘该换了，但谁都懒的动手。

"咚咚锵！咚咚锵！三十年河东三十年河西。咚咚锵！咚咚锵！鲤鱼跳龙门咸鱼能翻身。咚咚锵！快开门。"底楼的门被敲的直摇晃。

"二流子又喝醉了。"士芳叹了一口气。"一喝醉就寻事。七寡妇不但要陪他睡，还要为他守门。"

"七寡妇，今天夜里老子要玩死你。要不是老子舍身相救，你早成了反革命。咚咚锵！咚咚锵！"

"你发什么疯？"尖利的叫声划破夜的宁静，尖利的声音如在深夜显得更加尖利。

"猴三！赶紧把疯子弄进去。"

"是！薛书记。"

"我不进去……我要七寡妇下来亲手开门，亲手为我脱衣服。"二流子还在挣扎。

"啪！"一声响亮的耳光。"二流子，你要是再喷粪，马上送你上公安局。"

"薛书记你打我？""我就打你，怎么了？""薛书记，我问你，猴三那腿上一刀，究竟是谁扎的？"

"二主任，这事可不能开玩笑。"猴三结结巴巴地说。

"你们这对狗男女，好话说尽坏事做绝。为了要政绩，诬陷王老师进大牢；为了完成抓人指标，自导自演苦肉计。"二流子大声嚷着。

"二主任，你清醒清醒。"

"猴三啊猴三，你想爬上去，就和薛婊子睡觉。不过你现在身板不行，一定要练得棒才能使她满足。别看老婊子带着红袖章，其实她比潘金莲还淫还骚。咚咚锵！最毒妇人心，最毒婊子心。"

"还不把他的嘴堵上。"薛书记暴跳如雷，"还不押着他走……"脚步声一点点远去，"咚咚锵……"的余音，消失在黑暗中。

士芳一把搂着老陈的脖子。"我怕我怕……"筛糠般的身子一个劲地抖，一个劲地朝老陈的怀里钻。

"不要怕，有我呐！"老陈一把搂住妻子。虽然声音很响，但没有一丝底气。

下班后，老陈和李哥推着自行车出了厂门。"我去买点安神糖浆，晚上老失眠。"老陈说。"我陪你买药，然后一起上我家吃面。"

这时士芳走来。"弟媳，一起上我家吃面。""你们先走，我把垃圾箱的麻袋拣起来，一洗一缝就是新的。"士芳掸着衣服上的灰。"要不是弟媳把住这口子，不知要浪费多少东西。"李哥感慨地说。

士芳拎着一袋苹果推开李哥的门。一屋子热气，半屋的孩子。大的跳，小的叫，还有个小不点坐在痰盂上摇啊摇。

"实在太乱太吵了。"李嫂一边打招呼，一边给孩子擦屎。

"乱才有家的味道。"士芳打来一盆水，逐一给孩子们洗脸。洗完后，又掏出苹果削给孩子吃。

"呦！一上我家，就做幼儿园老师？"李哥做个鬼脸。

"还不把针线包拿来，老二的裤子撕开一口子。"

"恭敬不如从命。"李哥给士芳行个礼，一家人全乐了。

水开了，李嫂把面放下去。面条是自己擀的，又细又有韧劲。捞出面条，放一勺肉末辣酱，浇一调羹芝麻花生，三鲜面就成了。方桌上八只碗，二对夫妻外加六个小萝卜头，整整一个班。

"你们真是光荣爸爸，光荣妈妈。"士芳羡慕地说。

"嫂子！光荣爸爸光荣妈妈害惨了我们，绝不能要这么多孩子。"李嫂苦着脸说。"其实后面二个孩子我们根本不想要。但街道敲锣打鼓送来光荣妈妈的锦旗……"

"养孩子是夫妻的事，政府管天管地还管坑上的事。"李哥把酒瓶朝桌子一顿。

"喝酒！"老陈拿起杯子。

"对！酒逢知己千杯少，话不投机半句多。有你这个兄弟，值了！"李哥一口干了酒。"兄弟，我心里憋屈啊。想当初，李弟跪在地上求我，这才进了厂。现在变成书记，大事小事都由他决定，悔不当初何必当初。"

"养虎留患。"李嫂叹了一口气。

"我们是王二小过年一年不如一年。上有工商局，税务局，行业管理局，军代表，区政府，私营协会工会组织。妈的！婆婆多得我数不过来。"

"婆婆多一点，贼胆小一点。"老陈干笑着。

"他妈的！早知道就去台湾了。"李嫂又加了一句。

"老子凭本事吃饭。一不偷，二不抢，三不搞破坏，四不会给台湾发电波。看李弟能把我……怎么样？"李哥说着说着一头栽倒桌上。

"看你这熊样。客人撩一边，自己倒睡了。"李嫂抱歉地把夫妻俩送到门口。

风呼呼地刮着，老陈弯下腰使劲蹬车。一是顶风，二是后面坐了人，怎么也得把吃奶力气拿出来。

"我下来吧。"快到乍浦路桥，士芳下了车。幽幽的灯光撒在桥面，给桥铺上一层扑朔迷离的光晕。

"咦……那里有个人。"士芳紧张地指着桥面。

"又不是深山老林，有人正常，没人不正常。"老陈用打牙磨嘴，来消遣忧闷的心情。

"他怎么老瞅水面，别是想不开？""发幽思之情。说不定失恋了。""不对，他的一只脚已经跨出去了。"

"不好！"老陈把车子一撂，飞快朝黑影奔去。"……同志啊！现在是新社会了。"

"别管我！"黑影挣扎着。

"同志啊！旧社会把人变成鬼，新社会把鬼变成人。你可不能想不开。你还年轻，要为祖国建设……"黑影推开老陈，从栏杆一跃而下。

"人呢？"老伴气喘吁吁奔过来。"已经跳下去了，赶紧报警。"老陈拉着妻子，朝桥下的派出所奔去。

夫妻俩沉默地走着。一个活生生的人，就在他们的眼皮下跳河轻生了。这个苦难，何时是个头？何时是个头？

他们一直走进仁智里就发现异样。三三二二的人站着，有人沉默，有人抽烟，有人叹气。

"从现在起，你不用躲避我了。"小脚女气呼呼地拦住他们。"王师母的身体好点了嘛？"毕竟有些心虚，老陈只得陪笑。

"好着呐。一根绳子到马克思那里去了。""这！"老陈倒吸一口凉气。"自杀？""你们都站着干嘛？给反革命家属开追掉会，还是给政府示威？"薛书记打着电筒过来。

"称你的心如你的愿。死的死了，关的关了。"小脚女恶狠狠地说。

"谁有意见谁去公安局说。我倒要看看谁敢放屁！"薛书记的手电筒，肆无忌惮地扫在众人脸上。人群悄悄散了，果然没一人站出来放一声臭屁。

星期天，老陈拿工具箱修理自行车。七寡妇拖着扫帚走来。成了坏分子的她，每天打扫里弄卫生。仁智里的一朵花，现在成了卖炭妇。

"七寡妇！"薛书记风风火火地走来。"马上把屋里破烂扔了，然后用石灰水刷二遍。"薛书记指着后客堂吩咐着。

"薛书记！王老师要回来了？"老陈兴奋地站起来。

"回来？你让他回来？"

"不！不！不！"老陈吓的后退二步。

"反革命的房子充公了……老陈，你的小楷很漂亮。"

"我……我马上就去出黑板报。"老陈赶紧放下工具。

"这次不是公事是私事。我让你写几个字。"薛书记美美一笑。"我儿子要结婚了。"

"薛书记笑起来真迷人。"二流子谀笑着走来。上次酒后失言，他被撤了主任头衔。从这以后他滴酒不沾，鞍前马后忠心耿耿。

"难道我不能笑？"薛书记飞了个眼波。

"您的笑，比秋香还迷人。""谁是秋香？"老薛一扬浓眉。

"就是唐伯虎看中的一个丫鬟。""放屁！堂堂的书记竟和丫鬟相提并论？唐坡坡是谁？什么成分？"

"放屁！我是放屁！"二流子甩手自己一巴掌。"哦！书记笑了……书记笑了就好。"二流子说着笑着，追在骨骼女的屁股后面。

"放鞭炮喽！吃喜糖喽！看新娘子喽！"孩子欢天喜地地叫着，噼裂啪拉的鞭炮响着。薛书记的儿子结婚了，婚房就是王老师的后客堂。王老师锒铛入狱，儿子送劳教所，王师娘自杀身亡。薛书记政绩屡出捷报频传，组织上把王老师的房子充公然后分配给骨骼女。重赏重罚是专政的辅助手段，收买打手打击异议，一手软一手硬是党的政治遗产。其功其能，完全可以申报迪士尼非文化遗产。

仁智里搭起帐篷若干，数只炉子红红火火一字排开，鸡鸭鱼肉鳞次栉比颜色各异，生菜熟菜琳琅满目各有千秋。

"猴三呢？"薛书记风风火火跑过来。

"报告薛书记，我没看见他。"拔鸡毛的七寡妇赶紧站起来。

"他的魂是不是被你勾走了？"骨骼女十分生气。"二流子！赶紧把猴三找来。""我这就去。"二流子撒腿就跑。

"薛书记，我把炉子拎来炖鸡。"胖嫂的笑容很膨胀。

"薛书记，我把锅盆拿来装菜。"瘦嫂麻利地戴上围单。

"薛书记！窗花剪好了。""薛书记！桌椅放好了。""薛书记……"一声声叫不绝于耳。骨骼女笑了，一张笑脸对着十几张笑脸。骨骼女乐了，一张嘴应付着四面八方的嘴。左邻争先恐后伸出援助手，右舍七嘴八舌献上好祝福。婚房红彤彤，新人红彤彤，喜糖喜酒红彤彤，鞭炮高升红彤彤。连炉子里的火苗都是红彤彤，仁智里成了红彤彤的海洋。

"尸骨未寒就霸占房子。"小脚女气愤地说。"王老师回来，连个窝都没有。"

"王老师……回不来了喽。没了窝，他不留农场谁留农场？"

"你这是咒他，还是盼他？"小脚女急了。

"不是我咒他，我是听薛书记说的，王老师已经留在劳改农场了。"

"真正的妻离子散家破人亡。"小脚女怒发冲冠。

"走吧……酒席开始了。"老陈沉重地走过来。

"我不去。死的死，关的关，我咽不下这口酒。"小脚女抹着眼睛。

"好歹应个景。"士芳劝说着。

“说不去就不去。”小脚女一屁股坐在凳子上。“老公和丫头，一个也不许去。”

“糟了！”老陈大叫一声。“薛书记让我写的新婚贺词不见了。”

“我已经一把火烧了。”小脚女不紧不慢地说。

“开什么玩笑？”老陈的脸白了。“在这呢！”小脚女从凳子下拉出一个脸盆，里面有一堆灰烬。

老陈赶去时酒席刚开始。薛书记办了六桌酒席，由于石库门逼仄，六桌酒席散落在六个天井里。

油煎小黄鱼，油氽花生米，油炸豆腐干，油爆肉皮。拌马兰头，拌海蜇头，拌香菜，拌豆腐。白和绿点缀着金黄，金和黄衬托着白绿，真是一道赏心悦目的风景。

主人一声令下，各路诸侯齐齐开战，刹那间，八个景盆消失，热腾腾的六大件上来了。酱爆鸡丁，咖喱鸭块，鲤鱼划水，红烧狮子头，糟溜肚片，糖醋排骨。众人一边夸，一边敞开喉咙使劲吃。带孩子的，把孩子当成北京填鸭；带婆娘的，把婆娘当成反刍的牛；自己带自个的，把自己当成景阳岗上的武松。大碗喝酒，大块吃肉。不要怪革命群众吃相难看，清汤寡水的光棍，见了美貌娘子还能不上？再说吃也不是白吃，来的人全凑了份子钱。

当最后一碗汤端上来时，全体群众像唱国际歌一样站起来，以最大的热情分享了它，然后打着饱嗝，清除牙缝里的残渣余孽。酒足饭饱后的群众，呈现出如释重负的满足。

“吃饱了吗？”薛书记满脸春风走进来。

“当然！不但吃得饱，还吃的好！”群众虽异口，却发出同一个声音。

“那就去看看新房。”“要去！要去！”“猴三呢？”“薛书记！猴三没看见。”七寡妇挂着油腻的饭单，神情谦卑如祥林嫂。

“他真没来？”书记的脸沉下来，二秒钟后又升上去。“走啊！

闹新房去喽！”“走啊！看新娘去喽！”“薛书记！今天什么都好，就是新房小了点。”

“不怕！老鼠拖木锹，大的还在后头呢。”骨骼女胸有成竹。

“薛书记，我买了鞭炮。”有人小跑过来。“鞭炮算啥？我买了高升。”有人奔了上来。

“革命不分先后！放！”书记大手一挥。

“放鞭炮喽！”“放高升喽！”六个天井里涌出六股人流，他们笑着，闹着朝新房涌去。他们忘了，半年前，这里抓走一个男人；三月前，这里抓走一个学生；半个月前，这里吊死一个女人。他们完全沉浸在欢乐中。书记的欢乐，就是他们的欢乐；书记的敌人，就是他们的敌人。他们不是金鱼，却比金鱼更健忘：他们连七秒钟的记忆都没有。

鞭炮放了，高升放了，新房闹了。众人散了。

“坏了！”老陈一上楼梯就嚷着。“楼梯的灯早坏了。”士芳说。“我说的是不是灯而是礼。我们的礼薄了。”

“啥意思？”“我看见张三塞给薛书记一个厚厚的红包。”

“厚是厚，但只是毛票。”妻子安慰着。“张三卖葱姜，不是毛票还能是整票？”

“不对。我看见李四也塞了一红包，这红包也鼓的很。”

“李四蹬三轮，所以也是小票。”

“他们可以把小票兑成大票，我啊我，怎么就没有想到这一层。”老陈懊恼万分。

“要不你再封个红包？”士芳懒洋洋地说。“现在封来不及，只有等她的孙子出世才能弥补这个错误。”

“自己的儿子都不知道在哪，反倒有闲心管别人的孙子。”士芳生气地撇下他，噔噔地跑上楼。

夕阳西下。有辆自行车蜿蜒而来。车子一扭如蛇舞，车子一拐像蛙退。这不像骑车，倒像杂技。到了！前面就是香港路。老陈下车闪进门楼。

前无碉堡，后无追兵，一不和特务接头，二不放置定时炸弹，你迂回个啥？他一边骂自己，一边侧着身子觑四方。觑四方，看动静，一切无恙这才窜进老凤祥银楼。

一叠钱，换成一根金项链。老陈出了商店钻进公厕，解开皮带鼓捣一番，然后戴上墨镜出厕所。进小巷朝前走，再转身越弄堂。几番迂回数次转弯，确定后面无人跟踪后这才骑上自行车。

这不是电影里的一幕，而是老陈的购物线路图。既然借钱给老乡都逃不出书记的法眼，那购买黄金更要谨慎再谨慎。

自行车在身下发出"依啊啊"的呻吟。这部老坦克除了铃不响，其余地方都如老人的关节嘎嘎蹦响。前面就是苏州河，苏州河朝东就是乍浦路桥，从桥上笔直冲下，右手转弯就到乍浦路。到家后，就能神闲气定观赏金货。想到这他兴奋地哼起小调。

一辆警车从弄堂里飞出，差点和他撞了个满怀。老陈气愤地看着车的后影，这车也太霸道了。

"老陈你回来了。"薛书记满脸春风地打招呼，"今天晚上召开居民大会。"

"又有什么精神？"老陈既热忱，又忐忑，"猴三抓进去了，刚才的车子就是公安局的。"

"他……犯啥事？""收听敌台当场活逮。""他不是揭发王老师收听敌台吗？"

"从革命者蜕变成反革命，这里面的教训深刻啊。"薛书记一脸的痛心疾首。"晚上的发言交给你了。"

第九章　他戴上了大红花

　　锣鼓家伙又响了。不过这次不是政治运动，而是一束大大的橄榄枝。橄榄枝在春风中搔首弄姿，酱油厂的二个老板眩晕了。

　　"公私合营？这不是抢我们的家业吗？"李哥霍然变色。"名为合营实为霸占，我们绝不能拱手相让。"

　　"听说合营讲究自觉自愿。现在我们的方案是，第一按兵不动，静观其变；第二未雨绸缪，冻结资金；第三安抚为上，给工人涨工资，我们也拿工资。"

　　"你疯了？我们要什么工资，厂子本来就是我们的。"李哥气愤地说。

　　"不合营，涨工资的工人会卖命地干；若合营，我们的高工资就是退路。毛主席和国民党谈判时都有二手准备，难道我们坐以待毙？加了工资，工人阶级就站在我们这边，就不会有后院起火。"老陈厚实的手掌敲击着桌面，李哥伸长颈脖仔细聆听。黎明时分，下一步的思想纲领和行动指南出笼了。

　　从李哥家出来，老陈直奔单位。一进厂就发现红幅在风中英姿飒爽：坚决拥护党的公私合营政策。老陈倒吸一口凉气。昨天还说"自觉自愿"，今天却成了既成事实，这不是先斩后奏吗？

　　"老陈：我正式通知你，现在我是区工商局进驻酱油厂的代表，专管公私合营事宜。"李弟笑吟吟地站在红幅下。"要是你觉得不妥，可以向上级反映让我回避。"

　　"……这……"老陈呐呐着，舌头如黏在胶水上动弹不得。

　　"既这样，我走马上任。从现在起，公私合营的事正式开始启动。"

　　老陈觉得天塌了，地裂了。他跟跟跄跄朝前走，一脚踩进化粪池，裤脚上沾满了臭屎屎。他转个身继续走，一头撞在柱子上，脑袋凸出个大瘤子。他转个身继续走，一脚打翻盐酸甏，盐酸溅到他身上。他转个身继续走，只到一桶凉水劈头浇下，这才停止漫游世界的脚步。

"盐酸都溅到你身上，屎尿都沾在你腿上。看看你的手臂你的衣服。"傻大姐拎着桶站在他面前。

"我的……成了梅花桩，我的脚成了……"他咧嘴一笑，笑的怪异狰狞。

"李代表到处在找你。"

"李代表？""李主席，李书记，李代表。李弟的马甲换的我眼花缭乱。你赶快去换衣服。"傻大姐捂着鼻子走了。

"换……什么衣服？"老陈依然跌跌撞撞朝前走，裤脚上的屎尿忠诚地跟着他。

老陈走进办公室，又走出办公室。他不明白李代表和他谈什么，也不知道自己和李代表说什么。他如深度的醉汉，失去思维；他如夜游者，失去意识。他痴笑着，脚踩棉花轻飘飘；他傻笑着，哼着不知名的小调。他的大脑出现巨大的真空。

既然老陈半疯癫，那就找李哥。

李代表是怎么和李哥谈的，扣去天知地知没人知道。唯一知道的就是李哥出门时，头发高高竖起来。文学上把这叫"怒发冲冠"。

宋阿姨被叫进办公室，任务是清扫一摊碎瓷。宋阿姨不知如何称呼办公室的主人。解放前叫李混子，解放时叫李主席，解放后叫李书记，现在叫李代表。

"李……"宋阿姨的称呼还卡在喉咙，就看见李同志踱开了。脚步不轻不重不缓不急，二只手却成了一对铁拳。宋阿姨心里发毛，她用闪电般的速度清除了碎瓷，又以闪电般的速度逃出办公室。

下班后李哥上了老陈的家。"你究竟咋了？""没咋啊？""我以为你真成了华子良。""真作假时假亦真，假作真时真亦假。"老陈无力地垂下了头。

"我现在才知道，自觉自愿是挂羊头头卖狗肉。你的三项基本原则一条也不顶屁用。"李哥无力地垂下头。

"杀人不过头点地。顶住！坚决顶住！"老陈攥起拳。"当然要顶。我来硬的，你可不能来稀的。"

"一损俱损一荣俱荣。咱俩是割颈之交。"老陈斩钉截铁地说。

"这就对喽！"李哥和老陈一击掌。有了这话，李哥信心大振。"下一步咋办？""你喜欢京剧，当然知道红脸和黑脸的区别。"

"你是说唱双簧？"

"能进能退游刃有余。"

"那我就把黑脸唱到底。"李哥一拍胸脯。

"兄弟，难为你了。"老陈感动地握着李哥的手。一时间，二人热泪盈眶。

一星期过去，一切呈胶着状态。二星期过去，一切依然呈胶着状态。这其间，李代表找老陈谈了话，谈话中，老陈是徐庶进曹营一言不发，要发也是二个感叹号：呵呵！呵呵！

第三个星期，决战时刻到了。二人就合营之事拟了几张稿纸。宏观上谈了对政策的拥戴，微观上谈了创业的艰难。千言万语并成一句话：什么事情都听党，只是"合营"上不能苟同。

"晓之以理动之以情。他是人也有六情七欲，只要能感动他我们就能绝处逢生。"老陈很有把握地说。

"一笔写不出二个'李'。他再怎么也是我堂弟，我就不信他这么绝情。"李哥胸有成竹。

"要是不行，把家乡游说团请来。当初你不收留他，他早就冻毙在街头。"

"这只是一层，当初他母亲生病时，我不慷慨解囊，那他现在就是孤儿。"

"二代人的恩情啊！"老陈感慨着。

"要是不行，我和他拼了。""不要说'出师未捷身先死'的丧气话，今晚我润稿，明天交上去，成败在此一举。""你的文笔我领教，连私塾先生都翘起大拇指。这次……""语不惊人死不休！干！""干！"二人端起酒一饮而尽。

"思想动态"送上去后，"这里的黎明"静悄悄；又过了二天，依然"西线无战事"。第三天，厂里来了几个公安，说要调查阶级斗争新动向。

"什么新动向？"

"阶级敌人搞破坏：搞酸碱中和的缸一分为二。"

"这缸早就一分为二了。就是一分为二也正常：金属都有疲劳时，更何况破缸？它早该寿终正寝了。"

"寿终正寝？它怎么不早不晚，就在历史的紧急关头寿终正寝？"

"啥叫历史的紧急关头？"

"公私合营难道不是历史的紧要关头？这不是历史的紧急关头，还有啥是历史的紧急关头？"

"那么……谁会破坏？谁会破坏一个破缸？"

"根据革命群众反映，破坏者就是李哥。"

"开啥国际玩笑？李哥是酱油厂堂主，他要破坏自己的设备，他要自己烧自己的钱？"

"缸只是一个道具，一个向党示威的工具。他反对公私合营，他要挟政府要挟党。"大盖帽很严峻。于是谈笑风生的人，一个个成了哑巴。

第四天，呼啸的警车带走了李哥。所有的人都知道李哥冤枉。但是沉默的人群里，没有一个嚷嚷的孩子。

警车走后，老陈去了办公室。李弟漫不经心地谈起"合营"，才开个头，就得到老陈的呼应。不但呼应，还一拍即合。说默契，比默契还心照不宣；说配合，比配合还天衣无缝，不但英雄所见略同，还有一份荣辱与共，肝胆相照的情愫。

李代表得意地笑了。合营这么棘手的事，咋就推枯拉朽势如破竹？长征才走了一步，已经到了陕北热炕头；黄山只爬了一格，已经到了迎客松顶峰？弱水三千，只勺半瓢就干涸，沧海桑田，只在合掌须臾中。

什么雄关漫道真如铁，而今迈步从头越？什么"大学之道在至善，中庸之理守其诚"？什么"忠厚传家久，诗书继世长"？只要枪一响，陪绑全趴下。一只破缸就是一只紧箍咒；紧箍咒就能左右一个人的命运，能左右一家人的命运，能左右一大批人的命运。枪杆子里面出政权，这才是真理啊。哈哈！

"您……笑什么？"老陈结结巴巴地地问。"我就笑你。"李弟肆无忌惮地把腿架到了桌子上。"您愿意笑就笑，我回去准备。"老陈诺诺后退，却被门槛绊了个四脚朝天。在响亮的笑声中，他落荒而逃。

老陈步履沉重回了家。"你同意了？"妻子焦灼地看着他。"我不同意，就是第二个李哥。"

"共产党说话怎么不算数？当初我们要去台湾，李弟咋说的？早知这样，为啥不生一群娃？为啥不买一幢房？"士芳气得嚎啕大哭。

"嚎啥？你知道上海每天有多少空降兵？"老陈烦躁地踱着方步。

"美国鬼子又打上门了？""不是美国鬼子，而是红色资本家。他们不肯合营，所以只能跳楼自杀。""阶级敌人又造谣了。"士芳气愤地说。"这不是谣言，这是李代表亲口告诉我的内部情况。一个个资本家从高处一跃而跳，活像一长串空降兵……"

"妈啊！"士芳尖叫一声，短促而凄厉。

又是一宵未眠。公营之事，终于从理论向实践转化。老陈先写下固定设备的清单。从机器到男女厕所；又写下不固定设备，从豆饼到瓶瓶罐罐。期间还有仓库原料以及正在运输途中的原料：大豆。

满满三大张的纸上写满了数字，这不是简单的阿拉伯数字，而是老陈的五脏六腑。不！不是老陈一个人的五脏六腑，还有士芳的五脏六腑，还有李哥的五脏六腑。李哥，李哥，你现在在哪里？老陈羞愧地摁住自己的胸膛。

李哥生死未卜，但却要把他半生奋斗的厂子，交给决定他生死的政府……这是哪门子和哪门子的事。老陈的思绪游走到此突然停住，一个阴森森的声音在耳边萦绕："你愿意走李哥的路，我送客不留客。"

李弟！李混子！李主任！李书记！李代表！他是李哥的表弟，又是决定李哥生死的阎罗王。究竟哪一个是真哪一个是假？老陈的头开始晕眩，意识陷入半昏迷。在倒下来的那一刻，他拖过一张纸，写下最后一行字：大缸二只扁担一付。

写完后他昏厥了。

"李代表……这是动产和不动产清单。"大病未痊愈的老陈，被一个电话召唤到单位。一到单位，他就呈上了清单。

"很好！"李弟一颔首，"可是……"

"没有可是，一切全在这上面。"老陈的语气有些生硬。是啊！他的五脏六肺都被掏空，人还能不生硬？

"我说的是揭发材料。""还揭发？他的全部家产全在这上面。""这是家产，我还要他的罪行。""我不觉他有罪。"老陈气呼呼地说，

"没罪公安会抓他？你是说公安滥杀无辜？"

"既然你知道他的罪，你就定吧。"

"我定罪易如反掌，但这是给你的金光大道。十字路口关键时刻，何去何从自己选择。"李弟一整风纪扣。

"这……"老陈的喉头如电梯，上上下下活动着。

"你要爬出去，需要一张梯子。现在梯子就在你手上。"李弟微

笑着，但眼神却比匕首还锋利。

老陈吓得闭上了丹凤眼。

下班了，老陈费劲地蹬着老坦克。风腥腥的，让人欲吐不吐；灯黄黄的，让人欲睡不睡。四川路上车水马，人来人往。女人奶子高耸让他怒火中烧，高音喇叭狂叫让他肝胆欲碎。

前面就是闻名遐迩得益民食品店。刹车下意识一捏，老陈下意识进去，普通话不问价钱买了二包糖。

糖果挂上龙头，车子愈发沉重，仿佛挂着李哥得一家老少。车胎吱啊吱，链条吱啊吱。不是清明不是冬至，怎么鬼影魅魅阴气扑面？老陈忐忑着，人愈发虚了。

石库门静静站在黑暗中，二扇带环的大门禁闭。门环又大又圆，如二个大大的问号。那问号砸在胸口，生疼生疼。

老陈敲开门，迎接他的是一对红肿的眼，后面还有一排一排恐惧的眼。李嫂弯膝跪下，孩子们也一起跪下。这是老母鸡和小鸡崽在寻求大公鸡的保护。

"使不得！使不得！"老陈嚷着。

"请大伯救救孩子的爹。"李嫂磕头如捣。"请大伯救救孩子的爹。"孩子们也磕头如捣。

"快起来！快起来！"老陈慌乱地摆着手。

"您不答应，我们就一直跪下去。"李嫂呜咽着。"您不答应，我们一直跪下去。"孩子们也呜咽着。

"我答应！我答应！"老陈硬着头皮说。

"欧！伯伯答应了！"孩子们欢呼起来。男孩扯他得腿，女孩抱他腰，最小的小不点因够不着而哭了。"孩子！"老陈蹲下身子伸出手，小不点杀入重围，扑进老陈的怀抱。

"大伯！我们拉勾。"小不点弯着食指，认真地说。"对！我们拉勾上吊，一百年不许悔。"孩子们欢呼着跳跃着，比红卫兵围着毛主席还热烈。

"吃吧！"老陈低着头，把剥开的糖果塞进孩子们的嘴里。他没有施舍者的悲悯，只有助纣为虐者的心虚。

"大伯，这事拜托您了。"李嫂通红的眼睛凝视着他。

"大伯，这事拜托您了。"孩子们乌黑的眸子凝视着他。老陈急忙朝门外冲，这红与黑的烙铁，让他芒刺在身。

"等一等！"小不点朝他奔来，老陈一顿，小不点扑上去，在他脸上亲了一口。一个吻，一个带着奶香的吻，在他心头荡开，如爆发的岩浆一溃千里。他放下孩子，飞身上车，疯一样地朝前冲超前冲。

孩子，我救不了你爹。我只是落井投石前的问候，我只是助纣为虐前的安抚。我不是你爹的割颈之交，我是火中取栗的狈。甜甜的糖果，是收买的成本；一百年不变的拉钩，是弥天大谎。老陈疯一样狂蹬车轮，一排排房屋一闪而过。

"拿酒来！"一进门他就命令妻子，"再给我一支笔。"

"有啥喜事？"

"难道丧事就不能喝？"

"喝！喝醉就不痛苦了。"士芳把酒和笔同时递过去，"刚刚居委会开会了……"

"哦……"

"猴三收听敌台判了 7 年。"

"是嘛……当初他揭发王老师收听敌台，可是他自己怎么也听了？"

"上次是假的，这次是真的。他想听听敌台究竟谈啥玩意？可是听着听着他忘了值班，结果被薛书记活逮了。"

"揭发王老师，自己却变成第二个王老师，滑稽啊！"

"所以说做人不能有害人之心，害别人就等于害自己，这是报应，这是报应。"

"你今天的屁话咋这么多？"老陈恼怒地把笔一摔，跳起来的笔旋转一圈后，竟然不客气地打在他脸上。他捂着脸，长久长久地捂着。

"一支笔，打人能疼到哪里？"士芳瞅他一眼。

"你懂什么？"他不耐烦地嚷着。

老陈喝了一口酒，然后打开灯。打开头上的灯，打开床边的灯，打开缝纫机的灯，打开楼梯口的灯，最后还拧亮手电筒的灯。他要借助灯，和另一种力量抗衡。

脸上滑溜溜的点，这是小不点的吻。这吻香喷喷，热呼呼，带着孩子特有的奶香。孩子啊孩子，你没学会奔跑却学会下跪，没学会思维却学会叩求。乳牙未全，却知道愁苦；初生牛犊，却有了恐惧。你的眸子清澈，应该看到花好月圆而不是鬼魅横行，应该看到花红柳绿而不是家破人亡。大伯亵渎了你的吻，大伯背叛了那个钩，想到这，老陈伤感地捂住脸。

"灯开了，怎么还不写？"士芳惊讶地问。

"我……这就写。"老陈放下脸拿起笔。刚写了"尊敬的领导"，一股奶香冲进鼻子，所有的构思被冲了七零八落。

老陈站起来洗脸，他要用香皂味驱散奶香味。洗完后重新拿起笔。香味是没了，但小不点的身影晃啊晃，使他的注意力始终处于一盆散沙状态。

他又站起来，转动蒲扇作三百六十度的旋转。扇啊扇，扇去通红的眼睛，扇去乌黑的瞳仁。扇去小小的拉钩，扇去不必要的儿女情长。他一直扇到手酸肩麻这才落座。

一小时过去，除了"尊敬的领导"外，白纸还是一片空白。

"你又开灯又洗脸又扇东扇西，究竟搞的啥玩意？"士芳不解地问。

"要是……要是我被抓进大牢，你咋办？"

"我一定和抓你的人拼了。"士芳暗淡的眸子里跳出二朵火焰。

对啊！不是鱼死就是网破，不是你死就是我活。我不是心慈手软的乌合之众；我不是头发长见识短的女流。我有我处世之道，我不能因为恻隐而毁了自己。他想象自己镣铐加身的模样，他想象老伴一头撞墙的情景，他想象父悲母恸家破人亡的凄惨。模拟的场景一出现，果然有柳暗花明峰回路转之效。思路当即敏捷，文笔立刻流畅，论证论点如黄河之水天上来，复流到海不回头。

一宵未眠一宵疾书，天亮时他双眼赤红嘴角起泡。上次挑灯夜战，是拱手交出产业；这次挑灯夜战，是把割颈之友送进地狱。上次是肉体的折磨，这次是灵魂的凌迟。

鸡叫二遍时，他把揭发稿用瘦金体誊了一遍。他和盘托出他们所说的每句话，不过把同盟军改成独联体，把手足情分解成将军和士兵的关系。千言万语一句话，自己是风筝，李哥是绳子；自己是木偶，李哥是推手；自己是子弹，李哥是枪膛。

一个月后，他成了公私合营模范。既是模范，那就享受模范的待遇。待遇分政治和经济，书面和口头。既有胸口的大红花和橱窗里的标准相，还有政府颁发的奖金一百元。

李哥被流放了，终点站不是大西北就是大戈壁。这年头多一事不如少一事，所以没人知道他下落。现在老陈到家时间延长了，他宁可绕一个大圈也不经过老北站。老北站还是老北站，但是那里有一个破碎的家。白天走过光荣榜，老陈是骄傲的企鹅，夜晚钻进被窝，他是一个被审判者。他成了戴着面具的双面人。

鹅毛大雪从云层里飘下来。飘得优雅悠闲，如挥着水袖舞蹈的嫦娥。大街小巷张灯结彩，置年货的，买鞭炮的络绎不绝。老陈踩着破车趟雪回家。

一个女人跪在路边乞讨，白发如幡老脸如蜡。"求求大爷大娘，我孩子快死了，给二个钱救他一命吧。"声音悲凉凄楚。

老陈有些犹豫：给还是不给？给，是他一贯的做法，不给，是阶级斗争的需要。要是乞丐是老特务咋办？

　　"大爷大娘行行好，给二个钱救救孩子吧！"乞讨声揪心撕肺，肉被扯得生疼生疼。他下了车，习惯地把手伸进口袋。突然他不动了：这声音咋这么熟悉？他凑上去仔细一瞅，这才发现乞丐是李哥的妻子李嫂。

　　天呐！白发老妪就是漂亮的李嫂？怪不得有伍子胥一夜白发的故事。

　　"大娘！给！"一个学生娃把一张纸币递过去，"赶快回家过年吧！"

　　"回家……"

　　"大娘，今天是除夕！"学生娃又说了一遍。

　　"我不能回家……我不能眼睁睁看着他的小眼一点点合上，他的小手一点点发凉，他的小脚一点点发青，他的小嘴一点点关上。我不能回家，我不要回家……"李嫂哭着笑着，笑着哭着。笑声和哭声合二而一，分不清哪是笑，哪是哭。

　　老陈又惊又怕，又羞又愧。他掏出几张票子低头递过去。突然，斜刺里窜出一警察。他忙转个身，躲在路灯后面。警察如下山猛虎，对着老妪施展十八般武艺。老陈不忍地冲出去，又害怕地停下。如此几个反复后，他终于把自己的脸，埋在自己宽大的手掌中。

　　等他睁开眼时，警察和女人都不见了。雪地上只有二个鲜明的坑，坑很深，深的一眼望不到头。风来了，风撩起积雪，老陈习惯地闭上眼。等他再一次睁开眼，坑不见了。天地间银装素裹，纯净的世界，美丽的世界，冰雕玉琢的世界。

　　"大爷大娘行行好，给二个钱救救孩子吧！我不能眼睁睁看着他的小眼一点点合上，他的小手一点点发凉，他的小脚一点点发青，他的小嘴一点点关上。我不能回家……"李嫂的嚎叫，从云层里一点点地传出来。微弱而沉重，凄厉而压抑。如泣如诉的马头琴，回荡在摩天楼震荡着霓虹灯。

雪下的更欢了，一团一团的雪铺天盖地。五星红旗在银白色的雪中，显的更艳丽，艳丽如血，血染血旗。

老陈推着车子跌跌撞撞慌不择路。在皓首的李嫂前，在流放的李哥前，在命悬一丝的孩子前，他是个被钉在耻辱柱上的罪人。

第十章　借腹生胎

老陈迎来合营后第一个春节，他竟没去厂里转一转看一看。

合营了还看啥？不是自己的孩子还看啥？孩子！孩子！他猛地从滕椅上弹起来：不孝有三，无后为大！

抗战时不想养亡国奴，内战时不想养流浪儿。等到清平盛世，等到有了花生米，可是却没牙了。他烦躁地转过头，看见一只瘪瘪的肚子。

咋办？要不和她离。

咋离？除了肚子不膨胀，放大镜也找不到她缺点。我蹬她，怎么也有陈世美之嫌。

咋办？要不纳个妾。

咋纳？一是妾能否怀上？二是妾是潘金莲的话，我就是一命呜呼的武大郎。

咋办？要不领一个。

咋领！一不是自己骨血，二不知是贼种还是孽种？

滴答！滴答！滴答！座钟如泣如诉，心头如剜如剐。举目四壁孤独无后，孑然一人沧然泪下。这次第，怎一个愁字了得？

"吃饭吧。"士芳放下针线掀开锅盖，一碗萝卜二碗米饭。如果再插一柱香，就是标准的祭祀。老陈的心一抽搐：以后谁来祭祀我？

一只金黄的荷包蛋闪亮登场。

"不过年加啥菜？"老陈不满地说。"年初老家带来，已经散黄了。"士芳解释着。"这萝卜呢？"老陈用筷子敲着碗。士芳把萝卜端到灯下，瞅了半天看不出子午卯寅。她戴上老花镜，再一次端详萝卜的芳容。

"上面飘的啥？"老陈只得指点迷津。"葱花。""葱花上呢？

葱花上飘的是油花。”

“油倒多了。”士芳很惭愧。“吃完萝卜留着汤，明天烧菜倒进去。”老陈严肃地吩咐着。

“明天的油今天省了。”士芳一拍脑袋，有醍醐倒灌的清醒。用完餐，士芳开始纳鞋底。吱拉拉！吱拉拉！吱拉拉！声音单调而沉重。老陈一跃而起，拉灭灯。

“你该看看宝贝了。”士芳柔声说。

“对啊！”老陈一个翻身拉开灯，把宝贝一古脑倒在床上。他取出放大镜，开始欣赏。雕龙刻凤的手镯，足赤足金的元宝，镶的玛瑙嵌的翡翠，还有形态各异的玉玩意。

放大镜在金首饰上巡回，姆指在宝贝上摩挲，鼻子嗅着，牙齿叩着，皮肤感受着，灵魂陶醉着，单调而沉重的“吱拉拉”，此刻成了天籁之音。

“咚咚！”有人敲门。老陈拉下被子盖住宝贝，然后一个鱼跃扑在被上。门开了，一个女人站在门口。

“大嫂，我是陈军老婆喜妹。……难道大哥病了？”客人犹豫地站在门口。

“快进来。”老陈脱下棉衣压住被子，“陈军呢？好久不见他了。”

“他白天睡觉晚上赌，家里连一颗米都没了。上月小儿子送人，这月不知道送谁。”喜妹擦着眼泪说。

“别哭。”士芳把手帕递过去，“陈军这小子作孽啊。”

“……我知道你俩是好人，能不能借我一点粮，以后我一定归还。”喜妹的脸涨的通红，胸脯如风箱起伏的厉害，“为了孩子……我只得豁出去了。”

孩子？孩子？老陈的心一动：丰满上翘的屁股，鼓囊囊的奶子，这不是怀娃的二大要素吗？身体健壮，五官端正，这二大要素不是孕子的二大优点吗？她已经生了四个壮娃，难道不能为我生第五个壮娃？她是条多子的大马蛤鱼，只要一排精马上受孕。不用离婚，不用纳妾，不用领子，我就有自己的亲骨肉。这可是"众里寻她千百度，她在灯火阑珊处"。

"侄媳啊，老乡见老乡，二眼泪汪汪。虽然我家也不宽裕。但我可以把米借给你。"

"真的？"喜妹的眸子里跳出二朵火苗。

"救人一命是菩萨。应该应该。"士芳直点头。

"那什么时候能把米借给我？"喜妹直直地看着老陈，眸子如湖，发出层层涟漪。老陈立马有了触电感。

"拿上。"老陈从床下麻利地拖出一个麻袋。碎苞米不但陈，不但霉，还夹了一半的麸皮。

"苞米虽然陈点，但能充饥。"士芳歉意地说。

"中！中！中！只要能充饥。"喜妹千恩万谢地走了，老陈的内心掀起万丈波澜。

整整一星期，老陈按兵不动。欲擒故纵，欲速则不达！断粮断到冒金星，才是最佳时间：你冒金星，我就有成功之星。

第八天老陈出发了。不出他意料，一袋碎米成了一袋钻石，老陈成了救命菩萨。饵投了，钩垂了，接下来就是收线。老陈做了一月姜太公，可是还不见鱼不上钩。带着一个个问号，老陈的自行车踩上乍浦路桥。

一架板车在上桥。蹬车人使出吃奶力，推车人也使出吃奶力。板车颤巍巍终于上了桥头，蹬车的从怀里摸了一枚铜板给推车人。

"哎呀！这不是喜妹吗？咋不上我家？"老陈兴奋地嚷着。

"借的粮食没还，我哪好意思再去你家。"喜妹很尴尬地把二个铜板递过去。"先还这些，我挣到钱后再说。"

"不要！不要！这钱给孩子们买粮食。"老陈把铜板推过去。

"恩人啊！"喜妹弯下腰，深深地鞠了一躬。

　　三天后恩人出发。这次拎的不是碎苞米，而是猪下水。到了喜妹家后，所有的小鬼都围着恩人转啊转。下水出锅的那一刻，场景堪称壮观恢弘：小鬼们你争我夺蜂涌而上，抢到的下水顾不得冷却，大口大口塞进嘴里。哪怕烫得龇牙咧嘴，哪怕烫得捶胸顿足，哪怕烫得燎起一个个水疱。从下水出锅到下水进肚，前前后后总共不到二分钟。这种短平快的战役，完全可以载入吉尼斯史册。

　　等喜妹走到灶台时，空空的锅子连一滴汤汁都没剩下，喜妹叹了一口气。老陈让喜妹闭上眼，然后从怀里掏出二个保留他体温的包子。

　　"小鬼们吃饱都睡了，你吃了吧。" "留给小鬼明天吃吧。" 喜妹把包子放进橱里，然后喝了一大碗凉开水。

　　"你真是一个好母亲。" 老陈情不自禁地抱着喜妹亲了一口。

　　"等一会。" 喜妹羞涩地钻进盥洗室，十分钟后穿着睡衣走出来。鼓鼓的乳，肥肥的臀，红润的脸，乌黑的眼。

　　"好一个仙女下凡。" 老陈赞叹着。

　　"我不是仙女，只是一个穷女人。" "……陈军呢？" "今晚他不回来。下午他偷了我的陪嫁又去赌了。" "陈军啊陈军……有这么好的老婆还不知足。"

　　"你喜欢我什么？" 喜妹直截了当地问。

　　"喜欢你……漂亮。" "我要听真话。" "喜欢你……老乡。" "我要听真话。" 喜妹非常坚决。

　　"我喜欢你胃口不大要价不高；我喜欢你养的孩子个个健康。我们约法三章：你给我生儿，给你这个数；给我生女，给你这个数。" "要是生不出呢？" "不试一下咋知道？"

　　"生不出孩子，绝不拿你一分钱。" 喜妹态度坚决，"盗有道，借腹生子也有道。"

　　"你不识字，说话却像个文化人。" 老陈感慨着。

　　"没文化是文盲，没有仁义礼智信就是人渣。"

　　"只道你能生孩子，想不到你还懂这些。" 老陈感动地把老脸贴上去。

　　老陈哼着小调在修理自行车。昨天喜妹呕吐，这说明他的精子已成胚胎。想到儿子现在躺在温暖的子宫里，他真想对全世界欢呼一百次。

　　"陈老伯修车。"扫街的七寡妇打着招呼。

　　"唔！"老陈爱理不理。马上要做父亲了，更要和四类分子划清界限。

　　"七嫂，你的脸怎么这么黄？"小脚女提着篮子走过来，"你是不是太累？"

　　"心累。"七寡妇凄惨一笑，"早死早解脱早投胎。"

　　"李龙上大学了吧？听说他分数是虹口区第一。"

　　"他现在在里弄加工厂糊纸盒。"七寡妇淡淡地说。

　　"糊盒子？那是残疾人和戆大干的活。"

　　"他要是戆大就好了。"七寡妇呆呆地看着天，脸上一片冷漠寂然。

　　"七寡妇，马上到居委会领石灰水。从吴淞路粉刷到天潼路。上级要来检查卫生。"薛书记戴着袖章，领着一批人走来。

　　"我马上去。"七寡妇垂下眼睛。

　　"七寡妇，好好管管你儿子。李龙的思想汇报到现在也不交。"

　　"你管天管地还管她儿子？"小脚女一撇嘴。

　　"我是纸盒厂的支部书记，我不管难道让你管？"薛书记冷笑着。

　　"我这就去领石灰水。"七寡妇漠然地说着，漠然地走了。风撩起外衣，露出她瘦骨嶙嶙的架子。她寂寞地走着，如寂寞的幽灵，走进弄堂的深处。

　　"薛书记！"十四号走出一个干瘪的老太太，她柱着拐杖一喘一息，"我半身不遂，猴三又进大牢，我想请你高抬贵手开个证明。"

　　"开什么证明？"

"我想投奔北京的女儿。"

"开什么玩笑？北京准备国庆大典，你这个反属去干什么？"

"老娘投奔女儿天经地义。"小脚女气愤地说，"杀人她没这个胆，放火她没这力气。"

"谁敢放松阶级斗争这根弦？""我为她打包票，她出事你抓我。""你算老几？"薛书记一撇嘴。

"我不算老几，但是首都也讲孝心讲良心。"

"反了你这个小脚女，你还在讲封资修的孝心忠心。你想睡棺材，我成全你。"薛书记厉声嚷着。

"妈！你赶快进去。"门里蹿出凤丫头，她使劲拽着母亲朝门里拉。

"有理走遍天下。"小脚女边走边说。

"理攥在党手里。总有一天，让你尝尝专政的滋味。"薛书记奸笑着，"晚上开会，老陈你做检讨。"

"凭什么要……我检讨？"老陈皱着眉。

"听到反动言论不反击，说轻是思想麻木，说重是同流合污。说，刚才还听到什么？""没……有。""马上放下破车，把黑板报重搞一下，标题是反击阶级敌人的进攻。"

"我这就去。"老陈放下工具，用回丝擦了擦油腻的手。

夕阳西下华灯初上。老陈踩着车子，从海宁路来到了大兴街。一幢幢大楼张灯结彩，一条条横幅劈面而来。"庆祝中华人民共和国成立六周年"的横幅高高飘扬。有闪亮的灯火，却没有闪亮的眼睛；有飘扬的横幅，却没有飘扬的笑脸。城市如巨蟒，裸露它斑斓的花纹，给人以漂亮和恐惧的双重感；城市如阴阳人，一面是火一面是水，浓妆艳抹的后面是累累的伤疤。

"喜妹！"老陈推开虚掩的门。"我以为你不来了呢！"喜妹随手就是一粉拳。

“刚开完批判会我就赶来了。”“又批判谁？”“有固定的老运动员，有滋生的新运动员，还有刚冒芽的候补运动员。”“咋这么多？”“运动员是韭菜，割了一茬又一茬，只要人不死，一年四季割不完。”

“他割他的，咱过咱的日子。”喜妹乐观的很，“老娘三代贫农，又嫁了个穷鬼。”

“你不怕我怕。”老陈摇着头。“怕啥？我是刘胡兰，橇开嘴巴打碎牙也不泄露秘密。”喜妹一甩头，很有兰妹子的风采。

“我就喜欢你的性格。”老陈一拍粉肩以资鼓励。

“孩子出生后我大哭大闹：妈啊，光荣是光荣了，但养不活孩子啊！”

“剧情发展到这，我隆重登场：周总理没娃，全国的娃就是他的娃。你的娃就是我的娃，全是共产主义接班人。”老陈一昂首。

“好！很有表演天赋。”喜妹笑弯了腰。

“喜妹！货好了吗？”院里有人叫唤。

“好了！”喜妹抱着网兜走出去。“一共一百只。”

“一只三分，一百只三元，扣掉居委会的管理费，给二元五角。”

“凭什么要扣这么多？五角等于十七只网兜，我一个孕妇钩十七只网兜容易嘛？”

“别人交管理费，屁也不放。”

“我只对自己的劳动负责，退我三角。”

“要不是你穷的丁当响，早归四类分子组了。要退钱自己找领导。”

“组织上让老娘做光荣妈妈，难道不管下一代肚子？政府只鼓励养却不管孩子的死活，世上哪有这样道理？”

“姑奶奶，你别说，我害怕，我哆嗦，我给你钱。”

“不是说穷人翻身做主人嘛？怕什么怕！”喜妹“乒”地关上门，“老陈你可以出来了。”

"你找死啊。"老陈躲在门后吓得挪不动脚。

"死就死，这样活着连条狗都不如。"

"这是炒面粉，每天早上吃一碗；这是炒黄豆，每天晚上吃一把。我走了，居委会让我晚上巡逻，听说台湾又搞鬼了。"

"今天挖炸弹，明天揪敌人，后天冒出个狗特务，这有完没完？"

"你要记住八个字：祸从口出，莫谈国事。"老陈严肃地说。

"我一个妇道人家怕啥？""七寡妇也是妇道，现在就是监督对象。她儿子分数全区第一，现在只能和戆大一起糊盒子。我也要做父亲，绝不能步七寡妇的后尘。"

"我不就图个嘴巴痛快？"

"不要为了痛快而悔恨终身。记着：缝上嘴巴夹着尾巴。"老陈飞身上车，如耗子朝黑暗中窜去。

老陈在忐忑中等了九个月，终于等来了大胖儿子。他抱着儿子又亲又摸，心花怒放。"喜妹！我在汤里放了催奶药，蹄膀汤只能给产妇喝；金木鱼很短，只能给婴儿戴；衣服很小，只能给婴儿穿。"

"你真是不折不扣的铁公鸡。"喜妹有些生气。

"下星期我再来看儿子。"老陈一步三回头，带着初为人父的激动和自豪。

一星期后他又来了。"这是婴儿奶糕，大孩子一吃就拉稀。"

"这是婴儿奶糕，大孩子一吃就拉稀。"喜妹模仿着他的声音。

"这是小铃铛，大孩子一玩就……""这是小铃铛，大孩子一玩就犯傻。"喜妹不但模仿，还把他噎住的话说出来。

"你是我肚里的蛔虫。"老陈无耻地笑了。

"他是你投资的另一个酱油厂。"喜妹冷冷地说，"你赶紧带酱油厂上医院吧。"

"为什么要上医院？""他老是找不到我奶头。""他找不到，你帮他找。"

"哪有猪娃拱不到奶头的？再说他老是流涎水。"

"我看见你，不也流涎水吗？这叫子承父志。""他和那几个娃不一样。""废话！我和你老公能一样嘛。""你看他的眼。""这是一双有特色的丹凤眼。""眼眶是丹凤眼的眶，眼球不是丹凤眼的球。你仔细看。"

老陈掏出放大镜，急急忙忙凑上去。额的妈啊！这眸子，不但眼白多眼黑少，居然半天也不转动一下。借着放大镜的余光，一条细长的涎水如瀑布，擦不干抹不净，完完全全是"野火烧不尽，春风吹又生"的版本。

老陈扔了放大镜，抱着儿子冲出去。诊断很快出来了：脑瘫。

我的儿子是脑瘫？我的儿子是脑瘫？我的儿子是脑瘫？老陈被这个消息完完全全击倒了。

"……就是脑瘫也是你儿子，把他领回家吧！"士芳轻轻地说。

"你……都知道了？"老陈颓然地看着妻子。

"既然自己怀不了，谁怀还不是一样？"士芳一脸幽怨。

"不是我……背叛你，我只想要个儿子。"老陈一脸羞愧。

"把他领回家，至少不会饿着他。咋说也是一条命。"

"我又没扼杀他生命。宁跟讨饭的娘，不跟当官的爹……谁让他是戆大？"

"你！"士芳一愣：知道他悭吝，不知道他这么绝情，"你……当真？"

"当断不断反受其害。下周我再扛一袋大米去，从此井水不犯河水。"老陈斩钉截铁地说。他绝对有挥泪斩马稷的悲壮，有壮士断腕的刚烈。枕边的甜言，造爱的缱绻，自己的亲骨肉，从此一刀二断。

"滴答！滴答！"秋风带着秋雨，秋雨带着秋绪，秋绪带着愁丝，点点滴滴洒落人间。老陈百无聊赖地坐着，愁丝如藤，蔓延而上；愁绪如蚁，铺天盖地。

"无后！无后！"槌子把二个钉子敲进脑壳，一下又一下，他的脑壳快爆炸了。

"明天是你生日，给你做件衣服。""哒哒哒！"缝纫机如风火轮飞快转动。

"做好我也不穿。"老陈赌气地说。

"昨天买的戒指呢？"士芳柔柔地问。

老陈突然一跃而起。清风乍起，抚平一池涟漪；霁月微露，洒下半壁明辉。蹙眉冰释，折熠舒展，老陈的脸如冲出乌云的太阳，灿烂辉煌。他摸出一个包倒在床上，赤橙黄绿青蓝紫顿时照亮了陋室。他把金银玛瑙翡翠围成一个圈，让玉麒麟站在中央。片刻，他又让做金锁片做领头羊，领着项链手链立正稍息敬礼。他是情人，全身心沉浸在爱的海洋里；他是诗人，咏颂着永不变色的黄金；他是画家，心做油墨画下钻石的绮丽。

士芳偷偷一笑：何以解忧？非烟非酒。何以解忧？黄金钻石。

"咚咚"二声敲门声。老陈忙把宝贝捋进布袋，把它塞在被窝；突然又把宝贝取出塞在床底；接着又把宝贝拿出来放在椅子上，自己严严实实地坐上去。

"谁啊？"士芳慢慢地走去开门，"……喜妹？快进！快进！"

"我正想找你，你倒来了。"老陈惊喜地站起来，又猛地坐下。

"找我干吗？"喜妹半怒半嗔：找我是假，骨肉是真。

"快坐！快坐……把孩子给我。胖小子，都这么大了……"士芳抱着孩子亲了又亲。

"你不是说：生女给这个数，生男给这个数。""这个嘛……"老陈有些尴尬。

"我今天来不为这。我今天来是问你一句话，你的骨肉总不能姓别人的姓吧？"

"姓谁……都一样。嘿嘿！"

"姓谁都一样？"喜妹惊诧地看着他。

"是啊……把孩子给我。"老陈伸出手。

"看看你的儿子。"士芳把孩子放在老陈的手里。老陈接过儿子，解开儿子的蜡烛包。

"天冷，当心冻着儿子。"士芳攥着被角不松手。老陈推开妻子的手，把孩子脸朝下放在自己大腿上。

"验货？"喜妹冷笑着。

"不是验货是取货。""取货？取什么货？"士芳惊讶地问。

"我要取回金木鱼。我要取下孩子颈上的木金鱼，这可是货真价实的 24K。"

"哇……"脸朝下的孩子哭了。

"你干嘛？"士芳一把抢过孩子，把裸露的四肢塞进被子。老陈夺过孩子，再一次打开被子。

"好好好！解解解！"喜妹尖叫着，"转个身，搭扣在后颈。"

"原来搭扣在这里……老凤祥的货就是好。"他举起金木鱼仔细端详。士芳抢过孩子后，赶紧用被子裹住哭得上气不接下气的孩子。

"这成色……啧啧啧！"老陈迎着灯举起了金木鱼。

"哐铛铛！"喜妹一脚踹去，老陈一个狗吃屎摔在地上，金木鱼也飞出去。"你这个绝子绝孙的龟王八。我穷得揭不开锅都没来讨钱，你却下得了这个手？"

士芳捡起金木鱼，默默地戴到孩子的脖子上。喜妹抢过孩子朝门外冲。

"你等等。"老陈一声颤叫，喜妹停下脚步。他站起来打开柜子取出一包裹。

"这黄豆蛀了一半还有一半，蛀了大一半还有小一半。磨一磨总有豆汁豆渣。豆汁可以给孩子喝，豆渣可以炒着吃拌着吃……"

"还是留着给牲口你自己吃吧。"喜妹冷笑着朝外走。

“不摘下木鱼休想走。”老陈一声大吼堵在门口。

喜妹把孩子朝门上一按，一把扯开蜡烛包。孩子哭了，老陈双手抱胸，有"一夫当关，万夫莫出"的架势。

喜妹的手朝孩子的脖子伸去，孩子扭动四肢，像挣扎的小鱼，像反抗的雏鸟。喜妹去解搭扣，越急越解不下，孩子挣扎着突然就没了声息。

“孩子。”喜妹停止动作，士芳也呆了。“休得拖延时间。”老陈如一尊铁塔巍然而立。

喜妹使劲拍打孩子的脸，士芳又给孩子喂了热水后，孩子才"哇"地哭出来。喜妹含泪笑了，士芳也含泪笑了。

“水喝了，人动了，快动手吧。”老陈朝士芳努了努嘴，示意她动手。

“你下得了手，我下不了手。”士芳冷冷地转过身子。

“你动手，不要说摘木鱼，就是摘脑子都可以。”喜妹把孩子塞过来。

“君子动口不动手，还是你摘。”老陈很绅士地说。

“我摘！我摘！”喜妹一屁股坐在地上，把孩子翻个身，手朝后颈摸去。“吧嗒”拽下木鱼后朝老陈摔去，接着又举起装黄豆的口袋来一个天女散花。

“啪啪啪！”黄豆滚了一地，金木鱼淹没在散乱的黄豆中。

老陈弓身一跳，接着是俯身一趴，接着是一个漂亮的驴打滚。闪电般的速度，守门员的弹跳，猎犬的敏捷一气呵成一步到位。“在……这！”他五官耸动四肢兼用，终于从一地的黄豆中拣回金木鱼。

喜妹跨过他的身子冲下楼。外面雷声轰鸣瓢泼大雨。士芳也冲下楼，她冲进雨里拦了一辆三轮车，又掏尽所有的零钱塞过去。士芳要给，喜妹拒收，二军对峙各不相让。

雨无情而肆虐，雨中有一对落汤鸡的女人，还有一个落汤鸡的孩子。一架硕大的油布伞，一点点朝这里移动。伞下的人似怒非怒似笑非笑，丹凤眼里满是冰碴子。

　　"大姐保重！"喜妹上了车，士芳挥着手。二张湿脸如放大的皮影，晃动着重叠着，愈来愈模糊，愈来愈远。三轮车渐行渐远，一点点消逝在雨雾中。士芳目送着雨中的黑点，一动不动。

　　"把手伸开。"老陈阴阳怪气地说。

　　士芳张开手，老陈把掌中的零票掏个净。"你想做好人？"

　　"我瞎了眼，才会嫁给你这个魔鬼。"士芳尖叫一声朝楼上冲去。

第十一章　风波后的余波

　　"老陈的信。"邮差送来一封信。信是本家侄子寄来的，邀请陈老伯暨夫人参加结婚大典。

　　去还是不去，老陈踌躇着。要去，就要掏钱；要是不去，就怕他爹这个村支书在乡下修理我爹。我爹被修理，就要影响我的安全系数。想到这打个颤。

　　罢罢罢！去去去！以免错错错！造成莫莫莫！去就去，问题是如何把损失降到最小呢？丹凤眼是锦囊袋，只要眼一挤，办法自然来。

　　这是个风和日丽的下午，老陈翻出行头装扮起来。闪亮的三节头皮鞋，配上花呢大衣，派力汀长裤，在头发没定型前，整个人已显山见水露峥嵘，果然是人靠衣服马靠鞍。士芳穿了套张爱玲式的绸夹袄，刨花水泥头发，脑后挽个髻，痱子粉敷脸，旧式妇女的风韵一览无余，和香烟牌子上的女子有得一拼。

　　老陈笑眯眯地举起一个红包，红包如九月的孕妇，鼓鼓囊囊。

　　"这么多？"

　　"讲究数量而非质量。"老陈抽出毛票。"新郎只看孕妇，哪管怀的是马是驴，这叫混淆是非。"

　　"一拆红包就明白。"

　　"所以我不在红包上写名字，这叫瞒天过海。"

　　"从哪学的这一套？"士芳很生气。

　　"高尔基说社会就是大学。这么多运动搞下来，就是猿也学会了。"

　　"我不学。"士芳沉下来。

"学海无涯苦作舟。"老陈啧啧着，为士芳的不求上进而惋惜。

夫妻俩出了吴淞路来到四川路，叮档的十七路电车，把他们送到了马当路上的一个石库门。

"陈老伯好！陈伯母好！"亲戚们热情地迎上来。

"好！大家同好！"老陈双手作揖频频回礼。突然，他的丹凤眼不动了。一个白白胖胖的孩子一摇一摆走过来。标准的国字脸，高高的鼻梁。除了鼻端下一道涎水，简直就是微型的陈老伯。

孩子如企鹅摇过来，粉脸如花，荡漾着美美的笑。乳牙在阳光下反射出瓷的光泽。近了，近到能闻到他的呼吸；近到能嗅到他的乳香。一股热流瞬间从丹田冲出，老陈弯下腰，一把把孩子搂在滚烫的胸口。

孩子在怀里扭动着。小脸蹭着老脸，毛发粘着毛发。老陈闭上眼，使劲嗅着孩子的汗香乳香。大手摩挲着小脑袋，摩挲着后脑上一簇金黄的胎毛。

温软的身子继续扭动，他感受着热热的鼻息，粉脸的嫩滑，他甚至幸福地感受着涎水带来的冰冷。这一刻，他明白什么叫骨肉情深。孩子在他怀里挣扎，突然小嘴一咧，蹦出一个"爸"。老陈的泪潜然而下。周围静悄悄的，所有的声音消失了，所有的人感动着，感受着，感慨着，间或有半声的抽泣。

"咚咚咚！"一阵脚步石破惊天，一股旋风冲来，一双糙手夺走了孩子。老陈愣了，定格在原先的姿势。孩子哭了，他从母亲的肩上伸出小手朝老陈挥舞。老陈追了上去，突然又停下。

孩子进了屋，远去的哭声中夹杂着一声声的"爸"。声音袅袅冉冉，久久回荡在天井。

"这孩子。"所有人叹息着，抹着伤感的泪花。"这孩子。"士芳叹息着，也抹着伤感的泪花。老陈不语，转个身走出天井。

一小时过去了，老陈没有回来。二小时过去了，老陈依然没有回来。

"他一定找个清净处去反省了。""他一定去拿存折来弥补了。""会不会出事？""会不会……"所有人的眉皱着，所有人的眉蹙成一个大大的结。

太阳快下山了，橘红的光撒了一天井。老陈突然闯进橘红的光里，国字形的脸上，一双丹凤眼愈发炯炯。"老陈回来了。"一声欢呼打破寂静，所有的人欢呼起来，蹙起的眉融化在欢呼声里。

"你没事吧。"新郎拉着他的手。

"我能有啥事？"声音依然爽朗，"我出去给孩子买点礼物。"

"可你怎么空着手？"新郎惊讶地问。所有的瞳仁聚焦过来：十根下垂，指上甚至没有一根红头绳。

"我的礼物在这。"老神闲气定地拍着口袋，众人松了一口气。孩子突然摇晃着走过来，一头扎进老陈的怀抱。老陈伸出双臂揽住孩子，他的嘴一点点伸向前，他的吻，终于落在企鹅的粉腮上。

所有的眼睛湿润了，所有的脸绽开了笑。老陈把手伸向口袋，又把手慢慢地伸到儿子面前：这是一根棒头糖，这是一根分量最轻的棒头糖。

儿子咧嘴笑了，乳牙在橘红色的光晕里更白了。老陈把棒头糖塞进白牙："宝贝慢慢吃，这是我走了好多路买来的。"

喜妹走过来，她含着眼泪抽出棒头糖摔在地上，然后抱着孩子走了。孩子挣扎着反抗着，小脸如向日葵锁定一个方向。一双双眼睛湿润了，果然是父子连心！老陈你快追，追回自己的骨肉；老陈你快冲，夺过自己的血脉。

老陈呆呆地站着，突然弯下身子。

"不好了，老陈中风了。""今天的刺激太大了。""她……他……。""救人要紧。快！快！快！"有人朝老陈奔去，还没等救援者靠近，老陈突然直起身子，把棒头糖放在嘴边吹起来。

"他在吹小喇叭？""不得了，急火攻心犯病了。""赶快打电话给精神病医院。”“作孽啊。”七嘴八舌的同情，异口同声的惋惜。

“咱们上医院。”新郎走上前，一把夺过棒头糖。老陈趋前一步反手夺下。

“你要这干啥？”新郎和蔼地问。“用钱买的，为啥不要？”老陈更和蔼。

“难道你要吃？”“当然不吃，我吹去上面的灰，棒头糖就可以烧菜。”

“用棒头糖烧菜？”新郎笑了。“当然用棒头糖烧菜。”老陈也笑了。众人面面相觑：果然疯了。

“棒头糖烧菜我还是第一次听说。”新郎故作轻松：病人已疯癫，不能再刺激。

“把棒头糖在菜里点一点，就能省下二两糖。这是综合利用，理财心得。”老陈微笑着。他表情庄重思维清晰，眼球，眼黑，眼白，眼睫毛一切正常。既然老陈正常，那谁不正常呢？众人又一次面面相觑。

“你怎么就给儿子买一根棒头糖？”新郎还想测试一下对方的智力：精神病人也有伪装色。

“难道你指望我买德芙巧克力？就是买棒头糖也有害无益：一是浪费钱，二是要蛀牙，三要养成吃零食的坏习惯。”老陈如数家珍娓娓道来。

“你应该给他喝白开水。”新郎终于忿忿了。

“你说对了。白开水最养人，不但含矿物质，还有有机物。咦！你们围着我干啥？”众人尴尬地散开了。既然老陈没病，那就是他们有病。他们的病就是：杞人无事忧天倾。

第十二章　领子

　　老爹来信了。既然一碗碗中药，不能使柴达木盆地上升为喜马拉雅山；既然烧香拜佛，也不能让烙饼膨胀成面包，那就领子：这子是我的孙子，也就是你的亲侄子。

　　不是我的种，凭啥要我抚养？老陈冷笑着把信撕了。他完全按照斯大林同志的话来行动：我们不理睬它。

　　半月后，家乡游说团杀入上海登陆吴淞路。七大侄八大甥，如一串螃蟹钻进小阁楼。虽不能抬头，虽混个半饥，难憾军心半分一毫。咳嗽吐痰的，趿鞋挖藓的，声泪俱下的，义正词严的，搞得他焦头烂额苦不堪言。

　　"这事究竟咋办？"士芳小心地问。

　　"让他们滚，就说我应了。"

　　"能不能给他们打张船票？"士芳试探地问。

　　"除非西边出太阳！"老陈用巨无霸锁锁住抽屉，也锁住了家庭的经济命脉。

　　游说团终于撤了，盘缠钱是堂兄的一只手表。知道这事后老陈很懊恼：卖给寄卖商店为什么不卖给我？

　　"我们什么时候去领孩子？"士芳很兴奋。

　　"你就不兴我来个兵不厌诈？要领子，除非我死。"老陈一跺脚。

　　"要不领子，除非我死。"门外也有人跺脚。门一开，就见老爹威风凛凛地举着龙头杖站在门口。老陈腿一软。

　　"今天要也得要，不要也得要。孙子，快跪下叫一声爹妈。"老爹从身后扯出一个孩子。孩子跪在地上，响亮地叫了一声"爹妈"。

　　"裤裆上的泥，不是屎也是屎了。"老陈哭丧着脸。士芳仔细地打量着孩子。孩子七八岁，天庭饱满地角方圆，皮肤白皙鼻梁高耸，比年画上的娃还俊十倍。

　　"哪来的俊儿？"小脚女一进门就嚷起来，"这么俊的娃，怕是百里挑一。""漂亮的脸蛋能换大米嘛？"老陈气愤地说。

　　"孩子一九四九年八月十七号生，生肖属牛，好一头牛犊子。"士芳露出久违的笑。

　　"父亲是哑巴，母亲是童养媳。上有二哥下有二弟，孙子从小就放羊拾粪。"老爹慈爱地瞅着孙子。老陈也用复杂的眼神瞅着侄子。唉！满城春色宫墙柳。

　　"不是你儿，难道不是陈家的血脉！"老爹看穿了他心思，把龙头杖敲"乒乓"响。他低头想起喜妹一句话：你这个绝子绝孙的龟王八！

　　"你是他爹，该给他起个名字。"老爹大手一挥。

　　"耳朵陈，新旧的新，浩浩荡荡的浩。"

　　"……陈新浩！陈新浩！这名字响亮又有派头。"老爹抚掌大笑。老陈想笑却笑不出。是陈又是新，是新又是陈，可谓一正一负一加一减。数学上不是有模糊学嘛？油画上不有抽象派嘛？文学上不有铺垫语嘛？建筑上不有中西合璧嘛？连国画都讲空间，我为什么不暗藏玄机？"陈"和"新"就是中性词。这表示既是我儿，又不是我儿；我有了儿他就滚，我没有儿他就留。藏臆想能回旋，留想象能进退。进一步可夺关斩隘，退一步可步步为营。至于这个"浩"嘛，既可以说浩然东去，又可以说雄风浩荡。要是有了自己的儿，他只能浩然东去，黄鹤一去不复返；要是没有自己的儿，他就是雄风浩荡，直挂云帆济沧海。想到这，他得意得抖起了腿。

　　"陈新浩！陈新浩！"老爹一遍遍念叨，神情亦很得意。

　　"哇！"一声尖叫冲天而起。士芳吓得一闭眼，老爹吓得一哆嗦，至于新来的小子，更是吓得跳起来。

　　"你发什么疯？"龙头杖颤颤指向老陈，"你凑在他耳边叫什么？"

"我试试他的听力。"老陈狡黠一笑。

"这么说你搞试验？"

"不经过检验绝不收货。"老陈淡淡地说。

"啥和啥啊？"士芳不解地问。

"他怕侄子也是聋子，所以用了试金石。"小脚女解释着。

"你啊你……"龙头杖举起了又颓然地放下。

最近老陈又忙了，因为党中央要求洗脸。既然一个名字都能收获灾难，洗脸绝不是撸一把的问题。不配合洗脸，这是抗旨；配合洗脸，这是犯上。怎么才能找到一个二全其美的办法？

峨眉山贵在空灵，庐山美在雾气，黄山秀在绝壁上的松树，我也来个空灵飘渺不着痕迹；我也来个云遮舞绕不露真相；我也来个不上天不落地的良辰美景。洗脸洗脸，端上热腾腾的水，送上香喷喷的肥皂，呈上崭新的毛巾，做好御洗的前奏。至于洗脸的部位，洗脸的轻重，洗一遍还是二遍，是先擦皂再洗，还是先洗后擦皂，这就不是我的事了。

因为前奏，因为绸缪，所以老陈很忙。他忙着刷标语，忙着装喇叭，忙着下通知。一句话，他忙在事务上，忙在准备上，忙在后勤上。

"你是领头羊，你要带头发言。"会议前李弟再三关照，他很倚重这位老前辈。

"我的觉悟和水平咋能和您比？这不是关公面前舞大刀，孔夫子面前卖文章嘛？"

"你有你的真知灼见。"李弟不愧是领导，有礼贤下士之风。

"哎呀！我们都想聆听您的教诲。您的话不但哲理而且睿智，不但振聋发聩还触类旁通，不但深入浅出还高屋建瓴。上下五千年的精髓，尽在其中。"

"至于嘛？"李弟有些飘了。

"伊索狐狸的聪明，阿凡提的智慧，鲁迅的犀利，施洋律师的口才全归您了，真是六宫粉黛无颜色，万千宠爱集一身。"

"陈老伯！你很有文化底蕴嘛！""哪里！万恶的旧社会让我成了半文盲。""半文盲能说这样话？""哎呀！不就是私塾里念了几天，学费还是爹的卖血钱。"说到这他捂着嘴。

"说下去。"李弟用微笑以资鼓励。

"粗人说话颠三倒四，信口雌黄权当放屁。听您的话，才有拨雾见天的明朗。听君一席言胜读十年书，三言二语能收益一辈子。既然洗脸，您就来个润物细无声。"

"言过其实喽！"李弟谦虚地摆着手。

"别人抛砖引玉，您是抛玉引砖。""我是整风的组织者，怎么能先发言？""重在参与嘛！有了参与，就能准确地把握整风脉搏，这叫知已知彼百战不殆。""这话……有点道理。"李弟一颔首。

"难道你们不想听李主席的真知灼见？"老陈的男中音极悦耳，有重金属的质地，还有重金属的回音。

"请李主席发声音。""请李主席训话。"下面七嘴八舌地嚷着。

"同志们！不是发声音也不是训话，而是李主席讲话，李主席指示。鼓掌鼓掌！"

"啪啪！啪啪！"掌声在舵主指挥下，发出标准的四二拍。"啪——啪！啪——啪！"

"啪——啪"掌声整齐而清脆，像电视中精心安排的假笑。虽然大家心知肚明，毕竟很热闹也很感染。不出所料，李主席走上讲台即兴发言。

他谈了由于过多的学习，造成产量下滑和利润流失；他谈了由于干部专横，造成党群关系紧张；他泛泛而谈，没有一个确切的焦点；他蜻蜓点水，没有一个完整的提纲；他就事论事，只是提一点看法而已。确切地说，他不是洗脸，只是在脸上吹了一下，轻轻的一吹就如一个吻。

　　李弟希望玉抛出后，有人抛砖。砖越大越好，越多越好，越重越好。要是能在他脸上砸几个麻子，那就更妙了。这样他才能成为功勋者，这样别人才能成为现行者。

　　抛完玉后他大失所望。在这个大老粗聚集的单位，讲下流话趋之若鹜；讲鸡零狗碎应者如潮。一旦讲真格讲正经，全是大眼瞪小眼。他妈的！浪费了我半嘴唾沫，不但小青蛇没出来，连个壁虎都不见。真是：一片汪洋都不见，知向谁边？

　　哎呀呀！既然引蛇出洞不行，那就另支一招：敲山震虎。

　　"同志们！让你们给党洗脸，这是最高的殊荣。现在，让陈老伯接受政治上的桂冠。老陈请发言！"

　　"同志们！我太感动了。上下几千年三朝五代，哪一个皇帝肯让草民给他洗脸？只有共产党才有海一样的胸襟。哎呀呀！我肚子疼……我先上厕所。"老陈捂着肚子奔出会场。

　　"你这个屎，拉的真不是时候。"对着老陈背影，李主席一跺脚。"对了！这不是二个中专生吗？你们的文化是党培养的，发言责无旁贷。"李弟终于发现了次目标。

　　"我……我对党没意见，我希望……党对我提意见。"结巴磕磕碰碰的话，引得众人哄笑不止。

　　"注意会场纪律。他结巴你发言，代表知识分子向党提意见。"李弟的手指向另一个目标。胡技术员只得站起来。

　　"共产党就是伟大，共产党就是光荣，共产党就是正确。"胡技术员推了推眼镜，蹦出这三句话，众人又是哄笑不止。

　　"我很想给党洗脸，可是党的脸干净纯洁，连半点灰都没有。同志们，遗憾啊！"

　　"遗憾！""非常遗憾！"大老粗云里雾里，阳里阴里分不清，只是乱起哄。

　　"你……"李弟对狡猾的技术员无计可施，只得再次寻找新的猎物，"要不……你说。"李弟的手一指，于是绣球抛到著名的傻大姐身上。

"我说就我说。"傻大姐"呼"地站起。"要不是共产党，哪有我傻大姐的政治地位。要说意见，就是党也要提高男人的地位。男人有了和女人一样的地位，就会雄风大振，不会出现软油条现象。"

"什么叫软油条？"有人问。

"你摸摸自己胯下，是软还是硬？"傻大姐的话，引来群众的前仰后合。

"闭上你的臭嘴。"李弟急了。

"都说妇女有地位，为什么一到床上，他骑在我身上。而不是我骑到他身上？"傻大姐做了个武松打虎的动作，于是掌声热烈地响起。傻大姐的话，比列宁同志的演讲还有魅力。

"还有……"眼看气氛上升，傻大姐更来劲了，"他要搞我，月经期都不放过；我要搞他，不硬我就没有办法……"

"我的妈啊。"许多人笑的直不起腰起。

"你这个十三点欠揍。"五大三粗的络腮胡冲过去，抓住傻大姐的头就朝地上揿。"咚咚咚"的声音震的头皮发麻。

"李主席！还是把这会改成舞会，大家一起来跳赤道战鼓。""对！支援亚非拉革命！""跳舞喽！跳舞喽！"

"散会！散会！"眼见会场成了一锅粥，李弟只得匆忙收场。

整风记录交上去，看来看去，没一个发言达标。不达标也要想办法达标，不然百分之五的比例咋完成？侏儒里找矮子，矮子里拔长子。你说长子不够长，那就来个拔苗助长。既然引不出蛇，泥鳅也可当蛇打。反正泥鳅和蛇全是没脚的爬行动物。

"有了！终于看到了。"领导高兴地嚷着。谁让你谈产量和利润？谁让你谈党群的关系？你只要谈到这二点，你不仅是泥鳅，还是半条蛇。不要说半条蛇，就是半只壁虎也打你半死。

可他是李弟啊！李弟是整风的组织者啊。

是组织者，更说明他打着红旗反红旗；是组织者，更说明他的渗透性；是组织者，更说明他的隐蔽性。这真是"众里寻他千百度，他却在灯火阑珊处"。

可是他为党做了许多贡献。

贡献？要说贡献，向忠发没贡献？要说贡献，顾顺章没贡献？要说贡献，王明没贡献？要说贡献，张子善没贡献？只要革命需要，该杀就杀该斩就斩。共产党不搞"刑不上大夫"这套封建糟粕。

搞了他……让人心寒。

心不寒就没有畏惧，没有畏惧就没有权威，没有权威就没有统一，没有统一哪来执政党的地位？你这个同志思想很危险。

坚决拥护组织对李弟的处理。现在请组织明示，把这个右派发配到哪？

哪？哪是旮旯就上哪，哪是戈壁就上哪，哪里能磨练就上哪，哪里能脱胎换骨就上哪。

遵命！

呼啸的警车，把功勋卓著的李主席李书记李代表李首长送走了。当警车绝尘而去时，老陈瘫痪在地。险啊！要不是捂住肚子上茅房，那就是捂着肚子上甘肃；玄啊！要不是临机一变就是苏武第二。天呐！我现在赚回一条，第二条命可要好好珍惜。

当新来的王书记自我介绍时，老陈还没从魂不附体中苏醒。他讷讷着，不停地点头，不停地摇头。左边点到右边，前边摇到后边，浑然一个劣质的不倒翁。

整风前，老陈的格言是：夹着尾巴做人。整风后，又加了新格言：沉默是金。这沉默不但是金，还是命。老陈的嘴现在只有一个功能，那就是吃饭。要是饭能从鼻子进，那就把嘴废黜。什么"百无一用是书生"，我看百无一用是嘴巴。这不咸不淡，不二不三的货，是骡子的阳具，是非的根源，杀头的靶子，坐牢的缘由。哎呀呀！嘴啊嘴，恨不能让风火轮把它缝了，来来回回缝它个密密匝匝。

第十三章　圣女

　　远远看见王书记领了个风姿绰约的女人，老陈赶紧钻出大缸，恭候大驾光临。这缸搞酸碱中和，沉淀物需要经常清除。

　　"这是你的徒弟，叫寒霞。""我能带徒弟？"老陈受宠若惊。

　　"共产党能化腐朽为神奇，相信你能通过组织的考验。"

　　"谢谢！我一定能通过考验。"老陈激动地要和组织握手，一看满手污泥忙急忙缩回去。

　　"让她干最重最苦的活，一分一秒也别停下。"书记耳语着。

　　"那是一定的。"老陈光着脊梁，把书记送出去。"汇报和监视她的一切，事无巨细，时时刻刻。"

　　"请组织放心，这次我一定要火线入党。"老陈很坚决地说。

　　"寒霞，洗心革面接受改造。"王书记奸笑着走了。

　　"你每天的工作，就是把十只缸装满黄豆。一口缸能装一千斤，还有……"老陈说了一半停下了：一天能倒满一缸，就够她受了。

　　寒霞看了看大缸，蹲下身子紧了紧鞋带，又捋起袖子，在肩上垫了块毛巾开始扛大包。一袋黄豆二百斤，就是男人扛着都够呛，更何况瘦弱的她？巨大的麻袋压在肩上，让她的细腰呈九十度，老陈有些不忍。

　　我不能怜香惜玉，这是小布尔乔亚的情调；我不能心生恻隐，这是资产阶级人文的体现。"让她干最重最苦的活，一分一秒也别停下。"书记的话警钟长鸣萦绕耳边。

　　第一天过去，寒霞咬紧牙关不吭一声，渗血的嘴唇，证明了她的极限。第二天过去了，寒霞咬紧牙关，不但有渗血的嘴唇，还有脸上的挂彩：麻袋上的铁丝刮破她的脸。第三天，她不但打着绑腿，还换了双卓别林的胶鞋，她在鞋的前后塞满棉纱。

"为什么要打绑腿？"老陈试探地问。"绑腿能使我脚步利索。""为什么要穿大胶鞋？""鞋大受力面大；受力面大我才能站的稳。"寒霞淡淡地说。老陈的鼻子倏地一酸，他急忙转过脸，咳嗽一声拿出工作日志。

"不用翻记录。第一天我扛了二十袋，第二天三十袋，今天我争取扛四十。指标不就是五十袋嘛？"寒霞的秀眉朝上一挑。

"不就是五十袋？好一个口气比力气大，好一个新官上任三把火，好一个新造茅坑三天香。"老陈冷笑着。

第四天，下班铃声响起时，寒霞正好扛了五十袋，整整五十麻袋。第六天五十袋，第七天五十袋，第八天五十袋。没有哭诉，没有求饶，没有外援，帮助她的只是厚厚的绑腿和硕大的胶鞋。

老陈对她产生由衷的钦佩。让他钦佩一个女人，这对他来说绝无仅有。

老陈隔三岔五上办公室走一趟，汇报徒弟的一言一行，一举一动，一喜一忧，一颦一笑。现在连她肌肉抽动的方向，眼球转动的频率都不遗漏。汇报之详细，情报之缜密，阐诉之繁杂，基本达到前无古人，后无来者的高精准。

书记，现在只差一个情况没汇报。

什么情况？

上厕所的次数是记录了，但是大便还是小便，只能从时间上推测。

这问题嘛……只能笼而统之。

书记，还有一个关键性问题：我不知道她啥时来例假？

这问题绝不能掉以轻心。

是不是来例假时，她的活动最猖獗？

那倒不是。来例假时，是她体力最差，意志最薄，也就是最容易突破时。

趁此良机，策反一举成功？

你这个同志，记住不是策反而是攻心。

攻心不就是为了策反？月经期的策反，往往能起到事倍功半之奇效。

哎呀呀！别人是一点就通，你是不点也通。书记激动地拍着老陈的肩膀。

承蒙组织，点化不窍之人。老陈谦和恭敬，无一丝骄矜之意。

好！组织就喜欢你这样忠心耿耿的好同志。

革命尚未成功，同志还须努力。

好啊！连国父的话都能倒背如流。但是……书记沉下脸。

我错了，我应该背诵毛主席语录，而不是孙中山语录。

好！下面谈例假问题。

报告书记！我有锦囊妙计。我准备了花衬衫，红裙子，还有一个文胸。

你准备男扮女装……潜入女厕？

华子良能为革命装疯卖傻，难道我不能为革命搞性改变？

精神可嘉，但是被识破……影响不好。

咋会识破？我的化装天衣无缝。

我相信你的化装术，但这个总不能割了吧。书记的下巴朝前一努。

你是说喉结？这问题我早想到了。看！这是红围巾。有了它，十个喉结也不怕。

夏天快到，你总不能在赤日炎炎下戴这劳什子。书记拍拍自己的胸脯。

书记说的是……文胸？哎呀呀！英明啊英明，说千道万还是书记英明……既然男扮女装进厕所不妥，我还有一个金点子。

说来听听。书记一扬下巴。

我仔细勘察过……男女厕所只是一墙之隔。隔得了上面，隔不断下面。她一进厕所，我就趴在男厕所观察：有例假就有红水，有红水就有答案。

英明啊！书记主动伸出了宽厚的大手。老陈赶紧趋身握住，不但握得很紧，还如三菱电梯，来了几个上上下下。

可是……要是几个女同志同时如厕，你咋知道红水是谁的？

这个嘛……这好办！勺出一瓢红水，送区质量监测站，逐一化验验明正身。

化验需要理由……名不正则言不顺。

以革命的名义，以革命的需要，以革命的利益，以革命的……

混帐！你把革命工作庸俗化了。书记沉下脸。

我该死！我该死！我一说就离谱……可是，盯梢如战争，正面通不过，难道不能迂回包抄？雁过有声，水过有痕，来了例假，难道没有蛛丝马迹？

唔……有道理。说下去。书记一颔首。

从现在起，我不但要观察她的表情更要观察她的姿势。根据经验，来例假时走路带八字，一拐一撇就是最大特色。说着老陈做个八字走路的姿势。

革命群众的眼睛，果然雪亮雪亮。书记终于颔首微笑。

当然，这事我还要请教老伴，观察老伴。一般情况下有共性，还有独特的个性。只要搞清共性和个性的不同，才能甄别真伪防止赝品。这叫去假存真，这叫萃取，这叫过滤，这叫沉淀，这叫……老陈越说越来劲。

说得对！

这叫马列主义的普遍原则，和中国的实际情况相结合。

好一个活学活用。

胸有成竹才能按图索骥，知己知彼才能对号入座。

好！王书记翘起大拇指：你有搞公安的潜质。党就喜欢你这样的同志。

过奖！过奖！如果有机会，还请书记提携。

党就喜欢你这样的同志：荣辱与共肝胆相照。书记加重语气。

不敢！不敢！这是党对民主人士的评价。

你也可以争取做民主人士嘛！书记用鼓励的口吻说。

我一定努力！回家后，我让老伴夹着卫生带给我走几步，不研究个透彻绝不罢休，因为这是理论和实践结合的范本，这是思想指导行动的典范。卫生带啊卫生带，你包含了朴素的哲学思想。老陈手舞足蹈地说着。

放肆！书记一拍桌子。你竟然用这种口气，来谈论严肃的政治任务。

小的……有罪！小的有……罪！老陈从兴奋的颠峰，滚下恐惧的深渊。我这张臭嘴又忘了"沉默是金"。

有认识就好。回去好好行使你的……职责，神圣的职责。

是！老陈双腿一并，响亮地说。

老陈兴奋地回到车间。远远看见一座山在移动。山太大，扛山的人成了侏儒；山太高，扛山的人成了弯虾。山慢慢移动，如巨大的冰块漂浮在海面上。

她是蜀道上的拉纤者，匍匐在地手脚并用。纤夫能唱劳动号子，她却不能；

她是绝壁上的采药人，行于万仞爬于千峰，采药人能吟信天游，她却不能；

她是海边的礁石，忍受浪的袭击，雨的浸淫。她是朝圣的殉道者，她是无语的苦行僧，她是吐丝不尽的春蚕，她是流泪不止的蜡烛。

她是谁？她干了啥？她究竟要凌迟到哪一天？

老陈呆呆地看着扛山的女人。篾条深深，嵌进她的肉里；铁丝锋利，戳进她的皮肤。他的心一颤，突然对神圣的职责，感到前所未有的恶心。

监视者发现被监视者，总是穿着黑色的外套，有补丁的裤子。从星期一到星期六，循环往复往复循环。"暴殄天物"，他的脑海突然蹦出这四个字。沉重的外套，无法遮盖她的美丽。美丽如探出枝头的腊梅，爆出一个有生命的春天。他几次想问，难道你只有这套衣服？但这个问题，既不是他侦察的方向，也不是汇报的要素，所以问号只能藏到心里。

他发现她的手总是血痕道道。这是篾条的磨砺，这是铁条的划痕。这双手，修长而柔软。修长的手指，应该跳跃在琴弦，柔软的手指，应该挥洒在画布。手带着诗人的敏感，舞者的优雅。这双手不属于麻袋，而属于文房四宝。

他想问，单位发的手套为啥不戴？但这个问题，既不是询问的范围，也不是窥测的方向，所以问号只能藏到心里。他发现她到食堂只买素菜不买晕菜，就是素菜也吃一半带一半回家。她吃的少，干的多，进出不成比例。

他想起一句话：我吃的是草，挤出的却是牛奶。他立刻朝自己扇个嘴巴：她是什么人，鲁迅是什么人。

为了庆祝中华人民共和国成立九周年，单位里给职工发了一套工作服。寒霞红着脸请求给她换一套男式工作服。老陈一口答应了。下午，食堂又给职工发二个肉包，许多人拿到就朝嘴里塞，连他这个吝啬鬼也咽下一个。工场间静悄悄的，大家沉浸在包子带来的美味中。

寒霞取出杯子装包子，然后用舌尖去舔手上粘着的皮。包子皮很小，估计 0.000001 平方，就在舌尖粘起包子皮时，她看见了老陈。二个人的脸同时红了，一个因为偷觑，一个因为被偷觑。

"我！"老陈有些尴尬，"我是无意的。"

"我不介意，我习惯被监视被窥觑。包子给婆婆，她像个孩子，要变着法哄她吃。"寒霞温柔地说。他的心一动。我是东施，并不妨碍我欣赏西施；我五音不全，并不妨碍我崇拜歌剧；我不愿锻炼，并不不妨碍我喜欢体育，我阴暗，并不妨碍我热爱太阳。我丑陋，所以自卑；我麻木，所以怯懦；我心理阴暗，不是条形码出错，而是环境改变了我的条形码。

与其临池慕鱼，不如归而结网？

不，我不能！你是我网里的鱼，我要借你这条鲤鱼来跳龙门。战战兢兢的日子过够了，要解脱就要找替身，这是物质不灭定律。

可怜的人啊。

你才是可怜的女人。书记为啥要对你严防死守？你是潜伏特务还是女匪首？

你自己看。

随着全方位，深层次，零距离的监视，我有了疑惑。说是特务，你不投炸弹不投毒；说是四类分子，你不暴戾不杀戮；说你是白骨精，还不如说你是安琪儿；说你是女匪首，还不如说是白毛女。

言重言中！我可是裹着糖衣的炮弹。

黑袍一身，遮不住高贵从容；身处险峻，依然飘逸淡定。你是撒旦还是天使？你是人渣还是碎钻？我在磁场里跌跌撞撞，就是找不到方向。警惕愈重，敬重愈重，监视愈深，爱慕愈深。你的微笑如匕首，深深地扎在我的心窝里。我……我一溃千里，我方寸大乱，我憎恨和爱慕一色，监视和敬重齐飞。我忘记了生存的格言，放弃了人生的信条。我已经不是原来的我，但我又恢复了原先的我。我究竟是现在的我，还是原先的我？你究竟是咋样的女人，仅仅二个月，就摧毁了我一辈子设置的马奇诺防线。

我丢盔弃甲，我改弦易辙，我背离了安全的红线，我埋葬了人不为己的格言。最最最要命的是，我已经无可救药死心塌地爱上你。爱！爱！爱！老陈绝望地叫起来。

今天下午政治学习。女人们为了能在大范围里进行的飞流短长而兴奋不已。"格格！""哈哈！""嘻嘻！"根正苗红的巾帼笑成一团。她们有理由高兴，因为她们根正苗红。寒霞悄悄地坐柱子后面，柱子可以部分地挡住虎视眈眈的目光。

　　会议还没开始，寒霞拿出一付新手套，她用别针挑出纱头，把纱往手指上绕。半个手套不见了，手指上的纱却越来越厚。

　　"怪不得不带手套，原来她需要棉纱。"老陈总算解开一个谜。

　　"臭婊子。"傻大姐大吼一声，"勾引男人的臭婊子。"她的眼睛，直钩钩地看着寒霞。

　　"男人不和你睡觉，你就怪她？"巾帼们笑着。"屁眼拉不出屎，就怪马桶没吸力。"

　　"没看到狐狸精前，一星期耕地三次。见了她，眼直了，嘴歪了，地荒了。"

　　"不要这三分三了？"巾帼们乐不可支。

　　"昨天灌了黄尿上来，一边犁地一边乱叫，结果被老娘一个扫堂脚踢下去。"

　　"他叫什么？你男人叫什么？"一群人朝傻大姐靠拢。

　　"……寒霞啊寒霞，我的心肝宝贝。寒霞啊寒霞，我愿为你生，我愿为你死……"

　　"格格！""哈哈！""一对文盲耕地耕出了造句……"众人笑的前仰后合。

　　寒霞不动声色，但是拆纱的手在发抖。她是酱油厂的"红字"，也是男人瞩目的焦点。巾帼对她又嫉又恨，同仇敌忾划条三八线：谁和她说话就是叛徒，谁让她难堪谁就是英雄。以仇为剑，以毒为帜，让唾沫淹没她，让毒箭击中她。她的美丽是寡妇的孝衣，她的安详是女巫的道具。男人欣赏她一分，巾帼憎恨她十分；男人们朝她脸上凝视六十秒，巾帼羞辱她六十分。开会是一个绝好的机会，在大庭广众下羞辱她，羞辱她的身份，点击她的红字，彻底打败成功的失败者，彻底搞臭不下跪的阶下囚。

　　你匍匐在地，凭什么还俯视我们？你镣铐加身，凭什么还睥睨我们？你穷困潦倒，凭什么还怜悯我们？你这个自恋狂太疯狂，你这个自虐者太作孽。你是啥人，我们是啥人？我们是红人，你却是红字。

楚河汉界泾渭分明，你死我活誓不二立。

"骚货！不要脸的骚货！再骚也是专政对象。"傻大姐骂得唾沫横飞。寒霞的脸刷白，她上牙咬住下牙，用快速拆纱来掩饰她的愤怒。

"装腔作势的婊子，想用清高傲慢来勾引我男人。我一定要撕下你的画皮。"

"啪"，傻大姐腮上挨了一耳光。"你……"傻大姐捂着脸。

"我打你这个没皮没脸的货。"络腮胡扯了她的头发朝外拽，傻大姐杀猪似的叫起来。

"格格！""哈哈！""嘻嘻！"会场如油锅放了水，激起千万个兴奋的油花。寒霞依然拆纱，她拆的很专心，碰到零星断纱，接起来再绕上去。这使老陈想起粘在她手指上的包子皮。

"你拆手套干吗？"趁全场的注意力在男女混合拳击上，老陈悄悄踅过去。

"打毛裤。""我还有几副手套给你吧。"老陈有些结巴。主动要求馈赠，这不是他的风格。

"谢谢！一月一付，我已经积了二付。""给谁打？""我丈夫，他在甘肃。""为什么在甘肃？""他是右派。""右……派。"老陈倒吸一口冷气。

沉默，长久的沉默，连空气也凝固了。

"甘肃很冷很冷……"她声音低了，头也低了。心硬如铁的老陈，竟也伤感地低下头。"我要让他知道，他除了信念，还有母亲和妻子。"她抬头微笑，苦笑中带着坚定。

"王书记……是你熟人？"他压低嗓音。

"他是我和丈夫的同学。不过他不是人，只是一条狗。"寒霞轻蔑地说。这句话让老陈魂飞魄散大惊失色。额的妈啊！坐你身边，敢情就是坐在高压线上。他的腿肚开始抽筋，他的眼皮开始痉挛。他扶着柱子，颤颤巍巍地离开了她。

政治学习结束了，老陈的脑子乱成一锅粥。按照规定，他一定要汇报，但是有一股力量在制止他。就在这时，王书记出现了。

"每天五十袋完成了嘛？""……完成了，完成后还做了清洁工作。"

"再给她加，一直加到她投降。""不能再加了。"老陈脱口而出，"……工作量已超过男职工，超过壮劳动力了。"

"执行政策要灵活机动。什么叫内外有别？什么叫特殊情况特殊处理？变是绝对的，不变是相对的。从明天开始，加到六十袋。要是完成，再加到七十袋。我就不信我斗不过她。"书记横肉绽放五官狰狞，老陈不禁打个寒颤。

下班了，他费劲地踩着车子，突然看见马路边的寒霞。寒霞拎着一包菜，菜的成色很眼熟。老陈一愣，监视者和被监视者全买同一个下脚菜，真是英雄所见略同。

"把菜放进车筐里。"老陈下了车。

"小心，里面有鸡蛋。今天给婆婆炖蛋羹。"寒霞高兴地说。

"这菜叶……你吃的？""我总不能和她抢蛋羹吃啊。"寒霞笑了。

"你……太苦了。"一想到明天就要加上去的麻袋指标，他的心沉得朝下坠。

"你为啥……不去求王书记，说不定……网开一面。"老陈吞吞吐吐地说。

"士可杀不可辱。""你不是武士而是个女人。"老陈气呼呼地说。

寒霞看了他一眼，很认真的一眼。"他折磨我，就是让我投降。""那你就投降。""休想。""人在屋檐下，不得不低头。"

"不！"寒霞吐出一块硬石头。"绝不！"她又加了一块硬石头。

"这一切……究竟为了啥？"老陈终于问了，这块石头压在他心头已经很久了。

"……大学毕业后，我们三人分到上海塑料研究所。反右后，他把我丈夫说的话汇报给组织。"

"……于是你丈夫被打成右派。然后他请缨到基层锻炼，同时还带来一个俘虏。""这个故事的版本在中国，一点也不新鲜。"寒霞冷笑着，"我不但是俘虏还是猎物。可俘虏不肯转化成猎物。"

"你一个鸡蛋，竟和石头抗衡？不自量力……"

"我不能和凶手同床共寝，不能让婆婆面对出卖儿子的禽兽。因为这个禽兽愿意我带着婆婆嫁给他。"寒霞咬住嘴唇。

"这么好的价格还不成交？你为啥不能变通？你为啥一条黑走到底？"老陈不客气地打断她的话，"为自尊还是摆姿势？"

"你要我背叛？"

"背叛是一种手段，你可以在心里纪念他。又一个宁为玉碎决不瓦全的版本？"

"我绝不把自己的身子交给他。"寒霞冷冷地说。

"你把身子交给他，把灵魂交给丈夫，这岂不是二全其美。"

"你的格言是士可辱不可杀，我的格言是士可杀不可辱。"

"你迂腐透顶。"老陈严肃地说。

"不！绝不！"寒霞突然尖锐地叫起来。

老陈呆呆地看着她。第一次听见她的大嗓门，第一次听见她激烈，甚至是歇斯底里的吼叫。她不是温顺的波丝猫，她是雷霆万钧的美洲虎。风吹过，掠起她的头发，长长的发，在风中无言地飞舞。

"他是右派，我愿意做右派的老婆；他流放，我愿意跟着他到西伯利亚。"她悲凉而悲壮地说。

"你想做十二月革命党人的妻子。""可他们连沙皇政府都不如……他们残暴而虚弱，他们卑鄙又虚伪。"

"……识时务者为俊杰。"老陈咳嗽一声。

"我绝不摧眉折腰事禽兽。"寒霞抬起了头。颈脖硕长黑发如瀑，五官娟秀身躯笔直。这不是女人而是雕塑；这不是血肉之躯而是神女峰。

暮霭重重，华灯初上。路灯下，二个影子被拖的很长。无语无语，欲语还凝。

"我家到了。"寒霞从车筐里拿出菜。

"你住在……这里？这里是虹镇老街。"

"原来我住在康定路，现在住在虹镇老街。被革命者的房子，让给革命者，这体现了革命的宗旨。"她一扬手，飘进狭窄的夹弄，黑洞马上吞没了她。

"贫困不能移，富贵不能淫，威武不能屈。"他脑海里跳出这三句话。"带血的十字架，放在生命的天平上，让所有的苟活者失去了分量。不！我胡扯什么？贫困不知变，富贵不知淫，威武不知屈，这就是她的人生图谱。"他一遍遍地说，只有不停地说，才能斩断对她的敬慕；只有一遍遍地念，才能完成书记交给他的任务。

车一进仁智里就发现异样。三三二二的人站着，虽沉默，空气中却有躁动的氧分子。这像一句诗：此时无声胜有声，于无深处听惊雷。

"都站着干嘛？"薛书记晃着手电走来，胳膊上依然戴着鲜红的袖章。看来骨骼女人嗜好大红大赤。"反革命死有余辜，敢为她戴黑纱，就是对无产阶级专政的挑战。"

三三二二的人依然沉默，眸子间或的一闪，如燧木取火时的火苗。

"你们站着是不是向党示威？"薛书记大喝一声，"既然这样，我把好汉的名字一一登记造册。"她掏出笔，让笔在空中划了个大圆圈。圈还没合拢，站着的人逃了个一干二净。

"知其不可而为之，愚蠢之至。"老陈嘀咕着上了楼。

"……七寡妇死了，她吃了安眠药。"士芳叹了一口气。

"唉！活着也不快乐，死何尝不是一种解脱？"老陈淡淡地说。

"可怜的人，死后连个哭的都没有。"

"难道李龙不哭？"

"李龙傻不愣登的也不知道哭。薛书记把他名字改成李虫，不许做资本主义的龙，而要做社会主义的虫。这个戆大。"

"戆大？要不是成分不好，他……早上清华大学了。"

"现在谁都叫他戆大，连纸盒厂真正的戆大，都叫他戆大。"

"假作真时真亦假……他用戆大的面具来掩饰心中的痛苦。"

"这痛苦那痛苦，这世上咋有这么多痛苦？"士芳又长叹一声，"小脚女扯块黑布让李龙戴，确被薛书记一把扯下踩在脚底下。"

"死也死了戴什么戴？干妹子就是无事找事……"

"七寡妇连落葬的钱也没有。我想出点钱。猴三娘这么穷，也出了一块。"

"这事绝不能授人把柄，这不是钱不钱的问题。把闹钟给我，明天我早起二小时。"

"又有啥事？"士芳紧张地问。

"暂时没事，保不住以后没事。平安无事喽！铛！铛！铛！"老陈模仿着打更人的声音。

"盼星星，盼月亮，盼来盼去难道只盼个平安？"士芳咕哝着。

"能平平安安就是烧了高香。"老陈打了个哈欠。

天墨墨黑，老陈就出门了。由于走的急，连几十年如一日的泡饭都省略了。虽然摊贩频送秋波，但老陈的自行车就是112的救火车。

到单位后，老陈直奔仓库。拆了篾条换上麻绳，拆了铁丝换成布条。让她的脸，少几道伤痕几道血迹。少了伤痕，就少了我痛苦的褶皱；少了血迹，就少了我揪心的牵挂。

出了仓库到车间，填平坑坑洼洼补好洞口。让坑洼不再绊住脚，让洞口甭别住胶鞋。用砖砌一条阶梯，倒料时不用踮脚跳芭蕾；用镐凿一条地沟，干活时不用趟水湿鞋。一桶水泥减轻她的负荷，一条地沟让她的脚干爽。

他哼着小调兴致勃勃地干着。他出一滴汗，她少出一滴血；他出一分力，她少使十分劲。水泥是调色板，涂抹着田园风光；砖石是小提琴，奏响爱的篇章。不是黄道婆，也能纺纱，不是扁鹊，也能起死回生。干活多好啊！爱一个人多好！

胃饿了，心却如饱满的豆荚；脸脏了，人却如纯粹的婴儿。久违的快乐让他微醺微醉。快乐应该是少年的憧憬，中年的奋斗，老年的寄托。可是我的快乐，除了把玩金银就是保护自己。真正的快乐，早被封存在记忆深处。今天的快乐从哪冒出来？他疑惑停下手上的活。

"你早！"一声问候打破他的问号。他慌忙清理现场，藏匿工具，如梦游者的大梦初醒。"你！"寒霞惊讶地着看这一切，脸一点点舒展，如蒲公英舒展在春风里。她突然笑了。

这是怎样一种笑：如鲜花点点绽放；如朝霞冉冉上升。"我给了她一缕东风，她却给了我整个春天；我给了她一道阳光，她却给了我整个灿烂。"老陈在春天里苏醒：目光不再躲闪，是二汪清澈的湖；动作不再诡秘，是雪地里二行脚印。他不再偷觑，他有了光明正大；他不再阴沉，他有学子的儒雅；他打扫卫生，同时打扫谀媚，他昂首，不再屁颠屁颠钻进办公室。这是阳光灿烂的日子，他的心里充满大侠的豪情，呵护弱者的柔情和莫名其妙的激情。

太阳躲进云层，天黑了。雨欲下不下，风欲刮不刮，雾欲罩不罩，雹欲砸不砸。说冷不冷只是阴；说热不热只是躁，天是一个善变的女人，乖张暴戾喜怒无常。老陈突然感到气急心跳，有了不祥的预兆。

"陈老伯！王书记让你去一趟。"宋姨朝他招手，他打了个哆嗦。

"任务完成的咋样？"一进门，劈头就是一个问号。

"遵照书记指示，已经把五十袋上升到五十五，产量提高了百分之十。"

"最近有啥动态？"王书记的脸缓下来，"活思想呢？"

"五十五袋压得她头都抬不起，她就是苏格拉底，也成了白痴。"

"你是说现在平安无事？"书记一脸轻松。

"应该说平安无事。"老陈更轻松了。

"平安无事？鸟枪换炮，铁丝换布条；平整地面，消灭大小麻子；

让大缸有了台阶，让脏水有了沟壑。好一个旧貌换新颜。"

"这……"

"情切切的关心，心贴心的沟通，黑暗中的护花使者，接下来就是'月上柳梢头，人约黄昏后'？"王书记柔声柔语，宛如朗诵的哈姆雷特。

"不……我警惕呢！"

"咋警惕？再警惕就是同饮一杯水同睡一张床的知己加情人了。好一个'出师未捷身先死'，打蛇不成反被咬。"

"不！我警惕呢！"

"你不是警惕，而是自绝于人民自绝于党。"王书记一扬手，钢笔顿成利刃，直直地插在桌上。

"不！不！不！"老陈的手胡乱挥舞，像溺水者在挣扎，"大人明鉴……"

"党提倡兼听则明，党提倡实事求是，党提倡百花齐放。你坐下，谈谈你的看法。"书记语气和缓态度和善，微笑地看着老陈。

"那我说了……您说的那些事不假，但我是这么考虑的。"

"唔！说下去。"

"党的改造政策，应该体现在精神而不是肉体。"丹凤眼边说边觑。

"唔！说下去。"

"斗争是手段，转化是目的。只有刚柔并用，才能惩前毖后，这叫怀柔。她虽是右派家属，但是没干坏事；我们要有革命的仁慈。"

"好啊！今天总算把你这条蛇引来了。"书记大笑。"您！"老陈大惊失色。

"你继续表演：说劳动改造是肉体惩罚，说斗争只是手段，说右派家属值得同情，说啊说啊……"笑容如太阳慢慢下山，又冷又硬的月亮爬上来。不是一个而是半个。残月如霜。

"您……您不是说兼听则明吗？"

"是啊！"书记身子朝后一仰，点燃一支烟。脸在烟雾中一闪一闪。胜利者的傲慢，把玩者的快感，捕猎人的得意在烟雾中起起浮浮飘荡。

"你不能言而无信。"老陈奋不顾身地嚷着，"你不能搞阴谋。"

"我不搞阴谋搞阳谋。"书记奸笑着，"来人啊！"

"您要干啥？"老陈结结巴巴地问。

"我不干啥，我只是召集基干民兵。来人啊！"

"……不能啊！我上有八十岁爹娘，下有没成人的儿子。"

"来人啊！"分贝提高了一倍。

"……我说，我全说。"老陈眼睛发红大叫一声。接下来就是竹筒倒豆一泻千里。从内容到节奏，从语气到表情，丝丝入扣；从日期到地点，从环境到场景，毫厘不差。比拷贝还真切，比摄像还清晰。

"说完了？"书记问。"说完了。""你对自己的每句话负责。还有吗？"

"没……有！""要是还有问题没交代，你死路一条。"书记死死看着他。老陈沉默着，用罕见的勇敢，表示无畏的沉默。

"来人啊！"书记猛地从座位上站起来。"我说……"一声撕心裂肺的嚎叫。"报告王书记，她恶毒咒骂共产党的书记，她说您是……""是什么？""我不敢说。""让你说，你就说！""她说你不是人，只是一条狗。""她骂我时，你一起跟着骂吧。"王书记笑眯眯地问。

"书记明鉴，借我一百个胆也不敢。""谅你也没这狗胆。"书记轻蔑一笑。"你下去吧。"书记一声令下，他如获大赦落荒而逃。

忐忑中，度过不眠夜。第二天寒霞没来上班。祸起萧墙，自己是始作俑者。老陈槌打着自己脑袋。我太卑鄙，连甫志高都不如。他受不了拷打才做叛徒。可书记没动我一指头，我就背叛了。

我太无耻，我连犹大都不如。犹大在诱惑下背叛耶稣，书记没诱惑我，我就出卖了她。我是什么人啊，不但没有仁义礼智信，还把心爱的女人送上祭坛。

老陈看着自己的手。手很大，也很干净。没有藏污纳垢，但有股血腥味。老陈无望地闭上了眼睛。知耻近乎勇——可是我的勇在哪里？

我在安全时才是勇敢的，我在免费时才是慷慨的，我在浅薄时才是动情的，我在愚蠢时才是真诚的。我爱她，深情地爱着，但关系到我的身家性命时，我就背叛了她。她是士可杀不可辱，我是士可辱不可杀。她宁可玉碎绝不瓦全，我是宁可瓦全绝不玉碎。她是黄山上的一棵松，我是黄山下的一撮土。她是天上的皎月，我是黑暗中的耗子。但是……但是在黄钟弃毁瓦釜雷鸣的时代，我还能怎么样？达则兼济天下，穷则独善其身。我发达不了，我就独善。但是政治不让我独善，他们不让我独善。如果想独善，如果不背叛，我唯一的去处就蹲在监狱的角落，二十四小时地咀嚼痛苦，反刍痛苦，把一个大活人，生生地熬成一个木乃伊。我是人，但我不是圣人，我不是禅宗，不是苦行僧，不是仙风道骨的出家人。我只是想保命，想保命，仅此而已，仅此而已……

下班经过黑板报，发现有张白布告。他挤进人群，一眼看到寒霞这二个字。这二个字又大又黑，如钉在十字架上的尸体。

"好啊！这个死不改悔的臭婊子。"傻大姐眉飞色舞地骂着。

"……经党支部讨论并送局党委审批，决定开除寒霞出厂并押送回乡。老陈！你身上的包袱终于卸了。"胡技术员似笑非笑看着他。

"那是！那是！"老陈努力再努力，这才挤出一个笑。

"太好了！""党组织太英明了。""太伟大了。"巾帼们叽叽渣渣地说。

"早该拔去这眼中钉了。"傻大姐的手在屁股上，敲击出一串欢乐的点子。

"拔了钉子，你该享受你老公了。"巾帼欢乐地嚷着。

"我要向你索取青春费。"傻大姐一把抓住老陈的领子。"就是你护着小婊子，不然她早就下地狱了。"

　　"松手。"老陈又骇又怒。

　　"你这是……大水冲了龙王庙。"结巴子拉住傻大姐，"要不是他……做贡献，眼中钉……还戳着。"

　　"是……嘛？你真好。"傻大姐撅起嘴，在老陈的脸上啄了一下。众人哈哈大笑。

　　"好！大快人心！大快人心！"络腮胡围着布告转，就如当初围着寒霞转。老陈斜着眼瞅着这对狗男女。

　　"陈老伯，她走你不心疼？""不……心疼。"老陈使劲笑挣扎着笑。"我以为你不舍得美人坯子呢！""今晚买酒庆祝。"络腮胡兴高采烈，"阳光道不走偏走死胡同。"

　　"什……么阳光道？"老陈试探地问。

　　"没见布告上写着嘛？茅坑里的石头，臭在不肯离婚；硬在一往情深。"络腮胡嘿嘿一笑。

　　"您说的阳光道……"老陈努力绽放笑纹，心却悬于一丝：要是络腮胡揭发了她，我的罪孽就轻了。不！我的罪孽没了。

　　"我让她离婚她不肯，这不是咎由自取？"络腮胡痛心地说。

　　"原来这样。"老陈的心揪得更紧了。

　　"你真让她离婚？"傻大姐紧张地问。

　　"是啊！"沉浸在惋惜中的络腮胡，还没有察觉到危险。

　　"她离婚后嫁谁？""谁？当然是我。"络腮胡一拍胸。"可我是你老婆。"傻大姐的横肉开始抽搐。"有了她，我就蹬了你。""你？……我和你拼了。"傻大姐扑过去扯他头发。二人翻滚着，撕打着，如一对发情的野兽。

　　"哇！"络腮胡惨叫一声，"婊子，你踢我的根。"

　　"坏了根就断了你的念头。起来。"傻大姐一把揪住男人的头发。

　　"上医院？""不！上书记那里交代问题。""我不行了……"络腮胡呻吟着。

“现在不痛打落水狗，以后还要发情。走！”傻大姐押着络腮胡去了办公室。

“太有意思了，比滑稽戏还逗。”巾帼们抹着眼角的泪花。

“可惜啊！”胡技术员站在布告前，喃喃自语。

“你说谁可惜？”老陈悄悄凑上去。

“这么个尤物太可惜了。”幽深的眸子在镜片后闪烁，雾样的迷离，水样的涟漪。

“春如旧，人空瘦……”

“谁瘦？”

“一个右派，加上一个老瞎婆，这是双份的仁义忠孝。东隅已失，桑榆未晚，可是你不回头……”技术员伤感地摇着头，“若改弦易辙，何至全军覆没！”

“瞎婆？你说的瞎子是……”老陈屏住呼吸，小心地问。“……唉！”

“谁是瞎子？”老陈的声音温和温柔，宛如一首催眠曲。

“什么瞎子？我说了吗？”技术员一惊，“我胡乱猜的……”

“不……对！”结巴抗议着，“瞎子这二个字，我听的清清楚楚。”

“四只眼，你咋知道她有瞎眼婆？你肯定跟踪探访过。”巾帼们向技术员围过来。在男女问题上，她们的嗅觉绝不亚于猎狗。

“不要空穴来风。”技术员抗议着。

“这里绝对有猫腻。”巾帼的思维愈发缜密。“啥猫啊狗啊！”“不说个水落石出，别想走。”巾帼们愈发飒爽英姿。老陈的心突然升到半空，又猛地落到井底。几个来回后，冷汗沁了一层。

“快说，你究竟对她做了啥？”巾帼拉住技术员的前襟。

“笑话！我一个有文化的人，还能对她图谋不轨？”技术员扳开巾帼的手，把前襟一捋。

“照你这么说，知识分子没性欲没卵子？”

“怎么这么粗鲁。”技术员沉下脸。

"卑贱者最聪明，高贵者最愚蠢。不要装腔作势。"

"你一定去过她家。"老陈的丹凤眼一闪。"同事一场，这很正常。不就是随便聊聊。"技术员推开人群朝外走。"不把话说清甭想溜。"老陈一个箭步拦住他。

"我要不说呢？"技术员冷笑着。"不说就找王书记。"老陈无畏地攥起拳头。

"你今天怎么有勇气啦？"技术员依然冷笑。"我一定要搞个水落石出。"

"对！一定要搞个水落石出。"巾帼站在老陈身后，组成一道人墙。"说！"

"不就好奇地跟了一回。"技术员知道自己跑不掉了，"……她住在虹镇老家，家又破又烂，还有一个瞎婆。"

"一个白毛女。哈哈！"巾帼乐了。

"看她可怜，我想帮她修缮房屋，结果被她拒绝。"

"这是黄鼠狼给鸡拜年啊。哈哈！"四周一片大笑。老陈也跟着笑，不过他的笑又苦又涩。

"热脸贴了个冷屁股。""乘虚而入大败而归。"巾帼笑着骂着，粉拳如雨。

"你们想知道这布告咋出笼的吗？"技术员一边接受粉拳一边问。

"想！"十几个脑袋朝他靠拢。

"我申明一点：说过就当屁放过。"技术员严肃地说，"有人打了报告，于是书记找她谈话。"

"谈啥？""谈啥不知道。只知道进门后门被反锁，她冲出门时书记捂着脸。"

"精彩！精彩！书记捂住脸？"巾帼怪叫着。"详细内容可以问她。"技术员的手朝前一指。一个老妇人扛着扫帚走过来。

"宋阿姨！宋阿姨！"巾帼呼地围上去，"听说敬爱的书记被打了？”

“这问题你们自己去问书记。”宋阿姨冷冷地说。

“宋阿姨，你就告诉我们吧。”“酱油厂谁不知道宋阿姨是一锢二响的硬骨头。”“寒霞才是真正的硬骨头。你们这些人，没有一个人配得上她。”

“这婊子狗胆包天打书记，你还为她说好话……”“你没有阶级立场还包庇婊子。”巾帼们嚷嚷着。

“你们才是婊子呢！”宋阿姨挤出人群，“老天爷啊！睁开你的狗眼，看看这男盗女娼的世界吧。”宋阿姨扛着扫帚愤怒地走了。

“作孽啊！”老工人叹息着走了。巾帼们说着笑着满足地走了，布告前只剩下老陈一个人。

“莫莫莫！错错错！”老陈仰天而叹。天上没有太阳，只有翻卷的云。云啊云，多好的云啊。生气时虎着脸，高兴时扬着笑。伤心了就下一场雨，寂寞了就飘一场雪。天马行空，想做羊就是羊绝不驯服；想做狗就是狗绝不咬人；想做虎就是虎绝不伤人；想做龙就做龙绝不淫威。

我是什么？我是羊又是狗，又驯服又咬人。我是狼身边的狈，我助纣为虐。生气不敢怒，高兴不敢笑，伤心不敢言，寂寞不敢述。我是容器里的水，容器是方，我就有锋利的角；我是枪膛里的子弹，枪手对准谁，谁就毙命。

哦！我究竟是怎样一个人？老陈蹲地上捂住脸。寒霞！你睡在我臂弯吧，我要保护你。不让乌云遮住眼帘，不让寒风吹上眉梢。让云停止脚步，让鸟停止呢喃。你枕着小草的拔节，枕着犁过的松土，枕着海潮的起伏，枕着月亮的清辉。五岳如被，拥抱你疲惫的身子，江水如梳，抚平你蹙起的秀眉。

我什么不要，只要你的沉睡。睡到太阳冲破阴霾，睡到月亮冲破乌云，睡到冰山融化花儿绽开。睡到王子的吻唤醒你，让你醒在干净的桃花源。

一团身影飘来。静如处子淡如艾草。夕阳透过云层，放大她的苍白，照亮她柔弱的身子。恍惚中，老陈揉了揉眼，又揉了揉眼。

寒霞，是寒霞。她一点点走来，漠然的笑，如崖上松；漠然的笑，如海边礁。笑又凄凉又辉煌，又丑陋又美丽。这是笑还是哭，老陈一时看愣了。

寒霞一点点走来，老陈大步朝她走去。近了，近到能看到她颤动的睫毛。他突然停下，咫尺之遥四目相视。

"我来转关系，明天就和婆婆去乡下。"

"我……"他噎住了，他完完全全噎住了。

"这结局在我意料中。"

"你……你为什么不答应他？你为什么要自虐自残自己伤害自己？"他气急败坏地嚷着。寒霞淡淡地看着他。

"别人可以曲线，你为什么不能？别人可以逢迎，你为什么不能？收起你的高尚打包埋土；收起你的傲骨扔进水里。为了你的现在而不是虚幻的明天；为了你的现状而不是遥远的理想。答应他，答应他，答应他。"他失态地吼着，一声比一声高，一声比一声凌厉。

寒霞漠然地看着他。

"你为什么这么固执？你不就图个好名声吗？名声不能吃不能喝，它是聋子耳朵，它是人的阑尾。你是朽木不可雕，你是顽石不可整，你是不撞南墙不回头，你是不到黄河心不死，你是……你是……"老陈从吼到叫，从叫到嚷，从嚷到说，从说到嘀咕，从嘀咕到咕哝，最后咕哝成了一串串泡沫。

"你说咋办？咋办……"泡沫一点点消失。透支后的老陈，大病后的老陈，一点一点恢复到原来的他。

"我不下地狱谁下？"寒霞直直看着他。在寒霞的波光潋影中，他看到自己的丑陋。

"我对不起你……"他呻吟着。"我原谅你了——你不揭发，自然有别人揭发。谁揭发不一样？”寒霞举手挥了挥，单薄的身影如羽毛飘走了。

“我害了她，她却原谅了我。究竟谁造下这个孽？是他！是王书记。”他抱住头，一屁股蹲下。

“谁也不要怪，要怪就怪她自己。”一个冷冷的声音说。“用不着内疚，专政的铁拳就是对付冥顽者。她不是百分之五谁是百分之五？既然社会需要百分之五的比例，那就有百分之五的牺牲。”

“是啊！谁让她长这么漂亮？谁让她不嫁书记嫁右派？”老陈冷笑着。

“这话说对了。”书记坦然一笑。

“什么狗屁信仰，什么狗屁爱情，只有生存才是第一位。你吃苦受罪，这是自作自受自取其辱……”老陈挥舞着拳头，龇牙咧嘴地叫着。书记昂然一笑扬长而去。

老陈拍手拍脚地嚎着一遍又一遍。冷风吹来，他渐渐醒了。黑板报前渺无一人，偌大的厂子阒无一人，阴风刮过，毛骨悚然。

“用不着内疚，专政的铁拳就是对付冥顽者。她不是百分之五谁是百分之五？既然社会需要百分之五的比例，那就有百分之五的牺牲。”这是王书记的话，王书记说得多透彻多露骨，多无耻多简单。

“我原谅你了——你不揭发，自然有别人揭发。谁揭发不是一样？”这是寒霞的话，寒霞说得多好。

我不揭发她我下地狱，我揭发她她下地狱，这叫物质置换定律。书记不找我，我能出卖她吗？共产党不搞运动，她能遭难吗？搞运动这是中南海的事，我一个草民焉能逆潮流而动？

寒霞啊寒霞，嫁谁不是嫁，何必王宝钏一守寒窑二十年。韩信没弱身子，也没瞎婆子，还不是当忍则忍，裤裆底下从容走一回。夫差好歹是一国之君，当尝粪时就尝粪，当割肉时就割肉。

你嫌王书记卑鄙，同床共枕有恶心之嫌，你可以嫁络腮胡啊！你嫌络腮胡粗鲁，外加泼妇作梗，你可以嫁技术员啊？技术员属于麒麟派，属于禽又属于兽，既能撂蹶子，又能展翅膀。他即属于知识分子，又属于红五类。知识吃香时他发迹，讲究成分时他硬气，整一个进退自如的双面人，整一个摇晃的不倒翁。他斯文白皙，脸上扛付秀郎架。这么个人物你不爱，却爱上个大右派。呜呼！你的书读到哪了？你是不是只知道信仰气节铁骨血性这些狗屁词？

"她不是百分之五谁是百分之五？既然社会需要百分之五的比例，那就有百分之五的牺牲。"他一遍遍咏诵书记的话。书记的话果然有拨云见日之奇效，一举驱散他的罪恶感。

又一阵风吹来，现在没有毛骨悚然只有胃的抗议。他推出自行车朝前冲，然后一个鱼跃落在车鞍上。回家！回家！回家！萨克斯管吹着动人的旋律。

第十四章　艳遇

老陈又开始日作而出日落而息的生活，又开始了存钱数钱把玩钱的循环生活。夜深人静时他会想到寒霞，但几秒钟后他就把她赶走了。

儿子上学了，不但成绩优异，还担任学习委员。农村舶来品竟成了城市的宠儿，这使老陈既开心又不开心：哦！满园春色宫墙柳。

儿子的航模屡屡得奖，凤丫头成了常客，二层阁成了航模基地。士芳乐得合不拢嘴：这个家，总算有了家的样子。

"儿子的航模又得了一等奖。"老陈一进门，妻子就汇报。

"哦！""……儿子考试又是全班第一。""哦！""……老师让他参加少年宫的合唱团。""哦！""……老师让他参加学校篮球队。"

"够了！你不但是布谷鸟，还是老喜鹊。"老陈生气地把头转向儿子，"从此，不许把陌生人带回来。"

"爸爸！他们是我的同学，他们要我帮忙做航模。"

"帮忙有没有工资？""没有！""没有就不做。记住了吗？""记住了。"

饭后老陈躺在床上，虽然很累就是睡不着，白天的一幕渐渐清晰起来。

他正在干活，突然被人撞了一下。回头一看，是个巧兮媚兮的娘子。他继续干活，娘子却走过来，用鼓囊囊的乳房又撞了一下。

二撞和一撞有很大的区别。一撞只是肢体间的轻微接触，二撞却是肉体间的猛烈碰撞。既然是碰撞，当然有火花，有火花就能来电。物理上不是有摩擦生电的原理吗？小娘子抛个媚眼走了，媚眼让电流成了八百伏的高压。

　　凭心而论，老陈在"情"上基本上可以说是绝缘体。上次的婚外情，完全听命"不孝有三无后为大"的祖训，而且有娃后立即断了肌肤之亲，绝了尝鲜心理。至于那寒霞，虽然爱得刻骨铭心爱得矢志不渝，但发乎情止于礼，纯粹是弗如伊德的精神恋爱。妈的！爱得这么深，居然连手都没碰一下，我真是最傻的傻冒。想到这他有些忿忿。其心态，就像阿 Q 非礼吴妈一样。

　　非礼他的女人不叫寒霞叫红霞。红红的霞，艳艳的霞，魅力四射光芒万丈。她丈夫在解放后被镇压，从此她就是四处漂浮的萍。她孑然一人却不孤单：有人垂涎她的外貌，有人欣赏她的风骚，有人喜欢她的性感，有人暗恋她的伶俐。这一切，她统统来者不拒纳入怀中。几回回后，垂涎的欣赏的喜欢的暗恋的囊空如洗，只能望而却步。

　　红霞和他同事多年，他们楚河汉界绝不越雷池一步。今天她越位出线，一定冲他的钱而来。这样的女人，不要也罢。怀着鄙视和警惕，老陈酣然入睡一夜无梦。

　　第二天红霞又来了，不但用鼓囊囊的胸部撞他，还用圆滚滚的臀部摩擦他。老陈愤慨地瞪着她，就如无助的猎物瞪着无畏的猎人。他的铁公鸡闻名遐迩，但抛开这点他还是个完美的男人。身材魁梧，相貌堂堂，还有一双举世罕见的丹凤眼。如果再把行头一套，比电影演员金焰还要火焰三百丈。金焰有绯闻，他绝对没有。他符合住家男人的二大特点：节俭而有责任。

　　红霞用火辣辣的眼睛瞪着他，瞳仁里有挑逗，还有炽热的情欲。老陈瞪着她，瞳仁里有鄙视，还有压抑的情欲。红霞侧个身，滚圆的臀，高耸的乳，纤毫毕现。她伸出舌，上下左右舔着嘴唇。粉红的舌，如蛇信子一闪一闪。蛇信子点燃了沉寂的枯枝败叶，点燃了他的肾上腺激素。

　　老陈无措着，如裸体的处男。鄙视和警惕化成一地的野火。火焰明明暗暗似有若无，但是却如炸药引子"吱吱"朝裤裆窜去。

怎么这么没出息？他甩了自己一耳光，这是硬的时候吗？

这不能怪我，不然咋有一笑倾城，二笑倾国的典故。

你刚作过孽。难道你忘了寒霞？

寒霞又傻冒又迂腐又固执又一条黑道走到底，她不值得你爱。

可是我爱她。

你以为你还是原来的你？你手上已经有了血债。

我……被逼的。

外因是变化条件，内因是变化根据。倾长江之水，洗不掉你的罪孽。你手上已经有血，还在乎手是干还是湿？

我……我……他妈的！横竖是坏人，干脆坏到底。老陈一跺脚。横下心的他，义无反顾朝前冲，势如破竹打开新局面。

红霞啊红霞，你果然是一团燃烧的火，风情使我着迷，技巧使我沉醉。以前造爱，没滋没味清汤寡水。现在造爱，有滋有味赤浓鲜美。井底蛙不但跳到亚德里亚海上，还一鼓作气跳到喜马拉雅山顶。揽波弄浪，嬉千里碧涛；登高远眺，收万里风光。哎呀呀！以前床第味如嚼腊，有其形无其髓。哎呀呀！现在帏帐激情澎湃，有其形有其髓。以前不是生活而是活着，现在不是活着而是享受。以前顿顿苞米稀饭，现在回回满汉全席；以前凉水糁牙，现在琼浆暖肠；以前委琐小弟衣衫褴褛；现在雄风大哥器宇轩昂；以前为播种而耕耘，现在为快乐而劳动。

这次和上次婚外情，绝对不可同日而语。以前是月黑风高，宽衣解带直奔主题；现在是良辰美景，游龙戏凤矫健无比。以前例行公事只求撒种，现在梅开三度犹嫌不够。

喜妹张口苞米煤球白菜；红霞闭口鲜花蜡烛香槟。喜妹谈穷谈赌涕泪横流；红霞谈古论今媚波四溅。喜妹素面朝天清水挂面；红霞略施粉黛巧克力西点。

喜妹啊，本以为你淳朴憨厚民妇民风，现在才知粗女一个。红霞啊，本以为你下贱风骚淫人淫妇，现在才知才女遗世。昨天和我谈"厚黑学"，所斯所言似曾相识，虽没有酒，却有煮酒论英雄的内蕴。今天和我谈"存在主义"，所斯所言极其熟悉，有天涯遇知音的惊喜。不是说才女不美，美女不才，我看你既是才女又是美女。

今天是休息天，小炒几个热酒一杯，情欲如焊枪火吱吱朝外冒。正想有所作为却被红霞一把拦住："欲要有情的铺垫，情要有沟通的前提，沟通要有共同的语言。我给你讲个故事。"

"莫不是金瓶梅？"老陈来劲了。"不！我讲一对糟老头。""糟老头还一对？莫不是孪生兄弟？""虽不是孪生，却有异曲同工之妙。""那我洗耳恭听。"听着听着，老陈跳起来："等等！这老头忒熟悉，他们一定是启东汇龙镇上的老乡。"

"是你仁兄不假，但他们不住在启东。"红霞解释着。

"咋这么亲切体己？要不，就是京剧人物？"

"亲切体己不假，但不是京剧人物。"红霞分析着。

"究竟哪路神仙？人生得一知己不容易啊。"老陈激动地嚷起来。

"一个叫高老头。""这名字好，通俗易懂接地气。""第二个叫欧也妮·葛朗台。""这名字怪里怪气的。我能认识他俩嘛？"

"他们不是中国人，他们是法兰西人。""法兰西不就是法国？""OK！"红霞打个响指。"小妞不简单啊，不但断文识字，还为我在异国他乡找知音。"老陈"啪"地亲了一口。

"他们不仅是你知音，还是全世界的知音。""这么说，他们是世界级大腕？""是的。""他们是二兄弟嘛？"他们是孪生兄弟。创造他们的父亲叫巴尔扎克，他们是人间喜剧里的模特。"模特？就是穿上异装怪服在台上扭来扭去的人？"

"你怎么知道？你看过她们的表演？""我哪有闲钱看这个。那天下着倾盆大雨，我扛着大缸躲在屋檐下，正好看到模特的广告……"

"你有兴趣和他们认识吗？"红霞打趣地问。

"NO。"老陈也打了个响指，"第一，他们属于资本主义国家；第二，不知他们啥成分；第三，不知道入党了没有；第四……我认识他们需要向党组织交代。算了，这糟老头就是我亲爸亲爷爷也不认。”

"为什么？”

"我不想戴上里通国外的帽子。我的幸福生活刚刚开始。”说到这老陈开始朝红霞的身上凑。

"别！我再给你讲个故事。咱不说资本主义国家，咱说苏联老大哥。”

"那敢情好！社会主义国家的事多说说，资本主义的事少说说。”

"我说的这个人啊，一辈子生活在套子里。上班必提早，说话必看脸，见领导必鞠躬，开大会必做记录。舌头用来吃饭，眼睛用来瞅形势。放屁憋着，拉屎都不敢放开腔眼。不管天晴天阴，不管春夏秋冬，出门永远都带着雨伞。高度的沉默，高度的观察，高度的小心翼翼，高度的警惕防范，高度的自我反思，最后却因为惊吓而一命呜呼，死在自己编织的套子里。”

"套中人？”

"咦！你怎么知道俄国作家契可夫的作品？”

"我不认识什么切可服还是吃可服……”

"原来你见多识广深藏不露内敛含蓄大智若愚？”

"得得得！别说云里雾里的话。我知道套中人是因为我就是套中人；我喜欢套中人是因为我喜欢我自己。”

"这么说，你找到了知音？”

"我就喜欢他。”老陈一拍大腿，"他不但是我知音，还是我老师。做人最重要的就是夹着尾巴，这点一定要向动物学习。”

"哪个动物？”

"蜗牛。它驮着房子慢慢走，一有情况赶紧钻进去。”

"人不是动物，人是一横一撇组成的。”"不夹着尾巴，二横二撇横竖做不成人。只有狗骨子人架子才能活得安全。”"照你说，人和狗没区别？”"人有狗的福分就不错了。狗一辈子只听一个主人，可人却要听许多主子的话。今天这指示，明天那文件，昨天那精神，今天这思想。人啊人，活的太累太苦太不堪。"

"我问你，这样的话，你活得快乐嘛？"

"快乐不重要，重要的是二个字：安全。没有安全，没有这个最大的数值，后面任何任何的数字都是空的。"

"听说……你喜欢那个霞？"红霞的脸一变。变得冰冷，变得诡谲。

"……你不会是吃醋吧。"老陈探究地看着她。

"谁会吃一个流放女囚的醋？现在的她，说不定正在清洗公厕，说不定正站在台上被批斗。你到底喜欢不喜欢她？"

"谁不喜欢她，那是瞎了眼；谁要喜欢她，那也是瞎了眼。她是嫦娥，凡人消受不起；她是明瓷，只能观赏不能用……"

"听说……你出卖了她？"

"什么出卖？她本来就是木礅上的肉，枪的靶眼……""你爱她吗？""当……然。"老陈从喉结里挤出这二个字。"……可是你才是董永能消受的九天女，你才是能观赏还能插花的瓷器。"老陈的手在红霞的脸上游走。

"不到火候不揭锅。"红霞一把推开他。

"我送你一件东西。"老陈用手解开裤腰，又一点点解开裤腰上的搭扣，摸摸索索老半天，才掏出一只小小的金木鱼。

"啥玩意？"红霞漫不经心地问。

"这可是黄金，二十四 K 的。融化后可以打手镯，可以打项链。"

"用这个破玩意哄我？"红霞还是漫不经心。

"这金木鱼曾嵌在娃娃的肉里，我生生把它拽下来，拽得我手都疼了。"

"哪一个娃？""哪个娃不要紧，要紧的是，现在我要……"老陈热情地扑上去。

"噔！"一记黑虎掏心，老陈趔趄着后退二步。

"玩技巧能强身健骨，我是你的散打老师。"红霞莞而一笑，笑的媚骨，"我想去兰生戏院看戏。"

"不行！我要赶回去，一写思想汇报，二出黑板报。"

"你忙个啥？"红霞嬉皮笑脸。

"这叫双管齐下外敷里服……""如此这番，究竟为啥？"红霞认真地问。

"为了拿到红色的护身符。有了护身符，我就是安全的套中人。""所以你用了外敷里服二剂药？""这是双层保险。所以我是妥妥的套中人。"说着老陈涎着脸凑过去。

"好！我一定为你生个大胖小子，不过你先把乡下小子先处理了。"

"不！"老陈摇着头，"巧克力没到手前，我绝不扔了棒头糖。"

"巧克力就在你怀里。"红霞半媚半嗔撅起嘴。

"巧言令色，鲜矣仁！"老陈呆呆地看着红霞的嘴唇。

"什么时候送？"红霞扭动着胯部。

"既然自留地上还没胚胎，干吗要砍去兄弟家的树？"老陈狡黠一笑。

"现在是春分播种时。"红霞解了一扣，露出白花花的一角。

"现在就耕耘，现在就撒种。"老陈开始宽衣解带。

"听！喇叭响了，又有运动来了。"红霞推开窗把头伸出去。

"又运动了……又运动了。"老陈颤抖着，解了一半的裤子滑落在地。

"醒醒！快醒醒！"老陈拍着儿子的脸。

"干……嘛？"儿子咕噜着，翻个身又睡了。

"醒醒！你快醒醒！"老陈一把拽起儿子。"快穿衣服跟我走。"

"上……哪？"儿子揉了揉眼，"赶紧回启东，你妈病了想见你。"

"妈妈生啥病？"儿子惊慌地问。

"到了启东就知道。""快！"儿子把毛衣一套，穿了鞋冲出门。

　　惨白的月亮，懒洋洋挂在天上，懒洋洋地撒下清辉。没有风，空气稀薄而透明，就如孩子冻出来的鼻涕。马路上阒无一人，零星的纸屑，绝望地躺着，如苍白而残破的灵魂。路灯诡谲地闪着光晕，如叵测的眼。路灯下，晃着一长一短二条影子。"嚓嚓！嚓嚓！"影子在动，声音在响，这是上冻鞋底和上冻马路发出的摩擦。声音在空旷的路上传得很远很远。

　　"爸！我回上海时带许多蚕豆花生，这样的话，你和妈不用再吃老菜皮。"

　　"哦！"

　　"爸爸！我妈究竟得了什么病？"二条清水鼻涕悬下来，如屋檐下的二条雨丝。"哦！"

　　"爸爸！妈妈的病……要紧不要紧？"因为冷，上下牙在碰撞。

　　"哦！"

　　"爸爸！""够了。"老陈一声厉喝切断了絮叨。这孩子最大的特点是疼人，正是这点才让他不能容忍。疼人就有爱，有爱就有六根，有六根就有灾祸。

　　儿子委屈地看着他：他是我大伯又是我爸，除了父爱，他什么都给我。我感激他但我不爱他；我尊重他但我还是不爱他。

　　老陈恼怒地看着儿子：他是我侄子又是我儿，除了父爱，我什么都给。我养活他却不爱他；我关心他但我还是不爱他。爱是什么？爱是蹦出炉子的火星，爱是藏在河底的漩涡，爱是健康人的伤口，爱是平安人的隐疾。

　　"……可是妈爱我，我也爱她。"被呵斥的儿子有些沮丧。

　　"不要爱别人，也不要指望被爱。"老陈生气地说。

　　"为什么？"亮晶晶的眸子盯着他，锥的他生生地疼。

　　"你要记住，爱是世上最有害的东西。"老陈烦躁地说，"记住没？"

　　"记住了。"儿子无可奈何地说。

一声汽笛长鸣，一艘轮船靠了岸。闸门开了，泄出一股人流。扛行李的，拎包裹的，推独轮车的，拖家带口的，如钱塘江潮汹涌而来。

老陈有些感慨。若干年前，他也是这潮水的一朵浪花。现在他要把一朵小浪花，从上海反溯回启东。潮来潮去，潮去潮来，人的命运也凶吉难卜，方向未知。

"你来了。"从船上跳下一个水手，"咋拣这鬼天气出门？"

"我怕夜长梦多。"

"这种天气孩子咋不穿外套？看，小脸都白了。"水手脱下棉袄披在儿子身上。

"不。"儿子把棉袄推回去，"我穿叔的棉袄，叔不也冷吗？与其让大叔冷，还不如让我冷。不就是二道鼻涕吗？"儿子抽动鼻翼，把二道鼻涕收回鼻腔。

"好懂事的孩子。"水手一把搂住儿子，"你怎么舍得送回去？"

"苗再好，不是自己地里的种。"老陈嘀咕着，"赶快上船，这是船票。"

"就这样让孩子走？没有外套，船上又特别冷。"水手也嘀咕着。

"有了。"老陈一拍手，"船上有工作雨衣，雨衣一裹，又暖和又舒服。快走吧。"

"爸爸。"儿子朝老陈扑来。

"赶紧走，不许回来！不许回来！"老陈后退一步，脸如板结的土壤，生硬生硬。

"爸爸，你和我一起走。爸爸……"儿子还在声声呼唤，老陈却转身走了。他脚步轻快带着弹性，他身影轻快带着飘逸。路灯下，高大的身影渐行渐远，如秋风下飞卷的落叶。

他没有回头，他就这么走了。高大的背影定格在儿子的记忆里，十岁的记忆里。

送走儿子，老陈有说不出的欢畅。拔去久远的蛀牙，清除顽固的眼沙，缝上有洞的米袋，收回久远的烂帐。现在是物归原主，完璧归赵。我要在我的自留地里培育自己的胚胎：昨天，红霞已经发出胜利的呕吐声。

OK！OK！老陈模仿着红霞一连打了二个响指。他现在不但健步如飞，就差飞檐走壁了。

第二天，老陈被叫进办公室。一进办公室，喜悦就被冲了个落花流水。他虽然坐着，屁股占凳的面积只有三分之一，他三分之二的屁股半悬在空中。

"昨天车间里发现一张有问题的标语。"王书记开门见山。

"惭愧！我一点都不知道。请问啥内容？"

"向生产第一线的工人阶级学习和致敬！""这标语没有问题啊！"他脱口而出。

"一个人的阶级立场，轻易是不会改变的。"王书记虽口气平淡但话中有话。

"我觉悟不高，还请书记赐教。"他诺诺着。"这么简单的问题还问我？"书记抽了口烟，朝老陈喷去。老陈被浓烟一喷，忍不住打了个喷嚏。

"你太谦虚了，老子庄子，孔子墨子，诸家百姓，都装在你脑子里。""我真的不知道。"老陈睁大眼，于是丹凤眼成了吊额白睛。书记看了扑哧一笑。

"您笑啥？""我笑的就是你。"书记鄙视地瞅着他。

前段日子，书记整个心放在寒霞身上，任何女人都提不起他的兴趣。寒霞走后，他想寻找猎物填补黑洞。阅遍全厂女人才发现，不是痴姑就是傻女，不是呆妹就是癫姐。涩嫂带着酸味，徐娘带着馊味。有的寡淡索然，有的粘馊肥腻。寻寻觅觅中发现自己成了唐玄宗：徒有满园春色，没有一枝可人。

为这事，书记醉过一回也愤怒过一回：我为革命献青春，怎没人为我献身子？酒醒后，他打消冲出亚洲走向世界的念头。井冈山虽物产贫瘠，但填饱肚子绝对没有问题。与其有风险的猎艳，不如有保险的收获。心态一变，眼光随之转变，他立马发现一个风骚而泼辣的女人。

红霞虽然比不上寒霞的冰清玉洁，但环肥燕瘦各有千秋。既然得不到寒霞，红霞就是不错的替身：炽热的霞，燃烧的霞，我愿在你的情欲里燃烧，直到成为灰烬……有点郭沫若的诗韵吧！

可书记毕竟是党的人，上床前不忘翻阅档案。档案一翻，心里凉半截。先是死鬼男人有政治问题，接着她有作风问题，哎呀！虽风姿撩人，可这这朵带刺的玫瑰不能摘。

我要是搞上他，虽没有唐玄宗的扒灰之嫌，怎么也有拣破拾烂之疑。但是……玄宗老弟没玉环，贵为天子没滋味；我呢！贵为酱油厂的天子，没有寒霞也活得没滋味。正因为嘴里寡淡出鸟来，所以要找刺激。找刺激找红霞，就如包子配香醋。但是……可是……只是……

啥这是那是。先让她写活思想，和骨头都烂掉的死鬼划清界限；再让她写新思想，靠拢组织靠拢党。有了态度，就有了发展前提；有了认识，就有了培养方向。这不是我贪图女色，而是改造和利用女色。改造和利用，一贯是党的方针：改造和利用资本家，改造和利用战犯，改造和利用知识分子，改造和利用各党派人士。既然旧世界都可以改造，更何况一女人？

有了设想就有了框架，有了框架就有了蓝图，有了蓝图就有行动。昨天颔首微笑，今天深情一笑，明天朗朗大笑。这三笑，不但比秋香有魅力，还有巨大的威慑力。想不到三笑下来，红霞连个正眼都没有。这让书记有了破天荒的失意。

但是越不上钩越激起书记的征服欲。难道酱油厂还能出第二个寒霞？

不愧是久经沙场的老革命，失意后的他没有失态。一擦火眼，二捋金睛，第三个动作没出来，蛛丝马迹已觑了个一清二楚：情敌竟是自己脚下的巴儿狗。

此刻，巴儿狗就坐在对面。没过招，丹凤眼已成吊额白睛。他是吊额白睛我就是武松。我不要武松打虎而要武松耍虎。只有在耍虎时，才能最大地激发我的雄性激素。

"书记！我真听不出标语的问题。"老陈恳切地说。

"生产第一线上，不但有工人阶级，有半爿天，还有阶级异己分子。你能说没有四类分子混在里面？"书记和颜悦色地说。

"啪！"老陈赏了自己一巴掌，"贵人慧眼，我惭愧。"

"惭愧在哪？""学习不够，觉悟不高。建议把一周一次的汇报改成一周二次。"

"你有时间吗？"书记冷冷地问。"鲁迅说，时间是海绵，一挤就出来。要把喝咖啡的时间……""你喝咖啡？""我……基本上不喝。""真不喝还是假不喝？"书记严肃地问。

"真不喝。"老陈一咬牙：我就不信，和红霞喝了一次咖啡就暴露了身份？

"不喝咖啡就有时间，有时间就能发现问题。每天你不是第一个到厂的吗？"

"我……"老陈有些窘。几十年来，老陈一直是早起的状元。和红霞搭上后，已经从状元降为榜眼：清晨时回味一颦一笑，最为生动最浪漫。

"究竟是啥美事破坏了你几十年如一日的规矩？"书记淡淡地问。

"嚓嚓！嚓嚓！"老陈的上下牙开始接吻，"我最近……有点事。"

"是床上私事？"书记的眸子，如寒光四射的匕首。

"不！"老陈大吼一声，从椅子上跳起来。

"坐下！不要激动嘛！"书记宽大的手按在老陈的肩膀上，"本来想找个靠的住的人值班，既然你忙，另找他人。"

"不！我一点都不忙，我是最好的人选。知遇之恩知遇之恩。"老陈又站起来说，"书记信任我，我是激动又躁动，感动又心动。"

"好！从明天起你值班。""谢谢组织的厚爱。""组织希望你好之为之，尤其在生活上……"书记用省略号把弦外之音留给他。老陈的脊背，立马渗出寒意。

"记住！任何时候，都要依靠党组织。"现在是书记站起来，这可是明显的逐客令。

"我到死都记住这真理。"老陈迈着碎步倒退出门。书记冷笑着：掐死你易如反掌，只不过投鼠忌器。有的事要搞大，有的事要缩小；有的事要大张旗鼓，有的事要偃旗息鼓。不然，红头文件怎么分机密，秘密，绝密这三个档次呢？

党组织做任何事要考虑政治影响。需要张扬的，空穴也要掀起龙卷风；需要保密的，龙卷风也要压缩成拂面风。需要点火的，燧木之火说成熊熊大火；需要息火的，熊熊大火说成燧木之火。接下来还有许多工作要干。第一，发展红霞入党，第二，赠个女劳模，第三，封个女主任。三步下来丑小鸭成了白天鹅，乞丐婆成了诰命夫人。和诰命夫人共赴云雨不辱我身价，这不是搞破鞋而是强强搭档，珠联璧合。

三步曲下来，望夫崖上的石女也动真情。动情女人是成熟的果子，一挤一泡琼浆玉液，这才是尝鲜。食不厌精，这是我的饮食原则。

食不厌精。造爱如吃餐，小米稀粥是餐，满汉全席也是餐。我不为果腹只为味蕾。造爱如穿衣，烂衫是衣，紫貂也是衣，我不为取暖只为行头；造爱如安居，陋棚是屋，宫殿也是屋，我不为栖息只为享受。三步曲是洒在烤鸡上的柠檬汁，三步曲是缀在色拉上的樱桃红，三步曲是别在旗袍上的钻石针，三步曲是缝在布拉吉上的流苏。有了三步曲，才有浓油赤酱的生猛海鲜。

这一夜，老陈恶梦不断。梦醒后，内衣裤全湿了。天没亮，他就去单位，重新恢复早起状元的身份。中午时，红霞扔给他一张联络图，上面有时间，地点。另赠小诗一首：小怜初上琵琶，晓来思绕天涯，不肯画堂朱门，春风自在梨花。

拿着联络图，老陈没有往常的激动，只有巨大的恐慌。这如何了得……撕！对！撕它个稀巴烂，来个人不知鬼不晓。但且慢。为什么不能化不利因素为有利因素？为什么不能以退为进反戈一击？他"啪"地吻着联络图：这不是炸弹，而是请功邀赏的砝码。

虽然胚胎尚在子宫，不怕！留得青山在，不怕没柴烧。没有老子，哪来的儿子？皮之不存，毛焉能附？既然壮士已断腕，不妨加个挥泪斩马稷。得得得！罢罢罢！

他捧着联络图上了办公室。回来时，一双白薯脚"啪嗒啪嗒"走得欢。

下班了，他骑着车子哼小调。书记赞赏的眼神如春风催开心头之花。哪个男人不贪欲？哪个男人不舔犊？可是我，却一斩欢情二斩犊情。这叫什么？这叫大丈夫能屈能伸。

车子骑到一半，想起钱包忘在更衣箱，他只得把车子转个头。暮色浓重，万家灯火，单位已经落了锁。他掏出钥匙上了楼，发现有个窗口亮着灯，这是书记办公室，书记果然日理万机。

他突然听到女人的声音，这声音忒熟悉。他停下脚步，朝窗子里张望。天呐！这不是红霞吗？他急忙躲在窗沿下。

"你准备如何发落？是不是和寒霞一样？"

"寒霞是玉你是石。玉只是流放，石必须进大牢。"书记凶狠地说。

"凭啥？"红霞的声音铿锵有力。

"就凭这首诗。"

"这不是我创作的诗，而是王安国的古诗。"

"利用旧诗反党，这并不新鲜。"

"你疯了。请问反在哪？"红霞气愤地问。

"小怜初上琵琶。这'怜'啥意思？晓来思绕天涯，这'天涯'啥意思？不肯画堂朱门，这'朱门'啥意思？春风自在梨花，这'梨花'又是啥意思？"

"不要牵强附会，不要搞文字狱。"

"还需要'搞'？把这一送，再加上你的历史，这可是板上钉钉。

要不要我拎几个案例？”

“这只是兴致所至的……涂鸦。”

“这也是蓄谋已久的攻击。这‘朱门’是指执政党的大门。”

“你不要栽赃。”一声尖叫，划破黑夜的静谧。

“别的且不说，单这二个字，蹲十年的大牢绝对没问题。”

“你放开我，难道你要在办公室苟且？”

“办公室咋了？”“办公室是搞斗争的圣殿——你不觉得亵渎？”“我就是要在圣殿里搞女人，这让我有奴隶主在庄园搞女奴的感觉。”

“你这个无耻之徒。”“红霞啊，你果然是朵带刺玫瑰。我喜欢既有思想又叛逆，既有趣味又桀骜的女人。我是挑剔的美食家，我是有水准的鉴赏家。”

“我要是不从呢？”

“不从的下场我不说，我说从后的结局：一是党票二劳模三主任，以后视情况而定。”

“怎么个视情况而定？”“根据销魂的程度分等级，什么级别就有什么奖赏。”

“你以为你是金銮殿的主人？”红霞冷笑着。“难道我不是？”书记也冷笑着。

“……我从你就是。为啥还要封官加爵？”

“我要你扮演双面人的角色：白天豪言壮语，晚上淫言秽语；白天战天斗地，晚上颠鸾倒凤；白天振臂高呼，晚上玉体横陈。白天的革命，能激发我的意志；晚上的淫荡，能唤起我的荷尔蒙。飒爽的你，在我的冲击下俯首称臣；勇敢的你，在我的驾驭中欲死欲仙。太阳普照时我们与人奋斗；月亮爬上时我们与性器官奋斗。”

“你让我恶心。你这个下流的衣冠禽兽。”

“我要让你的恶心转成欲罢不能。我现在就来个泰山压顶。”

“急什么……强扭的瓜不甜。你是文化人，讲究水到渠成。我问你二个问题。听说你爱寒霞？"

"非常爱。从看到她的那一秒起。可我是技穷的驴。"

"如果有爱，咋下得了毒手？"红霞沉痛地问。

"这爱，太深太累太苦太痛，既然不肯瓦全，只能请她玉碎。"书记的声音也很沉痛。

"你以革命的名义伤天害理，难道你没有内疚？"

"沉舟侧畔千帆过，病树前头万木春。革命不怀旧，不恻隐，不感慨，不风花雪夜，不悲天悯人。革命讲究策略，讲究艺术性。为了目的，可以不择手段，更可以加伪装色。"

"你是个卑鄙的恶棍，还是个立牌坊的婊子。"

"不要亵渎革命：二人在拳击时，怎么评判这一拳高尚那一拳卑鄙？列宁早就为这批判过高尔基。"

"现在是和平时期，还要兵戎相向，脑浆四溅？"

"我们只是把战场挪了个位置。"

"斗斗斗！你知道一个'斗'字下，铺垫了多少冤死的灵魂？"

"就凭这句话，判你死刑没问题。"

"死就死，活着也不痛快。"红霞激烈地说。

"因为我需要你，所以让你活。现在你可以问第二个问题了。"

"你怎么得到这张秘密联络图的？"

"我先问你，你咋和老陈勾搭上的？"

"他只是我的一个报复。""报复什么？""报复他的出卖。"红霞斩钉截铁地说。老陈一悚：原来她并不爱我。

"现在你可以回答我的问题了：联络图谁给的？"

"哈哈！你以为他爱你？爱到天老地荒？"书记放肆地笑起来。

"这个老畜生。"红霞一字一字地说，一个字冒着一股烟。

"可以开始了吗？我虽然是优雅的绅士但也有时间概念……"

"急啥？"红霞淡淡地说。"明天就换工作。仓库咋样？""我不希罕！""我郑重承诺：半年后，鸟枪换炮，旧貌换新颜。""我不稀罕。”

“那……上面拨下一间房。”书记犹犹豫豫地说。

“一间房？哪一间房？”

“这间房是上面指名道姓要给老陈的。”“为啥？”“抗美援朝时，他捐的金条能买一幢房。再说合营时也和他做过一笔交易。”“什么交易？”“你问的太多了，当务之急你应该宽衣解带。”

“我什么都不要，就要这间房。”红霞凶狠地说。

“可上面指名道姓要给他。”

“你不能金蝉脱壳？你不能狸猫换太子？”

“赐教！”“枪杆子里面出政权，浅显的道理早就被你们玩的炉火纯青，罪名就是达姆克利斯剑，悬挂在每一个人的头上。”

“我就是举着剑的上帝。”“权力让土匪成了主宰命运的上帝……”红霞悲愤地说。

“哎呀！只道自己奸雄，想不到还有奸雌。好！你不但是床上伴侣还是帷帐里的幕僚。因为，革命需要你的智慧，需要你的金点子。”

“听说你是大学里的才子，专攻西方文学，热爱莎士比亚。”

“今天可是蔡锷遇到小凤仙……荣幸！荣幸！”

“西方文学给你什么？你又从西方文学里汲取了多少营养？你有绅士风度还是仁爱之心？你有人文精神还是叛逆意识？”

“NO！我要的是借鉴。”“借鉴哈姆雷特的继父：杀哥夺嫂，篡位毒侄。”

“你的话很犀利。犀利的语言，来之独特的思想；独特的思想，离异端异议很近，近到和杀身只有一步之遥。”

“听说你曾把右派当亲哥，把瞎婆当亲妈。”

“不入虎穴焉得虎子？整个社会都在上演哈姆雷特。我既不是始作俑者，也不是最后的谢幕者。你是酱油厂里的蔡文姬，给你大漠荒壁定能写出胡笳十八拍。人有滋味，床上更有滋味。哈哈！”一阵狂笑冲天而起。

老陈心如鼓点，咚咚直跳。

"你笑啥？""我笑东方不亮西方亮，失之东隅收之桑田。我虽然失去了寒霞却得到了红霞。白天鹅冰清玉洁太正统，黑天鹅邪乎妖媚有味道。过来。"

"联络图呢？"

"你真傻。联络图可以复印一百次。就是撕了你也跳不出我手心。"

"我求你一件事，求你给我一个月的时间。一个月后，我主动献上胴体。"红霞喘着粗气。

"我什么都可以答应你，就是这条不能答应。我现在连一秒钟都不能再等。"书记也喘着粗气。

"我求你……我求你。"红霞的祈求带着哭腔。

"我等不及了。""哧拉拉……哧拉拉"衣帛撕裂的声音，清晰地传入老陈的耳膜。

"我求你，我跪下来求你，只要一个月的时间。"红霞哭了。

"你不应该求我，你应该求老陈，现在我是箭在弦上必然要发。""啊！"一声凄厉的叫，撕破黑夜的帷幕。老陈本能地捂上耳朵。

乌云遮住了月亮，遮住了大地。风带着叹息，带着浓浓的腥味。血，鲜红的血，一滴一滴从门缝里淌出来。一点一点打湿了他的鞋。

"我的儿子啊！"老陈仰天悲啸，老泪纵横。

一星期后，书记和老陈做了笔买卖。书记不把联络图放进档案，老陈则把分配的房子上交。不需要金蝉脱壳，不需要狸猫换太子，更不需要大兵压境，只需要一份赤子之心：一份与党分享困难的保证书。

房子没有了，儿子流产了，鸡飞蛋打一场空。私通暴露了，情侣易人了，我是八戒照镜里外不是人。什么叫哑巴吃黄连，什么叫搬起砖头砸自己的脚，什么叫损人又害己，我这是赔了儿子又丢房。

"你怎么了？整天念叨儿子啊房子啊。爹来信说啥，是不是要把儿子送回来？"士芳殷殷地问。

"是又怎样？"

"快！想死我了……"士芳喜上眉梢。

"瞧你这没出息的样，又不是自己肚里蹦出来的。""我不管，反正我喜欢他。侄子做儿子亲上加亲，儿子兼侄子肉上加肉。"

"闭上你的嘴。"老陈烦躁地说。

"最近究竟发生啥事？"妻子担心地问。

发生啥事，发生了奇耻大辱。可是，司马迁不就是阉掉男根么，孙膑不就是割去软骨么，韩信不就胯下走一遭么，屈原不就是废黜一番么。就这么点事，上下五千年，没消停地喊冤叫屈，炎黄子孙，前赴后继地口诛笔伐。天呐！我的耻辱和他们比，整一个小丘和泰山，小沟和东海，地球和宇宙之比。

第十五章　天灾还是人祸

"咚咚！"单薄的门板晃悠悠，单薄的门锁颤悠悠。门被撞开，一老一小手拉着手并肩而立。

"我的儿啊。"士芳冲过去，把失踪的儿子搂进怀里。

"我的孙就是你的儿，再搞政府的遣送政策，我就敲断你的狗腿。"龙头杖上下挥舞虎啸龙吟。五分钟后，老头消失在暮色中：任凭千呼万唤，愣是不回头。

儿子重进学校，虽拉下一学期，成绩依然全班第一。士芳有了笑容，家里有了活气，只有老陈板着脸：飞走的苍蝇，兜一圈又回来了。

虽然一切归于平静，但日子越来越难过了：第一是帝国主义反动派卡我们，第二是遇到了自然灾害。因为这二条，所以吃不饱来穿不暖。鸡鸭鱼肉统统要票，油盐酱醋统统要卡。从软到硬，从方到圆，从甜到苦，从黑到白。从洗屁股的肥皂到烧饭的蜂窝煤，全部实行军队的配给制。唯一不要身份证的，就是粗糙的擦腚纸。

没油的汤，没晕的菜，照见人影的稀粥，含糠带麸的馍。皮带扣一点点收进去，腮上肉一点点掉下来。走路打着摆子，说话喘着粗气，胃囊成了晃水葫芦，肉身成了解剖骨骼，翻上来的，不是棉花是眼白；沉下去的，不是稻谷是身体。

儿子正在发育，基本发育成一根清竹竿。裤子套上又滑下，因为没有腰；二颊会合又拥抱，因为没有肉。裹一块红布，他就是旗帜；扯一块油布，他就是风帆；把他弯曲，就是车轱辘；把他斩短，就是高跷脚。猛一看吓一跳，近一看吓二跳。

开饭了！士芳端上三碗面，面条是自己擀的。一斤粮票能买一斤面粉，也能买 1.3 斤面条。士芳一核计，决定自己擀面。她一月定粮二十九斤，老陈三十二斤，儿子二十斤半。为了挫败帝修反阴谋，工人阶级主动降低口粮。老陈身士先卒减去六斤。这样一来，很紧的口粮更紧了。

本来士芳把菜场的下脚，食品店的垃圾，泔脚桶里的腐肉，食堂的弃物统统搅进粥里，这才混了个半饱。可老陈又为了向党靠拢而自愿减六斤，于是三口之家，就有了六只冒金星的眼睛。

面端上后，儿子死死看着老陈的嘴唇。最高统帅不发声音，谁也不许动筷。饿死事小，失了长幼尊卑事就大了。三只碗里的面条，在同一个水平线上。这体现老陈的国策：一国一制，任何人不许搞特殊。

门开了，凤丫头走进来。好香啊！丫头一吸鼻涕眼冒绿光。儿子咬着牙，夹了半筷子面伸过去。老陈一敲碗，士芳忙把丫头拖到身边。

"干妈！您在面里藏了什么？"

"没什么。"士芳有些惊慌。

"我看看。"老陈放下筷子，夺了碗朝桌上一扣：稀疏的面条里，有一团黑。一个扒拉，一只秤砣现身。

"干妈！为啥要在碗里放秤砣？"丫头嚷着。"你真苯，连这也不明白。"儿子气呼呼地说。

"难道秤砣放在碗里，就能变面条？""你笨死了。"儿子把自己一半的面，倒进士芳的碗里。

"我以为下面藏着……"老陈很尴尬。

"你还不如一个十岁的孩子。"士芳的脸比秤砣还黑，"米面油蛋锁进抽屉，你防贼还是防盗？"

"这里不是不上锁吗？"老陈指着瓷罐，理直气壮地说。

"报告干妈！罐里装着盐老大。"丫头用舌头品尝着，"干妈！现在我明白了：因为你想让弟多吃面，所以在自己碗里放秤砣。"

"什么因为所以，你以为是造句？"儿子不耐烦地说。"我还要造句：因为米面油蛋锁进抽屉，所以盐老大在抽屉外值班。这造句好不好？"

"好啥，听了让人心烦。"儿子把碗一推。

老陈拎着饭盒匆匆下楼，一出门就看见阳光下聚着一堆老人。石库门最大特点就是房子和房子的短距离。由于短距离，房间里采不到光线照不到太阳。三九寒冬，为了采集太阳，老头老太倾巢而出就如围着太阳的向日葵。向日葵一族很有向日葵的特点：脸儿黄黄籽儿稀，头颈硕长麻杆腿。

"早！"老陈心不在焉地打招呼，这是宏观上的礼貌。

"又冷又饿，只能靠太阳给能量。"小脚女直言不讳。

"说话注意点。"马上有群众跳出来指责她，虽然自己饿得话都说不利索。

"太阳真好。"一个瘦老头，把一条围巾系在光瓢上。

"可惜只能晒半个小时。"小脚女不满地说，"穷的吃不上饭，还穷得晒不到太阳。"

"你又反动了。不是政府不让晒，而是太阳公公自己有脚。"

"应该把太阳公公的脚缠起来，缠足走得慢，走得慢么就能多晒会太阳。"小脚女大声说。

"哈哈。"老人咧开没牙的嘴笑起来。

"你咋了？"瘦老头问他的芳邻。芳邻是个白发老太。此刻，她的身子一点点朝下沉。

"再这样的话，又要死人了。"小脚女叹了一口气，"上星期武昌路饿死一个，昨天铁马路又饿死二个。"

"不要胡说。"有人制止着。"难道我在瞎说？"小脚女很愤慨。

"我们是瞎子吃馄饨心里有数。要是这话被薛书记听见可不得了。"瘦老头叹口气走了。

"你醒醒！老太你醒醒！"小脚女拍打着白发老太的脸。但是，老太已经没有任何反应。

"又走了一个！又走了一个……"小脚女嚷着。一分钟后，所有的向日葵，全提着小板凳撤了。

　　小脚女是仁智里的开心果，又是仁智里的开花弹。开心果能带来欢乐，开花弹能带来危险。老头老太虽没文化，但"殃及池鱼"的道理，看得煞清拎得倍清。

　　对这颗开花弹一定要保持最大的距离，这是老陈反复强调的家训。家训很多也很经典，要是编辑成书绝不输给曾国藩的家书。除了言传身教，老陈正考虑开辟第二战场：如何改变上楼的路线，和小脚女彻底绝缘。要改变路线，只能重建一条楼梯。虽然他再三要求自掏腰包，但伟大的计划还是遭到房管所的全盘否定。

　　你否定你的，我继续我的提议。不怕一万就怕万一。万一不测，我可以用我的提议来撇清我的干系，卸去我的责任，表白我的立场。唉！房管所同志连兔子都不如，兔子都有三窟，我却只有一条上楼之路。

　　老陈掏出自行车的钥匙，发现一颗花白脑袋倚在车的后架上。"醒醒！喂！醒醒！"老陈不指名地叫着。因为这次的花白脑袋是猴三的母亲。猴三正在服刑，母亲就是服刑家属。叫老大娘有立场不稳之嫌；叫老太婆有失我的身份。想来想去，一个"喂"能保持不偏不倚的立场。

　　不对啊！不偏不倚就是中立，中立就是中庸，中庸就是孔孟糟粕。我怎么又犯糊涂了？

　　"醒醒！老……老人家醒醒。"

　　不对啊！老人家指军属，烈属，革命家属。我这么称呼不更犯了忌？沉吟二秒后，他干脆免了称呼直奔主题。"醒醒！醒醒！"

　　不对啊，就是睡着也不会睡这么死，都说老人睡觉很惊醒。看来，她用沉默来抗议。抗议什么？当然抗议儿子的入狱。睡着是假，诈死是真。想到这，老陈直奔居委会。他要在第一时间里，把阶级斗争新动向反馈上去。

骨骼女大步流星赶来。最近正愁没活靶子，想不到靶子送上门。"猴三的妈快起来。"此话一出口她一愣：这叫法很有问题。

"你应该叫'判刑的猴三的妈'。"老陈咬着薛书记的耳朵。

"这样叫也不妥。既然是判刑家属，凭啥加上一个妈？妈不是随便叫的，党才是我们亲爱的妈妈。"

"那就叫'判刑的猴三的娘'。""放屁！娘和妈一个级别。""那就叫'判刑的猴三的母亲'。""又放屁。母亲比娘和妈级别更高。"

"要不还是叫老娘？据我所知，老娘是贬义词。"老陈继续咬耳朵。"查过词典没？"

"这倒没有。""没把握的事也让我干？"薛书记愤慨了。

"有办法了。她叫啥名字？""对！你快去居委会查一查。"

"不行，再查我上班要迟到。""迟到事小，政治事大。孰轻孰重自己掂量。"

"那……我去。""动作要快，今天不把她叫起来，我不姓薛。"

"叫谁啊？"小脚女从屋里走出来。

"就叫这个装疯卖傻的女人。"薛书记咬牙切齿地说。"诈死。"

"哎呀！气都没了，不是诈死是真死。"小脚女把手缩回来。

"肯定诈死，这是敌人一贯的手法。"

"七十岁的老太诈什么？诈出金还是银？能把儿子诈出大牢？"小脚女很是愤慨。"昨天她就说饿啊饿，作孽啊。"

老陈把自行车的龙头一转，靠着的花白脑袋跌下来，地上还有一只布鞋。

"这鞋只穿了二天，这是我给她做的。"小脚女伤感地拾起鞋。

"还不扔了。"薛书记厌恶地说。

"不能扔也不能穿。她的脚肿的穿不上鞋，她只能穿拖鞋参加追掉会。"

"追掉会？谁给她追掉？谁参加她的追掉会？"薛书记冷笑着。

"毛主席不是说死人都要开追掉会，吊唁亡人化悲痛为力量嘛？”

　　“这是指同志。”

　　“她三代贫农，怎么不是同志？她儿子犯罪，这是她儿子的事。她为了和儿子划清界限一直想投奔北京的女儿。就是你的一再拒绝，这才让她饿死。”

　　“你反了。”薛书记怒发冲冠，“你说她饿死，这是诬陷这是抹黑这是谣言。人民政府绝不会饿死一个人。”

　　“腿都肿成这样，还不是饿死？这就是浮肿病……”

　　“放屁！腿肿，这是她发福的象征也是她幸福生活的象征。”

　　“我上班了。”老陈跳上自行车飞驶而去。快！快！快！远离是非，远离炸弹，这才能最大的保护自己。

　　整整一天，花白脑袋定格在他的脑海里。为了避晦气，他用水把车子冲了几遍。冲完车后，他破天荒地乘公交车回家。

　　“你可回来了，还不谢谢老师。是他把儿子送回家的。”一进门士芳就嚷开了。

　　“老师您好！请问发生了啥事？”老陈有礼貌地问。

　　“今天蓝球比赛，你儿子昏倒。到医院一查，说是缺营养。下个月学校搞联赛，你儿子是中锋是主力。”

　　“他在发育期，可是……”老陈面有难色。

　　“他是打球的料，半途而废太可惜。要不……这五斤粮票你先拿着吧。”

　　“那怎么可以……”老陈搓着手。“我希望他能坚持打下去。他的弹跳，反应，速度，投篮都很好。我走了。”

　　“老师您走好！谢谢！”老陈把老师送出门，再三挥手连连道别。

　　“你快把锁打开，我要冲糖开水。儿子是低血糖。”士芳着急地拿出碗。

　　“我冲糖水你烧饭。”老陈夺过碗，提起水壶，然后把一小撮东西抖进去。

"这水……苦死了。"儿子只喝一口，就龇牙咧嘴叫起来。

"你冲糖精水？"士芳尝了一口就沉下脸，"家里不是有糖吗？"

"糖精水难道不是糖水？不就多了一个精？"老陈反问。

"糖水有营养，糖精水没营养。家里不是有一大坛红糖吗！"

"俭以养德。拳头底下出孝子，筷子底下出逆子……"

"咱不喝这水。"士芳抢过碗把水倒进痰盂，又使劲白了老陈一眼。

半夜时分，老陈摇醒妻子。"醒醒！醒醒！想来想去，少体校还是不能去。不但糟蹋粮食还糟蹋许多东西。你算算，打球一个月起码多吃十五斤粮，一个月十五斤一年就是一百八十斤。再养五年，就是九百。"

"把我那份省下一半。""一半够嘛？还有，一双球鞋能穿三年，打球后只能穿一年。也就是说，打球后鞋子支出增加了好几倍。还有袜子裤子啥的。"

"我知道这些，所以我又补又修又接。一般情况下鞋子能撑一年半，袜子能撑二年半，裤子嘛，接个头加个尾，穿个三年没问题。"既然老陈用"年"计算，妻子也用"年"来回答。

"你咋这么说？"老陈有些生气。

"脚上的鞋，还是去年买的大一号。前后塞了一大堆棉纱。每二个月抽一次棉纱，现在的纱还没抽完，估计穿到年底没问题。"

"没问题？我看问题大着呢。别的不说，就说水和肥皂。不打球时，鞋子二星期洗一次鞋。打球后，一星期洗一次甚至二次。"

"这个我知道，但是……""没有但是，明天就去少体校退学。""那怎么行，连老师都拿了五斤粮票。""明天就把粮票还给老师。五斤粮票算啥？不要说五斤，就是五十斤，五百斤我都拿得出手。"

"你有这么多？"妻子尖叫一声。"嘘！说话小声点。""防谁？""隔层肚皮隔层山。""你防啊防，究竟要防到哪一天？""看来我要防到死了。”老陈幽幽地叹了口气。

“弟弟！快来玩球。”儿子一走进弄堂，就被凤丫头拦住。

“快和小朋友玩球，你不是最喜欢球吗？”小脚女慈爱地摸着儿子的头。

“接着！”一声吆喝后，丫头把球投来。儿子一个跳跃，稳稳接球，接着一记凌射，球飞出去。

“哇！好球！好球！”业余球星迷哗哗地拍手。“我们五人对你一个，咋样？”

“我不玩球。”儿子头也不回冲进后门。“他不能打球，他不肯打球。”李虫傻笑着，他现在半疯半癫了。

“他为啥不肯打？”小脚女问。这时，士芳走进弄堂。“我问你，新浩为什么不肯打球？”

“他……从少体校退了。”“为什么退？”“嫌吃得多，嫌鞋子坏得快。”士芳气呼呼地说。

“多吃的粮食我来出，多穿的鞋子我来买。”小脚女把胸脯拍得咚咚响。

“得了，你家条件还不如我家。”士芳摇着头。“儿子见球如见仇人，昨天还把球揍了一顿。”

“是不是每天枕着睡觉的那只？”小脚女急切地问。

“是啊！揍完球后泪汪汪的。”士芳用手擦着眼。

“干哥现在咋变成这样？”小脚女惊诧地问。“他以前绝不是这样的。”

“他完全变了，变得连我都不认识。”老伴叹了一口气。

“我能理解。这是环境逼的，这是气候逼的，这是运动逼的，这是政治逼的。”小脚女冷静地说。

“环境，气候，运动，政治。政治，运动，气候，环境……”李虫疯疯癫癫走过来，疯疯癫癫地念叨着。

　　暮色慢慢浸淫了天地。放学的，下班的，抱孩子的，扛大包的，三三二二走进仁智里。炊烟冉冉，正是锅盆碗瓢奏响时，正是炒炸蒸炖执政时，正是香甜辣酸登场时，正是一轮明月全家共享天伦时。

　　媒体上说，由于帝修反的封锁，由于老天爷的施虐，让中国人民，让上海人民，让仁智里的人民跌入饥饿的深渊。以至炊烟冉冉时，弥漫在空中的只是煮白菜煮萝卜的酸嗖气。

　　清水寡汤的菜，清水寡汤的粥，清水寡汤的面孔，清水寡汤的心情成了仁智里的风景，也成了上海的风景，也成了中国的风景。

　　薛书记大步走来。因为消瘦，骨骼更大，更宽，更有凹凸感。脸皮如纸，薄薄地盖在嶙嶙的骨架上。

　　"薛书记好！"正修车的老陈怯怯地打招呼。此刻他的肚子正在唱空城计。

　　"什么人？"薛书记大吼一声。一条黑影站起来朝前窜。

　　"抓反革命啊！"骨骼女大叫一声。老陈扔下工具，一个纵身加一个纵身再加一个纵身，三个袋鼠式的跳跃后终于擒住黑影。

　　"说！搞什么勾当。"一道雪亮的光柱锁住黑影。黑影虽挣扎，但嘴巴咀嚼的甚是欢畅。

　　"快掏嘴。防止他把密电码咽进肚子里。"骨骼女反应甚是敏捷，绝对有政治家的反应。老陈把黑影朝墙上推，一手摁住脑袋，一手扳开嘴巴，手势娴熟动作麻利，绝对有零零七的潜质。

　　"挖到了吗？"薛书记急迫地问。"当然。""把密电码给我。""报告书记，挖出来的不是密电码，而是……"老陈沮丧地摊开手，掌心中是一团嚼烂的米饭。

　　"你是啥人？蹲在地上干嘛！为啥要逃？"失望的骨骼女一连蹦出三个问号。

　　"我是十六号的小广东啊；蹲地上是吃泔脚桶里的剩饭啊；逃跑是因为怕你啊。"被抓者也是三个"啊"轮番上场。

“泔脚桶里有饭？”虽然扫兴，骨骼女的弦还是绷得很紧，“这情况很不正常。”

“薛书记！我有情况向您汇报。”小广东捂着嘴巴，嘴巴上有一道血口子，那是零零七的杰作。

“说。”“饭团一定是十四号卫嫂倒的，昨天她在邮局取了个包裹。听说她男人的老头子的哥哥的干妹子在香港。香港是啥地方？”

“香港是进攻中国的桥头堡，是资本主义的大染缸，是帝国主义反动派的大本营，是……”老陈急忙说。

“他谈情况而不是让你做报告。”骨骼女有些忿忿。这不是关公面前耍剔脚刀嘛？

“那是！那是！”老陈后退一步。

“我认为，一定是卫嫂吃了香港货扔了中国米。毛主席说，贪污和浪费是极大的犯罪。”

“小广东啊，你的脑子咋这么简单？这不是一般的浪费，而是别有用心。你想想，猴三妈刚死，泔脚桶里就出现白花花饭团，这说明什么问题？”骨骼女严肃地问。

“就是啊。我翻泔脚桶不是三天五天了，平时连根葱都翻不出，今天一翻就翻出一团饭。”

“快把治保员叫来，布置各家各户逐一排查，一定要把泔脚桶的幕后指使人揪出来。”

“不是泔脚桶的幕后指使人，而是朝泔脚桶倒米饭的人。”小广东纠正着。

“放肆！”一声叱喝，“揪出泔脚桶的……敌人，就着泔脚桶召开居民大会，批臭批倒反革命。”薛书记严肃地说。

“这叫抓现行搞热炒，活学活用毛泽东思想。书记啊，我的事咋处理？”小广东涎着脸问。

“先回家反省再等候处理。老陈，赶快把李虫叫下来。”

“好！”老陈三步二步冲上楼，片刻，就押着傻儿来了。

"这是啥？"薛书记展开一张纸。"说！这是啥？"

"反动标语。"老陈不假思索地说。

"……标语是明的，这是暗的。"薛书记皱着眉，对老陈的答案很不满意。

"那就是隐喻的反动标语。"老陈来了个脑筋急转弯，"李虫快交代。"

"你以为我是政治上的瞎子。"书记冷笑着。老陈一看，纸上是一连串的数字和公式。

"有人用文学反党，也有人用数字反党，有人用圆周率反党。"老陈敏捷地说。

"你让我交代啥？"傻儿傻笑着看着薛书记。

"因为你有仇恨，恨自己不能上清华，恨母亲被专政，恨自己和戆大一起糊盒子。"骨骼女冷笑着。

"我恨么？我有恨嘛……"傻儿叨叨着。

"薛书记，你最后一句话说到点子上。"小脚女走过来。"正因为和戆大在一起糊盒子，所以他也成了戆大。昨天还和我女儿抢球，这不是戆大是什么？"

"这叫变色龙。"薛书记冷冷地说，"白天装疯卖傻，晚上趴在纸上算啊算。你以为我也是政治上的弱智？"

"恰恰相反，我认为您是政治上的睿智。"老陈谀笑着。

"戆大啊戆大，你什么时候能长大。哎呀呀！又是一二三四五六七，七六五四三二一。"小脚女一把夺过纸。

"对你这个文盲是一二三四五六七。"薛书记又一把夺过纸，"对我来说就是……""就是密电码？"小脚女爽朗地笑了。

"不许你搅和，不许你搞阶级调和。"薛书记嚷着。

"你这个戆大啊，衣服破了不知补，肚子饿了不知吃。废料只能沤肥，戆大只能取乐，以后可不能乱涂乱抹了。"小脚女踮起脚尖，扭着李虫的耳朵。

"疼！疼！疼！"傻儿蹲下身子。"知道疼，下回就不要乱涂乱抹。快向薛书记道歉。"

"薛书记，我不再乱涂乱抹了。"傻儿低下头。

"薛书记！俗话说，远亲不如近邻。这孩子没爹没妈是个苦娃，是个万人厌。"

"少来这套苦肉计。"薛书记冷笑着。

"书记啊，刚才见你儿媳回家了。你为革命东奔西跑，我这就帮你烧晚饭。"小脚女殷勤地说。

"滚一边去……李虫我警告你，这次暂且饶你，要有下次，新帐老帐一起算。"薛书记悻悻地转过身。"晚上七点居委会开会。一家不准缺，一个不许少。"

"薛书记！我马上去通知。"老陈应声着。

"薛书记！饭后我们马上来。""薛书记！我们一定来……""薛书记……"围观的人群一点点散了。

一条黑影窜过来，窜进十三号后门。小脚女赶紧跟上去。

"这黑影，不就是我家那小子吗？"老陈一愣，随即如壁虎贴过去。

"我爸看见我了吗？""看见就看见，他要动真格我和他拼了。""……其实爸也没办法。""你老是护着你爸。"小脚女埋怨着。

天呐！这狗东西不但做脏事，还搞了个同盟军。我真是大海不翻翻阴沟。想到这老陈怒火中烧。他如暴狮，一头顶开大门。

"妈啊！"儿子尖叫一声，"哐啷档"一声把脚盆打翻。

"你先听我说。"小脚女如勇敢的母狮拦在面前。

"这是我家事。""这也是我家事，他是我干儿子。"

"人赃俱获，还有啥可说？""孩子！把脚抹干，把鞋穿上。"小脚女如发号施令的将军，儿子如忠实接受命令的士兵。

"为什么洗脚？"老陈冷冷地问。

"因为……脚脏。""为啥脚脏？""因为……赤脚。""为啥赤脚？""赤脚就不会磨损鞋子。""为啥赤脚？""因为我在学校……打球。我怕磨损鞋子。""岂止是磨损鞋？"老陈冷笑着。

"我知道。所以大合唱时我只张嘴不发音，只有我独唱时才发声音。"儿子急急忙忙地说。

"为啥这样？"小脚女惊讶地问。

"赤脚能节省鞋子磨损，张嘴不发声能节约粮食……"

"我的儿啊……"小脚女一把搂住儿子。

"爸！要是不信，可以做比较。我唱歌只吃半碗饭，不唱歌也吃半碗饭，不信就用专门的碗盛饭。"儿子挣出小脚女的怀抱，褐色的眸子，热烈地，渴望地，忐忑地看着老陈。老陈的心一颤，仿佛电流击中心房。

"您……"儿子紧张地看着他，"打篮球的体校已经取消，您不会再取消我的少年宫歌咏班吧？"

"孩子别怕……"小脚女摩挲着儿子的头。老陈转身出门，只是脚步有些踉跄。"爸爸！我扶你上楼。"后面传来儿子的脚步声。老陈推开门，凳子上坐着一个衣衫褴褛的老头。

"爷爷！"儿子扑上去。

"锅不热饼不贴。他从来不抱我大腿。"老陈怨艾地想。

"让我瞧瞧，孙子是胖是瘦？"老头仰起孙子的下巴，"上海比乡下好，孙子怎么比乡下还瘦？"

"他正在蹿个。"老陈小心解释着。

"媳妇，你是咋对待我孙子的？"老头一脸怒气。士芳把眼角朝床下一瞟。

"这里装什么？"老头从床下拖出一只箱子。

"不就是几件旧衣服。""旧衣服也上锁？你把妻子孩子当贼？""爹！您先吃饭。""废话少说，把箱子打开。"老头命令着。

"钥匙？箱子的钥匙呢？"老陈东张西望着。

"少耍把戏。你就是掉脑袋也不会掉钥匙……这么多黄豆为什么不给孙子吃？"老头掀开箱子嚷着。

"不是我不给，而是他不喜欢吃。"

"放你的狗屁。"老头气呼呼地说。"爹！你应该明白我的一片苦心。丰年防饥晴防雨，谁知灾害啥时来？"

"宁可让虫吃，也不给儿子吃。这豆都蛀空了。"老头心疼地抓起黄豆。

"你为什么不晒晒黄豆？"老陈冲妻子嚷着。

"我没钥匙咋晒？你不是再三关照不能让儿子看见嘛？"后面一句话士芳说得很轻很轻。

"孙子你饿不饿？"老头问。"饿……不饿。""到底饿不？""我饿，但爷爷更饿，不是说上海比乡下好吗？""把锅拿来。"老爷子解开麻袋。

"爷爷！你带了四块砖。""这不是砖。锅里放水，点上火油炉。"老头神气活现地吩咐着。水开了，砖放进去水里后马上飘出一股香味。

"我就知道这是红薯粉打的砖。"老陈喜上眉梢。"快拿四只碗。咦！怎么拿五只碗？"

"还有一碗给干妈吃。"儿子喜吱吱地说。

"养不熟的白眼狼。"老陈没好气了。

"你是狼，所以把儿子当狼养；你是人，就把儿子当人养。"老头也没好气了。

"爷爷！这砖咋这么好吃？"

"有一年红薯丰收，有人用红薯喂猪，有人用红薯酿酒，有人把红薯沤烂当肥料。爷爷把红薯洗净晒干磨成粉。"

"然后呢？""然后粉里加水和成泥，把泥砌成砖，把砖晒干就成了嘴里的好东西。"

"红薯不会坏吗？""掺上明矾不会坏。""红薯为啥要做成砖？""要是爷爷背上一麻袋红薯，不出启东就被抓。"

"为啥？""说我是倒腾粮食的投机倒把分子。背上砖，警察以为我砌房子呢。"

"爷爷真聪明。你在乡下能吃饱肚子嘛？""吃饱？好多人都饿死了。""爹！你怎么说这些。"老陈忙使眼色。

"爷爷！你知道什么是幸福嘛？幸福只有一个，那就是吃饱肚子。"孙子揉着肚子一脸灿烂。

第十六章　逃过初一，逃不过十五

就在老陈积蓄的粮票向千斤挺进时，"自然灾害"结束了。虽不能说百废待兴，至少肚子能撑个半饱。

不饿不冻，就是人生最大的幸福。这是老陈的幸福，儿子的幸福，也是全国人民的幸福。就在大家一起幸福时，四清运动又来了：既然活下来了，那就接着搞运动吧。七八亿人，不搞运动行吗？当然不行。那就接着搞：怎么也要搞出百分之五的比例来。

酱油厂的四清运动，在王书记的带领下，如火如荼展开了。这次挖出一个富农婆，确切地说，是富农分子的后裔。因为她不到十七岁嫁了个下中农，不到十九岁就到上海谋生。严格的说，她只是十七岁前，生活在富农家庭的未成年女子，她就是陈师母士芳。

听到这消息，所有的人都惊诧：这个破衣烂衫，面带菜色，手带老茧，皱纹丛生的女人是剥削者？她要是剥削者，那谁是被剥削者呢？她是是黄世仁的娘，那谁是白毛女呢？

炸弹是挖出来了，但群众很失望也很无聊。她没绯闻，没猛料，没仇人，没同盟，没劣迹，没功绩，没文化，没谋韬，简直是不堪一击的豆腐渣。

布告已经上墙：兹定于一九六四年九月十三日下午三点，召开全厂职工大会。批判揭发暗藏的富农婆子孙士芳。布告恢宏庄严，带有强烈的黑白二色。最醒目的是名字上打了一个又黑又大的叉。

晚饭后，老陈拿出认罪书。认罪书洋洋洒洒约有万言。在数量上，质量上，绝不逊于彭大将军的万言书。"今天复习功课，明天通过考试。"

"考啥试？我又不是儿子。"妻子纳着鞋底，头也不抬。

　　"儿子考学习，你考政治，这有质的区别。""啥政治不政治，我从不惹它。"

　　"你不惹它不等于它不惹你。现在开始。"老陈拿出传经授道的架势，"这是游泳前的蹦跳，马拉松前的热身。"

　　"水热在炉子上，马上洗脚。"一说到热，士芳有了反应。

　　"坐下！"老陈生气地说，"我是万恶的富农婆，说！"

　　"我是万恶的富农婆，说！"

　　"这个说是我跟你说的，你不要说。"老陈很严厉，绝对有"亲者严疏者宽"的原则。士芳茫然地点点头：不管懂不懂，点头总比摇头好。

　　"我对不起人民对不起党，说！""我对不起人民对不起党，说……后面一个说不要说。"士芳一拍脑袋，伶俐地问。

　　"咋搞的？知道了还说？""我晓得了。"士芳响亮地回答。

　　"下面说，我对不起人民对不起党。""下面说，我对不起人民对不起党。"

　　"咋笨得像头猪？"老陈脱口而出。

　　"我母猪，你公猪。"士芳的反应一点也不慢。

　　"明天就考试了。"老陈极痛心疾首。

　　"考就考，谁怕谁？"老伴把鞋底一扔很豪迈。

　　"有这态度就好。现在开始：我对不起人民对不起党。说！"

　　"现在开始：我对不起人民对不起党。后面一个"说"不要说，前面的"现在开始"说还是不说呢？"士芳皱着眉认真思索。

　　"你还是没理解我的意思。"老陈有些恼怒。

　　"这样吧，你念我看：你摇头我不说，你点头我就说。"

　　"你不能简单地用点头摇头来区分，你要搞懂意思而不是看我表情。考试不能死记硬背，学习要启发式而不是填鸭式。"老陈循循善诱。

　　"晓得了！晓得了！"士芳不耐烦了。

　　"四清运动，挖出富农婆，是四清运动的伟大的胜利。"说到这，老陈省略了"说"。

"四清运动，挖出富农婆，是死运动的伟大的胜利。"士芳流利地说。

"你搞啥？""你搞啥？"士芳又一次跟上时代的节奏。

"你要气死我啊？"老陈的手指戳上去。"我看你是要气死我！"士芳把问号改成感叹号。

"天呐！"老陈双手抱头。"都三个晚上，你还油盐不进。"

"油让你锁进抽屉，好在盐没上锁。"士芳气愤地说。

"这可咋办？"老陈急得踱起方步。"儿子咋还不回来？"士芳也急得踱起方步。

"你怎么学我的一言一语一举一动？""不是你让我学的嘛？""这咋办？"老陈说了一半忙打住：活鹦鹉可是听一句学一句。可是这次鹦鹉没学舌，她拉出痰盂褪下裤子，她要赶在儿子回来前把膀胱清空。

"这下完了。"老陈知道这一拉，不但尿拉了，连刚才的半拉子话也拉了。

"这下完了。"活鹦鹉虽然坐在痰盂上，一点也不耽搁学舌进度。好！你可以学我的舌，难道还能学我的动作？老陈生气地一挤眼，士芳挤了一下，力不从心地败下阵来。

你这边败下阵来，我这边计策上来：既然不能全面铺开，那就攻其一点不及其余。"现在你只要记住三句话。"

"哪三句？"

"四清运动就是好，富农分子就要斗，阶级斗争就要抓。咋样？""行！"士芳爽气地一点头。

"四清运动就是好，富农分子就要斗，阶级斗争就要抓。"士芳一边拉裤子一边说。开窍了！总算开窍了！老陈大喜过望：教育就要因人施教。"好！再念一遍。"

"四清运动就是好，富农分子就要斗，阶级斗争就要抓。"老师的评价，让士芳心花怒放。"死运动就是好，阶级斗争不要斗……"士芳念着念着卡壳了。原想露一手，没想到弄巧成拙乐极生悲，正应了"过犹不及"。"事情运动……富农分子……家家斗斗。斗啥？我话不来。"一急之下，士芳带出浓重的乡音。

"四清运动就是好……"陈老师按捺住性子，一遍遍地念。士芳横着眼沉默着。任凭老陈加大分贝，加大速度，千呼万唤就是不出来。老陈绝望地看着她，突然一挤眼，把一根点燃的烟塞进她嘴里。士芳钢嘴铁牙，横竖撬不开。老陈吸了一口烟，然后把雾喷过去。"跟我读：四清运动就是好……""坏人！坏人！"士芳二眼朝天，反反复复吐着这二个字。

"妈！谁是坏人啊？"儿子背着书包推开门。

会议开始了。主持人是王书记，喊口号的是红霞，念认罪书的是士芳，唱压轴的是老陈。另有女配角，女次角，女绿叶若干；男配角，男次角，男绿叶若干。书记一招手，民兵把士芳朝台上一推，她摔倒了。于是她安安静静地趴着，如婴儿趴在襁褓中。

"富农婆不老实就叫她灭亡。"红霞喊起口号，下面跟着喊。一阵一阵的口号声惊醒了士芳。她摇晃地站起来，突然又蹲下把一团东西朝嘴里塞。民兵冲过去，一人扳头一人挖嘴，利索地掏出一团东西。

"同志们，这就是活生生的阶级斗争。把毒药拿过来。"王书记一声令下，安静的会场沸腾了，每个人都想看看毒药的模样。

"这不是饭团吗？"一个大嗓门嚷着。"是……饭团啊。"千真万确是饭团。"哈哈！哈哈！"有人吐舌，有人窃笑，有人做鬼脸。

"说！毒药是不是包在米饭里？"民兵扯着士芳的头发。

"说！饭里有啥猫腻？"傻大姐摁着士芳的脑袋。任凭推打扯拽，士芳是泥雕一座。会场的气氛，一点点冷了。

王书记朝老陈瞥了一眼，一瞥中有组织的重托，还有领导的希望。说时迟那时快，蓝大褂带着闪电窜到了会场中央。"你要是再不交代，我就和你划清……”在长长的省略号中，会场百分之一百的寂静。

“咋啦？”士芳死死地凝视着老陈：泥雕复活了。

“你要是再不交代……我就和你离婚！”离婚二个字，终于从老陈的嘴里蹦出。

“离……婚！”士芳吃惊地看着老陈：沾满唾沫的下巴，竖起的胡子，凶狠而僵硬的脸。“你说要和我离婚？”

“说！你究竟吃了啥？”老陈把罪证递过去。

“这是白米饭！这是白米饭啊！”士芳忘情地笑着，像莘莘学子找到答案。

“说？饭团里有啥秘密？”王书记问。

“秘密？啥秘密？我爹说，浪费粮食天打雷劈，浪费粮食作孽格。从夯土到栽秧，从施肥到除草，一道一道生活交交关多得来。”下面又有了笑，启东乡音听上去蛮滑稽的。

“一颗米不容易啊。插秧时掉一层皮，除草时蜕一层皮，割稻时要脱一层皮，打稻时落一层皮，这四层皮蜕下来人就变成……”

“变成一条美女蛇了。嘎嘎！”傻大姐狂笑着。

“严肃！严肃！”王书记猛击麦克风。

“刚刚这团饭，起码有五十颗米。一颗米要八滴汗，五十颗米要多少汗？一颗汗珠摔八辮，五十颗米摔几辮？”浓浓的乡音，优哉游哉飘荡，犹如打麦场上的农妇在扯家常。

“荷锄日当午，汗滴禾中土，谁知盘中餐，粒粒皆辛苦。”技术员有感情地朗颂着。

“停！”书记气愤地站起来。他绝不能让批判会，开成一个农作物分析会，开成一个诗歌朗诵会。

“你这个狡猾狡猾的富农婆。”王书记甩了士芳一个耳光。

“不许打人！”一个清脆的声音，如高升炸开，“这团饭是我落下的，陈伯母看到饭团，条件反射拾了吞下去。哪来的什么毒药？”

“红霞？”书记大叫一声。“我是红霞。”“……红霞，你敢为富农婆作证？”

“我敢！”红霞毫无惧色地看着他，如坟场上的一只鼓，如万籁中的一声雷。书记的脸沉下了，红霞哈哈大笑。

“不许笑！”书记一槌桌子。知道她桀骜不训，想不到会反戈一击。今天且忍一忍，一忍再忍。“饭团送去化验，批判会继续进行。”

“快说！是不是有血债的还乡团？”“快说！是不是镇反时逃到上海？”二个民兵，成了哼哈二将。

“侬倒底要我讲啥？”士芳越过民兵，直接问书记。

“根据时间表交代。”

“从娘肚里说，还是从开裆裤开始说？”士芳麻利地问。

“拣重要的事说。”“对我来说，最重要的是结婚。”“拣有价值的说。”“啥有价值？”士芳把问号推过去。

“谈罪行。就谈你的伤疤。”民兵指着士芳的手嚷着。

“不知道你们说哪道伤疤？我身上有许多伤疤。”“你身上的疤，我咋知道？”民兵怪笑一声。

“哈哈哈！哈哈哈！”下面笑成欢乐的海洋。

“肃静！肃静！说说你怎么到上海的？”王书记赶紧把话题朝正路上引。

“当然是乘船到上海，我一出码头，就上面馆。”

“同志们听清楚了，解放前能上面馆的是啥人？”书记赶紧加备注。

“老陈用三只铜板买了一碗面，又讨了二碗面汤……”士芳面带羞涩，“要第三碗面汤时，伙计不肯，说他是一毛不拔的铁公鸡。”

“哈哈！”“哈哈！”众人哄堂大笑，谁不知道老陈的吝啬。

“三个铜板买了三大碗，三个铜板把二只肚子撑得又鼓又胀。”士芳也乐了。

“王书记！这是批判会还是故事会？‘创业史’里的梁生宝，吃了一碗面，又喝了二大碗免费的面汤。富农婆，你男人到上海时，是不是头上顶着一个麻袋，肩上扛着一个麻袋，胳膊窝里夹着用麻袋裹着的包裹？"胡技术员认真地问。

"都说眼镜先生聪明，果然能掐会算。一条麻袋做包裹，一条麻袋扎被褥，一条麻袋当油布，正正好好三条麻袋。"士芳说着翘起了三根拇指，于是下面笑倒了一片。

"不许笑。"王书记气的脸都白了。在他的生涯里，批判会开的这么糟这可是破天荒，而这破天荒竟是文盲创造的。

"富农婆又造谣。难道一碗光面二碗面汤，就能把二只肚子吃的又鼓又涨？"技术员憋着笑问。

"因为我到上海时带了一口袋的馍，老陈一口气吃了三只，所以把肚子吃得又鼓又涨。"士芳响亮地说。

"文盲还知道又鼓又涨。"技术员一耸肩，于是会场再次成剧场。

"把富农婆押下去。"王书记悻悻地挥着手。

二天后，富农婆被叫到办公室。"赶快签字。"

"签啥字？我自己的名字也画不来。""你在红泥里蘸一下，然后一揿。对了！完了！"书记高兴地说。

"这是颜料还是油漆？是油漆的话要用汽油擦。"士芳饶有兴趣地看着手指。

"现在我向你宣布：富农婆被清除出厂，拿上东西赶快走。"王书记郑重宣布。

"谁清除出厂？是你还是我？"士芳惊讶地问。

"来人啊！"书记一声吼，二个民兵赶到。书记一努嘴。

"滚！拿上你的东西快滚！"民兵赶牲口一样驱赶士芳。她只得一步一步挪回仓库。现在，她的位置上已经坐了别人，自己的东西扔了一地。她坐在地上哭起来。

有人走来，又面无表情走了，明哲保身是最高的准则；有人走来，狠狠踢上一脚，楚河汉界这是最高的决裂；有人走来，面带微笑走了，自己无恙这是最大幸福。巩固政权需要百分之五，谁让你是呢？

"富农婆快滚。"民兵扛着红缨枪来了。"滚？滚到哪？"士芳大声嚷着。这里的一草一木，和她有千丝万缕的联系。这是肉和骨的衔接，这是水和乳的交融，这是土地和稻子的关系。

"呦！书记来了。报告书记，要不要对她采取无产阶级专政？"

"杀鸡焉用牛刀？"王书记冷笑着，"把老陈叫来。"书记悠闲在坐着，手里拿着小茶壶，如天桥上看杂耍的观众。

有人一路小跑，既看到地上妻子，也看到椅子上的书记，他趋前一步恭敬请安：王书记好！士芳一见亲人来了，委屈加倍泪水长流。

"赶快回家。"老陈拽住士芳。"不！凭什么让我回家？我二十岁进厂，一根根线头攒起来，一张张废纸拾起来，一只只麻袋缝起来。一颗黄豆是我的希望，一桶酱油是我的孩子。我把买房钱捐了，我把厂子交了，上班下班就记着二句话……"

"哪二句？"书记的鼻孔里冒出二股白烟。

"一是做狗二做哑巴。"

"富农婆终于漏馅了，难道党叫她做狗做哑巴？"书记对听众一挤眼。

"我是人，却夹着尾巴；我有嘴，却装着哑巴。我天天在心里念叨：狗狗狗，哑巴哑巴哑巴。"士芳鸡啄米的动作，赢来新一轮的讪笑。

"你很有表演口才，简直是冷面滑稽。"王书记不得不承认，这文盲的身上有搞笑因子。

"我不知道啥叫富农，只知道凭手吃饭。为了厂，我们吃糠咽菜；为了厂，我们住二层阁；为了厂，我们不生孩子。现在却要把我一脚踢出去，凭什么？凭什么？凭什么？"她的话，如机枪发出一嗖嗖的子弹。

"说！继续说！党的方针是知无不言。大胆说，彻底说，把心窝子话掏出来。"书记不恼不怒，不急不火。他翘着二郎腿，有礼贤下士的风度，有兼听则明的风范。

“说就说。”士芳一骨碌从地上爬起来，“共产党说话要讲信用。当年说我们是红色资本家，现在又成了啥富农。当年，要不是你们阻拦我们早去了台……”一个“湾”没出口，一个耳光应声而来。

“你……打我？”士芳呆呆地看着老陈。做了三十年夫妻，这是第一次挨打，而且在大庭广众下。

“好！以夷制夷，好！”书记抚掌大笑。

老陈拽着老伴朝外走。拉扯中，袖套掉了，头发散了，鞋子丢了。脚板踩过碎玻璃，留下一道血迹。血迹懒洋洋地逶迤着，从仓库到车间，从车间到甬道。血迹所到之处，一路上站满了围观的群众。

“苍海横流，方显革命本色。”技术员冷笑着。

“停！”清脆的女高音兀地响起。老陈一回首，是红霞站在路中央。

“她的鞋掉了，她的脚在流血……”

“流几滴血能要她的命？”老陈淡淡地说。

“我瞎了眼，怎么没看出你是个畜生。”红霞指着他鼻子大骂。“你以为你大义灭亲？你这是禽兽不如。”

“别骂他……我这就走。”士芳一瘸一瘸朝前走。

“等等！把这穿上。”红霞脱下鞋塞到士芳手上。这是一双崭新的鞋，鞋跟高耸皮质光亮，二侧还有饰物点缀。士芳抚摩着鞋面鞋底，这辈子她没有穿过这样好的鞋。抚摩完毕，她又把鞋塞给红霞，然后跟跟跄跄地朝前走，血迹逶逶迤迤地跟着她，忽浓忽淡忽深忽浅，如稀疏而顽强的庄稼。

红霞赤脚再一次追上去。“把鞋穿上，这鞋本来就属于你！”

“你怎么也胡说？”士芳伤感地摇着头。

“我没胡说。这鞋是你丈夫送给我的。”

“你说什……么？”颤音在空气中滑翔，带着幽怨的点点碎片。

“不要听她胡言乱语，我们回家。”老陈搂住士芳像搂住充气娃娃，“她疯了。”

"我疯了？你也做周朴园？你要掩饰罪行，就说别人疯了。"红霞冷笑着，"敢做不敢当的懦夫。呸！"

"你疯了。"老陈若无其事地说。

"只有疯子，才会杀害自己的亲骨肉。"红霞拍着自己的小腹。老陈依然笑，只是笑得怪异而凄惨，凄切而凄厉。最后，变成野兽般的嚎叫："你滚！"

整个城市还在酣睡中，士芳悄无声息地起床了。先用冷水刷牙，又用断齿梳头，接着点上火油炉子。炉子跟随她已经若干年，有油就发热，点火就工作。活得简单，活得自在。它比主人幸运一百倍。

士芳盯着闪烁的火苗。老陈有规定，锅子中央一跳水泡，马上关火。当第一只水泡如期而至时她随即关火，比钓鱼者敏捷一百倍。

她盛了碗泡饭，就着酱菜吃起来。吃完后，碗筷在水坛里晃二下放进橱里。她用湿手抿抿头发，把包放在膝上。这是一只黑色的人造革包，四角包着胶布，带上缠着布条。她双手合拢，放在包上，如一个规范的三好学生。

"这么早起来干嘛？"老陈不耐烦地翻个身。

"等你啊！"声音轻柔软嗲，如大珠小珠落玉盘。"等我干嘛？"老陈一愣。

"等你一起上班啊！"声音又嗔又甜。娇声软语既陌生又熟悉，既遥远又亲近。这声音在哪听到过？他努力思索，把旧时的记忆一一过滤。

印象中，士芳的声音如陈旧的复读机，零件磨损磁头生锈。声音越来越粗哑越来越干涩。今天的声音变了，变成了莺声燕语。脑子如倒带的录象机，朝历史的长河追溯：一个模糊的影子渐次清晰而立体。那时的她，是翠枝而不是枯叶；是满弓而不是断弦；是娇兔而不是病猫；是清泉而不是涸河。

婚后的他们，虽然穷得叮当响，感情却浓得化不开。清晨，你扛锄我挑担；傍晚，你推犁我拉绳；一碗稀饭照着二张笑脸，嘴里是咸菜，心里却装着密糖。

一个月明星稀的晚上，他拉着她的手发誓：有钱给你买瓶油，让风干的脸滋滋一番；有钱买一间房，让潮湿的床铺不再发霉；有钱让你做个母亲，让孩子的嘴咬住你乳头。他说了许多许多，她只是轻柔一笑。

天亮了，出家门到村口，过小溪淌大河。她送了一程又一程，比十八相送多二程。二年后，他把她接到上海。虽然住在抬不起头的阁楼，他们却是一对快活的神仙。

从啥时起，胃饱了心空了；被暖了身凉了。没了对视，只有眼观八路的警觉；没了拥抱，只有战斗的口号；没有了花前月下，只有写不完的检讨和揭发。有交流，不是心灵的对话，只是耗子般的惴惴不安；有幸福，不是自身价值的实现，而是侥幸的脱身；有家，不是温馨的港湾，而是舔伤口的避难所。有齐眉举案却没有心的沟通；有金有银却没有银铃般的笑声；虽然扣子扣到颈部，却有赤身裸体的羞愧；虽然照片陈列在橱窗，却有无地自容的猥琐。从啥时起，她成了沉默的黄脸婆？从啥时起，我成了如今的我？

我的一生，除了追逐金钱，就是追逐运动。一个接一个的运动，上得了贼船下不了贼船。这里要保家卫国，雄纠纠跨过鸭绿江；那里要打台湾，全民控诉蒋匪帮。四海翻腾云水怒，要古巴不要美国佬；五洲震荡风雷击，热烈欢迎西哈努克亲王，外加不断摇头的宾努亲王。

政治上不敢懈怠，经济上勒紧裤带。今天炼钢铁，马上捐锅砸痰盂，明天反封锁，自觉割定粮没商量。石油工人一声吼，酱油缸也成了喷油井；明天是反复辟，小葱斩根猫杀光。从啥时起，舌头没了味蕾只成了祸根一条？啥时起，人心没了温度却成了铁板一块？从啥时起，朋友成了祭品妻子成了卒？

想到这，老陈一把捂住脸。

"起来啊！起来后我俩一起去上班。咯咯咯！咯咯咯！"银铃般的笑冲天而起，惊得老陈一跃而起。"你咋了？"

"上班啊！咯咯咯！"放肆的笑，弥漫了整个阁楼，像逃出瓶子的精灵。

"妈！你咋了？"惊醒的儿子跳起来抱住士芳。老陈眯着眼观察：妻子鬓发不乱，纽扣整齐，眼睛清澈。

"你笑啥？"

"我可以上班喽！"

"从今天起你不上班。""为啥？""怨你爹不是我爹。"老陈恶声恶气地说。"要是你爹吃喝嫖赌，你就不会被开除。"

"开除？开除谁？为什么要开除？"士芳笑成一支花。

"开除你，因为你是富农的女儿，你是地富反坏右的狗崽子。"

"为什么我是狗崽子？为什么？"她固执地问。

老陈扯下毛巾，在A坛里沾了沾，胡乱抹了脸。又点了盐放进饭里，然后稀里哗啦一阵刨。

"你咋不吃酱菜吃盐巴？""只能吃盐巴，因为从现在起，你工资没了。""为什么？"又一个为什么，十万个为什么。他看看她，脸红扑扑的像抹胭脂，头发亮光光像抹油。额的妈啊，黄脸婆竟成了七仙女。

"你头上擦了什么？""是……缝纫机的油。"她惊慌地低下头。

"脸上擦了啥？说！"士芳羞涩地拉开抽屉。老陈凑近一看，原来是划衣粉。

"第一天上班，我想把自己收拾的好看点。"士芳期期艾艾地说。

"你这是何苦？"说到这，老陈噎住了。他想到他曾许下的诺言，他想到对她的不公，他想到扇她的耳光，他想到他不让她做母亲的残忍。这么多年，她不是以女人的身份，而是以纯粹劳动者的身份活着。她是苦行僧，刻薄自己，委屈自己，虐待自己，伤戕自己。她活的战战兢兢，活得苟延残喘，她甚至被剥夺了做母亲的权利。

"你不会生气吧？我保证以后……"士芳怯怯地看着他。

老陈憋着忍着控制着自己，但是，他的眼里终究涌出了泪水。他想把她揽进怀中，给她一个结结实实的吻，给她一个实实在在的承诺。他要听她黄莺般的声音，他要看她晚霞般的脸，她要听她鸽子般清脆的笑，他甚至要她柔软的身子。但是，这一切的一切，已经一去不复返。

老陈偷偷抹去泪，大咳一声。咳嗽，这是他权威的信号。现在的咳嗽，只是为了掩饰感情：他怕自己的眼泪，会再一次流下来。他拖过碗，使劲把盐水泡饭划进嘴里。

"吃点酱菜吧！"士芳把酱菜推过来，眼珠子贼亮盯着他，盯得他背上沁出一层细汗。老陈站起来，他愧对这双透明的眼睛。

"我和你一起上班。"士芳抢先一步挡在门口，有夫唱妻随从一而终的架势。"拉着你妈，她脑子有病。"老陈朝儿子一努嘴。趁士芳分神之际时，他拉开门冲下楼，身影径直地扑进瓢泼的雨幕中。

脸上凉嗖嗖的，分不清是雨水，还是泪水。

从此，士芳天不亮就起床，拎着包等他一起上班。早上出门，成了老陈最头疼的事。不是落荒而逃，就是抱头鼠窜。落荒时不能让她看见，鼠窜时要防止尾巴。回家也成了最头疼的事。士芳欣喜如少女，二腮通红双眸生辉，风情万种娇媚可人，嘴里有一连串的为什么。你搭她一句，她就嗲嗲地问十句；你一句不搭理，她照样嗲嗲地打破沙锅问到底。

她是向日葵，围着老陈打转转；她是报晓鸡，起的比周扒皮还早。一天又一天，一月又一月。日复一日的重复，没有尽头的重复。

三个月后堂兄上门。知道这一切后，冷不丁抽了她一个大巴掌，这一掌太狠太重，士芳被打出门并滚下楼梯。她被抬上床后静静地躺着，静静地陷入沉思。一连三天，她滴水未进，滴米未尝。

第四天，她又早早起了床，一番收拾后坐在凳子上。她没有拿包，也没吵着要去上班。这一巴掌，把她中断的记忆接上了。她一言不发只是呆呆地看着天花板，一看就是几小时。当眼她的眼睛垂下时，才能看见眼角的泪花，以及眸子中深深的寂莫。这眼神，石头人看了都肝胆俱裂万箭穿心。

"我恨你。"儿子对堂兄吼着。"我医好你母亲的病，你还恨我？"

"我宁要她糊涂不要她清醒。都是你！都是你！"儿子如一头暴怒的狮子。

"为什么？"现在轮到堂兄问十万个为什么了。

"她糊涂，所以她不痛苦；她清醒，所以她痛苦。糊涂时，她是简单的婴儿；清醒时，她是痛苦的成人。你打破了她的梦境，你太残忍。"

"难道你不介意你有个疯癫的母亲？"

"我宁要疯癫而幸福的母亲，也不要一个清醒而痛苦的母亲。只要她幸福，哪怕她是精神病人。"

"混帐东西！"老陈一声吼，"什么痛苦不痛苦？能安全地活着，就是最大的幸福。"

"宰杀前的猪也一定很幸福。"儿子冷笑着。

"放肆！"

"我这是帮人不成反害人。"堂兄羞愧着，"这孩子中！这孩子中！这孩子感情丰富心地善良。"

"要这奢侈品干吗？"老陈翻了白眼。

"难道你不要感情？连动物，飞禽，植物都有感情。"

"你说的太玄乎，太不接地气，太不现实。""玄乎？虎不伤子，乌鸦反哺，就连向日葵都朝太阳鞠躬。你一定没有它们的快乐，可它们却有你不具备的感受。"

第十七章　左脸肿了送右脸

　　老子说，福兮祸所倚，福兮祸所伏。就在老陈痛苦地成为富农婆的老公时，前来视察的粮食局局长认出了老陈。

　　"你……不就是公私合营时的那面红旗嘛？"

　　"哎呀！首长日理万机还记得我这糟老头。"老陈喜出望外连连鞠躬。

　　"你的事迹很感人。为了捐金条，宁可住在头也抬不起的阁楼上。现在住几室几厅？党说过，只要打败鬼子，人民就能过幸福日子嘛！"

　　"他是过上好日子，他整天钻耗子洞。"傻大姐笑了。

　　"难道你还住在阁楼上？"局长惊讶了。

　　"先天下忧而忧嘛！不！应该说，共产党人吃苦在前享受在后。"老陈响亮地说。

　　"加入组织了？""正在努力。""有这个态度就是好。小王啊！""局长！"王书记恭恭敬敬地走上来。

　　"刘主席在'论共产党员的修养'中说：吃小亏就是占大便宜。我们要把便宜让给好同志：赶快解决老陈的房子。"

　　"是！"王书记响亮地说。

　　我是谁？我是住寒窑的宝钏。我是谁？我是牧羊的苏武。我是谁？我是被追杀的秦香莲。我是谁？我是五行山下的悟空。

　　我是诰命夫人，我是朝廷命官，我是咸鱼翻身，我是猴子变悟空。老陈如出笼的鸟儿展翅的秃鹫，剌拉拉剌拉拉飞上蓝天。

　　"士芳！我早知道有柳暗花明这一天。""真有这等好事？"士芳激动得喘不过气来。

　　"别激动！"老陈扶妻子坐下，又斟上一杯压惊水，"天一亮，我们就去看房。”

“老天爷终于睁眼，菩萨终于显灵了。”士芳露出久违的笑。

“胡说啥？这是托共产党的福。”老陈郑重而庄重地说。

老陈在第一时间去看房，又在第一时间去汇报。“王书记！分给我的房子我拿不到。问题是无赖，也就是胡胡……他连屋都不让我进。”

“难道要八人大轿把你抬进去？胡胡是住房人，你是看房人。胡胡是酱油厂职工，你是酱油厂的……”书记用省略号让老陈自己去回味。

“这是分给我的房。”老陈虽听出弦外之音，可勇气不减。

“我只管分房不管撵人。”书记举起了报纸。

王书记对老陈的态度，犹如太太对丫鬟。丫鬟越死心，太太越瞧不上眼。撒旦能瞧得起犹大吗？恶霸能瞧得起打手吗？大盗能瞧得起小贼吗？老鸨能瞧得起雏鸡吗？他要是杀人我敬他胆，他要是诈骗我敬他奸，他要是强奸我敬他色，他要是放火我敬他血气方刚。

“书记，要不您……”老陈磨蹭着，乞求着。

“你怎么还不走？”宋阿姨一声尖叫打开门。

“书记您看报！”老陈讪讪后退，临走时轻手轻脚关上门。

老陈拎着一个布袋出了仁智里。口袋里有歪瓜斜枣若干。我是谦谦君子，讲究先礼后兵，以柔克钢，绝不和无赖兵戎相见一般见识。他一路嘀咕一路为自己打气。

“怎么又来了？”无赖打着赤膊趿着鞋，一开门就给他来了个下马威。

“我想问问，您啥时搬？”“工人阶级不给剥削阶级让房。”“话可不能这么说。”

“忘了我们咋批斗你婆娘的？”无赖攥着拳。

老陈腿脚抽筋，败下阵来。

　　外面的太阳很大，街上的行人很多，可是老陈又悲凉又孤寂。突然，他闻到了酒香。一瓶二锅头，让他的丹田之气冉冉上升。现在的老陈是怒向胆边生，恶向心头起。他再一次叩响了大门。

　　"又来了？"无赖双手叉腰拦在门口。

　　"房子是单位分的，你霸占这不是理。"老陈双手叉腰，不怒自威。

　　"我就霸占怎么着？"无赖声音虽高但底气尚嫌不足。"你能赶我还是杀我？"

　　"我不会赶你，更不会杀你，但我一定要讨回我的房。"老陈很坚决。

　　"是嘛？"无赖拖长声音，以静制动。

　　"老弟……来一支。"老陈从容地递上一支烟。无赖边抽边觑：死马就当活马医，实在不行走为下策。

　　"你……你的看房单呢？"半支烟下去，无赖的智慧浮上来。

　　"我……忘了拿。""不是忘了拿，而是没拿到吧！"无赖的底气上来了。

　　"有话好好说。"老陈把烟递过去，无赖心里有底了：人杀人要抵命，人吓死人不抵命。

　　"明天我去市里反映情况。""反映什么？""反映工人阶级给剥削阶级让房，不吃烟我要反映，吃你的烟更要反映。"无赖乜着眼。

　　"不是我要房，而是粮食局长提出来的。"有酒垫底，老陈话很沉稳。

　　"局长和太阳一样，分几个等级。""什么等级？""有的太阳冉冉上升，有的太阳日薄西山；有的局长行情看好，有的局长直线下滑。据我所知，粮食局局长有说不清理还乱的……历史原因。"无赖先一个省略号，然后是是一个斩钉截铁的句号。

　　"你说那局长……"老陈手里的烟灰一抖。

　　"要是冉冉上升的太阳，书记早把房子腾空喽！知道乐极生悲这个道理嘛？"无赖眉毛一挑睿智地问。

"你有什么消息？"老陈半惊慌半恼怒。

"天机不可泄。知不知道最近形势？"无赖眼角微扬眼帘半遮。

"来！老弟再来一根。"这次老陈敬的不是飞马，而是红双喜。

"我有。"无赖傲慢地说。

"手上有，难道不兴夹在耳上？"老陈把香烟一左一右夹上去，无赖就成了双枪老男人。烟高高竖着，如蓄势而发的小钢炮。

"毛主席说，阶级斗争年年讲月月讲天天讲，一天不讲要出事。你看这事多蹊跷。"

"蹊跷？大兄弟您指的是……"老陈不但把"老弟"改成了"大兄弟"，还把"你"改成"您"。

"不搞运动就有蹊跷。你知道啥材料宣传部最感兴趣？"

"这……""阶级动向最感兴趣。抓一个拎一串，毙一个震一批，这叫啥效应？"无赖不但侃侃，还有诲人之风。

"效……应？"

"这叫雪崩效应，这叫多米诺效应，这叫递增效应，这叫几何效应。你知道嘛？新的运动马上要来了。"

"真的？"老陈一颤。

"一场伟大的风暴，即将刮遍神州大地。无产阶级要用忠诚的态度，来迎接伟大的运动。"无赖模仿列宁的口吻列宁的手势。虽南腔北调手势僵硬，但横空出世的臭弹，还是炸得老陈方寸大乱。

"房子您先住着……我这就走。"他一溜烟走了，比臭弹滚得还快。

"瘸腿的狗瞎眼的耗，猥琐的男人阳痿的奴才。"无赖流利地蹦出一串排比句。"卑贱者最聪明，高贵者最愚蠢。哈哈！"他再一次为自己的才高八斗而欢呼。

"老陈！王书记让你带好图章去办公室。"宋阿姨嚷着。

"让我带图章，这说明这事有谱。精诚所至金石为开；只要功夫深，铁棒磨成针；一动不如一静，一怒不如一平；孔子的仁，孟子的义，庄子的逍遥，老子的无为，儒家的中庸。苍天不负有心人啊！"老陈一个跟头翻到办公室。

"图章带来了？在这上面敲一下。这是粮食局关于房子的回执。"

"可是我没拿到房子啊。"老陈着急地嚷着。

"组织已经分给你，至于怎么拿这是你的事。敲！"王书记的声音冷嗖嗖的。

"可是……""敲！"声音更沉重了。老陈的嘴唇动一下又阖上：无条件服从已植根于脑神经。老陈蘸了印泥哈口气，章敲的比阿Q的还要圆。

"又出啥事了？"士芳一看他的脸，就知道大事不妙。"憋在心里要出事。"

"确实出事了。房子没拿到，却要我在回执联上敲章。"

"天下竟然有这样的事？这不是打肿左脸打右脸吗？"儿子把书一摔。十五岁的新浩已有一点八米。自从篮球被毙后再也不碰球；自从声乐被毙再也不哼小调。除了学习，他只在电子世界里遨游。省下饭钱车钱，或去虹江路掏管子，或去旧货店买零件。他最大的愿望，是装一只半导体收音机。

"爸爸！我和你一起去，把属于自己的房子要回来。"儿子大声嚷着。

"对！让儿子和你一起去。"士芳气愤地说。老陈的心一动：养兵千日用兵一时。若要回房子，也算是收回投资。要是出了岔子，就把儿子推出去。这可是进攻的矛，防身的盾。想到这龙颜大悦。

"楼上这一间，就是我们的房。"老陈大手一挥，有千钧之势。儿子箭一样地冲进去，咚咚的脚步，震得楼梯籁籁发抖。

推开房门，无赖一手拿酒一手挖脚藓。酒香混合着脚臭，冲出一股怪味。

"这房子分给我们，你为啥不搬？"儿子大吼一声，站在无赖前。

"自己虾脚软，搬来愣头青。"无赖抿了一口酒，"可惜啊可惜。"

"可惜啥？"老陈上前一步。

"种是好种，可惜不是你的种。"无赖冷笑着。

"你！"儿子扬起胳臂攥起小拳。"很有反骨。"无赖仰头一口酒：局势不明，施以缓兵之计。

"胡扯啥？"老陈眉头一蹙。"反骨"这二个字，可不是好兆头。

"你的反骨是不是老子教唆的？"无赖的声音高了二十分贝：对方的眉头就是一面白旗。

"什么反骨不反骨。我说的话我负责，不要嫁祸我父亲。"儿子向前走了一步。

"这酒不吃了。"无赖一摔筷子，"我马上去北京，我要挖出幕后指使人。"

"随你告遍天涯海角。一个唾沫一个钉，这房子要定了。"儿子睁着豹眼，毫无惧色。

"剥削者带着少年打上门，这是阶级报复反攻倒算。"

"你不要乱扣帽子。"儿子冷笑着。

"啪"一巴掌打在儿子脸上：银瓶乍破玉帛裂。"教子无方，敬请原谅。"老陈收起蒲扇大手，朝无赖作个揖。

"这！"无赖呆了：知道自己无耻，想不到有人比自己更无耻。

"要不……你也来一口？"无赖结巴着，意外的胜利让他手足无措。

"不！您慢慢喝。"老陈拉着儿子赶紧撤。儿子捂住脸，眼里蓄满屈辱的泪水。楼梯上又响起脚步声，不是欢快的鼓点，而是溃逃的足音。

"瘸腿的狗瞎眼的耗，猥琐的男人阳痿的奴才。"无赖追到楼梯口，流利地蹦出一串排比句。"瘸腿的狗瞎眼的耗，猥琐的男人阳痿的奴才。"无赖一遍一遍地说着，笑着，进入物我二忘的境界。

"怎样？"一进门，士芳就急切地问。儿子冲到床上，用被子蒙住头。

"算了。"老陈端起碗大口喝水。

"你是说，房子就这么算了？"士芳大声嚷着。

"我不是害怕而是有计划地撤。要是他打伤我们，这可是一大笔钱。"

"佛活一柱香，人活一口气。难道这口气你也咽得下？"士芳气得浑身发抖。

"一口气是什么？"老陈冷静地问，"一口气就是灾难，他若告状我们就惨了。"

"难道我们现在不惨？"

"有吃有喝惨什么惨？告诉你，今天我们大获全胜。""全胜？""消灾免祸难道不是全胜？"老陈神气地说，"稳住他就少了危险，少了危险就能保住脑袋，保住脑袋就是最大的胜利。"

"我只要我的房子。"士芳大声嚷着。

"难道你现在流落街头？我看这房子不错嘛！"

"不错？低头哈腰，连一只狗都不如。"

"低头哈腰就夹尾巴做人，夹尾巴就是最大的安全系数。昂首挺胸容易犯犟，犯犟容易出事，看来看去，还是这阁楼最安全。"

"你应该住铁笼，铁笼更安全。"儿子被子一掀，大声嚷着。

"放肆！"老陈一擂桌子。现在的他，整一个怒目金刚。

第十八章　又运动了

虽然稳稳地住在低矮的安全岛上，不安全的因素还是来了。这次运动的重点，是修理当权派。

运动开始王书记首当其冲做靶子。先交权靠边，后承包了单位的男女厕所。厕所虽然臭哄哄却是大舞台。各路好汉轮番登场，各色英雄你方唱罢我登场。这才是，唱不尽的悲欢离合，演不完的家破人亡。

傻大姐拉起一支队伍，身兼司令和压寨夫人二个角色。胡技术员也拉起一支队伍，身兼司令和狗头军师双重任务。不过一派是造反，一伙是保皇。老陈先朝女匪首频送秋波，接着朝胡司令抛媚眼，丹凤眼虽盈盈情，脉脉语，还是碰了二鼻子的灰。既然成了狗不理，只得惶惶而不可终日。

"革命的造反派们，现在在人民大会场也就是吃饭的食堂，召开批斗大会。"喇叭响了，闲散的工人朝食堂涌去。

饭桌高叠，空出的地盘就是会场中央。牛鬼蛇神一人一顶尖纸帽，绝对的童叟无欺老少公平。"批判会开始，下面由革命群众发言。"傻大姐一拍麦克风。

"我先说。"一个沧桑老人站起来。他颤颤地站着，手指颤颤。"王书记啊，你也有今天，这是菩萨显灵。"

"打倒走资派！"傻大姐振臂高呼。"不过还要打倒菩萨！二人一起打。""打倒走资派！不过还要打倒菩萨！二人一起打！"群众跟着喊，喊到一半全笑了。

"批判继续，你不能再叫王书记。"傻大姐敏锐地发现问题。"那叫什么？"老人谦虚地问。"不管三七二十一，就叫他王八蛋。"

"好！王八蛋啊王八蛋，你是杀人凶手，我闺女就死在你手上。"

说到这老工人啜泣不止。

"说！你怎么整死他闺女的？"傻大姐把王八蛋的头朝下摁。

"冤枉啊！"王八蛋大叫一声。"冤枉？"老工人一抹眼泪。"我定粮三十五斤，你让我割到二十五斤，这一割，就把我闺女割死了。""不是割死是饿死。"有人提醒着。

"闺女饿死时才十岁……"老工人孩子般地哭着，鼻涕眼泪汹涌而下。

"作孽啊，死时还饿着肚子。"傻大姐也动情了。

"不！"老人一甩头，鼻涕也随之甩起来，"闺女死时肚子涨的像面鼓，她被观音土涨死的。"

"作孽啊！"许多人唏嘘着，因为他们也有相同的版本。

"我来说。"一个男人汲着鞋敞着怀冲过来。老陈一看，这不是霸占我房子的无赖吗？

"王八蛋啊，你把我儿子害成哑巴。"无赖挥手就是一巴掌。

"不要急，慢慢说。"傻大姐一边安慰，一边掌握会场的气氛。虽走马上任几天，领袖风范初具雏形。

"八年了，别提他了。"无赖念出一句京腔的道白，接着一俯首，一甩头，一挺胸，一昂首，整一个小常宝的造型。

"八年前，风雪夜，大祸从天降。我儿子，发烧昏迷，终日不醒。啊……我的儿啊，三代贫农根正苗红，想不到，一棵红苗烧成了哑巴。我的儿……"无赖依啊阿啊，唱得悲愤难抑，唱得潸然泪下。群众沉浸在他的悲愤中，也沉浸在自己的痛苦中。

突然，无赖一昂头，右手一挥手，把一根虚拟的辫子甩到身后，悲伤的人被滑稽的动作逗得笑起来。

"我冤枉啊！"王八蛋嚷着，"我这是照文件的精神办。"

"老公！你死的好惨啊。"一个女人跳上来，以高亢的哭拉开了控诉的序幕，"为了半碗豆饼，你送了一条性命。"

"你老公是贼。"王八蛋抬起头，凶狠地说。

"我老公因为孩子快饿死，他这才拿了半碗豆饼。"

"拿了就是贼，是贼送大狱。既然越狱，打死活该。"王八蛋理直气壮地说。

"我和你这个畜生拼了。"女人一把抓住王八蛋的头发，王八蛋也抓住她的发髻，二人如麻花，在油锅里翻滚。

"好！好！好！"下面传来阵阵喝彩。

"走资派猖狂，就让他灭亡。"傻大姐急忙呼口号。

"让我灭亡没这么容易。"王八蛋一掌劈去，把女人打开一丈远。他掸掸土，理了理凌乱的头发。"批我可以，批红头文件就是反革命，文件装在办公室柜子里。至于把贼送进大牢，不需要脱裤子放屁，多此一举。"王八蛋一挺胸，没有当权者的失势，倒有崛起者的骄横。

"派二个队员取文件。"傻大姐一挥手，"会议稍息十分钟。"

十分钟后红头文件到。"看！这是中央三号文件：'关于城市居民粮食定量重新核定的问题'。看！这是二十九号文件：'关于个基层组织加强政治学习的通知'。"

"这！"傻大姐傻了，"你怎么打而不倒，死而不僵？"

"要是纸老虎一打就死，要是反革命一死就僵。我的罪状就是和文件对号入座严丝合缝。"

"……我问你，害死结巴子，这和哪条文件对号入座？"傻大姐一拍脑子，"为啥和你谈话后，他就吊死在仓库？"

"傻队长问得好。"下面热烈呼应：结巴子的死，让很多人不敢进仓库。

"我一没给他上绳，二没给他下套，三没给他喂毒。他死，说明他心中有鬼，说明他对抗运动，说明他自绝于人民自绝于党。"王八蛋慷慨激昂掷地有声。喧哗的会场静了，人人傻了眼。

"对敌人的仁慈，就是对革命的背叛。"王八蛋奸笑着，"请问，我哪句话背叛了最高指示？我哪个行动背离党的路线？"

"你这个狡猾的畜生。"傻大姐黔驴技穷，只能以骂为营。

　　"哈哈！"王八蛋大笑，"既没罪，我要求解放，要求重回革命队伍。"

　　"保卫王书记！""捍卫王书记！"胡技术员带着保皇派冲进会场，扯下王八蛋的高帽子，解开身上的绳子。傻大姐又气又愧：批斗会开成表彰会，批斗者成了大英雄。

　　"我们走！"王书记嚷着。"对！我们走。"保皇派簇拥着他，如布尔什维克簇拥着列宁。

　　"不许走。"傻大姐伸开双臂拦住他们。

　　"除非你有证据，证明我有罪。"王八蛋冷笑着。

　　"我有证据。"一声尖叫如霹雳，喧闹的会场顿时安静，涌动的人流顿时停下。红霞一个鱼跃跳上台。

　　"你不是要证据吗？"红霞冷冷地看着王书记。

　　"先报出你的身份。"胡技术员大声嚷着。

　　"我的身份并不重要，重要的是认识王书记的身份。现在问王书记一个问题。"

　　"尽管问。"王书记神闲气定。

　　"你说你没有一句话背叛最高指示，没有一个行动背离党的路线。"

　　"当然！"

　　"你乱搞男女关系，也是执行最高指示？你腐化堕落，也是执行党的路线？"

　　"证据！没证据定你现行。"胡技术员杀进重围，如忠心耿耿的杨家将。

　　"我就是证据。"

　　"怕是勾引不成倒打一耙吧！"胡技术员冷笑着。

　　"勾引不成反栽赃，这再次说明文革的重要。"王书记也冷笑着，"批她斗她，打翻在地再踏一只脚。"

　　"批斗破鞋喽！"下面有了热烈的反应。

"既然你引火烧身，那就赴汤蹈火。"王书记拣起绳子扑过去，"这是你自找的，"

"捆住她。""抓住她头发。""给她挂破鞋。"下面的气氛更热烈了。

"同志们，造反派们……"红霞挣扎着，"你们一定知道我曾经分到过一间房。"

"……是啊！""是有这事，这是组织关心群众的证明。"

"王书记为了让我做他的情妇，把分给陈老伯的房子分给了我。"

"这女人疯了。"王书记紧咬腮帮。

"是真是假，把老陈叫来。"胡技术员果断地说。傻大姐眼快手快，一把揪住要溜的老陈。

"说！快说。""赶快说！"群众兴奋极了。

"这事你最清楚。"红霞热烈地看着老陈。

"老陈你不能跟着破鞋栽赃。"王书记冷冷地说。

"说啊！现在不说，更待何时？"红霞的眸子热烈地闪烁。老陈心一动。

"你可要实事求是啊！"王书记的眸子阴冷地闪烁。老陈心一颤。

"你的房子给了别人，难道你咽得下这口气？"热烈的眸子带着生气热气，带着人气血气。

"是有这事。"被感染的老陈，果断地说。

"破鞋搞诬陷。"胡技术员对着红霞就是一拳。

"我诬陷？你知道谁是我的入党介绍人？"红霞捂住胸口。

"对啊！我们要求入党，门缝也没半条，可是她从打报告到入党，只有一星期。"傻大姐一拍大腿。

"你的妇女主任职位就是被王八蛋卸下的。"络腮胡一击掌，"主任让红霞做了。"

"清楚了！全清楚了！"傻大姐狂笑着。"清楚了！全清楚了！"造反派狂笑着。

"让王八蛋交代，交代怎么和红霞勾搭上的。""谈过程，重点是上床过程。"群众更亢奋了。

"快把破鞋绑起来。"胡技术员嚷着。保皇派冲上来，抓住红霞的头朝地上撞。

"快把流氓绑起来。"傻大姐也嚷着。造反派冲上来，抓住王书记的头朝地上撞。一阵"乒乓乒乓"后，一人挂一破鞋，一人挂一黑牌。

"胜利了！""胜利了！"二派人马同时欢呼，为重大的收获弹冠相庆。

这次老陈真的落难了。

镇反时他踩着李睨韬上岸；合营时他利用李哥化腐朽为神奇；反右时一泡尿死里逃生；四清时用灭亲换了安全。长期革命的他，在革完他人的命后轮到自己，这才是九九归一。

他不但隶属牛头马面，还收获许多头衔：富农的女婿，吸血鬼的代表，四类分子的老公，阶级异已分子。身份很长也咬口，精兵简政后就叫"崽子婿"。

"崽子婿！扫厕所。""来了！""崽子婿！卸煤碳。""来了！""崽子婿！戴高帽。""来了！"每一声叫唤都换来他的抱头鼠窜；每一声叱喝都引来他的末路狂奔。

他的头上淌着不洁的汗，脸上挂着莫明的笑，丹凤眼怯怯着，宽肩头微耸着。领导叫，召之即来；群众叫，亦召之即来；无聊者怪叫，亦一如既往地召之即来。他不但服从主子，还服从半主半仆。不但服从半主半仆，他还服从丫鬟小厮。有条件反射，更有条件反射的麻利；有基因的作祟，更有基因的从一而终。

骄阳无情地炙烤着大地，承溜车间的温度高达四十度。过度的透支消耗了老陈的体力，当他扛大包时在晕眩中摔倒。

血从额角流下，一滴滴渗透到地的缝隙。寒霞发配后，为她砌的台阶，砸成一条缝隙。八年了，缝隙依旧，伤痕依旧。

八年前，我监视寒霞。八年后，别人监视我。八年前，王书记革别人的命，八年后，别人革王书记的命。这究竟是历史闹剧，还是因果报应？

"你出血了！"一个清脆的声音嚷着。老陈抬头看到黑白分明的脑袋，黑白分明的脸。他本能地把身子一缩。

"不认识我了？"黑白怪兽露出一口牙，牙白的眩目。他一颤：你？

"这是阴阳头，这是阴阳脸，这是文革的创举。"红霞尖利地笑着。

"还……笑？"老陈大口喘着气，"你真傻？为什么要自投罗网，自取其辱？"

"不这样，怎么能惩罚恶狼？"

"舍身饲虎，可惜无人喝彩无人同情。"

"我只要能惩罚恶狼。""你这是引火烧身，玉石俱焚。"老陈黯然不已。

"以前是黑暗中的破鞋，现在是阳光下的破鞋；以前为他做苦役，现在为文革做苦役。历史啊历史，惊人的相似惊人的轮回。"红霞迎风而立，颈下的破鞋一晃一晃。

"咋这么臭？"老陈后退二步。

"这破鞋在大粪里滚过，傻大姐亲手给我挂上。"

"她傻？你比她傻一百倍。"老陈忿忿着，"你这是飞蛾扑火。"

"我傻可是我值。你傻可是你不值：你以为出卖我，就能领到天堂的通行证？"

"我害人又害己……我的儿啊。"丹凤眼里挤出二滴浑浊的泪，"那一滴滴的血，一直烙在我心里，我的那个疼……"

"你杀了你的亲骨肉。"红霞嚷着。哀怨而快活，悲伤又兴奋。

"我对不起你。"老陈诚心诚意地说。

"你对不起你的孩子，我从来就没有爱过你，孩子只是我报复你的工具。”

“为什么？我一直想问这个问题。”

“李哥的家破人亡，寒霞的流放天涯，你还问为什么？”

“……这不是故意而是被迫，与其同归于尽，不如死里逃生。”

“问题是逃生后你做了啥？”

“你说我能做啥？除了战战兢兢，我还能做啥？”

“李哥的女人疯了，住在龙华精神病院……你知谁替她付住院费？”

“不知道……”“有许多人，其中包括你。”“我？”老陈张大嘴。

“你忘了我有一大把情夫，你忘了情夫们付出的风流费，你忘了你给我的钱。格格格！”红霞放肆地笑着。

“你……为啥要帮李哥？”

“他在我困难时帮过我，难道我不该回报？我没靠山没技能，只能把身体租出去，然后用租金养活他的妻子和孩子。”

“他孩子…….还好嘛？”

“最小的一个死了，最大的一个残了。”

“唉！”老陈低下头，想到除夕夜，想到雪地上的二个坑，想到了许多许多。“我知道自己懦弱……”

“可是我不懦弱。我用自己的身体做炸药，用炸药来埋葬强大而邪恶的王八蛋。”

“可惜这是陪葬，这是殉葬，这代价实在太惨重。”老陈痛心疾首。

“可我除了身子一无所有。这辈子，我就报复二个人，一个是你，一个是王八蛋。你杀了自己的亲骨肉，大仇已报。王八蛋已被打倒，我心愿已遂。”

“捱吧！忍吧！熬吧！总有云开日出时。”老陈嚷着。

“我捱够了，忍够了，熬够了。我活得太累了，我要到天堂去寻找我的爱人。”红霞莞尔一笑，笑得既妩媚又绝望，老陈看呆了。

“我活腻了。你好好活着，好好数你的宝贝吧。”衣袂一闪，红霞飘然而去。

清晨，老陈一进厂门就被撞了额角。沿着被撞物的轨迹朝上望去，二条白幡从天而降：红霞吊死在门框上。

就着没有冷透的尸体，再次召开批斗会。不是有掘墓焚尸挫骨扬灰这一说吗？革命就要讲究因地制宜因势利导，活学活用现炒现卖。

会议在雄壮的国际歌声中结束。当最后一个音符还在绕梁时，尸体被拖出去。焚烧费不用组织出不用群众掏，尸体的口袋里就装着这笔钱。

没有人接受遗物，没有人收拾残骸。遗物和残骸扔进垃圾箱。房子是组织给的，所以归了政府。善后处理得干净利索。只是在接收房子时出了点小插曲：房子里竟有三个孩子。

这婊子究竟有几个私生子？革委会成立专案组，外调一组，内查一组，挖祖坟一组，掘粪池一组，查历史一组，查现行一组，查娘家一组，查婆家一组。数天后，八方情报反馈到专案组。

"报告傻司令，三个私生子不是破鞋养的。""那是谁的？""是老板的。"

"混帐东西，老板早消灭了。""是以前的老板，合营前的老板。""是老陈这乌龟？"

"是李哥。""他？他人在监狱，精子能飞出大牢？""进监狱前养的四个崽子，一个病死，一个撞残一个，总共还剩三个。"

"蠢货！一死一残还有二个。"傻大姐嚷着。"三个。""一死一残，四减二等于二。""残是残了，但没有死。四个减去死的一个是不是三？"来人再一次对着傻大姐扳手指。

"报告傻司令，还有遗书一封。"

"念！我怕晦气。"傻大姐不识字，所以用了遮眼法。

"……李哥坐牢，我决定收留三个孩子。""这婊子还有点良心。念下去。"

"……我的工资太低，无法养活三个孩子，其中一个还需要治疗，于是我做了鸡。虽然我的身子很脏，但是我的灵魂很干净，要比那些道貌岸然者干净一百倍。"

"放她的狗屁。她不养，政府也会养活孩子。继续念。"

"现在，我把李哥的孩子交给组织。既然组织能夺去他的财产，难道不该养活他后代？"

"反动的婊子。"

"恶狼干了许多坏事，可谓罄竹难书，天理不容……希望你们宜将剩勇追穷寇，千万不要做东郭先生。红霞绝笔于一九六六年八月七日。"

"冬瓜？查一查谁是冬瓜先生？"

"据我所知，我厂没有这个人。"

"大名没有查小名，小名没有查别名，别名没有查绰号，绰号没有上公安局。"

"不用查。他不在粮食局也不在上海，也不在中华人民共和国。"

"我知道他的下落，越境潜逃，又一个反华小丑。"

"报告傻司令，他不是反华小丑，他是古人。"

"他是反动分子里的古人，就是我们批判的封建僵尸。""可以这么理解。傻司令！孩子咋办？残的小的看着怪可怜的。"

"革命不是请客吃饭不是做文章，不是绣花绘画。要你可怜啥？现在就去找崽子娘。""崽子娘在龙华精神病医院。""自己的崽不管，疯疯癫癫跑到哪那干啥？"

"傻司令英明，这女人确实疯了，她现在就住精神病医院。""那就……查一查李哥现在在哪？"

"在安徽的白茅岭农场。""马上把三个崽送过去。""这是劳改农场，孩子……毕竟是孩子。"

"脑子进水了？小崽子进劳改农场，就是进保险箱。马上去财务科领钱送人，听说安徽的土产很好。""我的明白。""我们要腾出手来，迎接更猛烈的革命风暴。马上把老陈这王八羔子叫来。"

从办公室出来，老陈一喜一忧。喜的是，红霞乘鹤西去，把秘密带去了。忧的是，九十八元工资割到四十五元。一家三口，每人是十五元的生活费。

当他把喜忧参半消息告诉士芳时，她哭了："好人啊！你就这么走了。"

"该哭的不哭，不该哭的哭。"老陈大怒。

"爸爸！什么该哭，什么不该哭？"儿子不解地问。

"工资割了她不哭，不相干的人死了却要哭。"

"妈哭的对。钱是身外之物，去了就去了。人的生命最宝贵，去了不能复生。"儿子头头是道地分析着。

"闭上你的臭嘴。"老陈一声怒吼。

"快去找你娘。"一觉醒来，老陈发现妻子不见了。

"妈！妈！"儿子跳下床奔下楼，弄堂里不见一个人。儿子奔到吴淞路，路上也阒无一人。一阵风吹过，大字报的残骸，如幽灵卷过来。

儿子去了菜场，去了所有她可能去的地方。日上三竿，儿子停止搜索，来到海宁路上的树人中学。

操场中央站着一串大闸蟹，清一色的红与黑，红的是血，黑的是墨汁；男的一律寸毛不生，女的全部阴阳头。每人胸前坠块牌子，上面写着形形色色的罪。除了地富反坏右，还有间谍，特务，定时炸弹，苏修卧底等。看来树人中学不是树人，而是培养坏蛋的特种学校。

儿子拖着沉重的脚步进了学习班。学习班一是接受再教育，二是写揭发材料。儿子一进去，工宣队队长就递上纸和笔，喋喋不休地谈划清界限的重要性。

儿子握着笔，率性地涂抹着。白纸上出现散乱图形，如抽象画，如玛雅文。队长趋身一看有了惊喜：孺子可教，终于结束了交白卷的历史。

"画的啥？""我母亲。""这不是发射架吗？""她已经瘦成骨架。""这又圆又长的是啥？"队长心里恼怒，脸上却愈发亲切。

"你以为是炸弹？"儿子笑了。"难道不是炸弹？"既然识破意图，干脆图穷匕首见。

"可惜这是黄芽菜，确切地说，这是菜场丢弃的黄芽菜帮子。"

"想象是不是太丰富？"队长按捺着怒火，"难道这二者之间有联系？"

"母亲不见了，估计她在哪里拾菜帮子，所以画了这二个因果关系。"儿子解释着。

"这也太牵强了。难道没有天线啊，电台啊，微型胶卷之类的？""还有显影药水，军事地图，消声钢笔，杀人阳伞，能收缩的胶囊，能卸下的鞋底。"

"真有？"队长一把攥住儿子的手，攥得死紧死紧。

"真有。""在哪？""电影里。徐秋影案件，黑三角的秘密，国庆十点，还有列宁在一九一八。"

"你？""学校一直组织我们看反间谍电影，所以我从小有反间谍意识。情报不藏在密码箱，而藏在菜蓝里。接头暗号不是黑话而是革命口号。特务头子不是外交官而是女佣人。对了！她叫梅姨，隐藏得可深了。"

"你？"队长恶狠狠地看着他：乳臭未干的小子竟敢耍我？

"队长！您怎么啦？"儿子一脸无辜一脸迷惑。

"你为啥要这样画？有啥目得啥企图？"队长眶眦欲裂气急败坏。

"唉！"儿子长长叹了一口气。

"究竟啥原因？"松弛的弦又一次蹦紧，愤怒改为警惕，"是否家里有啥新动向？"

"是有新动向。""真的？"队长再一次攥住儿子的手，"有事向组织交心。"

"爸爸九十八元工资被割成四十五元。还要从每人的十五元里，抠出一些钱救济乡下爷爷。"

"你爷爷啥成分？""下中农，离贫农一步之遥。"

"你再仔细想想，说不定有新情况。"队长和蔼一笑：诱供需要微笑。

"有情况我早抢跑道，我也想成为能教育好的对象。"

"你这个狗崽子非常不老实。"队长悻悻着，"学习班延长，三楼的厕所包给你。"说完队长把纸放进公文袋：聊胜于无，好歹也算个情况。

"你把纸还我，随手涂鸦也要进档案？"儿子见抽象画进了公文袋，急忙嚷起来。

"这是我的工作。"队长的大手，按了按公文袋的四只角。

"简直滑天下大稽。"儿子半是恼怒半是笑。

月上柳梢，劳累了一天的崽子婿终于到了家。灶冷锅空，饥渴交加的他一不留神被撞出一个大包。他突然一擂桌子：他妈的！老子这辈子没吃过山珍没住过高屋，除了检查就是批斗。我怎么就落到这地步？

他一屁股坐下，破旧的凳子发出阵阵呻吟。

"我这是咋了？我今天是咋了？"他摇着头使劲摇着。心火就是邪火，邪火就是灾火，灾火诛九族啊。地步？我究竟到了啥地步？虽然住螺蛳壳，尚能遮风雨；虽然割工资，尚能混半饱；虽然被打倒，还好好活着。纵横地看，废的废了死的死了；经纬地看，全世界人民都生活在水深火热中。我不废不死发啥牢骚？不水里不火里的有啥痛苦？

万恶淫为首，我看是万恶反为首，好在"反"字一闪就灭，人不知鬼不晓。想到这，他勺起坛里的水一饮而尽。水潺潺流过喉头，流进心头，发酵成微甜微醺的葡萄美酒。

　　门被推开，儿子子扶着妈走进来。士芳头缠纱布血迹斑斑，活脱脱一受伤女匪婆。

　　"咋了？"尚在幸福中的老陈幸福地问。"先喝点水。"儿子拎起暖壶。

　　"就喝自来水，今天没烧开水。"士芳费劲地说。

　　"究竟咋回事？"老陈不耐烦了，"今天早上你上哪了？"

　　"我上一定好食品店后门，那里有好多煤渣。"

　　"妈在拣煤渣时，被人砸了个血口子。到医院后问了她成分，竟连伤口都不肯缝。"

　　"别说了。"伤员幽幽地摇着手。"妈！你手上有泡。""傻孩子，拣通红的煤渣能不起泡？"

　　"把水泡挑了，用紫药水擦一擦。"儿子打开抽屉。

　　"这事要怪你。他砸你时为啥不躲着点？咱惹不起还躲不起？你陪着笑脸他还会砸？"老陈生气地扔出三个问号。

　　"要不是他们拦着，我让小子也头上开花。"儿子气呼呼地说，"欺人太甚。"

　　"你活够，我还没有呢！"老陈冷冷地说。

　　"他凭什么砸人？我们凭什么要陪笑脸？"儿子大声嚷着。

　　"翅膀长硬了？"老陈甩出杀手锏。杀手锏百试不爽比耗子药灵。儿子一听，果然蔫了。

　　"妈！我给你熬点粥。"儿子把外套压在老伴脚后跟。

　　"你们哪来的钱上医院？"老陈一拍脑门，"钱是山东大娘给的，医院只收一元挂号费。"

　　"这就好！"老陈长长地吁了一口气。意外的受伤降低了每个人的食欲，三个人就着自来水吃了九块饼干。因为饿，因为气愤，儿子倒头就睡了。半夜，他被胃痉挛疼醒。

　　"明天还去嘛？"老陈问，"今天砸了，明天就不会砸。"

"我怎么委屈没关系。但儿子在长身子，他没有营养不行。"

"他没营养，我有营养？""我不管，反正你把三人的生活费给我。"士芳赌气转过身。

"一天八角，多一个子也不行。"

"一天八角十天八元，三十天就是……二十四。"老伴伸出指头比比划划，"不是发四十五元嘛？"

"多下的我存起来。""存存存！肚子都顾不上还存啥？""你怎么只想吃？你咋变成这样？""这是逼的。"

"天降大任于斯人，必先劳其筋，苦其志。儿子不吃苦怎成材？"

"吃苦不等于饿肚子。人投胎到世，就是吃苦，就是存钱？"

"你蜕化变质了。以前的你不怕吃苦，抢着吃苦，苦中作乐。"

"以前有盼头，现在没盼头。本以为先苦后甜，想不到愈活愈苦。"

"看问题要用发展的眼光。""啥眼光不眼光？我得了青光眼，只能熬只能忍。我被剥夺了工作，还被剥夺看病权。我还不如死了。"妻子终于抽泣起来。

"哭啥？"老陈捶打着被子。"不残不死不流放还哭个啥？""我就要哭。"妻子越发嚎啕起来。

儿子仰面朝天，深邃的眼里，蓄满痛苦的泪水。

"从现在开始，白天接受单位监督，晚上接受里弄改造。星期天和假日到居委会报到。"

"我明白了。"老陈恭恭敬敬地说，"我能不能提个要求？"

"你还有资格提要求？"薛书记嗤了一声。

"我要求组织把黑板报交给我。我写字我画画……"

"咯咯！"薛书记忍不住笑了：世上真有这样的贱骨头。

"薛书记。"二流子领着二个人走来。二人虽面带微笑，浑身上下还是透出一股霸气。

"这边请！"薛书记把来人引进小房间。

"我们是白茅岭农场的干警，这是介绍信。"

"你们是为王老师，不！为王犯人的事而来？"

"确切地说，为王刑满释放分子的事而来。"

"这么快就释放？十年简直是弹指一挥间。"

"今天来，想征求一下基层组织的意见。一般情况下犯人留场，但王犯人在改造中表现不错。"

"同志啊！你们千里迢迢从安徽赶来，现在是吃饭时间，先吃饭吧。"

"这个免了吧！"

"军民团结，天下无敌？我们是鱼水情，难道鱼要拒绝水的邀请？"

"恭敬不如从命。"

"请！前面就是饭店，填饱肚子再谈革命。"薛书记掏出票子朝二流子手上塞。二流子挤了挤眼，朝对面烟酒店奔去。

"你能不能给我二块钱。"老陈一进屋士芳就拦住他，"王老师要回来，我和山东婆给他包顿饺子。"

"不用你费心。"老陈哼了一声。

"难道你准备好了？"士芳一脸惊喜，"是买卤菜还是去面馆？"

"免了！薛书记让他留场了。"

"啥叫留场？""虽然刑满，继续留在农场。"

"这不是无期吗？"士芳惊慌地攥住老陈的手。

"我想是的。"老陈挣脱了自己的手。

"这个毒蝎子毒女人。留场，她就能永远霸占房子，留场，这冤案永远翻不过来。"

"别人的事你少管。从今天起，不许和山东女说话，不准和小凤来往。"

"你还是人吗？谁对你好，你对谁狠；谁对你狠，你对谁亲。薛书记恨谁，谁就是你敌人；薛书记爱谁，谁就是你亲人。"

"你说啥？你再说一遍。"老陈激动地嚷着。

"薛书记恨谁，谁就是你敌人，薛书记爱谁，谁就是你亲人。薛书记最恨山东婆，所以你恨她。"

"哎呀！老婆真聪明。"老陈在妻子脸上啄了一下就飞奔下楼。

"你疯了。"士芳半羞半恼。很多年他已经没这个动作了。

"薛书记！"老陈猛地推开居委会门。"啥事？"骨骼女的脸上全是冰茬子。

"我想咨询政策。如果检举揭发，能兑现点啥？"老陈娴熟地问。

"你有震撼世界的重大材料？"骨骼女鄙视地问。

"我想揭发山东婆，也就是小脚女。"老陈拖长声音。

"好！"薛书记激动地站起来，拖过椅子手一摁，老陈安然落座，接着是一杯热香茗。

"快说，拣重要的。""啥是重要啥是不重要？"老陈随意地呷了一口，现在口渴者是她。

"政治上的事，芝麻小事也重要；生活上的事，西瓜大事也不重要。快！"骨骼女一手捏笔一手摁纸，俨然双抢老太婆。

"不过我要揭发的不是山东婆，而是山东汉。""呀！"骨骼脸一派失望。

"我问你。"老陈把二郎腿换个姿势，"抓猎物时，先抓雌的还是先抓雄的？"

"这……"

"抓雌的，雄的落荒而逃；抓雄的，雌的绝不会落荒而逃。"

"你是说……""你啊，冲杀有余谋略不足。"老陈遗憾地摇着头。

"哎呀！只道你的瘦金体无懈可击，想不到谋略上也高人一筹。"

"雕虫小技何足挂齿。"老陈一掸衣服。

“要不是历史问题，你就是栋梁之材。揭发从哪开始？”

“四八年。”“这么早？”“越早越有价值。”“诉讼期一过，木乃依再有价值，乃尸体一具。”

“挖出浅炸弹有价值，还是挖出深炸弹有价值呢？”“这个嘛……”

“从四八年七月到六七年五月，离二十年的诉讼期还有六十天。”老陈稳健地说。

“有备而来。”书记士气大振，“不愧是我的狗头军师。”

“只要是军师，不管狗头还是猪头。”老陈解嘲一笑。

“政治运动，就需要你这样的军师。”书记也笑了。“言归正传。”

“时间倒溯到一九四八。解放军的炮声清晰可闻，我正在迎接曙光的到来。”老陈富有磁性的声音极其动人。

“声音很好，和那个单什么的一样。”书记激动地举起笔。

“单田芳。”“字正腔圆音色雄浑，起那个伏的。”“起伏跌宕。”“对！起伏跌宕。”“承蒙夸奖接着谈。一个月黑风高的晚上，山东汉贼头狗脑窜进我家，神秘地问我想不想去台湾？我笑而不语。他说共党杀人放火天理难容，你还是跟着国民党台湾岛上走一遭。”

“你为什么不站出来批判他？”薛书记把笔一扔。

“不入虎穴焉得虎子？没有华子良的隐忍，哪来越狱的成功？”老陈反诘，“文化虽不高，尚知打草惊蛇的道理。”

“哎呀！没经历过反右，就知道反右的精髓，好一个先知先觉。”

“我家老头子在嘛？”门外响起怯怯的敲门声。“有敌情。”老陈马上躲到大门后。

“不在。”薛书记生硬地把门一摔。“继续。不是敌情是你老婆。”

“她知道后一定会阻止，一阻止揭发就流产，一流产就抓不了坏人。这不是最大的敌情嘛？”

“说的对。”薛书记恍然大悟。

“揭发暂停，骗走她后，更精彩的内容隆重登场。”

"人约黄昏后，不见不散。"薛书记飞个媚眼。"人约黄昏后，不见不散。"老陈伸出小指做个拉钩的动作。

从居委会回家后，老陈开始喝酒，喝醉后就睡觉。这一觉绵绵悠长，从星期天下午睡到星期一早晨。然后踩着车子上班。车子格吱吱，心也格吱吱：下步棋咋走？单跳独打看来欠佳，双管齐下才能奏效。

上班后的老陈成了拼命三郎。他抢着扛大包，抢着洗大缸，抢着淘厕所，抢着拎泔水。他抢得莫名其妙，干得莫名其妙，因为他抢了别人的活。

下班后，他抢下傻大姐的包来个十八相送。要不是傻大姐撵他，骂他，他一定全程护送。他的每一个细胞，都在琢磨如何讨好上帝，他每一根神经，都在思忖如何感动上帝。

天黑透了，车子更重了，老陈关节酸疼浑身无力。现在不是车载人，而是人推车。橘红的灯，照在熟食店的橱窗上，泛起一片诱人的色彩。

油光泛色的猪头肉，纹理紧密的牛肉干，蜡黄肥腴的白斩鸡，大红大艳的酱肚子，老陈的头一点点朝玻璃凑去，眼球不动喉结滚动。蜒水如丝，从嘴角悬下。

买一点吧，痉挛的胃抗议着。来一点吧，老陈抓住分币手伸向橱窗。

不行！现在八字没撇，九字没勾，怎能盲目乐观胡乱庆功？面对诱惑要有定力，不就是猪头三的脸，反刍牛的胃？不就是被阉的母鸡，禽兽的内脏？这玩意外国人根本不碰。下水下水，不就是下三滥的水，不就是装尿盛屎的容器。想到这，滚动的喉结速度缓慢，丝样的涎水也不再延长。

前面就是灯火辉煌，人声鼎沸的居委会。虽然很想一觑究竟，但他还是按捺住激动绕道而行。

一条影子闪出居委会，后面还拖着一条影子。二条影子随即隐身在黑暗中。天呐！一号影是二流子，二号影竟是儿子。他和他之间一定有巨大秘密，这秘密被我拦截，又是一功。一功加一功，就是双功。有了双功就是功臣，就是功成名就。狂喜的他，借着黑幕逼近目标。

"你试试，这声音多清晰。"儿子急切地说，"这个半导体是最新产品。"

"清晰是清晰，咋就这几个台？"

"这是上海人民广播电台，这是中央人民广播电台，这是江苏人民广播电台……"

"还有什么台？""再多的台，还不是同一个声音？"儿子冷冷地说。

"电台么，总是多多益善。"二流子有些犹豫。

"中午竣工，现在出炉。要不是急用钱，我绝不出卖我的宝贝。"

"出卖？你也知道出卖？"二流子冷笑着，"你爹最熟练出卖这二个字。"

"废话少说，十元究竟要不要？商店里卖四十元。"

"十元就十元。"二流子一咬牙，"半导体算六元，四元是我的募捐。这点你一定要和小凤说清楚。"

"立地成佛了？"儿子冷笑着，"我成佛，有人却操起了屠刀。难道你不想知道谁操起屠刀？"

"废话少说，银货二讫。"

"不许动！"一声大吼震人发悚，老陈如天兵天将杀出来，"不许动！维持现状。"

"原来……是你？"二流子轻蔑地打量着对方，"维持现状？你以为抓现行？"

"那你们搞什么勾当？"老陈精神抖擞。

"我不搞勾当你才搞勾当呢！"二流子嗤之以鼻，"你是搞勾当的老手。"

"说！搞什么名堂？"老陈对着儿子大声叱呵。

“我来说。”二流子档在儿子的面前，“他需要钱，所以把半导体卖给我。”

“需要钱干什么？”老陈严肃地问。

“因为小凤要做手术，因为小凤被人打了……后面还要我说下去吗？”二流子冷笑着。老陈的心一动：星期六晚上揭发，星期一就来抓人，这说明上级对我的情报很重视。

“你哪来的半导体收音机？”老陈压抑着内心的激动，威严地呵斥儿子。

“我自己装的。”“哪来的钱？”“我把吃早饭的钱去虬江路掏了零件……”

“难怪你瘦得像只……”老陈把“猴”这个字咽下去。

“你儿子为了救小凤卖收音机……”“你为了救小凤买收音机……”“我知道我不是人，可是我再不是人，也没有出卖别人。”二流子冷笑着。

老陈的心一怵。

“凤丫头咋了？”老陈满脸焦急地推开门。

“老山东被押上车，凤丫头拦着不让。警察一顿拳脚，把小凤打翻在地。到医院一查说骨盆骨折。”小脚女边说边哭，“要不是他们抢下我的刀子，我就劈了这些流氓。”

“别的先不说，先解决凤丫头开刀大事。”老陈果断地说。

“开刀要许多许多钱啊。”小脚女解开衣扣露出白花花的奶子。“你！”老陈后退二步。

“你去问个价。”小脚女从文胸里掏出一块玉，“这是祖传的宝贝。”

“好东西。”丹凤眼一亮。此玉绿得心旷神怡，沁入心肺。

“你识货，找人卖了。”“我一定帮你找个好买家。这钱先拿着。”老陈掏出一把钱。

"我咋能拿你的钱？""啥你啊我啊，我们是一家人。""谢谢！谢谢！"

"谢啥谢。"丹凤眼笑成二条抛发线：别看一大把，全是零币碎币分币小币。

第二天，老陈就把卖玉钱送去，小脚女千恩万谢。她不知道，家传古玉此刻正躺在老陈温暖的怀抱里。

第十八章　又运动了

第十九章　抄家

　　一群戴袖章的人，浩浩荡荡朝乍浦路走。拿铁锹的，扛铁矛的，敞胸露怀的，蓬头垢面的。城市贫民，要扫荡城市的富佬；城市革命者，要对被革命者实行专政。

　　有人侧目，有兔死狐悲之态；有人欢腾，有幸灾乐祸之情。有人沉默，在沉默中掩盖愤怒；有人放声，在放声中发泄怨恨。这是忌日也是节日，这是陨落也是崛起，这是毁灭也是收割，这是戮杀也是革命。

　　队伍停在仁智里十三号门口。

　　"把陈步堂叫下来。"

　　"你们抄他的家？"肥厨哈哈大笑，"他有金子我就有钻石，他有浮财我就有王冠。"

　　"给抄家的每人发一只放大镜吧。"胖嫂也笑了。

　　"对！免得草纸当美钞，石头当翡翠，玻璃当钻石，黄历当存折。"胖厨嚷着。

　　"滚开。"傻大姐一把推开胖夫妻，"陈步堂你听着，造反派要掘地三尺彻底抄家。"

　　"你们可不能乱来。"老陈嘴唇抖的闭不拢，张不开，"能不能给我五分钟，让我找薛书记。"

　　"我来也！"一旁闪出骨骼女。"薛书记，君子一言驷马难追。"

　　"你说我没信誉？""你……兑现政策了吗？""街道让你戴高帽吗？里弄里批斗你吗？既然没有，那就是兑现了政策。至于抄家，那是单位的事。"薛书记朝络腮胡使个眼风。

　　"你说话不算数。"老陈很委屈也很愤怒。

　　"一份材料只能换一个护身符，总不能一仆二主一女二嫁？"骨骼女夸张地一耸肩，四周响起一片笑。

"要不……交换一下。"老陈恳求着，"我愿意戴高帽被批斗，只请求不要抄家。"

"哈哈！你以为卖菜卖酱油？""难道政治不是买卖？"老陈锐利地问。

"你很精明，但今天是白骨精现形的日子。弟兄们上！"络腮胡大手一挥，弟兄们没动。

"听他的就是听我的。"傻大姐怪叫一声：用自己的权威树丈夫的权威，这是党的宝贵经验。毛主席不也用自己权威，把江青树起来吗？

"上！"兄弟们怪叫一声冲上阁楼，接着是惨叫声不断。"难道有炸弹？"络腮胡慌了。

"炸弹在脑门上。"弟兄们捂着脑袋，龇牙咧嘴嚷开了。"这阁楼太低了。"

"你们围在十三号干嘛？"小脚女拎着保温杯从医院回来。"抄家！""抄谁的家？""抄耗子洞，抄小阁楼。"

"不行。"小脚女扔下保温杯朝楼上冲，"他们不是当权派，你们不能抄他们的家。"

"不是当权派可是黑九类啊。"络腮胡说话文绉绉的，他已经从流氓无产者向文化无产者转变了。

"自己已经家破人伤，还有闲心管别人？"薛书记冷笑着。

"正因为女孩受难，不能再让男孩受难；正因为丈夫遭冤，所以不能让老陈遭冤。"

"哈哈！"薛书记放声大笑，"用二肋插刀来回报大义灭亲？要不是他，女儿能残丈夫能关？"

"你胡说。""把这个疯女人拖出去。"傻大姐不耐烦了。

"我不但是响当当的四代贫农，还是码头工人的家属。"小脚女就地一滚，一双小脚有节奏地敲击地面。

"弟兄们，给我上！"傻大姐发怒了。

"且慢！"骨骼女站出来，"与其鞭挞皮肉，不如鞭挞精神。陈步堂，你自己和她解释。"

"解释啥？""解释她丈夫为啥被抓，她女儿为啥会残。"

"……嗯……"老陈的脸涨成了猪肝。

"难道说……"小脚女一骨碌站起来，白发竖起，全身如一张拉开的满弓"我只问你一个字：是还是否？"

"文革要触动人的灵魂……狠斗私字一闪念。"老陈诺诺着。

"我只问你，薛书记说的是还是否？"小脚女紧张地盯着老陈的嘴巴。

"亲不亲线上分……革命不分亲疏不分血缘。"

"我只问你：是还是不是？"小脚女大吼一声。

"我真……后悔。"老陈一跺脚。"你后——悔——了？"小脚女松开攥紧的拳。

"我后悔揭发了还是没能逃过这一劫。"老陈痛苦地抱住了头。

"你……"小脚女白眼一翻朝后仰去。

抄家行动出师不利。由于频频和天花板接吻，造反派收获了大小不等的瘤。再加上头不能伸腰不能直，于是勇士们撤出主战场，游离在楼梯口。

"同志们喝水！同志们抽烟！"老陈端水敬烟招呼不断，要是肩上加条毛巾，他就是话剧"茶馆"的第二号演员。

"谁是你同志？"络腮胡恶狠狠地说。虽然他现在勾搭了骨骼女，但母夜叉怎么能和寒霞比？货比货的沮丧，激起他怒火万丈。

抽烟喝酒后的勇士重返战场。上敲天花板，下撬木地板，拆开关，查灯头，嗅水坛，捣棉被，如一群老道的盗墓者。

一只沉重的米缸倚墙而立。傻大姐卷起袖子摩拳擦掌。"我来吧。"老陈趋上一步。"滚！"傻大姐一推把老陈撞在桌角上。一只碗跳起又跌下，就在落地的一刹，老陈单膝跪地朝碗扑去。

碗安然地躺在老陈怀里，老陈长舒一口气。"男儿膝下有黄金，为破碗不要黄金。"络腮胡冷笑着。

"况档"一声，愣头青踢飞痰盂，水撒了一地，一后生滑了个四脚朝天。

"哈哈！"儿子放肆地笑起来。

"狗崽子滚出去。"傻大姐把长矛对准儿子。儿子毫无惧色，怒目而视。

"杀鸡焉用牛刀？"骨骼女吟吟一笑，"陈步堂！让你有骨气的儿子给我们端茶倒水。"

"呸！"儿子一扭头。

"呸啥？倒水就倒水。一二三四五六七八，去买八瓶桔子水慰劳造反派同志。"说到"同志"时，老陈透着三分亲昵。

"我这辈子还没喝过桔子水呢！"儿子生气地说。

"快去买。"士芳把钞票朝儿子手里塞，又使个眼色。儿子赶紧下楼：掌心里躺着几张存折。

"搞啥？楼上的水流到下面了。"薛书记的儿媳气势汹汹冲上来。

"对不起！请你包涵请你原谅。"老陈作揖连连。

"我踢翻的痰盂我承担，就是打招呼也轮不上你啊。"愣头青冷笑着，"你太贱了。"

"革命……不分你我他嘛！"老陈极其尴尬。

"这叫左脸打肿了再送右脸。"骨骼女尖叫一声，于是笑翻门里门外一批人。

笑也笑了，桔子水也喝了，抄家行动开始升级。抽屉拉开，橱门撬开，箱子倒扣，坛子砸烂。臭袜子烂棉花天女散花，黄苞米干柴禾狼籍一地。勇士们干臭汗一身，不要说金子就连黄铜也没见一克。

"把破烂扔了，腾出地方继续搜。"薛书记对络腮胡耳语着。于是一筐筐的破烂清出去。"加大力度。"络腮胡一挥手。叮咚咚乒乒乓乓，十八件兵器一起上。地板撬开，顶棚开窗，锅子成了铁皮，窗帘成了拖把。甚至连房子中央的顶梁柱都敲开，依然一无所获。这时，有条人影闪进来。

"你来找死啊？"气头上的傻大姐更气了，"狗屁都没有一个。"

"是嘛？"技术员眉毛一挑，镜片后的眼神深邃阴森。他后退二步，又前进二步，接着又后退三步，前进三步。

"跳探戈？"傻大姐不耐烦了。

技术员一闪身继续独舞：先上前二步再后退二步，接着一个大转身，又是一个大回转。猫步走得精彩纷呈。

"你是百乐门的老克蜡？""舞步还是狐步？"众人议论着评价着。

"快滚。"傻大姐沉下脸，"就是发情，也要看看环境。"

"我明白了。"一个漂亮的大旋转，跳舞者双脚并拢双臂垂下。

"明白什么？"所有的人异口同声。"快把这堵墙刨了。"

"开玩笑。柱子已经敲了，再刨墙我们就要被活埋了。"

"把这堵墙刨了。"技术员神情十分果断。

"听他的！"络腮胡略一思索后果断下了命令，"抄家伙上。"

"为什么要刨墙？"老陈大惊失色，"这是山墙，一刨就塌。"

"不要说山墙，就是钢筋碉堡也要刨。"技术员冷冷地说，"这墙刨定了。"

"你为什么要害我？"老陈如发怒的狮子一头撞去。

"你害寒霞，所以我害你。这叫以其人之道还治其人之身。寒霞死了，她死在贫下中农的锄头铁耙下。"狰狞的脸，一点点朝老陈逼去，"我要为她报仇。"

"报……仇！""对！报仇。"

墙终于被刨开。一匹匹毛料，一捆捆绒线，一叠叠餐具，一撂撂毛毯展现在众人面前。一坛坛一甏甏，一缸缸一罐罐，倚墙而站，并排而立，有兵马俑的气势，有金缕玉衣的诡异。好一个阿里巴巴山洞！

"那是什么？"傻大姐尖叫着。一只泛着釉色的箱子静静躺在砖灰中。

"八宝箱。"技术员冷静的很。"打开箱子。"络腮胡尽量克制激动的情绪。

面对命令，老陈一动不动。

"你不开锁，我就一刀劈了它。"络腮胡高举斧头，老陈只能从贴身口袋掏出钥匙。箱盖一掀，一道金光蹿出，赤橙黄绿青蓝紫从天而降。玛瑙红，红得热烈；翡翠绿，绿得无暇，宝石蓝，蓝得动人；钻石亮，亮得耀眼。项链粗如麻绳，玉器温润剔透，锁片雕龙刻凤，足赤元宝如翘起来的小船。

围观者一动不动，仿佛中了咒语。宝物震撼了他们，也感动了他们。

"太美了！"胖嫂折下小蛮腰。"太漂亮了！"肥厨低下了颈头肉。

"这不是家，这是老凤祥。""这不是家，这是藏宝窟。这就是阿里巴巴山洞。"所有的观众都如痴如醉。

"起货！"络腮胡一声令下。家里放不下，放到楼梯口，楼梯口放不下，放到大门口。为了保证安全，傻大姐一个电话，让单位黄鱼车前来救驾。

三条汉子搞搬运，一条汉子任岗哨，傻大姐是总指挥，络腮胡是副统帅。技术员担任登记主簿；骨骼女做维持会长。小部队功能齐全，文武兼备，甚是了得。

"一打脸盆（二个有麻子坑），一箱香皂（三分之二被老鼠咬碎），三打毛巾（四分之二被虫蛀坏），一套搪瓷餐具（未启封），一套银餐具（西餐专用），四件皮袄（二件羔羊皮，二件狼皮），绸缎八快，料子十块（全毛），绒线十捆，三节皮鞋一双，全毛大衣一件……技术员毕竟是臭老九，不但记录翔实，另有备注若干。

"肥皂喂老鼠，却用烧碱洗锅碗。"胖嫂忿忿着，老伴忙把皱裂的手藏到身后。

"毛料喂蛀虫，却穿着破衣烂鞋。"肥厨愤慨着，儿子忙把露出脚趾的鞋朝后退。

"三桶菜油（底部浑浊），一铁桶奶粉（完全发霉），三罐麦乳精（变成白色），一鬶红糖（上层融化）……"技术员一边唱票一边记录。

"可惜啊，大饥荒时，这桶奶粉能救几十条人命。"有人嘀咕着。

"这鬶红糖有十几斤吧？""没二十斤我爬着走。"无赖一个劲地吐痰。儿子用仇恨的目光瞪着鬶子：有这么多红糖，为啥让我喝糖精水？

"小盘二十个，中盘三十个，大盘四十个（景德镇细瓷），咖啡茶具一套，茶具一套。"

"这是啥玩意？"胖嫂指一个铁家伙问。

"粉碎咖啡豆的机器。妈的！连豆浆都舍不得喝，还弄这玩意。"肥厨师"呸"了一口。

"筐里的黑货是啥？"

"这是木头烧成的炭，专管烧烤。他这辈子没吃过一口烧烤，倒弄了一大筐的木炭。"厨师冷笑着。儿子又用仇恨的目光瞪着箩筐：有这么多木炭，为啥让受伤的母亲拣煤渣？

"省啊，抠啊，最后全充公了。"胖嫂快意地嚷着

"落了个白茫茫大地真干净。"李虫傻呵呵地挤进来。

"连戆大都知道可惜。"胖嫂拍着李虫的肩膀，"老叫花子一定有精神病。"

"自虐中的快感，自戕中的满足。"戆大嘻嘻一笑。

"戆大！你要有钱，买房还是藏物？"胖嫂问。

"ONCE BITTEN TWICE SHY。"李虫答非所问，只是傻笑。

"戆大说啥？"薛书记笑吟吟地走过来。

"我没说啥！"李虫一抹鼻涕，痴呆中带着索然，疯癫中藏着冷寂。

"你说什么我知道。你自诩自己是中国的托尔斯泰。"薛薛书记冷笑着，"你以为放洋屁，我就不懂？"

"我没有说托尔斯泰。"戆大也冷笑着，"我就是说什么，你也不懂。"

"把这个反革命小崽子押下去。"薛书记对二流子一努嘴，"打电话给派出所，塘沽路居委抓到现反一名。"

"凭什么抓我？"李虫愤怒地问。

"就凭你是中国的托尔斯泰，你以为我不知道这是苏修的泰斗？"

"这是英文俚语：一旦被蛇咬十年怕草绳。"

"英文？英国是老牌帝国主义，你在抄家现场念他们的洋屁，这是啥性质？"

"牛头不对马嘴，愚昧又无知。"

"愚昧不要紧，只要有忠心。无知不要紧，只要有路线对。我问你，什么是蛇什么是绳？"

"这只是一个比喻，一个借代而已。"

"你把伟大的党比喻成蛇，你把牛鬼社神比喻成绳子。"

"无限上纲，滑稽之至。"

"绳子可以把蛇捆起来，这是说牛鬼蛇神可以把党捆起来。"

"断章取义罗织罪行，无耻又无知。"

"快把现行反革命押下去。"骨骼女大吼一声。谈笑风生的围观者，立马水银泻地不见了踪影。

当最后一辆黄鱼车驶出弄堂时，已是万家灯火时。"整整八辆黄鱼车的货啊。"造反队员既兴奋又疲惫，既激动又失落。

"老公！这么多东西咋处理？"傻大姐的问号，让所有眼睛一亮。

"这个嘛！一要考虑三分之二的人民，生活在水深火热中；二要考虑台湾人民，生活在三重大山下。"络腮胡不紧不慢地说。

“难道要把蛀坏的毛巾，融化的红糖运到非洲？难道要把金银首饰送给台湾瘪三？”无赖第一个跳出来挑战副统帅。

“送给台湾的一是传单，二是炮弹。”愣头青也愤怒了。“凭什么把我们的战利品送给他们？”造反派嚷嚷着。

“抄家物资先封存，后请示。”副统帅发指示了。

“出力流汗，还撞了一串大瘤子，难道我们一无所获？”无赖气愤地说。

“弟兄们辛苦了。”络腮胡亲切地说，“到单位后，先洗个热水澡。”

“这要你说？”无赖一撇嘴。

“让食堂整一桌酒菜，大块吃肉，大碗喝酒，大口抽烟。至于别的以后再说。”

“走！快走！”小分队欢呼着。

“同志们辛苦了。来！再抽最后一根烟。”老陈拿出一包烟。

“家成废墟，还有心思发烟？赶紧回去收拾吧。”点了烟的无赖，不禁有了恻隐。

“同志们慢走！”老陈热情地打招呼，就如送客的新郎。

“陈步堂！”技术员低吼一声，“你转移了财产，抄家物资中只有二张存折。”

“哎呀！天地良心啊。”

“你还是主动把存折交上来吧。”技术员冷笑一声，和小分队撤出仁智里。

老陈一屁股坐在废墟上。咒语已破，洞门大开，财宝被洗劫一空。阿里巴巴！我给了你春天，你给了我荒漠；我给了你太阳，你给了我严冬；我给了你生命，你给了我死亡——你不如杀了我。

他呜咽着，声音传的很远很远。一寸寸沁入肌肤，一缕缕深入骨髓。雨打芭蕉，有芭蕉的凄楚；水滴石穿，有石头呻吟。高亢的音，是野狼的嚎；低转的鸣，是杜鹃的啼。死寂中，心如灯花，一点点地爆裂……半凝半固的泪，半闭半觑的眼，半跪半蹲的姿势，半人半鬼的模样。半挂老藤，一点残菊，萧瑟着，枯萎着，挣扎着，苟延着。

士芳披头散发，二眼枯涩如千年木乃依；儿子双手攥拳，二目喷火如百年二郎神。黑暗悄悄地上来了，黑暗遮住了天地，也遮着了三个黑暗的身影。

东方一点点白了。朦胧的白，稀薄的白，湮然的白，混沌的白。虽然白得蹊跷，虽然白得不明不白，但是太阳还是升起来了。粪车的辚辚声，女人的唠叨声，孩子哭闹声，早点的吆喝声，充斥整个仁智里。飞流短长的麻线，穿起是是非非的珠子。鞋底的残屎还在，衣襟的水渍依旧。灶间的寸土，是眸子的聚焦点；水费的分摊，是口水战的核心。揩油的窃喜，吃亏的怨恨，偷情的亢奋，怨妇的唠叨。窥测与反窥测，同盟与反同盟，把石库门的生活点缀的活色生香。

左邻批斗是大事，大不过一根葱的面积；右舍自杀是重事，重不过鸡毛菜的价格。落井的，探头一望，然后送上几块鹅卵石；遭难的，慰问一番，然后赠一漂浊水。海誓山盟，压不过利益的准星；割颈铁哥，拗不过自身安全。仁智里，有的是小市民的狡黠，仁智里，多的是上海人的假仁。

饮食男女，当吃则吃，当喝则喝，当揭发则揭发，当传种接代则传种接代。屈辱算啥，有先人垫着，有后人趟着；迫害怕啥，前次是你，下次是他。没尊严咋啦，好死不如赖活。没自由咋啦，士可辱不可杀。俺中国人除了四大发明，还有泰山压顶不弯腰的风范。

"当当！"前客堂的钟响了。老陈在钟声里，睁开了丹凤眼。

"我……在哪？"老陈环顾四周，惊诧万分。

"你在家，这是抄家后的家。"儿子加重语气。老陈的眸子定了，二颗浑浊的玻璃球陷在泥塘里。突然，玻璃球转动：老陈疯狂地朝墙扑去。

"暗室？我的暗室呢？"他吼叫着，带着一股强大的气流。气流盘旋徘徊，蜿蜒震荡，废墟愈发萧杀阴冷，房间愈发空旷死寂。

"爸！强盗挖开山洞，把财产抢走了。"儿子心疼地瞅着父亲，"我们什么都没有了。"

"不！还有这些。"老陈朝地上扑去，把布条，碎纸，断木，甚至齑粉统统搂在怀里。

"放下吧！"儿子叹了一口气，"这是垃圾。"

"这不是垃圾：碎纸五分一斤，碎布一分一斤。"老陈大声嚷着。

"难道你准备卖废品？"儿子疲惫而冷淡地问。

"为什么不卖？"老陈疲惫地而热情地回答。"起来吧！"儿子扶起老陈。老陈推开儿子，一屁股坐在地上。他拣起碎报纸，捋平每一个边角，他拣起破布，撸直每一根折折。他拣起身首分离的抽屉，捧起碎尸万段的桌椅。他扑在废墟上，拽啊，挖啊，抠啊，掘啊。臀部起伏如插秧者，身躯进退如小舢船。

闹钟滴答滴答，滴到日上三竿时老陈结束了考古工作。报纸横平竖直有棱有角，布条经纬分明宽窄有序，断木长短规范分门别类。他满意地叹了一口气。

"断木不能卖钱。"士芳冷冷地说。"那就留着生炉子。"老陈提起二捆东西走了。下楼声一点点远去，儿子一动不动，溶解在远去的足音里。

突然，远去的足音又踅回来。老陈推开门，把捆好的报纸破布散开，操起木棍，在废墟中鼓捣着。他动作机械，手势僵硬，宛如一个机器人。"格格！格格！"老陈发出浅笑一串。

"爸，你笑啥？"儿子惊诧地问。"我就知道里面还有草绳，用草绳换下麻绳。"老陈掂了掂草绳弯下腰。

父亲，你还有腰吗？儿子盯着父亲的背影痛苦万分。你的腰，是站直的前提还是屈膝的根本。你是泰山压顶不弯腰，还是根本就没有腰？你是山崩地裂不皱眉，还是根本就没有皱眉权？你是金刚不坏身，还是行尸走肉人？儿子爱恨交加地看着父亲：父亲的被辱使他心痛，父亲被辱后的态度，更使他心痛。

他宁可父亲绝望，也不愿意他渴望。他宁可父亲咆哮，也不愿意他屈从；宁愿是残玉而不是全瓦；宁愿是断树而不是垂柳；宁愿是丑陋的礁石而不是可人的鹅卵石；宁愿是受伤的狼而不是伶俐的猫。儿子阅读着父亲，诠释着父亲，鄙视着父亲，心疼着父亲。

父亲拎着杂物走了。他双眼平视，步伐蹒跚，有梦游者的二大特点。儿子赶紧跟上去，直到父亲的身影飘进废品收购站，他才松了一口气。

突然，儿子跳起来。收购站有铁器，要是父亲抡起榔头举起斧头呢？他跳进去，看到的不是暴力，而是谈判。父亲就废品的价格，重量，正在和店主切磋商谈。儿子一阵恍惚，恍惚中，半蹲的父亲成了黄山一棵松。

黄山恶劣的环境，养成黄山松独特的生命力。它顽强而扭曲，独立而独特。顽强的生命力，来之悬崖绝壁；扭曲的躯干，来之贫瘠的土壤。独立的张力，来之独特的山貌，独特的山貌，孕育独立的造型。它是美丽的，又是丑陋的：美丽的因为坚韧，丑陋是因为迎合。它是大自然的受难者，同时又是大自然的点缀物。这是黄山松的幸，还是不幸？

这是父亲的幸，还是不幸？

"开门！快开门。"骨骼女领着一批人朝十三号涌来。"干什么？"小脚女嚷着。

"你男人四肢齐全，连一根汗毛都没少。"薛书记一努嘴，一付担架朝堂屋闯。

"我的亲人啊！"银瓶乍破玉帛碎，石破惊天的哭撕开了夜的口子。

"撤！"骨骼大手一挥，纷乱的脚步风一样地刮走了。

"我去看看。"儿子扔下电烙铁朝楼下冲，"好象是山东伯回来了。”

“回来就好！回来就好。”士芳惊喜地抹着泪，从缸里摸出几个鸡蛋，又从麻袋里掏出一把黄豆。

“大伯瘫了。造反队折磨他，于是他跳楼，结果把脊梁骨摔断了。”儿子黑着脸走进来。

“还能走路吗？”士芳攥住儿子紧张地问。

“就是不能治，所以扔回来。”儿子的鼻子里呼出二股白气。

“瘫子？这么健康的人成了瘫子？”士芳失神地念叨着。

“自己的事都管不了，还有心事管别人？”老陈冷笑着，“把存折给我。”士芳失神地从鞋里掏出鞋垫。老陈一撕，三张存折掉出来。

万家灯火时老陈回家了。前客堂传来说话声，哭泣声，咳嗽声，咒骂声——说话的是儿子，哭泣的是妻子，咳嗽的是山东汉，咒骂的是小脚女。

“我拼命避嫌，你们到处招嫌。”老陈忿忿地拿起碗。由于桌凳毁于抄家，吃饭只能在床上进行。床上放着一碗煮萝卜，白乎乎的萝卜清澈的汤。现在不用装穷，而是真穷。

“存折呢？”妻子一上楼，就伸出一只手。

“你要存折干嘛？”“山东哥瘫了，治疗需要钱。”“存折上交了。”老陈响亮地说。“现在我们也是彻底的无产阶级了。”

“啥？”

“交比不交好，多交比少交好。现在效果已经出来，我现在是酱油厂的……组长。”

“组长？啥组？”

“组么……当然是地富反坏右这个组，不过我和他们有很大的区别。”

“怎么个区别？”

“造反队让我监视他们的一言一行一举一动，也就是说，我是造反队的眼线。”

“你是坏人。”妻子坚定地说。

“这有区别：我是敌我矛盾按人民内部矛盾处理；他们是敌我矛盾按敌我矛盾处理。”

“以前你是红色资本家，现在是富农婆的老公；以前你戴大红花，现在你被抄家；今天厂子充公，明天我被开除出厂……”

“开除你不假但没有流放你。”老陈耐心解释着，“没有流放，就是最大的胜利。”

“不要阿Q精神胜利法了。”儿子冷笑着进来，“自欺欺人已经若干年了。”

“你脑后有反骨？”老陈愤然着。

“你没有反骨，还是遭受凌辱。”

“凌辱？告诉你，我现在是监视坏人的……组长。这说明组织上信任我，这说明我大有希望。”老陈一脸灿烂地说，“这是政治上的殊荣。”

“可喜可贺。”“你要向我学习。”老陈提高了嗓门。“学习我的荣辱不惊。不但要学习跳龙门，更要学习钻狗洞。”老陈挥着手。

“手咋了？”妻子扯住他的手。手腕上有道伤口，粉红的肉如翻卷的花蕾。“造反队打你？”

“这是周瑜打黄盖。”老陈轻松地一耸肩。

“自伤自残？”“血书明志，只是下手狠了点。”“难道你写血书表忠心？”儿子恼怒地扬起眉。

“我说我要感动上帝，如果连几滴血都不舍得，焉能明志？”老陈得意地抖着腿。

大雨如注，天地间一片白茫茫。一老太背着蛇皮袋，蹒跚在雨中。一青年拎着菜篮子，奔走在雨中。就在老太和小青年擦肩而过时，二人同时愣了。

"妈！""儿子！""你怎么不带伞？""只有一把伞，我想把伞让给你。""让来让去，让成二只落汤鸡。"儿子哈哈大笑。士芳也笑了，一张核桃脸，舒展成一朵晚菊花。

"今天拣了这么多煤渣？"儿子接过妈的蛇皮袋。

"知道下雨，我早早候着呢！"士芳美美地说。

"你猜我在菜场看见谁？"儿子兴冲冲地问。

"凤丫头。薛书记怕小脚女伤了她孙子，所以把小凤安排到菜场上班。"

"这个毒蝎子，我恨不能一刀劈了她。"

"别说这血腥的话。"士芳捂住儿子的嘴，"回家我给你烧香肠吃。"

"香肠霉变了，上面全是白毛。"儿子撅着嘴，"为啥一定要等到不能吃了再吃？"

"唉！"士芳叹了口气。潲潲的雨中，一老一少相偎相依相行。雨疯一样地下着，恨不得把亲情淹个一干二净。

士芳上了楼，儿子等在门口：小阁楼要完成吃喝拉撒一揽子计划，还要执行男女有别的政策，除了轮流上痰盂还要轮流等痰盂。

落汤鸡换下的二套湿衣服就晾在阁楼中央。风吹过，如戏台上的皮影人。儿子点燃了火油炉，火苗幽幽，带着无限的怨恨。儿子把火油瓶头朝下竖着，半天也不见一滴火油。

"你去买火油吧。"士芳掏出钱包。"今天几号？""三十一号。""糟了，这月的火油计划用完了。"

"那就生炉子吧。"儿子无奈地说。

"煤球还在店里。"士芳翻出煤球卡。"就是买了也没地方放。"

"放在楼梯上啊。""这么窄的楼梯还能放煤球？""那就放在晒台上。""傻孩子，那不是我们的地盘。""那就放在楼下。""那也不是我们的地盘。""那就放在阁楼上，反正吃喝烧拉共一体，老少二代人居一室。"儿子苦笑着。

“房子啊房子，盼了几十年，还是一场空。”士芳摇着头。“我去小脚外婆家借二只蜂窝煤吧。”儿子赶紧安慰母亲。

“借了也生不了火。这么大的雨怎么生炉子？雨点比火苗还大。”

“那就买二只大饼啃啃吧。”儿子一脸索然。“炉子来了。”一声吆喝，小脚女拎着炉子走上来。

三碗米饭一盆青菜，三口之家围着床板坐下来用餐。“买张桌子吧。”士芳把筷子放在床板上。

“要是再抄家怎么办？”老陈用筷子敲了敲碗。

“活得太窝囊了，连张桌子都没有。”士芳生气地说。

“看看形势再说吧。没有桌子也不碍你吃碍你喝。”老陈再次用筷敲碗，“你啥时变娇贵了？”

“我不娇贵，我连树皮都咽得下。”妻子看着儿子，老陈的视线跟过去。咦！这小子圆脸咋成了马长脸，悬鼻成了万仞山，眼窝深不可测，简直就是马里亚纳海沟。掐指一算，这小子应该过了发育期。

“这季度肉票蛋票没动，再不动过期了。”老伴旁敲侧击。

“学校咋说分配的事？”铁公鸡避实就虚转移话题。

“工宣队说我可以留上海。”

“四个面向咋成一个面向？”老陈紧皱眉。

“有个单位看上了我得奖的航模，想让我去。”“你想留上海？”老陈单刀直入。

“我……服从安排。”“你应该主动出击，明天去学校表态，坚决要求上山下乡。”

“留在上海就不能闹革命？不是说一颗红心二种准备吗？”妻子忙跳出来反驳。

“妇人之见。”老陈一个白眼扫过去，“把闹钟拨到北京时间五点整。”

第二十章　上山下乡

　　一只破旧的躺椅倚墙而放，椅子上躺着山东大汉。彪悍英武的他，成了歪嘴斜颈的卡西摩多。纵然围兜挂一圈，涎水依然蜿蜒而下。

　　"您好点了吗？"儿子弯下腰凑过去。

　　"呜……"声音含糊，表情怪异。儿子一阵心酸。

　　"分配了吗？"小脚婆用调羹敲着碗。

　　"基本定了：黑龙江军垦农场。"

　　"为什么是黑龙江？独苗可以去近郊农场。"小脚女扔下碗朝楼上冲。

　　"我问你：新浩为啥不去崇明，而去黑龙江？"

　　"一近郊，一边陲，孰轻孰重？"老陈笑眯眯地问。

　　"近郊咋了？边陲咋了？"

　　"崇明是社会青年的大本营，黑龙江是革命青年的大学校。用经济上来分，这是黄铜和白金。用政治上来分……""政治政治，你这辈子，生是政治的人，死是政治的鬼。"小脚女咬牙切齿。

　　"究竟到啥地方，我们尊重儿子的选择。"

　　"这话说的对。"妻子一个鲤鱼打挺从床上跳起，昏花老眼成一对灯笼，"儿子，你究竟准备上哪？"

　　"我当然想离家近一点，父母年纪大了，身体又不好。"儿子犹豫着。

　　"告诉你，我的身体棒棒的。"老陈冷冷地地说，"崇明位置已经饱和，黑龙江位置虚位以待。哪有发展就上哪，父母不能越俎代庖。"老陈侃侃而谈，小脚女气得哈哧哈哧。"你啊你，整一个花丛中打滚的驴粪蛋，里面臭外面香。孩子啊，我们不去黑龙江我们就去崇明。"

小脚女拉住儿子热烈地说。

"如果恋家就去崇明，如果想干事业就去黑龙江。既然儿子恋家，那就上崇明……吧。"这一个"吧"又慢又长，慢里带着轻佻，长里带着小辱。

"我就去黑龙江。"儿子的脸涨得通红。

"我绝不干涉你的决定。"老陈一脸慈祥。

"不行！要么去崇明，要么先呆在上海。"士芳着急地嚷着。

"连古代女人都知道闲愁最苦，让年轻的儿子躲在家里吃闲饭？"老陈温柔地看着儿子。

"我坚决到黑龙江去。"儿子直着颈脖大声嚷着。他终于被激将法击倒了。

"我也不舍得儿子去黑龙江，但是我不能阻止儿子的追求。"老陈浅笑着，"黑龙江是防修反修第一线。"

"去崇明就没有追求？"小脚女冷笑着。

"黑龙江不但有工资津贴，还能给你政治上的荣誉。"

"我不让你去黑龙江。"士芳抓住儿子，枯黄的脸上挂满泪珠。儿子的心一悚，母亲绝望的眼神，触动了他的心。"妈！"儿子百感交集：这边是母爱如山，那边是父训如山。

"谁言寸草心，报得三春辉。儿子对父母的回报，不是朝暮相处，而是大鹏志远。儿子，你说是不？"老陈亲切地拍着儿子的肩膀。

"黑龙江就黑龙江。"儿子一咬牙：果断代替犹豫，自尊战胜儿女情。

"你哭啥？"老陈白了妻子一眼，"儿子既不是藤本植物，也不是槽上病马，他需要独立，需要弛骋。儿子，我说的对嘛？""对！"儿子攥紧拳。

"看到吗？儿子自有自己的主见，不需要别人的干涉。"老陈朝小脚女冷笑着。小脚女又恼又恨，她烦躁地转了个圈一头朝门外冲去。楼梯上响起了脚步：细碎而急促，愤怒而无奈。

老陈闭着眼，悠然地欣赏着楼梯交响乐。

天亮了，晨曦透过寄生窗折射进来。儿子静静地躺着，士芳静静地坐着。他们就这么度过了不眠之夜。

"快起来！"老陈伸了个懒腰，接着一跃而起，"下午四点的火车，最迟也要在一点赶到火车站。"

"为啥这么早？"妻子没好气地问。

"说不定有报社采访，说不定有领导送行，说不定今天是有政治节日。"老陈利索地穿上衣服。

"政治！政治！你早晚死在政治上——不是乐死，就是吓死。"妻子大声地说。

"你怎么咒我？"老陈生气地说，"今天是好日子，你不要煞风景，儿子可是到反帝反修的第一线。"

"闭上你的嘴。"妻子怒吼一声。老陈惊讶地看着她，她也愤怒地看着他，四目对峙各不相让。

"这是喜事，你哭丧着脸干嘛？"老陈嘀咕着，"我的军装呢？""要那破衣干嘛？"

"拍照！拍全家福。""我早想拍全家福了。"士芳的脸缓和下来，"是该拍一个了。"

"纪念章呢？""天天别在你胸前。""我是指最大的纪念章。""自己找。我要给儿子烧一顿饭。"士芳系上围裙。

"整天就知道吃。"老陈叱着，"赶快收拾一下：一人一套军装，再别一个大像章。"

"照片又不是宣传画？"儿子皱着眉。

"要是运气好，照片成为宣传画。'毛主席在安源煤矿'是油画，后来风靡全国，得力于机遇和……"

"又说屁话。我们拍照，扯上老毛干吗？"

"这么粗鲁，是不是跟小脚女学的？赶快穿军装。"

“可惜我没有军装。”士芳得意地笑了。

“我早就准备好了。”老陈拿出一件女军装。“哪来的？”“跟傻大姐借的。”老陈更得意了。

“拍照就拍照，为什么要穿军装？这是你的规定还是上面的规定？”“这是我的规定。什么叫独辟蹊径？什么叫脱颖而出？什么叫匠心别具？什么叫……”“不拍。我要为好好地为儿子烧一顿饭。”士芳把军装朝地上一摔。

“一定要拍。”老陈斩钉截铁，有巴顿将军的果断。

三人一下楼，就赢了个满堂彩。“你这是军装还是粽叶？”肥厨问儿子。军装狭小，把儿子箍成一只绿棕子。更兼青茬头皮尖瘦脸，悬鼻一仞，凹眼一双，活像匪兵甲。

“你这是军装还是长袍？”胖嫂问士芳。军装宽大，把老伴裹在里面。更兼阔皮带拦胸一束，白发飘扬沟壑脸，整一个疯癫婆。

老陈仪表堂堂。半皱半褶的军装倒也合身，只是小军帽倒扣在头，活像一口锅盖。骨骼女大步走来，见了三个宫廷小丑，忍不住扑哧一声。

“薛书记好！您笑了……您亲自笑了？。”老陈又惊又喜。

“上哪？”书记咳嗽一声，硬把笑压下去。

“我们去拍照，拍一张扎根边疆照。黑龙江是祖国的边境线，能让儿子去，这是政治上最大的荣誉。”老陈春情盎然激情澎湃。士芳瞪着老陈：骨肉分离，有啥可喜可炫耀的？

“薛书记，这像章是世面上最大的。”老陈挺了挺胸，“我知道您欣赏这一套。”

“我知道你喜欢搞这一套。”士芳恼怒地盯着他。依然鼻梁高耸，眼梢生情，只是肌肉僵硬，表情狰狞。桃花依旧，可春风不再。

这是一张俊美的脸，又是一张假的面具。被人伤害时伤害别人，咀嚼痛苦时制造痛苦。有沧桑更有狡诈，有伤痕更有狠毒。他有猫的谀媚，豺的凶狠，耗子的胆怯，蜥蜴的变色。

他是盛世的绅士乱世的蟊贼；给点绿，就是橄榄枝的使者；赠点赤，就是红缨枪的主人。不会滴水涌泉，眸子死盯着晴雨表；不会恩仇分明，十指攥着铁算盘。他是向日葵，一辈子都在朝圣；他是朝圣者，一辈子都在顶礼膜拜；他是顶礼膜拜者，一辈子匍匐在地；他是匍匐者，一辈子生活在灰尘中。没脊梁，非驴非马四不像；没心肺，非鬼非魔二栖人。

士芳死死看着他，究竟是什么邪鬼恶神，把我心爱的人打磨成这样？

"薛书记啊！儿子的分配上体现了二条路线的斗争。有人让他去崇明，有人让他去启东，有人让他猫在上海，但我是王八吃秤砣，铁了一条心。"

"怎么个铁心法？"薛书记微笑着。

"俗话说，女为知已着容，士为知已者死。良禽择木而栖，良狗择家而居……"

"说说你的铁心法。"书记直奔主题。

"先类比法，再淘汰法，最后激将法。三招下来马到成功。"老陈呵呵笑着，"先引而不发，再循序渐进，最后一举突破。"

"果然大智大谋。"书记翘起拇指。

"孔子说，下士用磨盘逼人，中士用语言逼人，上士用笔端逼人。我既不用磨盘，也不用语言，更不用笔端，我只是觑其虚使三招，这叫攻心为上。"

"好一个攻心为上。"书记也呵呵笑了，"俗话说虎毒不食子……"

"错！亲不亲线上分。我们现在去拍全家照。照片上加楹联。左联是'父母鼎力支持'，右联是'儿子志在边疆'……"

"横联是'如此家庭'。"

"不愧是书记。"这次是老陈伸出大拇指。

照相时，老陈和摄影师有了是非之争。本来前面坐二人，后面站一人，全家福就 OK。但老陈却要加上红宝书举过头的造型。经过新一轮的口舌，新一轮的调整，新一轮的布局，三颗头颅三枚像章本三本红宝书终于一古脑进了底片。拍完照，演员和导演全出了一身臭汗。回家时，老陈绕到工艺品商店，选了一个大镜框。

"干吗买这么大？"豪华镜框让士芳有了不乐意。

"希望于上上，行动于下下。""什么上啊下啊？""照片有三个命运，上上就是作为宣传画，风靡整个大江南北。""中中呢？""作为扎根边疆的典范，打入街头画廊。""下下呢？""下下么只有孤芳自赏敝帚自珍。"老陈用袖口擦了擦镜框上的灰。

"听不懂你的屁话。儿子倒酒。"士芳端出菜肴。

"先拿毛笔。不写楹联，就失去照片的政治意义。"

"政治，政治，能当饭走，能当水喝？早晚有一天，你不是被政治上乐死，就是被政治吓死。快去看看儿子还缺什么？"

"对了！赶快把红宝书请进包里。几天几夜的火车，不学毛选咋行？"

"塞不下了。"士芳拍了拍鼓鼓囊囊的背包。

"把上面的手套拿出来。"

"冰天雪地，没手套咋行？"

"没有红宝书，他的脑子不行。"老陈当仁不让地嚷着。面对父母的争执，儿子一动不动。父亲在薛书记前的自白，如一个地雷，把他的心炸得四分五裂。只道父亲对自己不亲不疼淡如水。现在才知道，自己是棋盘的卒天平的码。

"早走早准备，路上想一想台词咋说。"老陈放下碗，兴冲冲地拎起行李。

"啥台词？""说不定媒体会采访你，所以你要想好台词。"

"请您留步。"儿子客气而冷淡，"我自己走。"

"妈一定要送你。"士芳解下围裙。"你不能去。"老陈说，"我的儿子为啥不能送？"

"你一去肯定哭，这会给儿子的前途蒙上阴影。"老陈拦住士芳。

"恐怕是指你的前途吧？"儿子用挑衅的眼光看着老陈。

老陈突然叹了一口气。"我知道你反感我，但我有我的苦衷。我养你十三年，同时欠亏你十三年；你被我养了十三年，同时欠亏我十三年。我欠你的是政治帐，你欠我的是经济帐。你去黑龙江，这是你偿还的第一笔帐。既然是还款，我有运用还款的权利。我知道我和薛书记说的话深深刺伤了你。但是我没有办法，毕竟我生活在政治运动中，毕竟我生活在她的管辖下。我用你的还款表现自己，趟出路子，杀出重围，不再做一个夹着尾巴的巴尔狗。儿子啊，你能懂我的心吗？"老陈一把揪住自己的前襟。

儿子惊诧地看着他：父亲面容苍老二鬓斑白，眼角带泪神情凄切。

"我知道你恨我。"老陈的手摩挲着儿子的天灵盖。手粗糙而磨砺，温暖而宽厚。手给他带来了财富，却没给他带来幸福。

"我苦啊！我心中的苦谁知！"二个大大的惊叹号，滑出他的喉结。

儿子的心一颤。在颤抖中，他原谅了父亲。

火车站到了。敲锣打鼓的火车站；红旗飒飒的火车站。虽人声鼎沸，难掩几许凄切；虽口号震天，难遮满目悲情。欢笑堆在脸上，比脂粉还厚，比脂粉还假——这是中国式的化装舞会，戴着假面具，挤着莫名其妙的笑，唱着糊里糊涂的歌，踏着心烦意乱的节拍。

"滴铃铃！"开车的铃声骤起。嚎啕，全体嚎啕如决堤洪水咆哮而下。一泻千里，浩浩荡荡，复流到海不回头。

"爸！妈！我走了。"儿子拎起行李朝火车走去。士芳拉着包带不松手。儿子艰难地走着，士芳顽固地跟着。儿子不敢停下，停下再也走不动。儿子不敢眨眼，眨了就会抖落满天的星星。

"爸！我求你了。"儿子突然停下脚步，"你答应我一件事：你一定要照顾好妈。"

"儿！我也求你了。"老陈上前一步，"你答应我一件事：你一定要争取入团入党。”

“我的儿啊。”妈妈一把抓住儿子的手。

“哭什么哭！你这是瓦解儿子的斗志。”老陈一推士芳摔倒在地。这一刻，儿子看到了一个丑陋的不能再丑陋的人。他的丑陋，让他一辈子都忘不了。儿子擦了擦眼泪，头也不回地上了火车。

一个月后，信和汇款单同时到达。老陈顾不得拆信，丹凤眼急切地觑向汇款单。当看到人民币叁拾伍元时，丹凤眼如雪花轻盈地上扬。他打开信，信很简单，除了问候二老，就是谈边疆的泉水清又亮，边疆的太阳大又红。是啊，和这样的父亲沟通，难道能指望心和心的交流共鸣？没有卢梭的“忏悔录”，也不会又有托尔斯泰的“复活”？

从此，每月都能收到汇款单。时间之准，可以和格林威治天文钟媲美。从此，老陈又恢复了几十年如一日的存钱活动。虽然还背着“崽子婿”的封号，但“雄关迈道如铁，而今存钱从头越”的格言，给他带来巨大的期盼。

一天，儿子来了一封信，要求父亲寄一些电子方面的书籍。“终于开口了。”老陈吐了一口气，如马拉松运动员，终于走到了尽头。

他去了一趟废品收购站，掏了许多“真迹”，然后寄到黑龙江。他在汇书单上写着：希望你走又红又专的道路。半月后，儿子寄来几张奖状。不是先进工作者而是优秀修理工。天呐！他竟没有一张是学习毛选积极分子的奖状。

没有政治奖状让他有了心酸：因为不是自己的种，所以不能心有灵犀。慢！奖状里面夹着一张纸。儿子说，他在指导员的鼓动下写了入团报告。经过内调外查，一枪毙了。现在他六根清净心如止水。请父亲也六根清净心如止水。

读到这，老陈二眼一翻陷入半真半假的昏厥。内查外调，还在内查外调？本以为政治问题是强弩之末，青萍之梢。想不到方兴未艾，如火如荼。天呐！怎一个“愁”字了得？至此，单凤眼痛苦地挤成一条线。

有了！他一拍大腿。既然我不能证明自己，那就用儿子来证明我。数学上要证实 Y= 革命，先求证 3X= 革命，有了 3X= 革命，再求证 3X=Y= 革命，这就是正比例函数。哲学上有内因外因之说，儿子的内因，绝对仰仗老子的条形码，这是马克思主义的原则，也是哲学的精髓。化学上，没有我的碱性氨基，儿子的酸性羟基怎么能合成生命之源氨基酸？至于物理更显而易见：没有中子的撞击，哪来革命的核反应？

老陈一骨碌爬起，正襟端坐挥笔如椽。从五千年文化一直谈到五星红旗。先谈精卫填海之不易，又谈夸父追日之大艰。感慨处唏嘘不已，动情处潸然泪下，激昂处不输"离骚"，慷慨处再现"满江红"。核心问题是忍，关键问题是韧。江河回归大海，靠的是百折不挠，愚公感动上帝，行的是不离不弃。信结尾处，狼毫挥就草书一行：山穷水尽疑无路，柳暗花明又一村。笔锋力透纸背遒劲异常，不但呈现草书峻嶒之风韵，更体现耄耋老人的雄心。整一个"残星几许风几许，长笛一声人倚楼"的境界。

有人敲门，是一瘸一拐的小凤。"听说干妈的哮喘发了，妈让我送点饺子来。"

"小凤快坐。"士芳从床上撑起半个身子。"人老不中用了。"小凤朝桌上一瞅，一碗白萝卜，一碗绿菜叶，虽赏心悦目，却是永远不落的太阳。

"怎么老是吃这个？又不是和尚尼姑搭档过日子。"小凤生气地说。"萝卜通气润肺，止咳生津；菜叶败火泻毒纤维加 C。"老陈放下报纸。

"不要 C 啊 D 啊兜圈子，这是菜场扔掉的废物。省下一分钱夹在肛门，兜遍整个中国。不！兜遍整个世界。"

"小姑娘说话一点也不文明。"老陈宽容一笑。

"话不文明但做人绝对不虚伪。干妈！弟弟有信吗？"

"有！他在什么木的汽车班捣弄车子来，还要书啊本啊的。"一提儿子，士芳来了劲。

"他是不是需要技术书籍？"小凤热情地问。

"他需要的新版的毛泽东选集。"老陈赶紧接过话头。

"要这，当饭吃当水喝？"小凤竖起浓眉，"我只给他寄技术书，别的一概不管。"

"凤丫头啊。"老陈充满感情地呼唤着。"我知道你是个好孩子。"

"我现在是残疾人。"小凤冷冷地说，"干妈！这二个梨放冰糖炖，可以止咳。"

"我有事和你说。"老陈拦在门口。

"有屁就放有话就说。""你能不能劝劝你弟弟。不入团就不能入党，不入党就提不了干，提不了干就翻不了身，翻不了身我……""我养儿子岂不是赔本买卖？"小凤接过他话头。

"你好聪明，识时务。一定有好结果。"

"你也聪明，还聪明了一辈子，但是没见你有好结果。妻子被开除财宝被抄走，工资被革去儿子远赴黑龙江。你是聪明反被聪明误。哈哈哈！"小凤摔门而出，只留下一串清脆的笑。

第二十一章　痛失爱表

　　儿子来信了，坚定地表示了自己的看法。从懂事的那天起，全家就生活在恐惧中。"政治"用长长的指甲，掐住我们的喉咙，控制我们的呼吸——此生此世，最大的愿望就是离开她，逃的越远越好。

　　老陈看了信，犹如吞下十只老鼠，有了百爪扰心。考虑再三后再一次拿起笔。这次没有家长式的呵斥，只有兄弟般的叙说。苍凉中带着无奈，伤感中透着压抑。哺育之恩绝不谈，字里行间舐犊情。这不是电影，这是倒放的记录片：回忆成长中的点点滴滴，叙说大饥荒时的相濡以沫，感慨世事的艰难，体味父母的不易。爱，是儿子的软肋。不用瓢泼雨，只要些许薄雾；不要重彩浓墨，只要画龙点睛。

　　这是软肋又是神经末梢，柔软着，敏感着，纤细着，脆弱着，可谓牵一发而动全身。信的结尾，谈到江河日下的身体，谈到寝食不安的现状。原因么当然是焦虑，焦虑么当然是……一串省略号点点滴滴，既是潇湘江馆的泪竹，也是漓江边的离骚。

　　老陈不是画家，深谙国画着重渲染，讲究意境的精髓。墨不在多在于精，在于淡，在于疏，在于有层次，在于有沟壑，有起伏，更在于不露痕迹。就如诗，朦胧中的幽远才能透出诗的韵味。一句隽永的诗，胜过一打文章。小夜曲的滑音，颤音，比一台交响乐更震撼人心——有的人死了，他却活着；有的人活着，他却死了。这诗很简单，但是却包含着美学，哲学，文学，心理学。

　　信发出后果然有了动静。先是家信的长度翻了一番，不但有嘘寒问暖，还有注意事项 ABCD；接着汇款单上的三十五扶摇直冲四十大关。老陈窃喜不已：失之东隅收之西桑，虽政治硕果尚未开花，经济硕果已挂满枝头。

初战告捷。就在老陈晃着二郎腿，谋划下一步计划时，门被叩响。

老陈有一张来往人员名单表。能上名单的必须具备一个特点三个要素。特点么当然是响当当的革命派，要素么一是鳏夫，二是寡妇，三是没有子嗣。鳏夫么，少了婆娘妯娌的飞流短长，寡妇么少了汉子莽夫的烟酒应酬，没子没嗣的更妙，没了婚娶嫁丧省了银子的消耗。

政策是制定出来了，但是能具备一特点三要素的委实凤毛麟角。还有个问题就是，凤毛麟角者愿意和老陈来往吗？肯和他来往的，一是高老头二是葛朗台，要是二人健在，绝对可以煮酒论英雄，起舞弄清影。可是三国鼎立不存在，桃园三结义结不了，所以老陈只能赤条条地来赤条条地去，寡人的滋味，绝对是凄凉加凄苦。

名单表啊名单表，虽然上面有姓名若干，政治情况若干，经济情况若干，附属情况若干，但此图就如月亮的地貌图，只能欣赏没有实用价值。

"咚咚！"敲门声有节奏地响着。老陈惊慌地开了门，门外站着一个惊慌的小青年。

"这里是仁智里十三号？""是啊！""你儿子让我带虎骨酒来。""请！"老陈做了个优雅的姿势。

"请问：这阁楼……能住人嘛？"小青年也做了个优雅的姿势。

"只要你能委屈脊梁，尽管进。"老陈一派绅士风度。小青年弯腰进来，顺手把二瓶酒放在桌子上。"这样的房子也能住人？"小青年打量着，感慨着。

"世界上还有三分之二的人民生活在水深火热中，他们连这样的房也住不起。"老陈也感慨着。

"伯父的思想境界真高。"

"安得广厦千万间，大庇天下寒士我欢颜——贵姓？"

"伯父的文学功底真高——免贵姓刘。"

"小刘啊，大老远的过来，真是个活雷锋啊！"

"能拜见老前辈，乃三生有幸。"

"惭愧！大老远的来，吃了饭再走。"三夸后的老陈，比三笑后的唐伯虎还热情。

"恭敬不如从命。"小刘爽气地说。

"你先看报，吃饭时咱俩好好聊。""中！"小刘拖过一张报纸。

二十分钟后，菜肴隆重推出。"吃！这是翡翠白玉，这是红男绿女，这是众星捧月，这是绵里藏针。"

小刘急迫地举起筷子，这才发现翡翠白玉是菠菜伴豆腐，红男绿女是胡萝卜炒韭菜，众星捧月是豆瓣围菜根，绵里藏针是豆芽拌萝卜丝。

"吃！"主人热情招呼着。

"哦！"客人应付着：瞅着眼花缭乱，嚼着味同白蜡。

"农场的革命形势好不好？""好！""农场入团入党的人多不多？""多。""你入党了？""嗯！"二人一问一答。问者迫切，答者冷静。

"来！"老陈一咬牙，端出一碗花生米。此物油光四溢，是寡味年代的尤物。

"好！好！好！"小刘现在吐出的不是一个音节，而是三个音节。

"为什么新浩还不入团？""……是。"小刘鼓着嘴，含含糊糊。

"究竟啥意思？"老陈有了不满。

"我是说他既是团员，又不是团员。"小刘使劲把花生咽下去，"本来已经已发展，只缺一张划清界限的声明。"

"写了吗？""写的话，早是了。"小刘放下筷子，改用勺子上花生。

"小兔崽子！"老陈恨声骂着。一个兔崽子恨铁不成钢，一个兔崽子趁火打劫朝死里吃。"有补救法嘛？"

"呜……"小刘大口咀嚼，顾不上说话。

"快说！还有啥补救法子？花生慢慢吃，有话赶快说。"老陈忐忑，就怕情报还没挖出，花生米已被消灭。

"又穷又酸，又迂又腐，简直儒林外史中的怪物。"小刘欢快地嚼着花生米。

"他不是范进，他只有十九岁。"

"我指的是他的心理年龄。你这个伶俐伯伯，咋养了个迂腐货？破屋陋室，也不像培养士大夫的桃花源。"小刘认认真真环顾四壁。

"我早就……恨铁不成钢了。"老陈忿忿着。

"连铁都不是：他居然拒绝场长做他的老岳丈。"

"场长？场长啥级别？""下面管十几万人。""我的妈啊！这是封疆大吏。""三八式老干部要不是文盲，早杀进金銮殿了。连他的勤务兵，现在都是省厅干部。"

"我的妈啊！"老陈的嘴张的比蛤蟆都大，绅士风度荡然无存。

"场长放出话——谁让老子的女儿幸福，老子就让他幸福。"

"多朴素的真理啊！啧啧！"

"党票，钞票，提干，上大学，格格的手里攥着天堂通行证。"

"这事美啊！"老陈失声而叫。

"可傻儿把美事搞砸了：因为我不爱你，所以我不能接受你，我不能欺骗你也欺骗自己的感情。"小刘捏着嗓子绘声绘色。

"真不是我的种。"老陈一拳砸下。"你说啥？""我说还能补救吗？""补救？他不跳龙门自然有人抢着跳。"花生米在小刘嘴里格蹦格蹦，如锤子咯嘣咯嘣砸在老陈心上。

"混蛋！十三个三百六十五，本加本，利加利，雪滚雪，驴滚驴。"老陈急火攻心气血堵塞，老泪纵横仰天长啸：黄酒让白娘娘现了形，气愤让老陈现了身。

"本加本，利加利，雪滚雪，驴滚驴指啥？"小刘笑眯眯地问。老陈一凛：情报没挖到，倒把自己秘密泄露了。

"树老根多人老废话多。来！今天咱们好好喝一杯。"老陈掏出一瓶酒。

"二锅头。"小刘眼睛刷地一亮，喉结也急切地动了一下。

"小刘啊小刘，你们一月工资奖金多少？""四十八元。虎骨酒是老乡送的，傻儿人傻技术不傻，带电的都听他指挥。傻儿人傻胃也傻，专拣便宜的东西吃。"

"打个比方吧？"老陈笑眯眯的，很有公安诱供的特点。

"不买荤只买素，不买整只买碎，不买白只买黑，不买香只买臭。"

"有这么夸张吗？"老陈更春风了。

"不买大肉买白菜，不买饼干买碎屑，不买白馍买窝头，不买香皂买臭皂。省下钱就跑邮局寄上海。"

"你一月伙食费有多少？"老陈笑眯眯地问。"少则三十多则五十。""那不是透支一个大窟窿嘛？""可我爹我妈愿意给我补窟窿。谁让我到了反修第一线？"小刘把一调羹花生，恶狠狠地倒进嘴里。

"妈啊！"老陈失声而嚷。"咋了？""我是说……他无钱无权无背景，格格图他啥？"

"歌声是天使的翅膀，丘比特的红箭。"小刘仰头灌下一碗酒。

"傻儿在她窗下唱小夜曲？"老陈惊讶地问。

"不是窗下情歌，而是联欢会上的革命歌曲。一曲唱完心扉已开。"兔崽子又是一勺子下去。眼看花生见底，老陈更急了。

"喝！"老陈赶快斟酒。"场长姓啥叫啥？""副的一打，正的只有一个。"小刘答非所问。

"姓啥叫啥？""你问这干嘛？""再来一杯。场长有几个儿子闺女？""三亩地里一棵苗。"

"这可是独一无二的格格啊！喝！""不能……再喝。"小刘头软软地垂下。

"咱来个一醉方休。"声音轻柔，如西皮慢板，缓慢的节奏湮湮上升。"场长叫啥名字？来！"老陈端起杯子，把酒灌进小刘嘴里。

"醉了还灌？"妻子抢过杯子。"你懂啥？不灌能挖出情报？"老陈端起杯子趋身上前。"乓"，杯子掉在地上，小刘摇晃地抬起头，一双眸子亮得惊人。

"你没醉？"老陈惊慌万分。"灌二杯不醉，灌二十杯定醉。"

小刘眸子如锥。

"我想让你……喝个够。"老陈窘极了。

"有你的一杯酒垫底，什么样的酒我全能对付。拿酒来。"小刘大喝一声。

"你行吗？""我不行你还上赶着灌？赶快买酒添菜，你不是要挖情报吗？"

"好！咱爷俩旗鼓相当。快！买酒添菜。"老陈一跺脚，抽出一张大票递给妻子。

片刻后二瓶白酒一桌子熟菜隆重登场，真正的酒宴开始了。酒上三巡后，老陈再一次躁动。

"你不就是想女娲补天？"小刘冷笑着，"你有五彩石吗？"
老陈夹着牛肉递过去。

"怎样才能让一锅沸腾的汤冷下来？""不能扬汤止沸，而要釜底抽薪。"老陈回答很果断。

"正确！"小刘翘起拇指。

"你是说，要让格格重追我傻儿，就要把追求格格的第三者赶出局。"

"高！"小刘呷口酒，大口咬着鸡腿。

"这个第三者……你认识？""他是我铁哥。""你准备做……说客？""这说客我做定了。""我先谢你了。""嘴皮一翻就算谢？""只要此事成功，我用手表酬谢。"老陈一咬牙：今天是吝啬鬼碰上铁公鸡，棋逢对手。

"用破表，换你儿的锦绣前程？""破？有八成新呐！"老陈充满感情地抚摩着腕上的表。

"最多四成。"小刘一撇嘴。"仔细瞅瞅。"老陈的表朝小刘伸去。"哒"，表扣一松，表攥在小刘手上。

"不见兔子不撒鹰——先告诉我格格的姓名地址。"老陈攥住小刘的手。

"月下佬准备给她写信？"小刘怪笑着。"这不管你的事。"老陈神情果断。

"我今天上门，一是送酒二找答案，寻找傻儿犯傻的答案。""找到了？""找到了，原来根子在你身上。你有多狡猾，他就有多木讷；你有多崇拜权势，他就有多憎恨权势；你喜欢政治，他鄙视政治。你追求的就是他摈弃的。你孕育了他的叛逆，催化了他的对立，强化了他的反抗。这叫逆向思维，这叫歪打正着，这叫咎由自取，这就是你的报应。"

"这不管你的事。"老陈依然强硬。

"既然不管我的事，姓名地址无可奉告！""可你拿了我的表。""表是让第三者退出竞赛的投资。这点，可以用我的人格保证。"

"天涯海角，我怎么相信你的人格？"

"以纸为据。"小刘扯下台历，拿起笔写了一张借据。

老陈端详着借据说："第一，手表不是半新而是八成新。第二，加上姓名和日期。第三，抬头写'保证书'。第四，加备注：如第三者不退出，手表主人有权把保证书寄到场部。"

"你确定一定要加第四条吗？"

"这是原则。"老陈斩钉截铁地说。"恭敬不如从命。"小刘重新拿起笔。老陈开了灯，戴上老花镜，一个字一个标点符号地审视。"除了你的签名，还要摁一左一右二手印。"

"还有第五第六第七吗？""再加一条：保证书完全出自双方的自觉自愿。""还有什么？"小刘冷笑着。

"手印。一定要一左一右二个手印……这就对喽！现在好了。"老陈笑眯眯地收起纸。"你还没有把场长的名字告诉我。"

"我一定要说么？"小刘眉毛一扬。

"希望我们合作愉快。"老陈脸色一沉。小刘略一思索扯下台历一挥而就。

"不知这名字是真是假？"老陈举起放大镜。

“真的假的，一问傻儿就知道。恕我告辞，谢谢款待。”小刘笑着，笑带着三分诡异，七分得意。

小刘走了，下面是怎样说服儿子，缔结千年不遇的好姻缘呢？只有把“择偶观”写成诸葛亮的“出师表”，才能扭转乾坤定社稷。老陈一拍脑袋。

这笔好沉好重，攥笔就如攥着身家性命。既然千里之行始于足，千言之行也始于笔。那就从手上的笔开始谈。

儿啊儿，父亲攥着一只帕克笔。这笔，不但能写出传世之作，还能记下创世纪的贸易。但这笔落在我手里只有二个功能，一就是写怎么也写不完的认罪书；二是揭发怎么揭也揭发不完的坏人。为啥呢？

写到这，老陈把问号一遍遍地涂，一遍遍地描，把排骨问号增肥成相扑大爷。相扑爷威武地站着，有一夫当关，万夫莫上的雄风。

笔啊笔，在人蜕化为狗的年代，你也从书写传世情书，记录世界贸易蜕化为运动的工具。认罪揭发，揭发认罪就成了笔的二大功能。人和笔的境遇为什么一落千丈，原因就因为父亲的命运掌握在别人手里。要改变“人为刀俎我为鱼肉”的局面，唯一的办法就是让自己成为刀俎者。要成为刀俎者，有三条路可走。一是胎定终身出身红门；二是努力打拼位高权重；三是政治联姻青云直上。你先天不足胎定农村落草我家；第二你发配边陲跌摸滚爬回沪无望；第三条路也就是唯一的路就是联姻。自古华山一条道，你也只有这一条道。

凡流芳千古者，身后一定站着一个女人。凡遗臭万年者，身后也一定站着一个女人。没有丑婆娘，哪有诸葛亮？没有美西施，那有报仇雪恨的夫差？有了妲己才有周朝的毁灭；有了贵妃才有安史之乱。

老爹娶不了格格也娶不了侯门之女，只能娶个白毛女。结果不但贻害自己贻害后代还贻害了她。她是酱油厂的开创者，结果她却被酱油厂扫地出门。这怨怨怨怎一个愁字了得？这痛痛痛怎一个愁字了得？笔锋行至此，省略号披挂上阵：点点乃湘竹泪，串串如谷音泣。

家书如断弦的马头琴，在此嘎然而止。这是高潮中的谢幕，急流时的勇退。既然使用帕克笔，当然要讲究点睛之墨，讲究于无声处听惊雷。

老陈用数点唾沫，果断封口。

半月后反馈来了。儿子先是对"出师表"表示理解，接着以年龄小不宜谈婚论嫁而婉拒。信没看完，老陈风一样刮下楼，又风一样刮上楼。

"出了啥事？"妻子忐忑地问。"我拍了电报给他：不联姻就不是我儿。""儿子究竟咋了？"妻子非常着急。

"儿子没事我有事：我被打劫了，这可是半钢的上海牌手表。"老陈用手掌捂住脸。

电波发出后，老陈停止一切行动。沉默是金，沉默也是起死回生的良药。果然儿子又来信了。他第一句话就问老爹，还记得捎酒的小刘嘛？

"怎不记得？正准备把'保证书'寄给场部呢！"老陈气愤地拍着信。

"快看儿子后面说啥？"妻子催促着。

"这个骗子……哎呀！太好了！"老陈兴奋地跳起来，"骗子判了十年刑。我读给你听……小刘回黑龙江后蹬了怀孕的女友，和场长的女儿结婚了。婚后他又和前女友好上了。场长的女儿知道后，偷出了他的日记。小刘的老泰山也就是场长，在日记上贴了三根鸡毛，连夜送往省公安厅。昨天农场召开公判会，以现行反革命罪判小刘十年。好！好！好！出师未捷身先死。"老陈一擂桌子，"只是可惜了我的手表。"

"不是说十年，咋又死了？"妻子很茫然。

"你啊你，什么都不懂。听我读下去……小刘被押上警车时看了我一眼。眼里不但有恨，还有悔。我的心抽搐着……"

"啥？啥？啥？"妻子急巴巴地问。

"你这个傻儿抽搐着哪门子心？你应该高兴。"老陈拍着信。

"别人判刑，为什么要儿子高兴？""政府帮我报了仇。夺表之仇难道不是仇？"老陈白了妻子一眼。

"好在儿子没和那女人结婚，不然他也进了大狱。"妻子狠狠白了老陈一眼。

痛苦的日子像条凝滞不动的河，上班下班认罪伏法，自己打自己耳光；快乐的日子像条滚滚流动的河，领款数款收款存款，自己为自己唱一首歌。老陈痛苦又快乐着。

八分攥在手里，等待二分的光临；七角窝在口袋，等待三角的碰面。分币是婴儿，分分秒秒发育时时刻刻成长；碎票是核能，分分秒秒撞击时时刻刻裂变。这是针灸，麻酥感占满每个穴位；这是敷药，热能流过每一道血脉；这是按摩，浑身的经络在起舞；这是歌唱，浑身的细胞变声带。

楼梯上响起了脚步声，骨骼女推门而进。"把户口簿拿出来。""又……运动了？"老陈惊慌地问。

"人口普查。"

"听说中央有政策，一对夫妻只有一个孩子的独苗能回上海。"躺着的士芳，猛地睁开眼。

"一切听上面的。"薛书记凶狠地说，"就是返沪，也要感谢党。"

"就是不返沪，我也感谢党。"老陈接口接的很快，"要是真有这政策……""咋？"薛书记嘴角一歪。

"我……要求把名额让给更困难的家庭。为党分忧这是……"

"咚"一声，妻子从床上栽倒在地上，"儿子不回来，我不活了……"

"又一出红脸白脸。"骨骼女冷笑着。

一九七四年冬天，由于儿子是独苗，所以他从黑龙江返回上海。回来的第一件事就是找工作。工作如海市蜃楼，远看瑰丽迷人，近看白烟一缕。上等工作，被八旗子弟霸占；次等工作，被美女靓男垄断；下等工作，被走卒贩夫占领。虽一退再退，退而求其次，还是不能软着陆。

老陈的堂兄来了，他带来了一个好消息：如果老陈退休，儿子可以顶替进厂。

"我厂……没有这个政策。"老陈支支吾吾。

"都在贯彻这条政策，怎会没有？"堂哥的一双豹眼，疑惑地看着他。

"贯彻政策，有快有慢嘛。"

"要有这政策，你干还是不干？"堂兄的分贝高了一倍，"如果你愿意，明天我和你去单位。我儿子现在给市领导开车，我不信办不成。"

"真的？"士芳一把捏住堂兄的手。"一言既出驷马难追。"堂兄一拍胸。

"陈步堂！"骨骼女闯进门，"让你儿子明天去上班，街道挖防空洞，工资一天柒角。"

"好！深挖洞广积粮不称霸；手中有粮心中不慌；备战备荒为人民。"老陈数来宝一样念叨着。

"要是我不去呢？"儿子冷冷地问。"只要你能通过父亲这一关。"薛书记冷笑着。

"难道我没选择工作的权利？"儿子把头一扬。

"你有什么资格选择？"老陈沉下脸，"你生是党的人，死是党的鬼。"

"共产党管天管地管思想，难道还要管我的工作？"儿子冷笑着。

"贵公子很叛逆。你是怎么教育他的？"薛书记转过脸问老陈。

“乒”一声巨响。

“啥声音？”骨骼女花容失色。

“啥声音？”老陈也东瞅西望。

“慌啥？不就是一个纸袋加一包空气。”儿子晃了晃手上破碎的纸袋。

“你是大人还在做小儿科动作。”老陈摇着头。

“这不是小儿科动作，这是抗议。”薛书记严肃地说。

“抗议什么？能让他挖防空洞，这是他的荣幸。”老陈也很严肃地说。

“不胜荣幸！”儿子慢慢地把纸袋撕成一条条。

“快向书记表个态。”老陈嚷着。

“嘶！嘶！嘶！”儿子把撕开的纸，一条条缠绕在手指上。

“让你缠让你缠。”老陈夺过纸条踩在地上，“快向书记道歉。”

“好！爱憎分明大义灭亲。”薛书记的巴掌，重重落在老陈肩上，“从明天起，居委会值班有你一份。”

“真的？”老陈搓着手傻笑，“本来我准备……准备退休让他顶替，现在我要让他挖一辈子防空洞，一辈子备战备荒为人民。”

“好！”书记笑的越发灿烂，“有你这句话，我就放心了。”

骨骼女一走，堂兄就嚷着要走。“你太让人恶心了。”

“你咋沉不着气？人骗死人不偿命。”老陈掏出一张大票，“打酒买菜，吃饱喝足，明天办正事。”

“真的？”六只眼睛“刷”地亮了。

桌子拉到中间，东南西北放置四碗四筷。糟凤爪张牙舞爪，熘猪头油光水滑，凉菜青翠萝卜雪白。不是佳肴，有佳肴的滋味；不是国宴，有国宴的热闹。

“拿酒杯。”老陈嚷着。

“我滴酒不沾。”堂兄摇着手，“再说明天要办事。”

“老将出山马到成功。这酒不是我敬你，而是儿子敬你的。”老陈朝儿子一努嘴。

“伯父！我敬你一杯。”儿子激动地站起来。“既然大侄敬，我就干了。”

“我也敬你一杯。”老陈也站起来。“你的就免了。”“厚此薄彼？”“那就恭敬不如从命。”二杯酒下肚，堂兄的脸红了。“能解决侄儿的工作，我很高兴。”

“既然高兴，再来一杯。”老陈又斟酒一杯。

“不能喝，再喝要误事。”堂兄把酒推过去。

“急啥？办事不是今天是明天。”老陈热情有加，“喝酒就要一醉方休。”

“早点睡觉，明天还要挖防空洞呢？”士芳夺过碗，冷冷地对儿子说。

“挖什么防空洞，明天我就能顶替了。”儿子欢快地说。

“唉！”士芳长叹一声，欲言又止。

“难道妈不愿意我顶替？”儿子惊诧地问。“你还是早点睡吧！”士芳一脸怏怏，满眼冷漠。

天快亮了，儿子在黎明前醒了。屋里除了鼾声，就是鼾声，鼾声就在自己的脚后跟。

是伯父。他合扑在床打着响亮的鼾。一只脸盆放在床边，里面装满呕吐物。儿子摇了摇他，发现他醉得一塌糊涂，深度酒醉：一大盆臭烘烘的呕吐物，都没把他熏醒。

“醉成这样，还能谈我的工作？”儿子有些悲凉。他把求援的目光投向父亲。床上没有父亲，只有寂寞的母亲。母亲的眼睁得很大。

“爸爸呢？”“他上班了。你就去挖你的防空洞，安安心心挖你的防空洞。”母亲的口气很生硬。

“妈！”“顶替的事没有了。”母亲转个身用后背回应儿子。

儿子打了个冷颤。

鼾声还在继续，呕吐物还在发臭，顶替之事就这么黄了。新浩朝居委会走去，一步一挪，走得非常吃力。甬道的尽头就是居委会，那里有开不完的会，议不尽的精神，数不完的批斗，斗不完的坏人。

新浩一点点走近甬道，一点点走进灰色的大门。大门是搅拌机的嘴，吞进一批，吐出一批。这是仁智里的指挥部，这是派出所的基地。破旧的门，永远有人在叩；白炽的灯，永远亮着。各种各样的人，是运输带上的原料，薛书记根据精神，筛选着原料，也筛选着每个人的命运。新浩扭着五官，僵着四肢，一点点地走进居委会，走进这个他憎恨，他鄙视，他痛恨的门。他一进去，门就在他身后掩上了。

中午时分堂兄醒了，映入眼帘的是一大盆呕吐物，吸入鼻腔的是一股酸臭味。四周静悄悄的。

我这是在什么地方？脖子好疼，眼睛好酸，脑子好涨。堂兄揉着太阳穴挣扎着爬起来。

"你终于醒了。"一双眼睛盯着他。眼如枯井，一丝涟漪半点水气也没有。

"他们呢？"他猛地从床上跳起来，"他们呢？"

"一个上班，另一个去挖防空洞了。"

"天呐！我把事情搞砸了。"堂兄甩了自己二个耳光。

"这不是酒，这是迷魂汤。你被灌了迷魂汤，你误了我儿子的大事。"士芳的脸又青又紫。"我……我。"堂兄连滚带爬窜下楼。

挖土铲土，背土倒土，日作而出；倒土背土，铲土挖土，日落而归。大小不等的批斗会，形色各异的思想汇报。除了褐色的土壤，就是红色的批斗。太阳升了，不见七彩；月亮圆了，没有清辉。有鸟语却没有生机，有白雪却没有纯洁。

现在新浩唯一的乐趣，就是到虬江路淘电子零件。

夜深时，殷勤的劝酒诡谲的笑在眼前晃动。新浩用了最大毅力，把它压下去。

“你不要怪爸……他怕你顶替后，他不能加工资。”儿子忧郁的表情，刺痛了母亲。

“肯不肯这是他的权利，可是为什么要欺骗我？”

“他生活在谎言中，已经习惯了说谎。不过他现在后悔了。”

“后悔欺骗？”“后悔人财二空：丢了你的工作，自己的工资也没加。下月他就退休了。”

“他永远在后悔，就是永远不知道忏悔。”

“啥叫忏悔？我在电台里，怎么从未听到这个词？”母亲惊讶地问。

“正因为不知道忏悔，所以有前赴后继的后悔，还有永无止境的罪行。”儿子痛苦地闭上眼睛。

一九七八年，绝无仅有的春天来到了。诸多问题，如冰山解冻：先是一滴滴，接着一串串，最后一挂挂。

老陈的监督取消了，工资恢复了，抄家物资的封条揭下了。单凤眼上扬成二条抛物线，能抛多高就多高；眼白眼梢在发亮，能有多亮就多亮。“江河回归大海，靠的是百折不挠；愚公感动上帝，靠的是不离不弃。呵呵！”富有磁性的男中音，能有多悦耳，就有多悦耳。

某一天，阁楼里钻进来二个同志。先打量主人身高，再打量阁楼高度，最后发出一声感叹：按照条件完全可以分房。写信人句句属实。

写信？谁写信？

上面转来一封信，反映你的住房情况，写信者叫陈陈。

陈陈？这不是我的堂兄吗？这不是上次被我灌醉的堂兄吗？不灌醉，怎能落荒而逃？不逃跑，怎能心生内疚？不内疚，怎会给上级写信？这才是：一套逮了二个兔，一锄挖了二金娃。

新房很快下来，就在繁华的乍浦路。虽跻身市中心，却是小姐脸面丫鬟命。厨房上面，就是二楼的卫生间。煮饭时的水泡，和马桶的滴答声遥相呼应。窗外是条窄弄，只能走人不能走车。房门紧靠一道楼梯，绝对是上楼下楼的关隘。上上下下的脚步，来来往往的灰尘，就是房间的附加值。确切地说，除了高度，这房比阁楼强不了多少。

"为什么不要大前楼呢？"新浩不解地问。

"士无远虑必有近忧。要大房子，你结婚时就不能再分房；要小房，你结婚时还能分间房。我希望你婚后有一间自己的房。"老陈扳着手指，一一道来。

"咚咚咚……吱吱吱……锵锵锵。"天还没亮，楼梯交响曲就开始了。上班的，上学的，送孩子的主妇，提篮小买者轮流登场。天还没有黑，下班的，放学的，购完物的男士，引车卖浆人应接不暇。好一个"你方唱罢我登场"。

在新房的新特色中，老陈醒了。心"咚咚"地狂跳，今天是落实政策的日子。这是一个狂欢节，可惜只能一个人庆祝。都说灾难与人分担，就是半个灾难；幸福与人分享，就是双倍幸福。可我的幸福，只能埋在心里，只能发酵成沼气。守着一帘沼气，就是守着油田的富翁。

天亮了，父子俩出了门，一路上招呼不断。群众不是和老子打招呼，而是和儿子打招呼；也不是和儿子打招呼，而是和儿子的手艺打招呼；也不是和儿子的手艺打招呼，而是和自己的电器打招呼——待修的电器在儿子手里，不求免费求五折，不求五折求优惠。上海人最讲实惠，要的是实实在在的实惠。

这是老陈的风光时，也是他的难堪时。电烙铁的含量超过瘦金体的黑板报，这使他感到非常悲哀。但想到肉烂了还在自家锅里，于是悲哀就蒸发了许多。

远远就看到酿造厂的镀金招牌，在太阳下闪闪发亮，老陈的热泪一下子涌出来。我的闺女啊，你的血管里有我的红细胞，你的骨骼里有我的有机物，你的肌肉里有我的肌纤维，你的基因里有我的条形码。凭啥把我的生命之根，变成公家的基业？凭啥？凭啥？？凭啥？？？

老陈额上的青筋，一根根跳跃。如拱土的蚯蚓，如点燃的鞭炮。他喘着粗气扑过去，大手在招牌上摩挲着。一下，又一下。招牌受不了他的爱抚，摇晃着，躲闪着，避让着。老陈双手合围，把滚烫的脸贴上去。

"爸！进去吧！"新浩扯着老陈的袖子，"这只是一块板而已。"

"这不是板，这是我的生命。是我孕育了她，确切地说，是我和李哥孕育了他。"老陈大声嚷着。

"谁是李哥？"儿子问。老陈突然打了个寒颤，一个很大，很大的寒颤。"李哥是你朋友？"

"谁是他朋友……做他的朋友太晦气。"老陈咕哝着，"他是他，我是我，我比他幸运一百倍。走！"老陈一抹脸，脸上浮起了庆幸。

"请坐！请坐！"一进办公室，王书记就端上二杯香茗，"最近咋样？"

"托党的福，托三中全会的福啊。"

"能感恩就好。下面谈落实政策。落实分三个步骤。一是补发工资，二是补发抄去的存折，三是……"

"啊！"一声惨叫，老陈滑下椅子瘫在地。

"爸咋啦？"儿子惊慌地扑过去。

"这里疼！"老陈手捂胸口。"赶快上医务室拿药。"王书记吩咐宋阿姨。

"我……不要医务室的药，我要药房的药。""难道这有区别？"书记皱起眉。

"有……. 区别。"老陈朝书记使个眼风。

"那？"以老狐狸著称的书记也狐疑了，"那就去买药，去雷允上。"

"雷允上离这里很远，我怕爸撑不住。"儿子犹豫着。

"不就转二部车？快走！"老陈一颔首一挥手，如掩护战友撤退的共产党员。

"你要坚持！一定要坚持！"儿子如撤退的战友，一步三回首，绝对的依依不舍。

"别忘了发票。"老陈吐出最后的遗言，头垂下了。

"一定要坚持。"儿子撒腿朝外冲，一阵风后不见了人影。老陈一个鱼跃，落在椅子上。一个扫荡腿，把大门关上。

"搞什么鬼？"王书记很恼怒：这不是关公面前舞大刀，钟馗面前装小鬼嘛？

"抓紧时间。"老陈摸出眼镜，"先算补发工资。一个月补五十三，五十三乘十二年二个月二个星期零三天等于……"老陈心算手算掐指算，绝对有注册会计师的风范。

"能给十二年已经不错。"王书记冷笑着，"你准备一分一秒跟党计算？"

"那就十二年。"老陈一咬牙。"一百四十四乘以五十三等于七千六百三十二。"

"签字。这里签，这里签。""没看怎么能签？""先签后看，我配合你的金蝉脱壳，我知道你不想让儿子知道你补发了多少钱。"

"那就先签后看。"老陈掏出帕克笔，一挥而就。书记小指一勾，付款凭证落入囊中。

"我还没仔细看呢。"老陈嚷着。"这是抄家清单。"书记小指一弹，一份清单朝老陈扑来。

"清单！我的清单啊！我想你，盼你，足足等了十二年二个月二个星期零三天。"老陈把清单捂在胸口，老泪纵横，老指颤抖。

"你要感谢组织——组织无偿为你保管了十二年二个月二个星期零三天。这是多大一笔开销？"

"我感恩，我知足。"老陈抹把眼泪，灿烂地笑了。"快看。"书记催促着。

"怎么就这些？"老陈猛地站起来。"红糖呢，菜油呢，羊皮羔呢，绸缎呢，餐具呢，毛巾呢，木炭呢？"

"红糖化了，菜油浊了，羊皮羔蛀了，绸缎酥了，餐具碎了，毛巾氧化了。"

"木炭呢？木炭不会化，不会浊，不会蛀，不会酥，不会碎，不会氧化吧？"老陈气愤地说。

"造反派值班时冷，用木炭烤火了。"书记轻描淡写地说。

"抄家物质可是上了封条的。"老陈沉下脸。

"就是上党章也没用。林彪不是一头栽进沙漠吗？"书记也沉下脸。

"爸！药来了。"儿子上气不接下气地推开门，手上攥着一包药。

"我！"老陈一个后仰，捂住胸口，发出一声悲鸣。书记脸上红潮汹涌，多年掌控人主宰人命运的书记，演技竟败给历年的老运动员。真真羞杀我也。

"爸！吃药。"儿子跪在老子脚下，脸比锦旗红，胸比风箱喘。

"哎呀……"老陈推开药也推开儿子，眼睛急剧地扫向清单，"不对！存折抄去二张，第二天我又交了三张。"

"交给谁？""革委会主任傻大姐。""傻大姐死了，要不你到地狱去问。"

"临终前她告诉我，所有的存折交给你，所有的物资封存了。"

"知道死无对证，所以用死人压活人，用造反派压党的书记，这也是一大发明。"

"你搞贪污还有理？"儿子嚷着。

"贪污？"铁拳一击掷地有声，"要么找出人证物证，要么按诬陷罪起诉你们。"

"你……"老陈目瞪口呆，他被吓坏了，实实在在被吓坏了。

"有理不在声高。是不是做贼心虚？"儿子嚷着。

"想翻天？想翻案？想用儿子做武器？来人啊！"王书记大声吼着。

"这问题……改天再谈。"老陈把儿子扯出办公室，"快走。"

“逃的应该是他而不是我们。爸！你咋啦？”

“先回家……我胸口疼。”老陈的身子一点点软下去。这回不用装病而是真病了。

三天后，书记亲临寒舍。“原来是书记啊，大驾光临不胜荣幸！请坐！”老陈又惊又喜。

“你可是三落实，政治落实经济落实房子落实。”王书记环顾四周，感慨万分。

“饮水思源，永远不忘党的大恩大德。”

“有这觉悟就好，人一定要感恩，不要再提糖啊油啊皮啊炭啊的，过期物资进垃圾箱，这是对生命最大的尊重，也是对你最大的保护。”

“可存折确实少了三张。”老陈哭丧着脸。

“革命事业千头万绪，有些遗漏这很正常。再说上交时，你信誓旦旦地说，这是缴纳的党费。”

“可我不是党员。”“你这个同志，不是党员难道还不能发展？今天我给你带来一个巨大的喜讯：组织经过调查，证明你妻子不是富农婆。”“真的？”“真的。她马上也要落实政策了。”

“伟大啊！光荣啊！正确啊！”老陈一把攥住书记的手，一行热泪盈出眼眶。

“组织正考虑补偿方案：准备每月发给她生活费。”

“谢谢党！我能不能再提个问题？”

“有问题不和组织说，和谁说？”

“从六二年初到七八年底，足足十七年……”

“你想拿二份补发工资？”“难道不应该？”老陈瞪大眼。

“要是组织不给她平反呢？”书记冷笑着，“说你胖你还喘了。”“可是……”

“给根针当棒槌，给片叶当森林。”书记沉下脸。

“我……”老陈抡起巴掌朝脸上掴。

"要——得！要——得！"书记不但是正宗湖南腔，还透出一股火辣味，"下面谈你的金银珠宝。老陈，你知道黄金是国家掌控的稀有金属嘛？"

"难道……"老陈的脸刷地白了。

"照理完全可以充公。但政府不但不充公，还按照黄金汇率买下你的金银珠宝：九十八元一两黄金。"

"翡翠玛瑙咋算？"老陈从椅子上跳起来。

"翡翠玛瑙从哪里来的？""当然从商店买来的。""我说的是产地。""产地？产地当然是祖国各地。中国地大物博，有山就有石，有脉就有物，有矿就有宝。"

"也就是说，这些宝物来之祖国的山脉？"

"是……啊。""山脉属于五十六个民族八亿中国人，所以翡翠玛瑙，也属于五十六个民族八亿中国人。对不？"

"要充公？"老陈眼睛发红，大吼一声。

"考虑到实际情况，组织上斟情给你一些补偿。"

"既然落实政策，就要把东西还给我。不要挂羊头卖狗肉。"老陈一擂桌子，擂得震耳欲聋。

"你说组织上挂羊头卖狗肉？"书记眯起了眼。

"你不要无限上纲。"老陈瞪大眼。

"我要郑重地告诉你，今天，我是代表组织和你谈话。希望你不要把尾巴翘上天。"书记冷冷地说。

"不要扣大帽子——连右派都平反了。"老陈也冷冷地说。

"大部分右派平反了，一部分右派坚决不许平反——比如林希凡，比如章伯钧，比如储平安，比如……"书记的话说的很慢，一块块又尖又硬的石头从嘴里蹦出来。

"……"老陈阖着嘴，只见喉结滑动，没有声音出来。

"平反还是不平反，都攥在组织的手上。""我……""上天堂还是下地狱，都攥在组织的手上。"

　　"我……""我真羡慕你啊。"书记突然拍着老陈的肩膀。"羡慕……啥？"

　　"刘少奇贵为主席，死时连双鞋都没有；周恩来贵为总理，死时连个后代都没有，彭德怀贵为部长，死时连个老婆都没有。你呢？有儿子有婆娘，有天伦之乐有儿子孝顺，政治上平反经济上补偿，这可是双喜临门。"

　　"可是……""而且最重要的是，现在的你脚上还有一双鞋，你比刘少奇主席幸运多了。"

　　"我……""难道你还不感恩？"书记凶狠地看着他。

　　"我感恩……我感恩。"老陈抹了一把汗。

　　"老陈啊，知足者长乐。不要为了鸡毛蒜皮的事，和组织上过不去。和组织上过不去，就是和你自己过不去。你说是不是？""是……是……"

　　"有情绪，可以找我谈，组织的大门永远为你敞开。"书记伸出宽大的手，老陈忙把自己的手送进温暖的手掌中。

　　"既然落实政策，怎么还要充公我们的珠宝？"士芳冲书记的背影嚷着。

　　"小不忍……则乱大谋。"老陈机械地说。

　　"忍忍忍！你究竟要忍到哪一天？"士芳愤怒地问。

　　"没有我的忍，能有今天的双落实？连国家元首都没个全尸，你还想咋？"老陈抓起一张党报，盖在自己的脸上。

　　"儿子呢？"出完黑板报回来的老陈，有股掩饰不住的喜气。

　　"小凤半导体坏了……"士芳小心翼翼地说。

　　"赶快把他叫回来。"老陈沉下脸，"老上她家，就不怕沾晦气。"

　　儿子隔三岔五去小凤家，不是给瘫痪者送秘方，就是给残疾者提供便利。老陈看在眼里烦在心上。楼下成分虽比楼上硬气，但是三口之家，一瘫一残一小脚，彻底冲淡了成分的含金量。

“晦气是谁造成的？”妻子赌气回了一句。

“当初也是革命需要，有革命就会有牺牲……难道你喜欢凤丫头？”儿子一进门，老陈劈头就问。

“她在我眼里只是姐。”儿子疲倦地说，“我已经想好了，我准备娶她。”

“什么？”老陈从椅子上跳起来，“你爱她？”

“不爱。”儿子口气淡淡神情索然。

“不爱还谈婚论嫁？”“你把她害成这样，我不娶她谁娶她？”儿子愤怒地说。

“这么说……你想赎罪？”

“是的。”“儿子啊，文革不是我发动的，悲剧也不是我造成的，不要把责任揽在自己身上。一切朝前看，老纠缠往事有啥意思？”

“正因为如此，才会运动不断，罪恶不绝。”

“我明明白白告诉你，想娶小凤这绝对办不到。”老陈一擂桌子，“你现在有了单位，我现在落实了政策，你妈的生活费也有了。我家形势一片大好，从来没这么好过。”

“你这是在背诵人民日报社论？”儿子一撇嘴。

一个月后小凤结婚。新郎是菜场同事，不但独眼，绝无仅有的一只眼里，还弥漫着一股杀气。婚礼很隆重，新娘眼皮也很重，沉甸甸厚实实地遮着眼球。

新娘新郎逐一敬酒。敬到儿子时，新娘厚实的眼皮绽开，射出二道刺目的白光。白光如锥，锥着儿子的心。儿子在白光里看到爱也看到恨，看到痛苦也看到绝望，看到过去也看到将来。

将来她一定不会幸福。

“祝你……幸福美满。”儿子结结巴巴端起酒，一阵羞愧的潮红。他真想抽自己一巴掌。

“幸福不再，美满不再。”新娘轻轻地说，“幸福典当了，美满典当了，今生今世休想赎回来。"

"追到她就是我的幸福，和她结婚就是我的美满。"新郎一脸霸气一眼匪气。

"那是！那是！"儿子结结巴巴地说，不知回应新娘，还是回应新郎。

"也祝你幸福美满。"新娘一字一字，说得费力。低头的一刹，儿子看见了她深度的绝望。绝望纤毫毕露，就像海滩上耸立的石雕。

"你找过小凤？"一回家新浩就问老陈，"你和她说了什么？"

"她是我的干女儿，找她很正常。至于说什么不需要向你汇报？"老陈的丹凤眼半开半闭。

"爸！做人要对得起良心。"儿子愤怒地说，"在她面前，你有罪。"

"我有罪怎么没判我刑？"

"太多的罪没有得到判决，这个社会没有道德法庭，没有良心的审判官。"

"政治运动过去了，现在提倡经济建设。中华民族是宽宏的民族，不是小鸡肚肠的犹太民族。二战结束四十年，犹太人还在查档案，缉元凶，这不是心胸狭窄睚眦必报吗？"

"忘记过去，意味着背叛。由于中国人太健忘，所以运动不断罪恶不断。"

"党中央说以后再也不搞政治运动了，一切 OK 了。"

"OK？小凤的脚也 OK？死去的冤魂也 OK？"儿子冷笑着。

"你不要拿鸡毛当令箭。我告诉你，小凤不是玛格丽特，你不是阿尔芒，我也不是阿尔芒的父亲。"老陈流利地蹦出一串洋名。他的文学底蕴，是红霞留给他的最后财产。

这是个寒冷的冬天，三口之家正在用餐。随着生活水平的提高，凉拌菜皮不是唯一的主角，今天酌情配置配角一名：带鱼烧咸菜。

　　既然一只茶壶可以配八只茶杯，一条带鱼为啥不能配三斤咸菜呢？配对极其成功，但是寻找带鱼却极其困难。士芳上身前倾，颈脖朝前，费了老大的劲，才锁定一个目标。

　　"吃饭最忌讳翻菜，又不是拾荒婆，面对垃圾桶翻啊拣啊寻啊的。"老陈有些不悦。

　　"拣到了。"士芳把韭菜宽的带鱼夹进儿子碗里。

　　"吃了鱼有啥感想？"老陈凝重地问。"母爱伟大，带鱼好吃。"儿子朝母亲一挤眼。

　　"与其临池慕鱼，不如转而结网，你知道这意思。"老陈露出罕见的笑容。

　　"要我做渔夫？"儿子也笑了。

　　"举一反三：鱼好吃，钱好使，权好用，这是真理。"老陈慈祥地说，"这个星期天别上新华书店。"

　　"电视机的线路图，我还没看透呢！"

　　"听你爸的，把书拿回来看。"士芳出主意了。

　　"妈！看书不要钱，买书要出钱。我这是蹭书看。"

　　"如果你真的需要，那就出钱买。"老陈郑重地说。

　　"真的？"儿子惊喜地问，"这书要八元八角，里面有许多型号的线路图。"

　　"贵不要紧，因为这是投资。"老陈一颔首，"这个星期天，有极其重要的事。"

　　"啥事？""薛书记为你介绍女朋友。书记过问你的终身大事，好荣耀！"老陈啧着牙花一脸幸福。

　　"不！"儿子大声说，"我就是打一辈子光棍，也不要她介绍。"

　　"你！""我有权对自己婚姻做出决定。"儿子放下碗站起来。老陈目瞪口呆：傻儿又傻了，这等荣耀竟弃之如屐。

　　家里出现了冷战。一个要捍卫自己的权威，一个要保卫自己的独立；一个要求婚姻的含金量，一个要求婚姻的纯洁性；一个要求攀附，一个要求自主。剑拔弩张的三八线上，穿行着孤寂的士芳。她没有表决权，没有解释权，没有仲裁权。她沉默地等待三八线的停火。

第二十一章　痛失爱表

第二十二章　下跪

新浩正在加班，门卫打电话说有人找他。

单位老，货梯也老。一老就神智不清，隔三岔五搞罢工。为了治愈它的顽症，新浩重新设计线路图。换上心脏后，果然枯木逢春梅开二度。为了让春天长驻，新浩边运行边测试，一连几个晚上和老货梯共荣辱。

新浩经过车间时瞥了下钟。老挂钟的二根针叠在一起，并竖在正中。新浩这才知道现在是北京时间深夜十二点整。

"爸！家里出了啥事？"新浩急切地冲进传达室。

"是有大事。薛书记介绍了一个姑娘，她是铁马路街道的党支部书记。"

"就为这事？"

"姑娘十六岁入党，十八岁已是党政军一把抓……""也是国家主席，兼党的书记兼军委主席？"新浩扑哧一笑。

"她舅是市级领导，她爸是煤炭部……的负责人。"

"是煤炭部，还是煤炭门市部，这里大有讲究。"

"哎呀！这么关键的问题我没听清。"老陈一跺脚，"明早继续打听。"

"您不用打听——我要婚姻不要联姻，我要妻子不要皇亲，我要爱情不要权势。你不懂感情，所以不知道我的感受。"

"谁说我不懂感情？谁说我没有感情？"老陈攥紧老拳嚷着，"她是一座坟墓，埋葬着我所有的爱；她是一座冰山，埋葬着我所有的热情；她是……"老陈嚷着嚷着，身子沿着墙根滑下来。新浩惊讶地看着他。

“我爱她，但是我害了她。”父亲喃喃着。

“她是谁？她在哪？”新浩温柔地扶起父亲。

“她魂归天国命丧黄泉……儿啊，你不能再走爸的老路，你一定要找个红五类，红五类就是一个避风港啊。”老陈攥住儿子的手。

“可我不能带着对薛书记的恨，去和她谈爱情。”新浩缓缓地摇着头。

“儿子！你一定要答应我，因为我再也经不起折腾了。”老陈拽住儿子，膝盖一点点弯下去。

“爸！你起来！爸！我……答应你。”

第二天下午，新浩在虹口公园相了亲。姑娘瘦而高，白皙的脸上戴了副金丝镜，显的清俊文雅。小桥，流水，鸟语，花香。漫步在花丛，徜徉在水边。湖水涟漪，绿树环抱，好一个桃花源。

“果然一表人才。”书记余光偷觑眼角掠风。儿子眼睛凹陷，鼻梁高耸，头发浓密，嘴型优美，真乃现代版的大卫。

“东方的含蓄，西方的凹凸。”女书记一声赞叹。她在择偶时，把夫君的颜值考虑进去：书记的接班人绝不是卡西摩多，而应该是潘冬子。

“你在单位搞什么？”“电工。”“为什么不搞政工搞电工？”“我不喜欢政治，我只喜欢电子技术。”三言二语后，阅人无数的政治工作者，已经掌握了新浩的禀性：本份，耿直。

“入党了吗？”书记和蔼地问。因势利导，让小溪回归大海，这是书记的职业本能。

“没有！”回答得很干脆。“打报告了没？”“没有！”回答得更干脆。“为啥不打报告？”书记皱着眉。“为啥要打报告？”新浩也皱着眉，气氛一下子凝重。

“你说说不打报告的理由。”为了调节气氛，书记莞尔一笑。

“你说说打报告的理由。”新浩生硬地说。

“青年人在政治上要有追求，时代需要青年人冲锋陷阵。”

“不会让我去打台湾吧？”新浩嘿嘿一笑。

“千里之行始于脚下，一定要走好人生第一步欧。”

“不入党就没有人生？”“就是有，那也是行尸走肉。”“你现在和僵尸在说话？”“你的话啊，硬蹦蹦的像一块块石头。”书记宽容地笑了，“明天街道要组织一次活动，据内部消息，来的领导有……”“哪一级的？”新浩殷切地看着她。

“有门了！入道了！”书记涌起激动的暖潮，“市领导不能打包票，区领导绝对会来，如果你来……”“说不定就是鲤鱼跳龙门的机会。”

“一点就通！”姑娘的纤指，爱昵地点在新浩的额上，“介绍人的话……不准。”

“她说啥？”

“她说你撅桩子一根。看来，百闻不如一见。”

“她说的对。我不但是撅桩子，对政治更是退避三舍。明天的活动我绝不参加。”

“市领导不来，你就泄气？”书记微笑着，“同志啊！楼梯要一级级上，官要一步步爬。别人都说我急功近利，想不到你比我有过之而无不及。这再次说明……”说到这，书记一顿。

“说明啥？”

“说明我俩有缘分。”这次书记的纤指，不是落在新浩的额上，而是落到鼻梁上。

“哈哈哈！”新浩爆发出一串大笑，“南辕北辙，南辕北辙。不要浪费你宝贵的时间了。”“我有铁棒磨成针的坚韧。”书记更来劲了。

“失礼！我明天真不能来。”新浩很认真地说。

“能否告诉我，明天究竟有啥事？”书记果然很坚韧。

“帮同事装电表。新分的房子里没有电表。”

“他是厂里一把手，还是局里的二把手？”

"他不是一把手，也不是二把手，他刚刚从监狱里出来。"

"你和刑满释放分子来往？"书记尖锐地嚷着。

"刑释分子就不是人？要是刘少奇从监狱出来，你也这样称呼？同志啊！你的思想跟不上形势啊！"新浩调侃着。

"我知道了，他是个大人物，有能量的人物。"

"小人物是人，大人物也是人，生物学上同属一科。他没有能量，他只是黄泉路近的孤老。"

"不可能。"书记嚷着，"二权相衡取其轻。你放弃活动为了他……"

"你这个同志，咋没一点为人民服务的觉悟？他是劳改局大赦的翻译，没老伴没子女。"

"我知道了，是领导让你去的。"

"腿在我身上，凭什么要听领导的？我的腿只服从良心的召唤。"

"你应该学会算帐。"书记二眼灼灼有光，"能带来利益的活动，一定要参加；能带来风险的活动，绝对不参加。轻重利弊一定要权衡。"

"别忘了我是撅桩子一根，对你说的东西不感兴趣。"

"正因为不感兴趣，所以猫在破单位；正因为没有嗅觉，所以政治上无进展。既然你喜欢为老人服务，何不唱一出'新时代新雷锋'的新剧。"

"咋个唱法？"

"先造舆论后摇笔杆，新闻出笼英雄诞——这事包在我身上。"

"隆重包装，闪亮登场，联袂演出，一炮打响？"

"你不傻啊。"书记的纤指再次落在新浩的脸上，"做任何事要有目的，不然就是无本之木无源之水。"书记一甩头发，英气逼人。

"你是血肉之躯，还是政治上的道具？""你……""单位一周三次学习，我不想再听第四课。恕我告辞。"

"你总不至于这么没风度吧？"书记恼怒地叫起来。

"要是月黑风高，一定送你回家。现在阳光灿烂，恕不远送。拜拜！”儿子大手一挥，扬长而去。

夜很深了，躁动的大上海终于平息了。儿子刚把钥匙插进锁，灯就“啪”地亮了。

“这么晚还不睡？”新浩惊诧地问。

“高兴得睡不着。”灯光下，父亲的笑如鱿鱼舒展的四肢，舒展得肆无忌惮，“今天下午薛书记找我谈了……”

“谈什么？”

“她说书记非常喜欢你，说你有个性有特点。虽然有点‘拧’，但有信心把‘拧’拧过来。”

“哦！”新浩漫不经心敷衍着。

“良好的开端是成功的一半，你要再接再厉，争取旗开得胜马到成功。”兴奋中的丹凤眼愈发上扬。

“哦！”儿子漫不经心地敷衍着。

“这是明晚电影票，我托对门老李搞来的。”

“你托老李？”儿子惊讶了。老李是电影院放映员，家有孩子一群病妻一个，父亲和他楚河汉界从不来往。为了联姻，父亲打破界域找上门，苦心可鉴。

“音乐能融化灵魂，提升灵魂，产生共鸣。电影也有这样的效果，更何况是悲情电影，朝鲜的《卖花姑娘》。”

“我可以答应你看电影，但我明确地告诉你，我们不合适。”看着老父的兴奋儿子有些心酸，因为这兴奋太廉价。

“夫妻间的不适，可以磨合可以调整。儿啊，我被运动吓破了胆，我日思夜想的就是寻找一个安全的避风港。”

“你把我的终身幸福，换一张政治上的通行证？”

“世上二件事最重要，一是安全二是金钱。只有安全没有金钱，生活并不快乐；只有金钱而没安全，小命休也——皮之不存毛焉能附？”

“爱情呢？”

“我到你单位看到墙上的标语。标语是安全第一而不是爱情第一。我最欣赏的是蜗牛。”“蜗牛？”“对！它背着一间房子，没危险时出来溜达，有危险时把头缩进去。没有狡兔三窟，没有狼狈同盟，活得平庸猥琐但却活得安安全全。儿啊，什么爱情不爱情，不能保证安全的爱情屁都不值。”老陈摇着头，丹凤眼中满是悲怆。

新浩的心一颤。体制之恶改变了父亲的世界观，他的奴性是时代的烙印。他的吝啬，他的狡猾，他的善变，他的多疑，他的无情，他的背叛，他的卑鄙，他的无耻，折射了这个社会对人的摧残和迫害。人可以卑贱如尘土，但不可以扭曲如蛆虫。

不铲除这片蕴含重金属的土壤，中国人永无宁日。

晚上七点，新浩来到海宁路上的胜利电影院。一袭全毛黑呢大衣，一条凡立丁长裤，一双三节头皮鞋，把他衬托得挺拔伟岸，气度不凡。

裤缝是父亲熨的，大衣是父亲披的，就连鞋带，也是父亲抢着给他系上的。父亲置办这套行头后，除了在合营的庆功会上亮过相，一直深藏在阿里巴巴山洞，直到最近落实政策，这才物归原主。

“我不想穿这套衣服。”新浩皱着眉。

“不穿也得穿。成败在此一举。此时不穿更待何时？”

“好！穿！”新浩用二个感叹号，结束口舌之争。

书记今天是枣红色外套加黑围巾，略施粉黛的脸在红与黑的衬托下，显得唇红齿白雍容华贵。“要不是……凭心而论，她是不赖的对象。”新浩嘀咕着。

电影开始了。不管真实性如何，煽情性绝对一流。开场后不久，电影院已是一片唏嘘。书记斜乜邻居，发现他不但频频抽鼻，还频频抹眼。他手上拿着一大包零食，这是父亲送给书记的哈达。新浩从头至尾沉浸在伤感中，完全忘了手上的哈达。书记正襟端坐双目平视，不要说泪花点点，就连半丝的湿气也没有。一波接一波的整人运动，早把她打磨成刀枪不入的双枪老太太。

看完电影，二人从海宁路转入僻静的昆山路。繁星点点，月光皎洁，树影婆娑，甬道平坦。书记偷觑对方不禁有了砰然心动。新浩的侧面要比正面好看。一簇黑发随意洒在额角上，五官如浮雕般地立体。月光剪出了他的面部轮廓，天庭饱满鼻梁高悬。"横看成岭侧成峰，远近高低各不同，欲把西湖比西子，淡妆浓抹总相宜。"书记的脑中，跳出这首诗。

"胡扯啥？"她暗暗耻笑自己的迷恋，"当务之急是策反，绝不能沉溺于儿女情长。"想到这她轻咳一声，"听说你很忙，正在改造单位的电梯？"

"老掉牙了，不换心脏就不能载货。"

"人也一样，不转变思想，就不能胜任现代化。"

"你有明显的职业病，你把所有的人，当成你的工作对象。"新浩轻蔑地说。

"你……对号入座。""但愿。""报告打了吗？""是团报告还是党报告？"儿子贼嘻嘻地问。

"我要是你就一打就是二份报告。入团报告铺垫入党报告，入党报告提携入团报告，这绝对有一石二鸟之效。"

"好辨证。"

"生活中也有辨证法。你和我恋爱，也有一石二鸟之效。"

"我铺垫了你的身份，你提携了我的身份？"

"相辅相成有啥不好？相得益彰有啥不好？数学上讲究最佳组合，营销上讲究黄金搭档。"

"就如黑围巾衬托你的红外套？"

"你还会举一反三？你说得对。政治是人生奋斗中最短的直线：入党能提干，提干能加薪，提干能分房，提干能……"

"请走这条路，这是到你家最短的直线。"

"难道走什么路，要听你的？"书记二道秀眉蹙起来。

“你不是讲究直线吗？政治是直线，回家也能直线。”

“你影射？”“就事论事，不要敏感。”“我觉得你的情绪很……你使我想起酵母，能促使物质变质的酵母。”

“你应该说我是细菌，是伤寒，是霍乱，是鼠疫。我就是会传染的麻风病人。”新浩冷笑着。

“做了多年的书记，我完全理解你的心情。受到冲击和伤害的人……往往自闭，自卑，自轻，自贱。”书记和蔼地说。

“我自轻自贱不要紧，只要你不自轻自贱就行。”

“我的父母都是南下干部，我的血统正统而高贵，我怎么会自轻自贱？”书记一挺胸。

“没有发酵粉，你也能自我膨胀。据我所知，中共第一代的开国元勋，当年都是清一色的痞子混混土匪流氓外加杀人犯。至于那些南开北下的干部，也是一批趋利避害见风使舵投怀送抱的投机分子。”

“你……你……”书记的兰花指抖啊抖，终于如枪口对准了新浩。

“失敬！失敬！”新浩啪地立正并敬了个礼。

“噗！”书记妩媚一笑，“有看法尽管说，有观点尽管交流。”

“有看法把它憋进去，有观点把它烂在心里。沤了，酵了然后做沼气。”

“你……好幽默。”书记的声音嗲嗲的。

“白天的话可以沤了酵了，晚上的呓语谵语咋办？我的朋友想离婚，于是他老婆揭发了他晚上的呓语谵语，结果蹲了牢房。”

“你应该相信我，我将是你最好的倾吐对象……”书记身子如比萨塔，一点点倾斜过去。

“可我怕！我怕我的梦语呓语谵语，成为你晋升的阶梯。”

“咋会呢？你是我的爱人……”

“我不是你的爱人，甚至不是你的同志。”新浩推开她的身子。

“你……拒绝我？”秀眉蹙起，如二座雄峰，“你看，前面是什么？”

“一幢坐落在绿树丛中的小洋楼，里面有钢窗地板，煤气卫生。”

“你看，我的脸长得不赖吧？”书记正色。

“凭心而论，不赖。”新浩很淡然。

“你再看我的身材，不说婀娜也是修长。”

“实事求是，不赖。”新浩依然很淡然。

“这个脸，这个身材，加上书记头衔，再加上这幢小楼，陪嫁不菲吧。”

“这个……当然。”

“三项加起来，还不抵你的自尊？”

“可是尊严无价。”

“被打倒的首长有啥尊严？被夺权的将军有啥尊严？牛鬼蛇神又有啥尊严？”

“那是被剥夺了尊严，而不是没有尊严。人人应该拥有尊严。”

“尊严是无产阶级的奢侈品，尊严是有产阶级的必须品。你为了奢侈品而扔了必须品？”

“我现在就明确地告诉你，为了我的尊严，我们拜拜！”

“你！”书记尖叫一声。尾音划过苍穹，震得树叶瑟瑟花朵颤颤。“你……你可以不忌讳我，难道不忌讳薛书记？你不知道投鼠忌器？”

“是的！我应该忌讳。”新浩低下头，突然又猛地抬起头，“可惜我的胆子已经吓破，现在的任何忌讳对我来说，已经不起作用。”月光下，新浩的脖子伸得很长，如引颈悲歌的孤鹅。

“你……再考虑考虑。”书记用缓和的口吻说。

“借用样板戏里一台词：我们不是一股道岔上的车，永远走不到一起。”新浩子挥了挥手，走了。

昏暗的灯下有一个影子。影子时长时短，时暗时明。影子孑然，孑然能听到呼吸；影子孤单，孤单到没重影。影子有落日的惘然，有坠月的凄然。影子突然停下，脱下身上的大衣。

现在影子更单薄更孑然：一枚退潮后留下的贝壳，一条迁徙后落下的小兽。

一阵冷风掠过，影子打了个寒颤，但他依然没穿上大衣。闹剧落幕，道具就该归还。前面就是乍浦路。前面有盏灯，灯下有一双期盼的眼睛。灯很亮，但是没有温暖；眼睛很亮，但是没有温情。灯光是鏖战的前奏，眼睛是冷战的旗帜。影子昂起胸，脸上有破釜沉舟的决然。

第二十三章　澜起澜止

山穷水尽疑无路，柳暗花明又一村。就在儿子婚事搁浅时，情况有了变化。同厂的工农兵大学生，对他产生了爱意。

落寂的神情忧郁的气质，如磁铁吸引着小妮子。虽是张铁生的同窗，她绝非是墙头芦苇山中笋。她需要爱情，但不是爱情至上的少年维特；她崇尚专一，但不是殉情的朱丽叶。她年轻但不冲动，朝气却不任性。温婉中蕴藏内刚，热情中透出方寸。天真不失谋略，浪漫不失成熟。最重要的是坚毅，绝对有庖丁解牛的游刃。

她是个缜密的商人，对一辈子一次的买卖，有着无数次的估量。买卖做得好，一辈子富贵，买卖做砸了，一辈子贫困。

商人讲究银货二讫。不验明正身，绝不放款。在这条总则下还有若干细则。三伏天，货要暴晒，看看是否龇牙；三九天，货要静置，瞅瞅是否露出马脚。黄梅阴雨天，货要浸淫，看看是否有霉斑露头；乍暖还寒时，货要淬火，看看是否银枪蜡烛头。细则林林总总，不一而足，总的归纳为伺动而动，伺变而变，以不变应万变。

商人讲究投资方向，投资分短期，中期，长期。鼠目寸光着盯着短期，急功近利者盯着中期，高瞻远瞩者侧重长期。股票有起有跌，撩开红绿线才能发现绩优股；期货有升有降，撇去泡沫才能一注定乾坤。股票不是老奶奶买咸菜，杀价挤水临走时再抽一小根；期货不是老爷爷买豆浆，呼啦啦喝一口再满上。

婚姻能把人送往天堂，也能把人扔下地狱。上天入地的通行证攥在手心，确切地说，掌握在脑子里。把所有的数据输进大脑，用思维的筛子扬糠去壳，去伪存真，去粗取精，才能得到真正的果实。

第一是外貌。虽然反对以貌取人，但貌是重要因素。钱能满足味蕾，貌能满足视网膜。以貌取人，我绝不为赏心悦目，只为革命的小苗苗不成为周口店人。有个人猿泰山的后代，就是我婚姻上最大的失败。

第二是高度。没有高度就没有质量，怎么也不能让接班人步武大郎的后尘。试看英雄人物李玉杨子荣，哪个不是威风凛凛铁塔一座？要是生个三寸钉，不是娄阿鼠的命运，就是一撮毛小炉匠的下场。

第三是政治身份。没政治身份就是没户口的黑人。无论是上学还是参军，都受到极大的制约。没有过硬的出身，就是潘安问世大卫再现，我也不考虑。虽然新浩的父母都是老运动员，但现在形势逆转，既落实政策又补发工资，难道令尊就不能进政协人大？我不能画地为牢，我要风物长宜放眼量。

第四是工作。新浩虽蜗居小厂只是电工，但心灵手巧颇有二把小刷子。一是手艺能带来碎银若干，不是有"荒年饿不死手艺人"这一说嘛？二是保证下一代基因不会出现重大缺陷，就是有变异，那也是几百万分之一的概率。

第五是经济。根据最新消息，他的老母不但摘了帽还有了生活费和医疗费。虽数目差强人意，但一手女红在吴淞路上小有名气。裁剪中，定有土特产若干，小额毛票若干进帐。父亲的退休工资一百元缺二元，这在上海属于中等偏上，在全国属于上上偏上。最让人心动的是那笔财产，财产分补发工资和归还存折二种。这二种堪称择偶之最，重中之重。

全面平衡，新浩虽优点多多但缺点也不少。第一是耿直憨厚，胸无城府，这是他的大忌也是软肋。但童心未泯，性格未定，我就不信调教不了他——连肾移植都需要匹配，难道夫妻性格还不能匹配？

第二是他身份。他不是党员甚至还不是团员，这让我这个党小组长的脸面朝哪搁？话说回来，说不定哪天他吱溜一窜上云霄，这样的火箭发射事件绝非恐龙灭绝的版本。想当初，王洪文从保卫科干事升到国家付主席，又从副主席跌到地狱，升迁起落，只用了短短几年。

　　第三是他的前途。看来他没啥上进心：学雷锋活动一笑拒之，突击队活动一走了之，倡议书，决心书，申请书，他一概斜眼冷对。想到这，牙帮子有点酸。

　　有人说恋爱中女人的智商等于零，我不能成为这样的弱智。是扯回红丝线，收回丘比特箭呢还是……就在小妮子犹豫不决时，毛主席的辩证法跳出来。是啊！金无足赤人无完人。水至清则无鱼，人至察则无友，我咋连哲学上起码的定律都忘了。

　　小妮子拿出一张纸。从左到右，一二三四五六七；从上到下，ABCDEFG。一横一竖纵横交织经纬分明。数字是他的利，符号是他的弊。一加二加三加四加五加六加七，A 加 B 加 C 加 D 加 E 加 F 加 G。如果利大不了弊这事就完。要是利的积大于弊的积，这事就成。先把数据排列，再加减乘除推理演绎。没有草图，构思就是蓝图。没有算盘，大脑就是计算机。

　　新浩是独子，真正意义上的独子，连干姐湿弟都没半个。独子独子，意味着独吞所有家产，这点，就是最大的买点。身体健康，真正意义上的健康，我打探过，他连医务室的门槛都没进过。不打喷嚏不流鼻涕；烟不沾来酒不碰，虽然耳朵上时不时有根小烟卷，但这是为群众修理电器后的反馈。午休时扑克牌不上手，我用望远镜观察过，他的眸子在酥胸肥臀上停留的时间，绝不超过三十秒。

　　妮子在纸上画了横坐标和纵坐标，又在坐标下添上不同的数据，一番演算，答案明明白白跃然纸上。小妮子满意地咬着笔，等待最后的揭晓：闺蜜探子正在视察，打探的内容是住房情况。

　　办公室的门被推开，探子一脸慌张地冲进来。

　　探子是她中学同学，虽同窗同学加同事但不可同日而语。探子如蚯蚓，知道拱土不知道建立根据地；探子如工蜂，知道采蜜不知道享用蜂皇浆。鉴于这二点，进厂多年依然窝在生产第一线。妮子对她的政策，犹如党对民主人士的政策：一改造，二利用。和她来往，多了礼贤下士的美称，又多了个死心塌地的帮手。探子既是衬托红花的绿叶，又是专趟河的卒子——何乐而不为？

"情况很不妙。"探子花容失色。"怎个不妙法？"妮子冷静地问。

"这事黄了，彻底黄了！"探子斩钉截铁地说。

"你是探子而不是指挥官，你是卒子而不是决策人。"小妮子的回答更斩钉截铁。

"他家……惨不忍睹，简直和铸工间一模一样。"

"真的？"小妮子倒抽一口凉气。进厂多年，她从不迈进铸工间一步，也不和铸造工搭话。想不到她的爱情偏偏和"铸造"连上谱。

"看清楚了？"

"我什么都不如你，只有视力比你好。他家的房子，是个室内垃圾场。"

"怎么个垃圾法？"妮子镇静地问。

"一杂二乱三脏四臭。格格格！"妮子浅笑一串，"你锁定的目标黄了。"

"……越是破烂越有嚼头，越是杂乱越有文章。鲁迅上华懋饭店，门仆因为他的布鞋而拒之门外。这叫啥？这就叫真人不露相。越是富得冒油，越是邋遢肮脏；越是满口金牙，越是穷鬼一个。"

"可是…"

"要透过现象看本质，深入调查而不是走马观花。所有的人和事，决不是一加一那么简单。不但要看现状，还要预测将来走势，把握潜在价值，估量无形资产的上升空间。"

"言之有理。"探子一颔首。

"变色龙为了隐藏自己，不断变化皮肤的颜色。身为老运动员的他们，当然也有伪装色。哈哈哈！"妮子发出深笑一串。

"被你一说，茅塞顿开。这一辈子，我就佩服你。"探子由衷地抒发感叹。

"少说多看，沉默是金思考是钻石。说说还有啥情况？"

"哎呀！我看见了他的爹妈了。""如何？"小妮子言简意赅。

"简直是一对叫花子。"

"言过其实，他爹是个工商工作者。"

"眼见为实。"这下是探子言简意赅。

"不入虎穴焉得虎子。你在厂门口等我，我跟厂长说去四川路上的图书馆查资料。"小妮子果断地站起来朝外走。

从高阳路到乍浦路，只有短短三站路。前面就是海宁路，车水马龙，商铺云接，神龙见首不见尾。胜利电影院前聚着一堆人。有影迷，有票贩，有不买票也不倒票的闲散人，还有巴巴望着海报的城市贫民。

"乍看上海，绚丽灿烂五光十色。翻开外衣，才知华美的缎袍上有多少虱子。"小妮子感慨着张爱玲的感慨。

"说的对！"探子翘起了拇指。

"别看饭店门面金碧辉煌，饭店后面，全是老鼠蟑螂的天下。霓虹灯的后面，是臭烘烘的倒粪站。所以看人，不但要看貌还要看五脏六腑。"

"说的对！"探子又一次翘起拇指，"朝这里拐，弄堂第一间就是。"

"女人要做蜘蛛，不动声色张网以设。女人要做猎人，准星里观察猎物肥瘦。女人要做老鹰，高高盘旋一猛子扎下……""注意：前面就是一头老鹰。"探子用手一指。

一个老头正撅起屁股，用一盆脏水冲一只痰盂。脏水代号"D"，是 ABCD 坛的最后一道工序；痰盂代号"C"，是文革中遭迫害的瘪痰盂。用 D 水对付 C 是老陈的专利。虽然水脏而腻，虽然痰盂丑而伤，但糟糠之妻不下堂是这个家一百年不变的原则。

探子忍住笑，把头转过去。老汉因为俯冲的需要，露出了裤腰。这是一条色彩斑斓，缀满补丁的裤腰。有百花园的姹紫嫣红，有彩虹的赤橙黄绿。更兼一耸一动，一起一伏，乍一看，还以为蟒蛇在进退。看到这，小妮子情不自禁打了个恶心。

天呢？这就是我将来的公公？不可能！不可能！不是说他是半个资本家吗？怎么像乞丐，而且是塞外的乞丐？不！遇到突变要冷静，说不定这又是个康熙微服下江南的版本。想到这，妮子精神一振。

"请问老大爷，这里有没有一个叫王同的？"

"王……同？这名字没听说过。"老陈站直腰，开始思索。一手拿怪异的痰盂，一手拿肮脏的木桶，其形其状，和农村的拣粪者没区别。

是的，是他确凿无疑的爸爸！除了一脸沧桑，完全是一模子里倒出来的模块。

"王同？是不是昆山居委会做书记的那个？"老陈认真地问。

"大……概吧！"妮子和探子压抑着笑。王同纯属信口拈来，还亏他苦思冥想一番。

"他不住在这，住在铁马路小菜场对面。"老汉一拍脑袋。

"扑哧"一声，探子憋不住笑了。

"您老咋知道？"妮子谦和地问。

"我给你拿通讯录。"老陈放下手里的哼哈二将，把湿漉漉的手朝衣上揩，"我把虹口区所有街道的书记主任全记在通讯录上，还有区领导的电话号码。"

"为什么要记这些？"妮子柔柔地问。

"我经常值班，遇到突发事件，没有领导的联系方式怎行？居安要思危，不能马放南山刀枪入库，只有以不变才能应万变。"

"大爷，您真有学问。"妮子微笑着。

"我们只是问问，你倒给我们上起政治课。"探子不屑地一撇嘴。

"大爷能有这份心，革命有望成功。"妮子边寒暄，边想下步棋咋走。"不入虎穴，焉的虎子？"想到这，她柔声地说："大爷！我们奔波了半天，您能不能给我们喝杯水。"说到这，妮子露出极柔美的笑。这笑在革命实践中屡试不爽，屡试屡灵，绝对有"回眸一笑百媚生"的效果。

"那……我给你们倒碗水。"老陈果然被攻克。一碗水来了。碗是粗瓷劣胚，妮子一看就泄了气。且慢！这碗摸上去，咋有滑腻感和质地感？妮子大喜，这绝不是一般的粗瓷破碗，说不定是乾隆爷的宝贝，老佛爷的珍品。

妮子兴冲冲地喝上一口，又一口喷出来。水凉不拉叽不算，还有油腻味。刚才只想元明清，现在才发现，水上不但有油花还有细微的菜叶。再细细品味，方明白滑腻之感，来自碗和水共同拥有的油腻。

"难道洗碗不用洗洁精？"一向有涵养的她，终于忍不住了。

"那玩意耗钱又耗水。咦……免费的茶水还挑三捡四？"

"不就开个玩笑吗？"妮子急忙送上有特色的笑，"大爷，我今天穿了新鞋，脚疼得很，能不能上您家小坐片刻。"

"呵呵！呵呵！"老陈发出一阵干笑：虽然你的笑倾国倾城，但不能动摇我的革命警惕性。

"您要是怕，不还有他吗？"妮子的嘴朝旁一努。

咫尺之遥的前面，有个带袖章的巡逻员。巡逻员是上海的特色。不要说小喽罗，就是零零七到上海，肯定也被小脚缉私队逮个正着。义务巡逻员最大的特点一是密度二是警惕度。密度是三步一岗五步一哨；警惕度是有钢币掉地，也以为是微型炸弹。这叫啥？这叫有中国特色的全民皆兵。

"大爷，不就歇一歇脚，您就做个雷锋吧！"

"不是我不做雷锋，而是老伴在睡觉。"

"骗人！我看见里面的老太婆在纳鞋底。"探子不客气地揭穿他。

"既然大爷不肯，咱就走。"妮子大度一笑。

"等我把碗送进去，我带你们去。"老陈热情地说。妮子朝探子使个眼，探子趋步上前。老陈脚一进门马上把门关上，前后脚之间，绝对没有半分一秒。

"他妈的！二个诸葛亮，搞不过一个臭老汉。"探子悻悻退下。

"谢谢大爷！我们走了。"小妮子对着窗子扬声而叫。

十分钟后，门被叩响。老陈打开门，妮子不由分说一脚进门，"大爷，我想问问到铁马路菜场咋走？"

"……我带你们去，那一带我熟。"

"您这个活雷锋，能不能替我们画张草图？"妮子又送上一个迷人的笑。

凭心而轮，老陈实在不能算寻花问柳之徒。但他毕竟是人不是神，虽然体内荷尔蒙已降到历史最低点，但残留的荷尔蒙还是有"野火烧不尽，春风吹又生"的顽固。

"画图可以，我绘了四十年的画。""大爷是个艺术家？""惭愧！我的画不是画在画布，而是画在黑板报上。""您是党的媒体工作者，这比画家更让人景仰。"

"先坐片刻，让我画。"就在老陈卖弄绘画手艺时，四只眼睛如四部雷达，把一切觑个真真切切，看个明明白白。

未来的婆婆是个沧桑老太。说她是富农婆，不如说是白毛女的妈。从头到脚没一丝光鲜，从里到外没一点富贵。衣服是说不出颜色的混合服，头发是说不出颜色的混合毛。手骨嶙嶙，关节粗大。不要说龙凤镯，连线条细的戒指都没有。一脸菜色，满身憔悴，不要说贾母，就连刘姥姥都不如。此刻的她正在吃粥并接近尾声。菜是水煮萝卜，上面漂几滴油花，油花绝不比刚才的茶水多一颗，这点，完全可以用妮子的人格来保证。

亚刘姥姥用筷子扒拉碗里的残留物，扒拉几下并不奏效，于是扔了筷子干脆用舌头舔。一边舔，一边转。舌头又长又细，如蜥蜴之舌一伸一缩，一进一出，一收一放，一紧一松。她舔着，转着，转着，舔着，全身心沉浸在舔里边。想当初，批斗会上都能拾起饭团，此刻在家更没有顾忌。碗转得欢舌头舔得欢。整整二个三百六十度后，终于捕捉了漏网米粒若干。

她放下碗，长长地透了口气。

妮子压抑着涌上来的恶心，杏眼圆睁，瞳孔怒张，把一切都拷贝在脑丘上。看清了，这不是杜十娘的八宝箱，而是一个纸板箱。看准了，这不是红木家具，而是一堆起皱卷皮的破家具。看清了，这不是透明的玻璃鞋，而是肮脏的工作鞋。看准了，这不是二十四 K 项链，而是草绳粗绳麻绳。没有细瓷器皿，只有锈迹斑斑的痰盂。没有唐寅的山水画，只有过时挂历。这不是托塔李天王的三节棍，而是其臭无比的老鼠夹。

天呐！除了破烂，就是一地狼籍，一地肮脏，一屋子蹊跷的异味。天呐！这不是灰姑娘的茅屋，这不是乔装的洛克菲勒，这不是伪装的大脚皇后，这只是一只室内垃圾箱。

"朝这条路走，可节省二分之一的路程。"老陈写着画着，详细又详尽。

"谢谢！我们走。"妮子急速地抽出线路图。

"我送你们去。"老陈抄起红袖章朝手臂上套。"不用劳驾。"妮子一个箭步朝门外窜，急不择路朝前奔。眼见为实！眼见为实！她捂着"扑通扑通"的胸口，如越狱的犯人。

"骨碌碌！骨碌碌！"声音由远而近，如急促的马蹄，如小脚女的碎步。"倒马桶喽！快把马桶拎出来喽！"粗哑的呻吟拽落满天的繁星，也拽醒所有的美梦——粪车大驾光临仁智里。

百家灯火在这一刹点亮。翻身起床的，披衣汲鞋的，咳嗽吐痰的，拉屎撒尿的，如蠢动的蛾子扑起翅膀。楼上的拎着马桶朝下窜，楼下的拎着马桶朝外跑"哗啦啦！咚！哗啦啦！咚！"声音有节奏，有起伏，有轻重，有抑扬，浑然剧场里的丝竹弦乐："哗啦啦"是屎尿的倾倒声；"咚"则是马桶的着地声。

浓烈的臭味，如原子弹爆炸后的烟幕，冲天而起四处飘荡。臭味如精灵，穿堂入室无孔不入，殷勤地把异味送进每一个鼻孔。

"骨碌碌"声再次响起，粪车由近而远渐渐离去。"哗拉拉！哗拉拉！"的大合唱奏响了。各家各户开始了必不可少的晨间活动：刷马桶。用蚌的壳，用圆的石，用竹的篾，用螺的寄生房对粪桶进行清理工作。

"哗拉拉"声有尖锐有低哑，有高亢有沉闷，在快板和慢板中，奏响上海的"黎明之歌"。

从一九四九年到一九八五年，"黎明之歌"响了近四十年。四十年里，沧海桑田桑田沧海；四十年里，流星陨落新星诞生；四十年里，人类的脚步跨上月球；四十年里，人类的深潜器能潜入一万零九百十四米的深海。四十年了，上海还在高奏"黎明之歌"。这旋律，尖锐让人烦躁，低哑让人忧郁，高亢让人窒息，沉闷让人爆炸。这是快板，踩在火堆上的快板，这是慢板，有凌迟之感的慢板。"黎明之歌"唱黯了红日，唱黑了云彩；"黎明之歌"唱老了青年，唱衰了中年，唱死了老年。年复一年的歌，如年复一年的政治运动，唱湮了憧憬，唱灭了向往，唱走了文明，唱醺了智慧，唱昏了人心。古老的歌谣是中共领导下的土特产，古老的歌谣是无产阶级专政的副产品，古老的歌谣是中国四大发明后的第五大发明。古老的歌谣把并不开化的龙的传人退回到饮血茹毛的上古时代，退回到史前未开化的蛮荒年代。

在异声异味中，在刷粪桶的大合唱中，老陈醒了。他就着窗外的曦光，用Ａ坛水漱口，用Ｂ坛水洗脸。洗完后，感到脸上油腻腻的。他遗憾地发现，他把Ｂ和Ｃ位置颠倒了，他竟在洗碗的坛里洗了脸。

颠倒就颠倒，这样一来就省下了油脂钱。这油不是润滑油而是菜油。不都说植物油是最好的护肤品嘛！

他盛了饭，倒点热水，就着酱菜吃开了。温不拉叽的水有股油味，刚吃一口就想吐。他又一次遗憾地发现，他把水瓶颠倒了，竟把烧汤水当成开水。

前后仅五分钟，他已经犯了二次错。不就是几分发热咋糊涂成这样？不好！马上要呕吐了。他抄起空碗放嘴边，完全忽视了脚下玉树临风的痰盂。

胃一阵痉挛，干呕出黄黄的胃液。他端着碗朝厨房走，刚拧开龙头又关上：代号"D"的盆里装满了水。他想端起木盆，但力不从心。退一步说，就是端起来也不行，没力气就控制不住水的流速：用一盆水冲一只碗，得不偿失。

水龙头安安静静地卧着，只需要动一指，水会把黄泡沫冲个一干二净。老陈思考着，究竟端起盆还是打开龙头。

有了！老陈一拍脑门。他俯下身，用碗舀起盆里的水，急速晃动急速倾倒。碗果然干净了，他如释重负吐了一口气。

他重新端起碗，油味又来了。不行！一定要咽下饭，不然就会买大饼油条脆麻花。这不是几个钱的事，而是坏了一辈子立下的规矩。

饭进了嘴，嚼了半天咽不下。又努力几次均以失败告终。今天活见鬼了。

他把饭放进橱柜，早上消化不了那就中午消灭它。我不信我的意志战胜不了半碗饭。他赌气地推着自行车，踩了二步，发现轮胎瘪了。

轮胎没气，人也没力气。他放弃修车计划，改为步行。

六月的天，太阳已经火辣辣。到单位有六站路，今天是六千里路云和月。走啊走，何时是尽头。老陈一屁股坐上栏杆，取出一瓶水。

老陈喝了一口，强烈的呕吐感又袭来。啊！又错了。瓶里水和泡饭水出自一个水瓶，因此带有油腻的特点。一边的小贩，赶紧递来一瓶桔子水。

桔子水在阳光下发出迷幻的黄，小果颗在橙色中晃啊晃。甘甜的桔子水，就是夏娃手里的苹果。可是老陈不是亚当，面对诱惑，他放下眼睛的卷帘门。

小贩悻悻地走了。

老陈艰难地站起来，前面就是车站，上前二步，就可以坐在软软的车垫上。他兴奋地朝车子走去，就在脚伸进车门时，他收回了脚。

且慢！到单位有六站，我已经走了一半。乘三站一毛钱，乘六站也是一毛钱。乘三站的路却要买六站的票，这亏岂不是大了？

一毛钱是小数目，但是一毛钱能买一把青菜。青菜从撒种到收获，起码二个月。二月里，撒种施肥，浇水松土，除草捉虫，哪件能少哪条能缺？三站路，等于二个月的撒种施肥，等于二月的除草捉虫，其中还不包括种子钱，肥料钱，水钱电费。这不是一毛钱，这是成本和人工的"总和"。

老陈打了个激灵，三站路一定要走。为了鼓励自己，他把自己想象成过沼泽地的红军，一万米，六千米，五百米……财务上的"倒轧帐"顺利把他带出了沼泽地。当他终于看见酿造厂时，脸上浮出"不到长城非好汉"的微笑。

"咋了？"门卫惊慌地冲过来，"你的脸好青。"

"我……赢了。"

"你病了？"门卫把他扶到凳子上，"财务在三楼，我帮你去领工资。"

"不！"老陈用强烈的感叹号，否定了对方。

"既然你不放心，我扶你上去。"门卫热情地扶他上楼。"不！"老陈甩开门卫，蹬蹬直上三楼。

"老李！你上哪？"摁着口袋的老陈走出财务室走到厂门口。

"女儿病了，请假半天。"门卫推着自行车准备走。

"咱们一起走，有人说话，图个热闹。"

"我骑车，你走路，怎么一起走？难不成你……坐在车架？"

"这个自然好。"老陈乘势坐上去，"二人唠唠，解个寂寞。"

"我愿意捎你，但是我怕警察。要是有事……""警察中午吃饭去了。有事我负全责。""这可是你自己说的。"门卫一蹬车，上了路。

中午的太阳又大又圆，老陈稳稳坐着自行车架上，任凭太阳洒了一身。太阳是个好东西，一杀菌消毒，二补充钙质。树上有喳喳小鸟，路旁有青青小草，你蹬车我享受，称兄道弟海侃神聊。不是旅游如旅游，不是度假似度假。左兜里装着妻子的生活费，右兜里装着自己的工资。领了二份钱，硬是没出一个分币。想到这，他情不自禁哼起小调。

"咦！咋走这条路？"哼归哼，警惕之弦不能松。

"前面挖路，走这里。""我咋不知道挖路？""难道我会骗你？""你不应该骗我。老乡见老乡，二眼泪汪汪。""现在谈老乡，以前怎么老避开我？""我成份不好，所以不拖累你。"老陈一边观景一边打哈哈。

"这条路好走，这条是甜爱路。""红墙绿瓦高宅大院，绿树成荫鸟语花香。知道上海最有名的三条路嘛？"老陈有兴致地问。"一条是甜爱路，一条是吴兴路，一条是衡山路。甜爱路暧昧甜蜜，吴兴路幽静优雅，衡山路则有香榭丽舍的绮旎。"

"停下！"一声霹雳在头上炸开。老陈惊慌地跳下车，不慎倒地。

"半截子埋土的人，还违反交通。"一个警察横眉怒目站在面前。

"警察同志好！"老陈扶着车把艰难地站起，第一反应就是笑，"警察同志辛苦了！有错就改，请求您的原谅。"第二个反应就是讨饶。

"这么一把年纪了……"

"为老不尊，晚节不保。"第三个反应就是自贬，贬得比狗屎不如。这三个快速反应，蕴涵了四十年斗争史的宝贵经验。

"鉴于老龄从轻处罚，伍元。"警察撕下一张罚款单。老陈朝后一退，下意识地捂紧口袋。

"罚单谁付？"警察问。老陈的眼角朝门卫乜去，他看见的是一张笑脸。笑容里有诡异还有得意。"……糟了。"

"罚单谁付？"警察不耐烦了。"我有言在先，你承诺在先。"门卫的笑意更浓了。

"……可我没让你走这条路啊？"

"可你也没让我不走这条路啊？"门卫依然笑容灿烂。老陈知道中计，他是引君入瓮我是领颈入瓮。二年前他妻子亡故，同是老乡的我，硬是不施一个铜板；今天我坐车，他硬让我破费大洋五元。

"要是有事，我负全责，这可是你说的话。"土里土气的老乡，一字一字说的很清楚。

　　"要不……一人一半。"

　　"我可是一个子儿都没有。"老乡把所有口袋翻过来，里面确实没一分钱，可是他脸上的每条皱纹，都在舒展起舞。

　　老陈站不住了。伍元是伍毛的十倍，一毛的五十倍。也就是说，等于撒种施肥浇水除草的五十倍。这不是一把青菜而是一篮子鱼肉……方寸大乱的他，腿肚子抽筋。

　　"拿钱。"警察黑着脸。"警察同志，能不能打半折？""老实点。"警察的黑脸更黑了。老陈掏钱，可手抖得不争气。警察夺过钱包抽出了钱。

　　一星期后，老陈才从打击中缓过气。于是他执行"堤内损失堤外补"的原则，从伙食费上扣钱。

　　由于长时间吃素，儿子的脸和黄菜叶不分伯仲。看来儿子也有变色龙的功能：吃啥就向啥颜色靠拢。

　　黄脸男又相了一次亲。这次既没有行头的武装，也没有电影票的待遇。

　　"看得怎样？"老陈问。

　　"没啥。"儿子寡淡如他的伙食。

　　"我打听过了，港务局的工资津贴很高，福利也很好。既然样板戏里都有海港工人的形象，政治地位一定不低。"

　　"我又不和样板戏里的英雄结婚。这事吹了。""吹了？为什么？""她欺骗了我。"儿子淡淡地说，"本来说好不住在她家，可她瞒着我，把亭子间拿下做婚房。"

　　"欺骗分善意和恶意，她不是欺骗，只是先斩后奏而已。""而已？没结婚就瞒就掖，我受不了。"

　　"你算过帐没有？现在是亭子间，她父母一死，前后楼都是你的。"

"还没结婚就想家产，这不好吧！"儿子头也不抬地刨饭。

"这叫未雨绸缪，凡事要高瞻远瞩。她骗了你，你正好趁这个机会和她谈条件。"

"啥条件？"

"一是结婚时不给聘礼，二是婚后你掌握经济。她的把柄落你手里，你就占上风。傻小子啊！"

"婚姻不是拳击赛。"

"可婚姻讲究拳击赛的规则。这么好的机会让你毁了。"老陈扼腕唏嘘。"这事为啥不咨询我？"

儿子沉默不语。

二年后，三十一岁的儿子准备结婚。女方是炼油厂打字员，性格开朗感情浓烈，嫉恶如仇爱憎分明。这和儿子内向沉稳，喜怒不形于色的性格相反。一正一负，一冷一热中碰撞出爱情的火花。

"抓紧办吧！"士芳心急火燎地嚷着。

"急不得！急不得！"老陈晃着二郎腿。

"咋不急？婚房到现在都没有。赶紧买一间，我们要那么多钱干啥？"

"胡说啥？养他这么多年，再买房给他？亏你想得出这馊主意。"

"他不是我们的儿子吗？""他是赝品，赝品就是替代品，就是补充品，赝品永远不是正品。"

"啥品不品，我只道他是我们的儿子。"

"儿子还分嫡和庶，更何况连庶都不是。"老陈横了妻子一眼。

"那就把你的亲生儿领来，他是戆大我不嫌他是戆大我们养。"妻子很气愤。

"……妇人之见。"老陈心虚地站起来。

"亲儿不要，养子不亲，你究竟要啥？"

"我要二全其美。既要儿子住的离我们近，又不能让我们掏口袋。面包会有的，房子也会有的，只是你不会探索不会挖掘不会思考。"

“我探索黄菜叶，挖掘小煤核就够了。我的思考就是我要房让儿子结婚。”妻子大声嚷着。

“我只有锦囊妙计。”老陈微笑着，“女方的父母去世，姐姐出嫁；家有一房十四平方；不远不近，就在虹口；住进此房，好处多多；奉侍二老，随叫随到；我免掏钱，他可蹭饭；一箭双雕，如此最好。”老陈抑扬顿挫地朗诵着。

“姑娘不是有个弟弟在崇明农场嘛？咱不能和她弟弟抢房。”

“弟弟尚小未谈婚嫁，谁先结婚谁先占房。论资排辈长幼有序，男女平等一视同仁。”老陈的朗诵，更平仄仄平了。

“这不行。我们不能做缺德事。”虽然朗诵有极大的感染力，妻子还是不吃这一套。

“怎么缺德？长幼有序，这是孔子说的，孔子是圣人。”

“谁说都没用，父母的遗产归儿子。”“父母的遗产也可以归女儿。反正要我的房没有，要命一条。”

半年后，儿子终于完婚。婚房是借的民房，条件简陋交通不便，没煤气没卫生，唯一的接水站离开大缸有一千米。但聊胜于无，相爱的人能相聚，就是最大的幸福。

一年后孙子出生，一年后出租房被收回。小夫妻栖息在老陈家摇摇欲坠的阁楼。天冷，还能蜷缩在螺蛳壳，天热，只能一人一把躺椅，睡在过街楼道下。

老陈睡在单位归还的红木床上，香甜的鼾声四起，仿佛是他满足的句号。是啊！政策落实，妻有保障；儿媳贤惠，孙子健康，他还有啥不满足的？

薛书记领着一帮人大摇大摆地走进弄堂。虽然三中全会四中全会走马灯一样地开，虽然鸟枪换成大炮，但新瓶里装的依然是发臭的苦酒。

"这里要粉刷，这里挂标语，把下水道通一通。陈老伯！"

"陈步堂到！"老陈拖着黑板跑来，"薛书记，我正在写黑板报。您看：热烈欢迎市委领导光临本街道。隶书豹头雁尾红黑镶嵌，领导看了一定舒坦。"

"字是不错，但有点问题。"

"我知道。应该说：热烈欢迎市委首长莅临本街道。"

"就这个错？"薛书记扬起眉。

"……应该写：热烈欢迎市委首长前来指导工作。"

"仔细琢磨，不要犯政治上的错误。我们到前面去检查，绝不能漏下死角。"于是众人簇拥着薛书记，朝另条巷子走去。

老陈伸展双臂，举起黑板。黑板长度和伸展的双臂一般长。只有利用手指的力量，才能勾住黑板的边缘。他趔趔趄趄地走着，狭窄的弄堂没缝隙。

"哐当"一声。"……你打翻了我的豆浆。呜呜！"老陈把头伸出黑板，原来是个乳臭未干的毛孩。

"自己走路不当心，还赖我？"

"你为什么挚着黑板横着走？你应该放在地上竖着拖。"胖厨走出门。

"这是欢迎首长的黑板，怎么可以在地上拖？"老陈不满地说。

"首长，首长，不就是走马观花，捞取政治资本的政客。"胖厨冷笑着。

"你赔我豆浆……我妈病了想喝豆浆。"毛孩把杯子从地上拣起来。

"给他二毛钱，孤儿寡母忒可怜。"

"不是我的责任不赔钱。"老陈很认真地说。

"叔叔给你五毛，赶快去打豆浆。"胖厨掏出钱。

"你不能给，从小学会讹诈将来成罪犯。"老陈更认真了。

"我看你才是个罪犯。"胖厨冷冷地说，"媚上欺下，锄弱扶强，一把岁数活在狗身上。”

“你怎么骂人？”老陈气愤地问。

“你是牛鬼蛇神时我骂过你吗？我现在骂你是因为你是落水狗。一旦上岸，咬人比谁都凶。呸！”胖厨拉着孩子，走了。

老陈挚着黑板寻找最佳落脚点，确切地说，寻找首长视线平落的最佳角度。“咋搞的？铁皮扔了一地，不知道首长要来？”老陈愤慨地嚷着。

“我也知道首长来，但我也得有立锥之处。”一个人从废料堆里站起来。

“⋯⋯猴三？你啥时刑释的？”“大前天。”“你应该金盆洗手立地成佛。”老陈很严肃地说。

“我不是贼，谈不上金盆洗手；我不杀人，谈不上立地成佛。我只应该把耳膜捅穿，这样就不能收听敌台。”

“你的罪，和王老师一样，全是耳朵惹的祸。”

“我回来了，想不到我的房子被充公，就如你的财产被充公一样。”

“话不能这么说。咦，啥东西这么臭？”

“您站在倒粪站的旁，臭正常，不臭不正常。公家给我盖房，盖在倒粪站的隔壁，让我闻着臭闭门思过。”

“这铁皮小屋就是你房？呵呵！铁皮小屋像青蛙王子的爱巢，温馨浪漫，别致独特。”

“冬天是冰窟，夏天是桑拿。”猴三摇着头。

“冬天当哈尔滨旅游，夏天当海南岛度假。凡事逆向思维才有好心态。给你盖房，体现政府的仁厚，你要知恩图报。”

“同是天涯沦落人，想不到你成了我的政治老师？”猴三轻蔑地说。

“谁和你同沦落？”老陈有了不悦，“现在不谈政治，谈四项基本原则”

"豆腐一碗，一碗豆腐。"

"四项原则概而括之，大而包之，涵而盖之，容而纳之。"

"你真有学问。"猴三冷笑着，"你儿子媳妇冬钻螺壳，夏睡马路，托谁的福？"

"这个……"侃侃而谈的老陈嗌了。

"冬钻螺壳，就当金屋藏娇；夏睡马路，就当露天浴场。凡事逆向思维，才能有好心态。呵呵！"猴三撇下他，走了。

经过儿媳百折不挠的努力，再加上同学的鼎力相助，房管所终于发话：只要老陈上交乍浦路的陋舍，就分给他们一套二居室。

"这是二居室的地址，您抽空一看。"新浩低声下气地说。

"搁着。"老陈用下巴一指，现在他也学会薛书记这个动作了。

"房子您看了吗？"晚上新浩迫不及待地问了。

"房子不错，但是我不想搬家。"

"为啥？""热土难舍。居委会值班离不开我，黑板报离不开我，爱国卫生离不开我，巡逻治安离不开我。"

"应该说，政治运动离不开你，人民群众离不开你，保家卫国离不开你，社稷国事离不开你。"儿媳忿忿着，"既然离不开你的事业，我明天就去申请上海炼油厂的公房。"

"公房在哪？""浦东高桥。""……我辛辛苦苦把儿子养大，难道为了让他离开父母去浦东乡下？"

"那您给我们一个锦囊妙计。"儿媳冷笑着。

"阁楼虽矮，尚能栖身；房子虽小，亦有天伦。"

"猪圈狗窝也能栖身，难道人要降格到猪狗地位？"

"这话会惹来灭顶之灾。"老陈很严肃。

"我是个危险分子，你应该让你的儿子和保险箱结婚。"儿媳放声大笑，笑着笑着不笑了。她看见一双眸子丈夫的眸子。丈夫的眸子里有深不见底的痛苦。为了亲爱的丈夫，她收敛了所有的锋芒，再一次蜗居在螺蛳壳一样的阁楼上。

二年后，在同学的帮助下，长阳路上的前楼终于分给他们，从此结束了不堪回首的蜗牛生活。

第二十四章　怎么一个心病

　　"快起床快起床。"老陈推着士芳，"今天太阳好，赶紧去晒被子。""天还没亮呢？"士芳指了指窗，窗外黑黢黢的跟苏州河水一样。

　　"莫道行人早，更有起早人。真等到太阳起来还有我们的份？把被子晒一晒把你的人也晒一晒。"说着老陈开始行动。

　　破旧的自行车推出来，后座上放块搓衣板放被子，龙头上搁块小木板放毯子，车的龙头上挂着枕头被单。破烂不堪的自行车成了碾压一方的老坦克。

　　乍浦路上静悄悄的，饭店的灭了霓虹灯，店铺的拉了卷帘门，值班的老头哈欠连天，拾荒的老太贼目鼠眼。桥上吹来一股清新之风，士芳打了个喷嚏，绵长悠久有特色的咳嗽，停止了。

　　"……多好啊！"士芳使劲呼吸着清新的空气，"再没有倒粪车的臭味。"

　　"粪车并没在这个城市消失，只不过流动粪车成了固定粪车，定时粪车成了全天候粪车。"老陈的嘴朝旁一努：一个五个平方贴着白瓷砖的小屋靠垃圾桶而倚，比七个小矮人的房屋要小要臭要龌龊。

　　一头发花白的老婆婆拎着马桶走来，马桶的沉重使她肩膀一高一低脚步踉跄。斜刺里窜出一只猫，老人一个急煞车，"咚"一声，马桶的把手断了，尿屎从桶盖里飞溅出来。

　　"撒！"老陈推着老坦克奔走如飞，妻子气喘吁吁追上来。

　　前面就是乍浦路桥，一上桥顿觉心旷神怡。桥南桥北的房屋隐在晨曦中，第一缕的阳光悄悄涂抹在屋顶。河水闪着粼粼的金光，唱着歌儿朝前淌。

　　桥面宽阔，没有车水马龙的逼仄。空气清新，没有熙熙攘攘的躁尘。远眺的目光一览无余，揪紧的胸为之一展。斗室里蜗居了一辈子的士芳，屏住呼吸痴迷地看着这普通的不能再普通的市容。

　　"快抢地盘。"老陈用吆喝来掩饰羞愧：他给了她房子的承诺，但一辈子也没兑现这个承诺。

　　被子一条条摊在桥的栏杆上，安营扎寨还没结束，后续部队已一涌而上。你抢我占你推我挤，横眉者如打劫山匪，急迫者如被赈粥的饥民。

　　上海，著名的国际大都市。但是大都市的人民在桥上抢地盘晒被子，一如在菜市场抢下脚菜一样。一九七二年，意大利的导演安东尼奥尼来中国拍纪录片。可惜的是，他没有目睹到东方不夜城，东方魔都独特的一面。

　　"你上外滩公园吧。"士芳拿出小板凳坐在桥上，"我看着被子。"

　　"东边栏杆二条，西边栏杆上二条，一条被子二只夹子，一共是八个夹子。"

　　"知道了。你再不去就浪费了三分三厘三。"士芳催促着。一张公园月票一元钱，一天不就是三分三厘三吗？

　　"你看好被子不能打瞌睡。"

　　"要有瞌睡我就用这把眼皮撑起来。"士芳举着地上拣起来的一根火柴棍。

　　坐在暖洋洋的太阳里真舒服，坐在暖洋洋的太阳里真幸福。士芳如向日葵追逐着太阳，不停变化着凳子的角度。朦胧中，她坐在江苏路的花园里晒被子，没有口舌之争没有推搡之举，也不用目光炯炯地盯着每一条被子，朦胧中她进入梦乡……

　　"快睁开你的狗眼。"一声大吼震醒她，梦醒后映入眼帘的是一张愤怒的脸。"你数数现在还有几条被子？"

　　"我数我数……"士芳伸出手指数了一遍又一遍，数来数去只有三条被子。

“你不是说用这个把眼皮撑起来的吗？怎么不撑啊？”老陈高举拳头，拳头里攥着一根火柴棍。

由于痛失被子，所以晒被子行动以轰轰烈烈地开展而以垂头丧气而结束。还不到中午，老陈已押着三条被子也押着耷头耷脑的败兵回家。

默默地吃了一顿少油少盐的午饭，老陈放下碗筷就朝外走。“你不睡午觉干吗去？”士芳惊讶地问。

“已经损失了一条被子，就不兴我把三分三厘三追回来？”老陈摔门走后士芳才回过神来：为了减少损失，老陈把一日一次公园游改成一日二次公园游，好歹也来个堤内损失堤外补。

“我多打了一个瞌睡倒让他少睡一个午觉。”士芳懊恼不已。

“砰”一声门被撞开，老陈气呼呼闯进来。“咋了？”“错了！”“被子的事是我错了。”士芳忙展开自我批评。

“错了！此错不是那错。”“那错？那是谁的错？”“王书记错了。公园里成大爷告诉我，抄去的存折和补发的工资应该有活期利息。”

“是嘛？”“千真万确——他就补了两千元利息。”“这事找找酱油厂的帐房。”

“什么帐房不帐房？从头到尾就王书记一人操办。”

“这利息有多少？”

“整三千啊。我在公园用树枝算过了。”

“这么多？”“……不对啊。”老陈突然怪叫一声。“什么不对？”“肯定不对。”老陈如下山豹朝抽屉扑去，抽屉倒扣在桌，所有票据单证收条全跳出来。老陈急切地戴上老花镜又举起放大镜。

一张张收据排成了一行，双层镜面聚焦在日期金额内容签名这四大要素上。巡视一遍后他掏出日记本，逐一和上面记录对比。细长的丹凤眼完全伸展，闪烁的眸子不再闪烁。双层镜面是雷达是声纳是 X 光是镭射，绝不放过一个瑕疵一个疑点，绝不放过不弯的分号不圆的句号。

一次次篦发拉网一次次对比参照。没有显微镜俺有放大镜，没有计算机俺有小算盘，没有鉴定师俺有自己的横竖撇捺，没有红头文件俺有自己的小九九。半小时后案情有了重大突破：签名金额是28564.32，实际到手金额是18564.32，也就是说有一笔一万元的款子被蒸发。

天呐！一万元一万元呐！这一万元等于一斤二两的金子，等于一大把一大捧抓也抓不住捏也捏不拢团也团不住戴也戴不完的黄金首饰。这一万元掏空了我的身子。老陈捂住万箭穿心的心，坚韧坚强坚毅坚挺的他，终于晕过去了。

醒来时已是掌灯时分。他挣扎着爬起来，开了大灯小灯缝纫机灯楼梯灯手电筒灯外加一只小蜡烛。这么多年这么多灯同时大放异彩还是第二次。第一次是揭发李哥时，他需要灯光来抗衡心中另一股力量。现在需要灯光是为了寻找自己被蒸发的生命。

问题出在哪？问题当然是出在签名上，这是做手脚的关键。他先在一张纸上写下自己大名，然后和收据上的名字一一对照。对方很狡猾，虽众里寻他千百度，他就是不站在灯火阑珊处。不站在灯火处没关系，就是在黑暗中我也要排除万难揪出他——有了最高指示的指引，虚弱的老陈仿佛灌了九鹿回神汤，精神大振。

有了！有了！老陈一拍大腿。

这一万元的签名蹊跷得很：陈的一竖不流畅，步的一撇没功力，堂的一捺不方正。我的瘦金体决不会这么蹩脚，我的瘦金体竖是笔直笔直，撇是力透纸背，捺是牛气冲天。对方的签名虽然模仿的惟妙惟肖，但还是露出马脚。

是他！是这条杀人不见血吃人不吐骨头的王书记。怪不得退钱时单人匹马和林彪一样天马行空独来独往，怪不得签字时和反击右倾思潮时一样快快快，原来他用迅雷不及掩耳的速度吞了我钱。

一万元加三千元等于一万三千元。这些钱可以买五根项链四只戒指三根手链二块锁片一付耳环。王书记的心忒黑，比黄世仁还黑，比蒋介石还黑，比二月逆流还黑，比四人帮还黑。你黑啊黑可是黑到底了……"想到这老陈撑不住了，他使劲用手臂撑住摇摇欲坠的脑袋。

"你咋这么粗心？"士芳小声埋怨着。

"他是党的人我怎会不相信？"老陈对准太阳穴就是一拳，"我实在太相信他了。"老陈长叹一声，为自己的百密一疏感到痛心。

"防啊防，防了一辈子，最后却被人骗了。"

"被人骗还替人数钱。我逢人就说王书记贯彻党的政策好，好啊好啊就是好。"老陈又羞又愧。

星星还在闪烁，老陈就出发了。这么多年来他一直披星戴月，这么多年来他已经习惯了披星戴月。他妈的！怪不得退钱时一手操办，我还为他的事必躬亲而感动；怪不得签字时总说快快快，我还为他的高效率而激动；怪不得我多看一眼收据，他就说你不相信组织相信党？

原来这是个套。

日头上来了，一竿二竿三竿，直到爬上头顶依然不见书记人影。莫不是携款潜逃？想到这他更焦灼了。

"老陈你等谁？"宋阿姨拿着扫把走过来。

"我找王书记。"

"难道你不知道？从今天起，他调到粮食局做副局长了。"

"什么时候的事？"

"昨天下午接到调令。"

"这么说……他高升了？"老陈一阵心慌气急。

"就是升到政治局他也是个人，局长是人工人也是人，有事说事有理说理怕什么怕？"宋阿姨昂起头说话，话中有话。老陈有些羞愧，虽然她扫垃圾但却是厂里最干净的人；虽然她说话呛人但最有公理。

"这是他的地址。"宋阿姨掏出笔写了个地址，"欠理还理欠债还债，现在有政策给你撑着呢！"

"我……""有做人的机会可不能再做狗。"宋阿姨嘴角一翘讥讽一闪。老陈捏紧纸，半分钟后纸完全湿透。

自行车是骑不成了，不是车破不能骑而是心跳得厉害不能骑。考虑再三决定乘公交车。他辗辗转转来到了南京东路上的粮食局。

"滚！要饭也不看地方，找死也不看场所。"一门卫恶毒骂着。

"我不是要饭的，我来找王副局长。"老陈的火气上来了。

"找王副局长？你是不是睡扁了头？"门卫半脸鄙视半脸嘲笑。

"我是闸北酱油厂的陈步堂。""你？你就是陈步堂？"门卫瞪直眼。"出什么事了？"老陈也惊恐地瞪直眼。

"哈哈哈！""笑……笑什么？""你就是那个拥有金山银山的陈步堂？你看上去像个标准的叫花子。"

"原来……你说这。勤俭是党的传家宝，新三年旧三年缝缝补补又三年。"

"果然出口成章。""王副局长在几楼？""五楼朝南第二间。""我有急事找他。"老陈三步并成二步蹿上五楼。"同志请问王副局长……"老陈和厕所里出来的人撞了个满怀。"哎呀呀！王书记您好。不！王局长您好。"

"原来是陈老伯。有什么重要情报？""重要情报倒没有……只是我个人有点事。"

"进来说吧！"王付局长客气地把他迎进办公室，还斟了一杯热腾腾的绿茶。

"我……我有事向您汇报。"

"说！老百姓有事不找组织找谁？"王副局长一拍胸脯。

老陈羞红脸涨红脖，咳哧咳哧半天才把一万三千元的事说出来，话音未落就听到"砰"一声，老陈条件反射从椅子上跳起来。

"坐下坐下不用怕！有事找政府你这是找对了。我们是人民公仆，主人不找仆人找谁？"王副局长使劲拍着他的肩膀，"这事组织上一定认真调查做出处理，人民的一分一厘都是社稷大事。"

“不胜感谢！”老陈鞠了个躬。

“哎！三大纪律八项注意中的第一条就是要保护人民的利益，我们的党一贯秋毫不犯。”

“那是那是！党的政策就是好。现在不但是盛世还是清平世界。”老陈感动又感慨。

“有这个认识就很好嘛！”王付局长温暖的大手又一次落在老陈肩上，“你就等着粘着三根鸡毛的信飞到你手里。胡耀邦总书记指示了，认真对待每一封群众来信，认真对待每一个群众来访。”

“胡书记就是当代的包公。他平反了这么多冤假错案。难怪现在人人心情舒畅个个斗志昂扬。这是解放到现在最舒心的一段日子。”

“政治运动已经寿终正寝，现在要大张旗鼓地搞经济建设。”

“这才是个理啊。斗来斗去全是龙的传人，整来整去全是炎黄子孙。好好好！又一个贞观之治盛世清世。”

“陈老伯说话有水平，本来还想和你聊聊但是……”

“那我先告辞。”老陈鞠个躬身轻如燕冲下楼：有胡耀邦包青天做总书记，有王副局长的二次拍肩为证，这事指日可待。

一天一天过去了，不要说三根鸡毛信，就是平信也没一封。一个月又过去了，不要说党的人来找他，就是一只党的电话也没有。

潮起到潮落月满月亏，花红花谢草绿草枯，半年了，愣是泥牛入海无消息。

老陈实在按捺不住，他再一次来到粮食局。楼还是这座楼，门卫还是这门卫，但门卫说啥也不让老陈进门，任凭嘴皮磨破香烟散尽，咬定青山不放人。

“不是说有事找政府嘛？不是说主人找仆人嘛？怎么主人连仆人的门都不能进？不是说认真对待每一封群众来信，认真对待每一个群众来访，怎么说的比唱的好听？”老陈怏怏地打道回府。既然公仆不肯见我，那主人只得行使中国公民的权利。

他又一次拿起了笔，这次的笔有划时代的意义：以前的笔是检讨自己的匕首打击别人的枪炮，现在的笔是向党倾诉倾吐的传声筒。

"尊敬的王副局长……"老陈高悬手腕，用瘦金体在洁白的信纸落下了郑重的一行……最后郑重封口，郑重用挂号信寄出。

信寄出时，正是柳绿柳长日。一晃，柳绿柳长成了柳萎柳残日，西线依然无消息。

不对啊！雁过有声水过有痕，就连小蛇爬过草丛都有痕迹，咋我的信又一个泥牛入海无消息？既然我能写"入党申请书"的平方数立方数，为了一万三千元，难道我就不能再来个平方数立方数？

老陈捋起袖子高悬手腕，瘦金体再一次落笔于纸。和上次不同的是这次的称呼和结尾有了改变，"尊敬的王副局长"变成了"最尊敬的王副局长"，结尾在"此致"处添加"叩谢"这一个动词。

郑重地封口郑重地用挂号信寄出，信寄出时正是乍寒乍暖最难将息时分。

三九严寒到了，依然死水止澜，就在老陈悲观绝望时，突然传来王副局长扶正的号外，悲观立即被乐观取代，绝望立即被希望掩盖。

老陈高悬手腕，瘦金体第三次落笔于纸。内容没有大的出入，只是语气更柔和更委婉更谦卑。称呼和结尾又有了新改动，从"尊敬的王付局长"改成"最最最令人尊敬的王局长"，结尾处的"叩谢"则改成了"跪恳叩谢"。

这下应该有希望了！老陈扔下笔兴奋地搓着手：不能说泣天地惊鬼神，但一定能石头开花铁树发芽。

"真有希望了？"士芳着急地问。

"理由有三：a，从副局到正局，级别上去思想觉悟当然也提高一倍；b，从'尊敬'到'最最最尊敬'从'此致'到'跪恳叩谢'，语气的变化一定引发感情的变化，我就不信他钢心铁肺刀枪不入；c，……"

"你是说……把二个字的感谢变成四个字的感谢？把站着的感

谢变成了跪下的感谢？"

"哎呀！你真聪明。""这有嘛区别？""这区别可大了。打个比方，二个字的感谢是在县官前喊冤，四个字的感谢是在包公前喊冤。""他拐了我们的钱你还把说成包公？""这只是一种比喻。你知道什么叫攻心？攻心就是明知道他吞你钱但不说破，还是恳求还是下跪，这样他的恻隐心体恤心人之初性本善就会……"

"他骗我们的钱你还要跪下求他？"

"跪只是一种形式。你想想，你跪着他就不好意思把钱吞下去，你跪着他只能把钱吐出来。让他吐钱要注意有理有利有节，要注意时间地点说话的口吻……"

"要甜言蜜语？"

"哎呀！你果然聪明。我们不但要注意说话的方式方法，还要照顾他面子，在他下坡的时候放一张梯子……""让他有个台阶下？""哎呀呀！你要是读书肯定是王昭君。"

"不要这个君那个君了。依我所见，他把钱吞下去就绝不会把钱吐出来，他不但不吐钱他还会想法子整你。历史的经验值的注意。"士芳娴熟地蹦出这句话。

"你果然了得但……现在是盛世。"

"声势？"

"不是声势是盛世。总而言之，我们一定要相信这个伟大的时代。"

"相信也好不相信也罢，我就看这一万三能否物归原主。"士芳的话言简意赅。

月亮圆了十二次又亏了十二次，这下老陈想沉也沉不住了。且不说一次次挂号信耗去不菲的邮资，单这一万三存进银行利息就是二位数。局长大人就是再忙也要给我个说法：哪怕叱喝哪怕惊堂木哪怕一纸公文。他决定来个三闯衙门。

出征前，老陈从里到外来了个全方位大换防，他不但戎装一身还戴了低檐鸭舌帽外加墨镜。

"您……您找谁？"楼还是这座楼，门卫还是这个门卫，陈步堂还是这个陈步堂，但待遇上又一次鸟枪换炮。

"我找王局长。"老陈粗嗓大门。

"您请！您请！"门卫低头做了个"请"动作。老陈倒背双手大摇大摆走上楼。哎呀呀！这感觉忒好！这感觉忒扬眉吐气！这感觉像奴隶到将军！这就是权力的附加值，这就是权力蕴含的无形资产，这就是权力所产生的钙质——我的背咋不驼了？我的腿咋不罗圈了？我的脊梁骨咋挺直了？

局长办公室在哪？他大模大样地问。"南端第一间。"老陈昂首走过去。就在这时大门开了，一群人簇拥着王局长走出来。

"王局，回去后马上传达会议精神，保证做到家喻户晓妇孺皆知。"

"光知道就行？""不！我们要了解精神吃透精神贯彻精神落实精神，要把党反击资产阶级自由化的精神作为头等大事。"

"王局，党中央太英明太伟大了，现在的反击这是及时雨。"

"中央就是管风管雨管冷管热管阴管晴管亮管暗的……""气象局！""气象局算啥？你以为气象局真能管老天爷？""王局我明白，中央是个管风管雨，管冷管热，管阴管晴，管亮管暗的老天爷。"

"这就对喽！"王局发出一串爽朗的笑声。

"王局，现在一小撮人自由的尾巴翘上天，我早就看不下去了。"

"同志们！中央的老同志早就看出这个问题，只是时机未到隐忍不发：韬光养晦，看他们表演嘛！记不记得五七年？"

"怎么不记得？不搞阴谋怎能有阳谋？不引蛇出洞怎能打到七寸？不敲山震虎怎能斩草除根一网打尽？"秃男咬牙切齿地说。

"政策和策略是党的生命，什么时候都不能忘记有理有利有节。让人说话天不会塌下来，不让他们说话不让他们表演，怎么能逮得稳准狠？”

"先大鸣大放再挖坑守候；先自由民主再一举擒获。高！实在是高。"一徐娘颔首击节。

"再不反击资产阶级自由化，四项原则还要不要？党的领导还要不要？社会主义江山还要不要？"王书记声音冷峻面容冷峻，一副运筹帷幄的沉稳。

"说白了就是我们的特权还要不要？我们的位置还要不要？我们的利益还要不要？"秃男脱口而出。

"你怎么这么说话？"王局沉下脸。

"我这人就是嘴臭。"秃男挥掌自己，脸被扇的乒乓响。

"共产党员要荣辱不惊喜怒不形于色。看看我们的邓总书记，三起三落终成气候；垂帘听政不露痕迹。"

"共产党人能钻狗洞能跳龙门，能翻手云能覆手雨。"徐娘谀笑着。

"……有些话只能意会不可言传。"王局若有所思，"把嘴栓紧是最大的党性，保守党的秘密是重中之重。"

"谢天谢地！党中央终于动手了。"秃男喜滋滋地摸了摸脑壳。

"你们回去后要布置一下，做到动静结合内外有别，点面结合内紧外松。搞运动也要讲究艺术性策略性和……"

"欺骗性。"秃男再一次脱口而出。王局的脸沉下来。"什么叫沉默是金；什么叫于无深处；什么叫心领神会？什么叫看破不说破……你们回家好好啃啃马列和毛泽东选集。""外加邓小平理论。"秃男抹着头上的汗。

"党章要活到老学到老，随着历史变化而变化。猎人要躲在暗处，才能成为百发百中的神枪手。"

"高！实在是高。王局，我真想为你出一本……王局格言。听说您是名牌大学高材生。当年您的揭发，让一个个右派应声入网，其中还包括你的发小你的室友你的初恋……"

"蠢货！右派都平反了。"徐娘朝秃男使了个眼色。

"既然是党的人，就要把一生交给党安排。养兵千日用兵一时，不然要你们这些党支部，党总支，党委书记干嘛？你们这批肩不能扛，手不能提，只会打报告只会整人的蠢货。"王局长声色俱厉地骂着，还特别睖了一下秃男。

秃男赶紧低下头，其余的蠢货也全部低下头。

"把头抬起来，党考验你们时候到了。"王局的声音有磁性更有激情。

"反击资产阶级自由化，我们绝不心慈手软。""王局！我们一定交出党满意的答卷。""请组织放心……"一群人逶迤着下楼。人走了，但亢奋的肾上腺气味依然萦绕在走廊上。

"又要运动了又要运动了……"老陈嘴唇惨白嘴唇阖动。

"老陈！陈老伯！"有人摇晃着老陈的肩膀。"啊……王书记。"一声惨叫很是凄厉。

"老陈，我正想找你你倒不请自来。我问你，揭发信是你写给粮食局的？"

"不！不！不！没！没！没！"

"你这个老同志。写揭发信是给党洗脸，好事嘛！"

"信不是我写的，是我家……兔崽子写的。他瞒着我……他瞒着我写的。"

"你的瘦金体我还不认识？"

"他……他模仿我的笔迹，他模仿我的笔迹。"

"你今天来干什么？嗷！一身行头呱呱叫。来示威？来挑衅？来个鱼死网破？""没没没……"老陈语无伦次挥舞着手。

"谅你也没有这个狗胆。还不滚出去等候处理。"王局走进办公室，"砰"地关了门。

下楼时，老陈的脚步趔趄得厉害，他的背又驼了，腿又罗圈了，连脊梁骨都伸不直了。虽是下楼，但比上楼累一百倍。

　　从局里回来后老陈就怏怏的。一闭上眼，一叠叠钱就在面前晃动，他伸手去抓可钱不见了。一个狰狞的脸慢慢浮上来，"还不滚出去等候处理！等候处理！！等候处理！！！"这三个大大的惊叹号如三座大山沉沉压过来。

　　"三座大山三座大山。"半夜时，他尖叫一声从床上弹起。

　　"你胡扯啥？共产党早推翻了压在中国人民头上的三座大山。"被惊醒的士芳安慰着他，"天亮了，你的恶梦就醒了。"

　　"不要说天亮，就是在阳光下恶梦还是不醒。"

　　"要不吃点安神糖浆。"老陈吃了安神糖浆，可恶梦依然。

　　"那你就吃安眠药。"士芳只得让药物上一个台阶。

　　"一万三啊……运动啊！"他醒时念叨这串数字这个动词，他睡时念叨这串数字这个动词，这是谵语呓语魇语也是他的心语。

　　"不就是一万三？你就当吃了喝了用了。"新浩把安眠药放在他手掌里。

　　"王局让我等候处理……"

　　"我还让他等候处理呢，这个不要脸的贪污犯。"

　　"使不得！使不得！"

　　"有什么使不得的？你不就是行使了公民反映情况的权利？他是能吃了你还是能毙你？做贼的坦然不做贼的恐惧，这是啥逻辑。"新浩忿忿着。

　　"你懂什么……政治很阴险很毒辣很卑鄙很无耻。"老陈呻吟着。

　　"你说的阴险毒辣卑鄙无耻的政治，只是中国的政治。其实政治应该清明而公正，透明而公平。公仆是人民选出来的，公仆应该服务于人民而不是骑在人民的头上……"

　　"你在说梦话吧。"老陈恶狠狠地说，"还不在你臭嘴上装把锁。"

　　"嘴除了吃饭还有说话功能。上帝给了这个人类这功能，为什么要放弃和恐惧这功能？"

"又运动了……"老陈脸上的肌肉抽搐着。

"在中国运动是绝对的，不运动是相对——我已经去市信访办了。"

"你？你不要命了？"

"要是一个人的命这么贱这么轻，不要拉倒。我要求市里进行笔迹鉴定。"

"……市里怎么说？"

"当然是说得比唱得还好听，可惜是挂羊头卖狗肉。"

"你……没和他们冲突吧？"

"我要是不横下一条心，他们肯做笔迹鉴定？那个接待员就是条恶狗。"

"你骂他了？"

"我指着他的鼻子大骂。爸……你怎么了？爸！你翻上去的眼白怎么是黄的？"

"你闯祸了……"

"先不说这个，我们上医院我们赶紧上医院。"

"医生，我父亲究竟怎么了？"新浩悄悄问医生。

"晚期肝癌——尽最后的孝吧。"医生摇着头。

"医生，我没什么病吧？"老陈从检查室出来。

"你只是普通黄胆肝炎，需要营养需要休息。"

"我不需要营养也不需要休息，我只要处理结果赶快下来。"

"处理？处理什么？"医生不解地问。

"……这是父亲的心病。"新浩悄悄地说。

"……既然是心病，那就该看精神科。"

"医生！你能看得了我身体上的病，但看不了我精神上的病。"老陈沉重地说。

"这么大年纪了，你该放宽心。"

"我想放宽可宽不了，它是三座大山紧紧压在我心上。"

"老伯真幽默：中国人民早就推翻了压在头上的三座大山。"

"可这是新的三座大山。"老陈认真而苦恼地说。

"你父亲最多有半年时间，为了减轻他痛苦，你要解去他心中的疙瘩也就是他说的三座大山。"医生悄悄嘱咐新浩。

"我想方设法去解决，可凭我的力量无能为力。"新浩苦笑着。"这心病植在他心上四十多年，我真的回天无力。"

"四十多年？竟有半世纪的心病？"医生诧异地扬起了眉毛。

天刚蒙蒙亮新浩就起床了。从他住的中原小区赶到吴淞路保姆介绍所最起码要二小时，然后就请保姆的事和保姆展开一轮轮面谈。听说是服侍一个晚期肝癌者，许多保姆含笑拒绝。新浩费尽口舌动之以情晓之以理，总算钓了个刚来沪的安徽妹。

进门安徽女就和老陈打个照面，当看到黄皮肤黄眼睛甚至连眼白都成蛋黄时，保姆怪叫一声逃了个无影无综。

"这疯癫女是哪路神仙？"老陈惊诧地问。

"可能是到楼上串门的。"新浩掩饰着。本想来个先斩后奏，想不到这事因为父亲的"黄"而黄了。

"这女的贼头鼠目说不定是踩点贼，我去居委会报告。"老陈艰难地站起来。

"你身体不好就不要去了。"士芳心疼地拉着他。

"昨天薛书记谈了形势……"

"又是国际国内形势一片大好？"新浩拧开药瓶取出药，一脸的鄙夷。

"不！她说现在国际形势很严峻，一小撮反华小丑又跳出来搞破坏搞腐蚀。"

"这撮反华小丑的寿命真长，一搞就是半个多世纪。"新浩嘴角一咧。

"薛书记说中央已下了指示，要从思想上组织上加以抵制，搞一场清除精神污染的人民战争。薛书记还说，中央在这事上已部署完毕，从宣传到组织从人力到物力……"

"关于这点我绝对没有疑义：搞运动政府一贯不遗余力。"

"薛书记说了……"

"你左一个薛书记右一个薛书记，你有没有把一万三的事向她倾吐？"

"这哪能？""为什么不能？""这是家庭小事，她谈的全是社稷大事。"

"那你就为了社稷大事把药吃了。"新浩恼怒地把药送到父亲嘴边。

第二天一早，新浩又带着一中年妇女进了家。她肯来一是许了高薪，二是她丈夫也是死于此病，惺惺相惜同病相怜，所以才肯进这个门。

"我不要保姆。"老陈一口拒绝。

"就算我求您了。"新浩一边看表一边请求着。

"那你……先去上班。"沉吟一番后老陈总算撂下这话。

"这是买菜的钱，这是拿牛奶的卡，这是父亲的药，这是母亲喷哮喘的药，饭要软一点，菜要淡一点，这只高脚痰盂是母亲的，这只有框痰盂是父亲的（怕传染），这水瓶里的温水是洗脸的，这水瓶里的油花水是烧汤的，这……"

"天呐！再说下去我就要爆炸了。"保姆双手捂耳尖叫一声。

"一回生二回熟，我父母的事就拜托您大姐了。"新浩用请求加乞求的眼光看着保姆。

"我就是看在你孝子的份上才答应的。"保姆放下手很认真很动情。

"那我就谢谢您了。"新浩也很认真很动情。

"我原以为上海已经没有孝子，想不到在破房陋室里还遇上一个。”保姆很感慨。

下班后新浩发现保姆不见了。

“人呢？”“被我回掉了！”“为什么？”“我还要问你呢？雇她时，为什么不看看她肚子。”

“她怀孕了？”“比怀孕还可怕。今早吃了二大碗饭，中午又吃了二大碗，如果晚上再吃二大碗那就是六大碗。”

“所以你在吃晚饭前辞了她？”

“我已经损失了四碗，我不能再损失六碗。你想想，照她这么吃法一天要二斤粮，一月就是六十斤，外加菜钱水钱肥皂钱擦屁股的手纸钱……”“这些钱由我付！”新浩淡淡地说。

“你付我也不干，你这不是让我养病而是折我的寿。”

“那我明天找个饭量小点的。”

“饭量小也要吃饭，除非找个不要工资不吃饭的机器人。”“可机器人也要用电啊！”“既然没有免费的，那我一个也不要。你要是再找来，来一个回一个。”老陈斩钉截铁地说。儿子突然扑哧一笑。

“你笑什么？”

“我笑保姆来了后你念叨的内容变了，不再是一串数字一个动词。”

“哎呀呀！今天在我眼前晃动的尽是这四碗饭，这个数字和这个动词我倒是真忘了。”“忘了这个，你心病就没了。”“虎去狼来。”“虎去狼来？”“数字没有了动词没有了，但工钱菜钱，水钱肥皂钱，擦屁股手纸钱，外加四大碗饭老在我面前晃。这不是虎去狼来是什么？”

新浩什么也不说，只是长长地叹了口气。

“作孽啊！养儿子有什么用。”“作孽啊！一个哮喘老太加一个晚期癌症，家里竟没保姆？”“儿子来一圈走了，媳妇待一会也走了，端个汤喝个药的就没人管？”“逆子啊逆子。”

新浩一进弄堂就听到满耳抗议声，他很委屈又不能申辩。既然父亲坚持不肯请保姆，那只有把他送进医院接受护理。

新浩走了许多许多的医院，一听说这把年纪又是这个病情，没有一个医院能发扬革命的人道主义。

"造孽！昨天老太自己拎着痰盂去倒，差点摔个半死。""造孽！今天老头亲自刷痰盂，人晃的站都站不住。""可怜啊，二人的岁数加起来都一百六了。""没良心的狗东西。"

新浩一进弄堂就听见洋洋洒洒的飞流短长。他走过去流言消失了，他一转身蜚语又回来。流言是水银，来无踪去无影上天入地无孔不入；蜚语是幽灵，随形逐影不远不近不离不弃。

"我不在乎我的形象，但我在乎父亲的痛苦，都说这病到了最后被活活疼死。"新浩黑着脸躺在床上。

"既然单位不能请长假，那你只能辞了……工作。"儿媳一脸无奈。

"就是二十四小时在他身边也不能减轻他痛苦，他需要治疗他需要医院。"新浩仰身爬起。

"舍不得孩子打不了狼。"儿媳拉开大橱取出一张存折，"乍浦路医院院长的夫人是我同事的小姐妹，听说她最喜欢金银首饰。"

"可惜我家首饰全归公了，要不父亲就能住干部病房了。"

"昨天我去看了项链的价格。"媳妇紧紧攥住存折，眼珠子死死地盯着四千这个阿拉伯数字，"要四千多一点。你还有零钱吗？"

"我只有八元多。"新浩把角币分币纸币全掏出来，"不过你给我留一元。要是自行车轮胎坏的话……"

"轮胎不是一贯自己补的吗？""轮胎是自己补但要胶水啊，我总不能用口水来补胎。"

"这么多年的积蓄就这么打了水漂。"儿媳把存折使劲按在胸口上。

"万善孝为先嘛！"新浩苦着脸。

　　"这点仁义道德我懂，但我就是气不过。"儿媳的眼珠子死死停在四千这个数字上，"有病就住院，为啥要行贿？"

　　"这就是邓小平所说的，有特色的中国国情。"

　　"三回死不了又三次复生的那位？"儿媳冷笑着，"奸佞货！变色龙！"

　　"洪洞县里无好人，土匪窝里无好人"

第二十五章　怎么一个死法

项链一出手马上买到院长夫人芳心，同时也买到住院通行证。

"爸爸我们马上走。"新浩兴冲冲地走进门，"早上我接到医院电话了。"

"什么医院？""就是塘沽路上的街道医院，这医院好着呢！"有治疗就能减轻痛苦，有医院总不至于坐以待毙。

"我不想去医院。""为什么？""我吃的下睡的着上什么医院？"老陈神闲气定。

"你爸现在吃的下睡的着像换了个人。"士芳喜吱吱地补充着。

新浩细细打量父亲，果然发现鸟枪换炮旧貌换新颜。咦！怎么有这么大变化？难道医院诊断错了？难道一错就是三家医院？

"你现在感觉如何？""虽然肝区有点疼但整个人感觉很轻松。""粮食局来人了？""没有。""市里来人了？""没有。""有好消息了？""没有。"

"那……"新浩惊讶地看着父亲，父亲翘着二郎腿坐在藤椅上，面容恬静神态安详，双眸定定若有所思，要是手上再插支烟，那就是复活的鲁迅。

"前天……我又去了市里。""儿子，市里怎么说？"士芳着急地问。"在独裁体制下，不会有包公也不会有海瑞，对他们能有什么指望？"新浩一脸愤怒。

"我早知道是这样的结果。"老陈一字一顿，神情不委琐不谄媚，不消沉不亢奋，有僧人的淡然。

"既有今日何必当初。"新浩脱口而出。

"我这是不到黄河心不死啊！"

"那一万三就这么算了？"士芳还不死心。

"蒸发的岂止是一万三？"老陈嘴角掠过讥讽的笑。讥讽自己还是讥讽这个社会？翘着二郎腿的父亲，竟然有了圣徒般的安详。

新浩呆呆地看着父亲。三十年来他第一次看到一个值得尊敬值得爱的父亲。难道"人之将死其言也善，人之将死其人也善"？难道父亲的灵魂已预先超脱到天堂？难道父亲在"穷尽人生"时才露出真正的本色？

新浩偷偷把母亲拉到厨房。"父亲这二天有什么反常？""前天拿着病历卡出去转一圈，回来后把你从黑龙江带来的砖头书又看又翻。"

"……这是医药词典，可是我忘了藏。"新浩抽了自己一巴掌，"他肯定知道自己的病。"

"你是说他知道自己的病？我看不对……他看完书后又是说又是笑，像拣回一只大元宝。一万三不念了，饭也吃得下了。"

"他应该万念俱灰，现在却神闲气定？"新浩搔了搔头一脸迷茫。

"陈步堂的信。"邮差在门外嚷着。

"粮食局的信，一定是上访有结果了。"新浩把信递给父亲。

"你读吧，不用看就知道子午卯寅。"父亲淡淡地，神情中有举重若轻的安详。

"……市信访站已经把你的上访材料转到我局。粮食局经过慎重调查现裁定如下：一，一万元收据上的签名和陈步堂本人的签名同属一人。

二，指控王局长的材料证据不足，不予采纳。"

"为什么不肯笔迹鉴定？"新浩嚷着，"不就一个公安局的笔迹鉴定？"

"徒劳的申诉徒劳的鉴定——他要是给你个假鉴定，还不是一样？"

"既然这样，还要人民信访站干什么？既然这样，还要层层衙门干什么？""孩子！那是聋子的耳朵瞎子的眼睛，除了装门面骗人外根本没一点实质意义。你想想，运动员和裁判员都是一个人，那破记录的成绩是假还是真？"

"爸！您总算明白了。"儿子一把攥住父亲的手。这是三十年来，父子第一次心和心的交流，脉和脉的沟通。

"我明白了，可我快要死了。"

"这……""有些事往往在临终前才明白。"老陈疲倦地闭上眼：这番话耗尽了他一生中所有的力量。

"爸！我们上医院。"

"不！"

"爸！我们一定要上医院。"儿子猛地扑在父亲脚下，这次是真正的跪叩。

"我说过我不去。"

"为通路子上医院，已经花了四千元。"儿媳只得实话实说。

"四千？"老陈惊讶地跳起来。

"小香小火收买不了菩萨。"儿媳叹了一口气，"为了一根金链子，你就去吧。"

老陈颓然不语。

"我去叫出租。"新浩喜出望外。"我绝不坐出租。""那怎么去？乘公交车要转二部，而且还不到医院门口。"新浩犹豫着。

"乘黄鱼车去。隔壁小五子家有。"

"那你等着。"新浩兴冲冲去了小五子家。五分钟后空手而归。"不借。他们说这病能传染。""你去跟薛书记借轮椅。"老陈果断地说。"对！居委会的轮椅本来就是为人民服务的。"儿媳大声附和着。

新浩兴冲冲去了居委会，五分钟后空手而归。"薛书记说，居委会为人民服务而不是为一个人服务，她不但要对你负责，更要对全体居民负责。"

"此一时彼一时……要写黑板报时，要搞大扫除时，要揭发材料时，怎么不这样说？"儿媳愤慨着。

老陈静静地听着，二只黄黄的眼珠潮湿了，眼眶里蓄满盈盈的泪珠，欲滴不滴欲下不下。儿子呆呆地看着父亲，这么多大风大浪大悲大痛都过来了，难道他还介意今天的"被拒"？

"您不必伤感。"儿子佯笑着，"这实在算不了一回事。"

"我在这里生活了半世纪，哪一次不是上面说啥我干啥？哪一次不是招之即来来之能战战之能胜？黑板报是我出的，墙头是我粉刷的，下水道是我疏通的。巡逻是无偿的，值班是义务的。今天我病了，借一把轮椅怎么了，难道比借御车还困难？这社会还有没有人情？这薛书记还是不是人？"欲滴的泪珠终于下滑，点点滴滴溅在衣衫上。

儿子媳妇还有老伴全愣住了，这眼泪，这迟到的眼泪里有多少忏悔，多少感悟，多少只能意会不能言传的内容。

儿子一把抓着父亲的手。"死了张屠夫，咱们坚决不吃混毛猪。他们不借，我照样让你乘轮椅到医院。"

"对！佛争一炷香人争一口气，我今天就是要坐一次轮椅。"老陈紧紧攥住儿子的手。

"不吃馒头争口气，怎么也要搞出个不是轮椅胜似轮椅的轮椅。"儿子推出自行车，在老坦克的后架上插一块板，又在中轴上固定二块板，取出被褥铺在后架，老陈面朝车头坐上去，二脚稳稳地搁在木板上。

一切就绪，老坦克隆重出发。孙子在前面打头阵，儿子在中间把龙头，儿媳扶着老人殿后。车把上一左一右挂着脸盆和水瓶。孙子在前头指路，车铃在中间脆响，儿媳在后面嘱咐，间或还有脸盆水瓶发出的叮当。这不是交响乐，却比交响乐更有气势；这不是轮椅，却比轮椅更舒适温馨；这不是仪仗队，却比仪仗队要隆重要风光。自行车一破二旧，但是自行车上驮着亲情，驮着天伦，驮着仁义礼智信，驮着一个人应该具备的铮铮铁骨。

"朝前。""是！朝前。""转弯。""是！转弯。""直走。""是！直走。""一定要让轮椅经过居委会。"孙子大声说。"是！一定要让轮椅经过居委会。"儿子重复着。老爷子朝儿子一挤眼，儿子朝孙子一挤眼，于是三口人，不，三代人一起会心地笑了。

三十年了，终于冰释前嫌，终于有了共鸣，终于有了父子的会心一笑。今天是黄道吉日，今天是破冰之旅。

车队隆重地向居委会驶去。老陈头抬得高高，胸脯挺得直直，灿烂的笑一览无余。中午的骄阳一览无余照在他身上，把他塑成一个大大的金人。

"爷爷真棒！"孙子欢呼着。

"老爸真棒！"儿子鼓励着。

"老爹真棒！"儿媳响应着。

老陈头抬得更高，脊梁也挺得更直。这么多年，他第一次昂首挺胸，这么多年，他第一次赢得了儿子孙子的敬重。可是夕阳无限好，只是近黄昏……

车铃"丁零零"响起，如放飞的鸽子如燃起的鞭炮。带着脆响，带着火焰，带着自由，带着欢呼。居委会被震撼了，一只只脑袋钻出来。

"不是说他患癌了么？怎么有癌比没癌还精神？"猴三凑近薛书记的左耳。"不是说他快死了吗？快死的人怎么这么精神？"二流子凑近书记的右耳。

"黄泉路近反倒神气起来，哼！"薛书记气得满脸通红。

"这是向居委会挑战。"猴三愤怒着。"这是向组织示威。"二流子愤慨着。

"你们知道他为什么敢这么放肆？"薛书记冷静地问。"莫不是……医院诊断有假？""莫不是……找到新的靠山？"

"诊断是真靠山是假。正因为他知道自己活不了多久，所以才敢如此这般的肆无忌惮。"薛书记冷笑着。"原来如此！""原来这样！"

"死到临头翘尾巴算什么英雄？"薛书记冲老陈背影嚷着。这声音尖利高亢，如锥子钻进耳膜。

老陈的头，猛地垂下。

儿子的心一阵绞痛。这一刹，他终于明白父亲变化的原因。他是在薛书记的尖叫下才明白父亲变化的原因。看着重新佝偻下腰的父亲，巨大的悲哀掳住了他。

隆重的车队，在众人瞩目中抵达医院。有了黄金的护驾保航，一切进行的都很顺利。做完例行检查，办完住院手续，该回去的要回去，该留下的要留下。

"这是护理医院，所以家属不能陪夜。"护士绷着脸，话硬得呛人。因为她连半点碎金都没捞着，有怨气是正常的。

"请个护工吧。"儿子低声请求父亲，"我们一走您没人照顾。"

"我不需要。再说，我就回家。"

"那……明天再说吧！"儿子为难地退下。

第二天新浩一进病房就被护士拦住："入院须知知道不？难道你们要破坏医院规矩？"

"怎么了？""怎么了？你看看你父亲的床单。"

儿子掀起被单看到床单上有黄黄的污垢：黄疸从皮肤上渗透出来，再从皮肤上渗透到床单上。"就这样恶心的床单，还不让换？"护士很生气。

"爸！把床单换了吧，这是医院规定。"

"你懂啥？换一次被单加一次钱。家里被单半年换一次，这里却要天天换。"

"您别说了……"儿子满脸通红，"不换被单算一天的住院费，换了被单也算一天的住院费。"

"我不相信。洗被单钱，还不是羊毛出在羊身上？"

"我今天算开眼了，世上还有这号人？"护士直翻白眼。

"大爷，换床单不加钱。""大爷，换床单是医院制度。"前后左右的病友纷纷站出来作证，老陈这才同意换被单。

"你父亲病这么重，二十四小时谁服侯？"护士继续着她的不满。

“前后左右哪一个病人没护工？”“让我再做做他的工作。”儿子陪着笑脸。“你看着办吧！”护士扔下这话板脸走了。这哪是白衣天使这简直就是病人的后妈。

儿子坐在老子床边促膝谈心，一帮一，一对红的工作做了三十分钟未见分晓，但上班时间已过，儿子只得请了一天假。第二天，病房所有病人暨家属参加讨论：要不要请护工？

“手脚齐全请什么护工？”老陈很干脆。

“再齐全你也是重症病人，倒个水上个厕所都要有人照顾。”

“那我……择时而请。”“择时？”“我每天只请一小时。”“一小时？”“一次请十分钟，一天请六次，一天请一小时绰绰有余。”

“这是医院不是买零拷酱油，不能零打碎敲。”“碎的连在一起就是全的，零的凑在一起就是整的。”老陈理直气壮。“可医院不许这么做。”“不许就不请。”老爷子沉下脸，于是群众大会宣告流产。

流产半小时后老陈上厕所，蹲着蹲着就摔在地上。护士为他换衣裤时发出最后通牒，但老陈双目紧闭就是不开金口。

半夜，一声巨大的“况档”声终于触犯众怒：老陈倒水时把暖瓶打翻。于是病房再一次召开董事会。

“既然你们苦苦相逼，我只得同意。但是……”“但是什么？”“让我的孙子做护工。”“他才十二岁啊？”“知道不知道松下电器？”“当然知道，我家电器就是松下的产品。”“知道不知道松下先生的著名箴言？”“愿听高论！”“肥水不流他人田。我出一半价钱请孙子。孙子暑假有进帐我又能节省开支，岂不二全其美哉！”最后一个字拖长三拍，以至这个“哉”如消毒液的气味，弥漫在空气中久久不散。

“您的护工钱我来付。”儿子又一次脸红耳赤。

“第一，你节省了护工钱；第二，你锻炼了儿子的能力，第三，这样做让我高兴。有了这三点，何乐不为？”老陈扳着手指一一道来。

病房静悄悄。一个黄泉路近的人还能这么考虑，可见他绝不亚于“儒林外史”中临死前要抽去一颗灯芯草的仁兄。

刚读中学的孙子奉旨而来。盆盆罐罐洗洗刷刷，端茶送水擦身换衣。看着稚嫩的孩子围住黄疸肝癌的病人转，许多人不忍地转过头。

"你去领个扁痰盂，这样大小便就不用孩子搀扶了。昨天老的小的一起摔地上。"护士对新浩说。

"据我所知，借痰盂要收钱。"老陈说。

"不就一天三毛？""就是一分也不行，马上去家里拿。"老陈吩咐着。

"家里啥时有过扁痰盂？"新浩惊诧地问，"五十年前从乡下带出来的。"

"在哪？""阁楼上木料旁箱子后扫帚下。要不画张方位图？""这倒不用。问题是这五十年的痰盂还能用？""养兵千日用兵一时，带出来就是为了这一天。""那我去拿。"新浩踩着咯吱吱的老坦克上路了。骄阳如火，正是七月流火季节，骄阳当空，正是炎热的午后。

一小时后，满头大汗的新浩端着尿壶进来。所有人笑弯了腰，这泥胚子哪是尿壶，说是水缸还差不离。

从这天起，老陈的拉屎撒尿就成了病房一大景观。水缸放在身下，嫌太硌太硬太威武；水缸放在地上，嫌太脆太嫩太单薄。床上用它，要把腰弯成高高的抛发线。地上用它，则把臀撅成一圆圆的彩虹。尿壶一上床，老爷子嚷着低点低点我的腰啊。尿壶一下地，老爷子则嚷着悬着悬着小心碎了。床上如厕是练腰练腹的展示，地上如厕是轻功蹲功的过程。这不是如厕，这是床上杂技地上芭蕾。这不是如厕，这是拼搏这是折磨。

"你的床上芭蕾，让我的心脏受不了。"左床躺不住了。"我宁可替你付钱也不愿意看痛苦的杂耍。"右床憋不住了。

"这东西是……古董。"老陈呼哧呼哧喘气。"元朝还是明朝？尿壶还是水缸？"

"能对付一天就对付二十四小时，半世纪的保管费怎么也要赚回来。不然太亏。"

"它不亏就亏了你。你如厕不觉得痛苦？你不觉得我们跟着一起痛苦？"

"一天能省三毛痛什么苦？"老陈上气不接下气。

"我真希望一枪毙了它。"左床咬着牙。"我真渴望它一分为二。"右床切着齿。对尿壶的仇恨，是病房同仁一致的仇恨。

老陈一天比一天虚弱，现在他都站不起来，如厕只能在床上进行。

一看到尿壶，老陈条件反射地挺腰挺胸。挺啊挺，坚持到脊背下有一个空间，而且是大大的空间。尿壶进来呻吟随之进来，尿壶出来呻吟随之出去，极其同步。

随着便溺的增加，尿壶的活动量也增加；随着活动量的增加，呻吟也增加。前后左右的病友只得修筑防御工事。不听音乐的戴上耳机，没有中耳炎的塞上棉花，有的干脆做鸵鸟，只要尿壶有动作，立马扯上被单裹着头。

"爷爷！尿壶要进来了……""爷爷！尿壶已经进来了。""爷爷！尿壶要出去了……""爷爷！尿壶已经出去了。"孙子一天若干次地拉响红色黄色黑色的警报。警报解除后，孙子端着尿壶朝外走，他走得很慢也很小心。

"你干啥？"一声尖叫打在头上。孙子手一哆嗦，尿壶摔了个粉身碎骨。

"太好了！""太好了！"房间里响起一片欢呼。

"你咋这么不当心？这下完了。"老爷子呼哧呼哧从床上探起身子，"碎成几块？"

"一地瓷片！""满地开花！""还能不能……粘？""粘可以，但一定要回炉。"

"回老家喽！""终于回老家喽！"病房一片欢笑。看到丑陋而怪异的家伙满地开花后，众人全部乐开了花。

"笑什么笑？咦！这是重诊病房，你这个孩子来干什么？"医生走进病房问。

"我是我爷爷的护工。""你做护工？家长呢？""我就是他家长。"儿媳满头大汗走进来。

"闻所未闻！让这么小的孩子做护工这可是闻所未闻。"医生冷笑着，"这是黄疸不是黄油，这是肝上的分泌物不是画布上的黄颜料。你不怕孩子传染？"

"我……知道。""就是经过培训的护工都要戴手套戴口罩，时时刻刻用消毒水。你省钱，就让孩子健康做抵押？你省钱，可是省得空前绝后。"医生凶狠地说。

"爸！医生的话你都听见了，明天换人吧！"儿媳苦着脸。

"成事不足败事有余的小子。我的尿壶啊……"老陈喉咙里滚出一串断裂音符，这音符凄厉而悲戚。

"爸！请护工……""别提这二个字。""以前您手脚能动不请护工，现在您身体差了就应该请护工。""身体好时都不请，身体差时更不必请了。"老陈直挺挺地说。

"你快替他擦擦身子吧，我们可受不了他的异味。"左床啪嗒啪嗒扇着大扇子，"昨天你儿子给爷爷擦身，身子没擦干净倒把脏水泼了一地。"

"天天三十八度高温，没有空调不能洗澡人都馊了，你闻他身上那个味。"右床捂着鼻子。

"爸，我给您擦身吧。"儿媳小心翼翼地问。

"虽然我不封建，但儿媳给公公擦身，不妥……"老陈费劲地说。

"孙子擦不动，媳妇擦不雅，你想熏死我们？"病友发出了抗议。

"我擦我擦。"儿媳眼一闭，挥动毛巾上上下下里里外外地擦，盆里的水成了散黄蛋汤。这黄疸忒是厉害。

　　"爸！换短裤汗衫。""……折腾个啥？昨天刚换过。""昨天是昨天今天是今天。昨天三十八度今天也是三十八度。""……那就换。""爸！我带了几套短裤汗衫，这套短裤汗衫又黄又有洞不要了吧？""不要？你……你不肯洗我自己洗。"

　　"我洗我洗。"儿媳一边洗一边打恶心：这黄疸果然厉害，用肥皂搓用刷子刷用开水烫，依然不改变黄的英雄本色。

　　衣服洗完后放到阳台上去晾。一看到黄袍登场，病友纷纷转移自己衣服，这黄毕竟是肝癌的分泌物。

　　"小……孙"半醒半寐的老陈大声嚷着。儿媳惊慌地从阳台上冲进来："爸！什么事。""……我衣服呢？""衣服在这。"媳妇拉开抽屉。"都放在第二格。""我……不是指这个。""那您指寒衣？寒衣在第三格。""什么……寒衣？我说的是刚刚洗的一套。"

　　"正晾在阳台上。""……赶快把它拿进来。"老陈喘着粗气。"还没干呢，正好让太阳消消毒。""没干不……要紧，要紧的是不能让别人偷去。""至于吗？别人偷黄黄的有洞的汗衫短裤？"

　　"不怕一万……就怕万一；害人之心不可有……防人之心不可无；人无远虑必有近忧——快拿进来放在我床头。"

　　"还滴水呢。""滴水怕什么……正好防暑降温。""滴水衣服怎么能放在病房？爸，我保证没人偷衣服。""你的保证不顶用……难道贼拿时还跟你打招呼？"

　　"要不我站在阳台上看着衣服，等衣服不滴水就拿进来。"儿媳耐着性子忍着怒火恳求着。

　　"你马上把它拿进来……衣服在外我睡不着。"老陈嘶哑地嚷着。

　　"你……简直前无古人后无来者。"气愤的媳妇脱口而出，"堪称空前绝后。"

　　"就是不可惜衣服……也要可惜肥皂，再说……这是全棉的。"老陈喘着粗气。

　　"我去拿，这套衣服守在你身边，就如金元宝守在你身边。"媳妇恼怒地把衣服拿进来。"……简直就是儒林外史里的怪胎。"她压低声音说。

"汗衫放在椅子上……短裤放在椅背上。转过来……就转到这角度。""这角度那角度有什么区别?"儿媳气呼呼地说。

午睡的病人全醒了,他们竖起耳朵睁大眼,听着看着这荒诞而真切,离奇非传奇,不可思议但千真万确存在的一幕。病房陷入敛声屏息,阒无声息的死亡境界。

"乓"一声巨响。"什么事?"护士冲进来,"究竟发生什么事?"

病房里静悄悄的,护士疑惑地扫视四周,猛然发出咆哮:"谁把滴水的衣服放在这?"

"护士小姐!这衣服靠着我……靠着墙头,绝不妨碍你工作。"老陈大口喘息,蜡黄的脸上,浮起永远的谀笑。

"不要说靠墙头,就是塞进抽屉也不行。"护士嚷着,"还不晾到阳台上去?"

"爸!听您的还是听护士的?"儿媳冷冷地问。

"不能放……阳台。"老陈咳嗽中,一口痰堵住喉咙。儿媳拍着他后背。"不能放……阳台。"呼噜呼噜中,他的嘴角溅出白白的泡沫。

"赶快拿出去。"护士更生气了。

"究竟发生什么事?"被惊动的医生带着惊慌跑来。

"有人竟把滴水衣服放在椅子上。"

"这是病人要求,我奉旨行事。"儿媳解释着。

"你是……"医生推了推眼镜。"你就是儿童护工的母亲?"医生一拍手,大有众里寻它千百度的激动。

"是又怎么样?"儿媳没好气地说,"是不是久仰?"

"不!你不要误会,我只是觉得……""什么?""有趣,太有趣。你快把办公室报夹拿来。"

"拿报夹干什么?"护士一甩头。"为了做思想工作,让他读党报?""你只管去拿。"医生朝护士眨眨眼。护士气呼呼走了,又气呼呼拿着空报夹进来。

"把报夹分开，上层挂汗衫，下层挂短裤……拉开点，转过来，把报夹正面对着病人，靠近一点再靠近一点，要最大限度地靠近……"医生详细吩咐着，护士忠实执行着。"哈哈哈！"儿媳忍不住哈哈大笑。"哈哈哈！"满房间的人也忍不住哈哈大笑。

"陈老伯！衣服挂成这角度，可以了吗？"医生忍住笑凑近了问。

"到底是……医生。""现在您满意了吗？""满意……其实角度不重要，重要的是衣服一定要在我身边。""这才是问题的核心所在。现在你可以高枕无忧了。""现在我的心……塌实了。"老陈话刚落，病房里笑声一片，连撅着嘴的护士也笑了。

几条身影探头探脑地踅过来，这是隔壁病友前来取经：何以病房，竟然成了欢乐大世界？

孙子走后，儿媳来接班。

洗洗刷刷倒没啥，有啥的就是擦下半身时，某个敏感地区的尴尬；端屎端尿也没啥，有啥的就是尿壶进出时，遇到某个敏感地区的尴尬。尽孝可以避嫌难。难得很！难得很！

魔高一尺道高一丈。媳妇在护工生涯里，总结了一套行之有效的工作经验：擦上身时张开眼，擦下身时阖着眼；洗尿壶时张开眼，进出尿壶时阖着眼。

"我教你一招：你把自己当成他闺女。"左邻献上了锦囊妙机。"我教你一招：你把自己当成他婆娘。"右舍献上另一条妙机。"为了省几个小钱，竟把身份颠倒成何体统？"对面的病友不乐意了。"这有乱伦之嫌。"

"哈哈！哈哈哈！"病房笑成一片，连苦着脸的老陈也乐了。

太阳刚爬上东边就迫不及待地散发热气。上海成了大烤箱，病房成了大火炉。病人伸长颈脖大口喘息，嘴唇一张一合如濒临死亡的鱼。

不能洗澡，没有空调，再加上床挨着床的密度，病房如一只散发异味的大尿壶。

"爸！擦个身吧。"儿媳端进来一盆水，"你衣服湿了。"

"不擦。湿衣服能带来……凉意。"

"爸！妈来看你了。"新浩搀着母亲进来，后面跟着被免职的小护工。老陈张开眼，死死看着妻子。士芳揉揉眼，定定看着老陈。四只老眼老眼四只，相看相望泪水涟涟徘徊在生死线上。

"妈！您帮爸擦个身吧，我擦不干净。"儿媳递上了毛巾。老伴沿袭浣纱女的做法给老陈洗刷。毛巾是槌棒，皮肤是衣服，一次次地槌，一遍遍地搓，分泌物在槌击中脱落，污垢在热水中融化，转眼清水成黄水。

儿媳配合着婆婆，一次次倒水换水汲水。医院不能提供洗澡，但能提供热水。用老陈的话来说，这水又不要一子儿，所以一盆接一盆，一盆复一盆，盆盆复盆盆。

"毕竟身份不同，擦洗的程度也不同。"左床感慨着。儿媳突然红了眼，湿了眼眶。

"怎么了？"新浩诧异地问。

"我为爹难过……他奋斗了一辈子，勤俭了一辈子，临终时，竟连个热水澡都洗不上。"

"热水澡？怕是他一辈子没享受过空调冰箱洗衣机吧？"右床一咧嘴。

"胡说！我爷爷享受过洗衣机带来的便利，但是，只有半次。"小护工嚷着。

"为什么是半次？"

"爷爷一看水电表转得飞快，马上说关关关。所以只是半次。"

"这么说罢了洗衣机的官？""这么浪费还不罢他的官？"孙子一挤眼。

"哈哈！哈哈！"病房笑成一团。"你这个……小东西。"老陈呻吟着，呻吟声被笑声淹没。

　　又一个酷热的早晨。

　　"今天究竟几度？""你指真温度还是假温度？"儿媳反问对方，"要是假温度就听电台的，要是真温度就把温度计放在房间中央。"

　　"他妈的！室内都有三十六度，天气预报不是说今天三十五度吗？"

　　"中国没有天气预报，只有天气后报。到了晚上才羞羞答答地说：今天是三十九度，各级政府已做好防暑降温的工作。""这是中国天气预报的特色。"儿媳冷笑着，"以前能相信报纸的是天气预报，现在能相信报纸的只是日期。"

　　"什么都假，除了日期。"有人长叹一声。

　　"这不是医院这是桑拿室；这不是治病这是炙烤。病人不像病人，医生不像医生；主人不是主人，仆人不是仆人。我刚才去办公室，那里凉得我都起鸡皮疙瘩。爸，您醒了？"

　　"你……"肿胀的老眼睁开一条缝，里面满是惊慌和恐惧，还有苦苦的哀求。"你不能……祸从口出。"老陈费劲吐出这句话。

　　"不说就不说，免得你担惊受怕。爸！要不要大便？"媳妇拿起尿壶。老陈痛苦地呻吟着，半天也没拉出屎来。儿媳用了开塞露依然不奏效。儿媳抽出尿壶，尿壶里有小便。小便又红又黄像隔周的浓茶水。

　　儿媳端着尿壶朝外走。"……回来。"老陈嘶哑地叫着。"怎么啦？""不要……倒。"

　　"为什么？"

　　"我说不倒就……不倒。"老陈挣扎着摸着枕头。"我来。"儿媳抽出枕下塑料袋。

　　老陈艰难地爬起来，拿起尿壶，哆哆嗦嗦朝塑料袋里装。

　　"爸！尿壶洗干净再装吧！""就几滴洗什么……洗？""爸！这里的水不要付钱。"到底是知根知底的儿媳，不但观察入微还一针见血。

"不要？哦……"老陈舒了一口气。"我去洗一下。"媳妇把尿壶从塑料袋里解放出来。"不要钱……也不洗。"老陈抓住尿壶。

"老伯，你是否想把小便送到自留地？"病友憋不住了。"哦……"老陈呻吟着。

"你住在城市不在农村，小便就是藏着掖着裹着包着，但是没用啊！"

"没……用？"老陈搔着头皮思索着。"它不能作为肥料浇到自留地里。"

"……是啊。"老陈终于觉悟，也终于清醒了。

"哈哈哈！"病房里笑倒了一大批。

"爸！今天你想吃什么？""我想……喝冬瓜汤。""我这就回家做。"儿媳匆匆走了。二小时后端着冬瓜汤进来。老陈只喝一口就吐了，不但把汤吐出来，连咳嗽的附产品也喷出来。

他的脸上全是痰，嘴里喷出来的，鼻子里涌出来的，气管里呛出来的。粘呼呼白花花的一片，如孩子吹出来的肥皂沫。

媳妇抽了卷纸赶紧去擦，老陈一把夺过卷纸，媳妇以为他要自己擦。

但他没有！

他把卷纸拉平铺直，然后一分为二。他把二分之一的纸放一边，把剩下的的二分之一的纸再一分为二。儿媳默默地看着这熟悉的动作。这么多年来，他一直用递减法来分解手纸，分解到手纸只有巴掌大的面积。可是在满脸秽物的情况下，他依然忠实地执行递减法。这是魔幻还是奇迹？这是疯癫还是习惯成自然？

秽物不耐烦了，它们示威地从鼻子上一点点朝下巴朝脖子转移。儿媳把头转过去，病友也把头转过去：那一摊黏糊而晃悠的秽物，不忍卒睹。

终于完成分割的他，把卷纸朝秽物扑去。但是来不及了，巴掌大的薄纸，根本不能阻挡秽物的下滑，秽物一泻千里蜂拥而下。

"快！"关键时刻，媳妇把一团卷纸朝秽物扔去。就在卷纸和秽物碰撞时，老陈扔了卷纸，扯起身上的汗衫朝秽物扑去。

快！快！快！汗衫终于裹住了秽物。

"为什么？为什么？为什么？"室友把一个个问号飞过来。

"买卷纸的钱要自己掏……洗汗衫的水不要自己掏钱。"老陈平静而安详地解答了这个问号。

病房里静悄悄。这一刻，所有人全被震撼了。

这是几十年不遇的大暑。整整十天全是三十八度高温。狗热得把舌头拖下，蝉热得停止了聒躁，浦江水热得停止流动，柏油热得缩成一团黑糖浆。

正常的人受不了，病人更是受不了，临终病人更更是受不了。空调有的，但是安置在办公室；冰快有的，但是存放在冰库；风扇有的，但转出的是热浪。无奈人的无奈之举就是把风扇开到最大。电风扇呼隆隆呼隆隆，如呼啸而来的火车头。呼啸声中，头皮发麻耳鸣阵阵。因为热，有人脸上身上挂满湿毛巾；因为热，有人自掏腰包买冰块；因为热，有人逃出医院放弃治疗；因为热，有人一命呜呼见上帝。忍无可忍的儿媳冲到办公室。医生翘着二郎腿在煲电话粥。得知事由淡淡一笑：有事找上级领导。

院长的行宫在海宁路，媳妇转了二部车赶过去，院长在美奂美仑的办公室里接待她。因为过度的冷气，院长套上昂贵的羊绒衫。

"冷热不均。你冷得要命，病人热得要命。谁之过？"儿媳开门见山。

"别急，坐下谈。"院长风度翩翩极有教养。

"我坐不下。病人正在火焰山烤着呢。""有这么严重？""各级政府机关请做好防暑降温工作。这不是我说的，而是广播电台的声音。你可以不听草民意见，但总要听上级圣旨吧。"

"这事院方正在研究……""高温已经十天。是否等病人一命呜呼才落实贵院决定？""你咋这么说话？""那我就不说话，请你到病房去考察研究研究考察。"

"这事么……会给你一个说法。"

"不是给我一个说法，而是给病人一个说法。什么时候去？"

"明天……后天要评职称，那就大后天吧。"

"我只给你二十四小时。"媳妇怒发冲冠摔门而去。

"我去找了院长。"儿媳气愤地说。"怎么说？"病友着急地问。"他说今天明天后天大后天。我只给他一天时间。"

"如果明天下午一时二十分还不解决，难道你火烧连云寺？"病友冷笑着。

"他不惧我，但是他惧他的领导。要是二十四小时还不解决，我就去找市委。"

"可这二十四小时真难熬啊。"

"再难熬也得咬紧牙关熬。"媳妇盯着窗外太阳，恨不得自己是当代夸父。热啊热，热得心烦意躁心动过速；热啊热，热得血脉贲张血压升高。忍啊忍，一分一分地忍，捱啊捱，一小时一小时地捱。总算盼到太阳下沉月亮当头。瞅着冷月，恨不得自己是后羿，挽弓搭箭，留住月亮的脚步。

脚步留不住，毕竟沉下去，艳阳早早就探出红通通的脑袋来。

上午过去，院方没丝毫动静。中午过去，院方依然没动静。都说信访函访电话访是肉包子打狗有去无还，果然如此。就是面对面的人访，也是这结果。

午后老陈已经半昏迷。儿媳继续把十根冰棍敷在他脑门，一刻钟后毛巾里只有十根小木棍。她奔去买冰棍时冰棍已经脱销。

儿媳看了看表，时针指在一点二十上。二十四小时过去，院方无耻地表示了沉默。媳妇冲进办公室抄起电话，有人接了电话并表态马上解决。

两点二十分，一辆黄鱼车和一辆豪华轿车同时出现。黄鱼车上装的是冰快，轿车里是一个雍容女人。医生惊慌失措地冲下楼，护士排成一队在迎接。走廊上人来人往，如打翻的狗窝踩烂的鸡棚。

"刘局啊刘局，这么热的天，您怎么亲自来了？"院长急忙赶来。

"人民的公仆，当然要把人民冷暖放心上——听说这里没做好防暑降温工作。"

"接到市委通知，我们正在落实。"院长的傲慢不见了，有的是鸡啄米的动作。

"落实什么？是落实办公室防暑，还是落实病房防暑？"儿媳双手叉腰迎面而立。

"这位是？""我就是打电话的人。病人不是病死而是热死的。"

"局长不是送温暖……不……局长不是送关怀……不……局长不是送冰块了吗？"

"局长不来你不来，局长一来，你屁颠屁颠赶过来。你来拍马屁还是来解决问题？"

"你这人怎么这么说话？"院长沉下脸。

"我就是这样说话，对你这样的人，就用这样的态度。"儿媳凶巴巴地说。

"这病房一共住几个病人？"雍容女关切地问。

"一共七个。二个逃回家，二个翘辫子，现在还剩三个在苟延残喘。"儿媳快人快语。

"这位老同志今年多大？""八十八。""高寿啊高寿。俗话说，人过七十古来稀。""这是托党的福。局长的指示，就是医院工作的灯塔。"院长点头哈腰地说。

"不要这灯塔那雨露，拍马屁也要看时候。现在托局长的福，让我公公透口气吧。"儿媳大声嚷着。

“热是热了点。咦！冰块呢？”

“报告局长，只剩这点了。”护士手里是一小盆冰块。

“不是有一大车嘛？”“全被病人抢走了，现在连冰棍都买不到。”“赶快把冰块让病友们享受。”

“这点冰块，让蚊子享受还差不多。”儿媳冷笑着。

“老同志啊老同志……”“你……”老陈艰难地睁开眼。“老人家！你儿媳反映的情况很重要，市委知道后也很重视。人民政府一贯倾听人民意见，一贯为人民谋利益。”

“你提意见……了？”老陈急切地问。“忍无可忍，容无可容。”儿媳的回答很干脆。

“这个意见提得好。”雍容女很大度。“您……是？”老陈仰起头。“我是卫生局的刘……”

“她是刘局长。车子就在下面。”

“车子？什么车子？莫不是抓人的车？”老陈紧张地问。

“车子当然抓（装）人喽。”护士笑了。

“你……闯祸了。”老陈八手指朝儿媳一指，接着眼珠一翻，昏厥过去。

“爸！是装人的车不是抓人的车。爸！是装人的车不是抓人的车……”媳妇声嘶力竭地嚷着。老陈的眼睁开一道缝，嘴唇阖动一下。

“爸！”

“别提……意见，永远永远……别。”老陈抽搐了一下，接着痛苦而惊悸地闭上眼。医生用电筒一照瞳孔，然后把被单朝上一提。

“爸！爸！”媳妇痛哭不止，原本想让你减少痛苦，想不到你因惊吓而死。

“一语中谶。”有个沉重的声音。

“你是说……”儿媳抬起泪眼，身边站着丈夫新浩。

“小脚外婆早说过，总有一天，父亲会死在恐惧上，想不到一语成谶。”

“这么说，这是偶然里的必然？”

“恐惧，才是真正的杀人凶手。父亲是被恐惧夺去了生命。”新浩攥紧拳。

“对！这不能怪你。”左邻嚷着。

“你这是干了好事。”右舍也嚷着，“这是天大的好事。”

“好事？”

“与其让他活活痛死，还不如他被活活吓死。肝癌都是活活痛死的。”

“是啊！既然痛死，还不如被吓死。”病友纷纷劝解。

“不！我宁可相反。”儿媳一甩头，洒落满脸泪珠，“因为他恐惧了一辈子，所以我不愿意他走时，还带着巨大的恐惧。不！不！不！”她撕心裂肺地嚷着。

第二十六章　怎么一个盖棺论定

　　退管会同志到了，花圈到了。"要把葬礼搞得隆重一点，排场一点，规格高一点。"退管会发声音了。

　　"是啊！他苦了一辈子，奋斗了一辈子，也惊吓了一辈子。就让他在九泉下风光一点吧！"儿媳也发声音了。

　　退管会带来组织结论。悼词高度评价老陈的一生，说他是热爱党，紧跟毛主席的好学生。好学生在革命关键时站在党一边，为全人类的解放事业，贡献了一生。我们要化悲痛为力量，把老陈的精神，世世代代子子孙孙传下去。

　　"我不同意这一点。"媳妇毫不客气地指着"世世代代子子孙孙"这一条。

　　"难道你不满意组织对他崇高的评价？"

　　"组织怎么评价那是组织的事。我们不希望把这种精神传下去，更不希望子孙后代把斯德哥尔摩症的精神传下去。"

　　"你对你公公有意见？""这不是家事的纷争，也不是个人的爱憎。这是宏观上的否定，坚决否定这种所谓的精神。"

　　"天呐！我活了六十岁，第一次听到自己人否定自己人。"

　　"请你注意，我否定的是所谓的精神。这是什么精神？提心吊胆如履薄冰，战战兢兢钳声噤语。这不是人的标准，这是猪的标准这是狗的标准。不！猪痛苦了也能哼一下；狗痛苦了也能吠一声……"

　　"你这个女同志……很危险。"领导语重心长。

　　"怎么个危险法？怎么个不危险法？"儿媳单刀直入。

　　"听说你是上海炼油厂的打字员。一个在重要单位担任机要打字员的同志，怎么连原则都没有？据我所知，你不但是组织上重点培养对象，还经常在石化报上发表一些文章。"

"您来参加父亲后事，还是来调查我？你是退管会，还是安全局？""这？""我知道你兼而有之。你是全方位，复合型，综合性的党需要的人才。"

"这是革命工作……"

"人死了，你都不忘做政治思想工作。我建议，把你的工作手册放进每一个死者的骨灰盒里。"儿媳冷笑着。

媳妇在布置灵堂时写了一幅对联，左联是：五十年风雨如磐，夹尾巴做庸人；右联是：一辈子布衣淡饭，苦行僧熬日子；横批是：如此一生。虽然对联既不对仗又不工整，但这是亡人最真实的写照。照片能去真留伪，日记能移花接木，但这副对联连半滴水分都没有，这才是真正的写真集。

"啧！啧！啧！"领导喔着牙花，"这对联……很有情绪。"

"是人就有思想，有思想就有情绪——人写的对联，当然带着人的情绪。"儿媳不客气地，"难道陈步堂同志不是夹着尾巴的苦行僧？"

"这个嘛……但写在对联上就不妥嘛！""难道党不提倡实事求是？""这样写……政治影响不好。别人还以为是组织上的盖棺论定。"

"那我就在横批上加备注：此对联仅代表家人。""……横批加备注，闻所未闻。"

"既然横批不能加备注，那就来二条横批，一条上面一条下面。"

"一副对联加二条横批，那不成了四四方方的围城？""……是围城又是碉堡；是碉堡又是保险箱；是保险箱又是骨灰盒；是骨灰盒又是……"

"不！不！不！是……？""是什么？"媳妇狡黠一笑。

"我……我都被你弄糊涂了。""你糊涂我可不糊涂——我要挂对联了。""你不能。"

"我要对参加追掉会的每个人说，这对联不是组织的盖棺论定，而是家属的盖棺论定。"

"这……不行。政治影响不好。""既然不行，就让组织全权处理。"媳妇把挽幛一放走了。眼看追掉会卡住，领导只得妥协。

"那……那就破例一次。追掉会结束立马烧了对联。"

"不用你吩咐。即使烧了，此对联已经镌刻在我们的心里。"儿媳庄重地说。

追悼会如期进行。一进灵堂，所有眼睛齐刷刷投向对联。凝视后，所有的眼睛会心一笑。追悼会后，不相信地狱天堂的儿子媳妇，烧了许多冥钱。既然父亲生前拿不到属于自己的一万三，那就烧一万三的平方数和立方数，让父亲死而无憾死而瞑目。

整理遗物时，新浩看见全毛大衣和凡立汀裤子。此行头面世后只露过二次脸。一次是在合营的表彰会上，老陈穿着它，戴着大红花坐在主席台。还有一次为了政治联姻，儿子穿着它约会书记粉墨登场。一想到父和子，为了共同的政治目标穿过同样的衣服，新浩禁不住百感交集：各领风搔五百年。

新浩的手在政治道具上来回摩挲，他的心又沉重又轻松，又痛苦又喜悦。沉重的是岁月对父亲的折磨，轻松的是父亲已乘鹤西去；痛苦的是父亲经历的苦难，喜悦的是现在任何运动对父亲都鞭长莫及。

他的手在突然顿住，口袋里有一张纸，难道是父亲遗书？他掏出一看，纸上写着一个人的名字，这人是父亲大舅。他又在右边口袋摸到一张纸，纸上也写着一个人的名字，这人是父亲小舅。看来大衣名花有主而且是二个主。问题是，一件大衣怎么分给二个人？

新浩不敢怠慢，又去翻三节头皮鞋。果然又有纸。左鞋写着父亲大侄，右鞋写着父亲小侄。父亲啊父亲，我知道你一辈子一分钱分二半花，但大衣和鞋子不能分给二个人啊！

新浩的手急速地伸向每一件衣服，每一条裤子。他在所有口袋里都摸到纸，纸上名字没有一个重复，二家亲戚也没有一个遗漏。

虽然无法分配，新浩还是尊重父亲遗愿，把大舅二舅大侄小侄大弟小弟一一请来，把纸上所有的启东亲戚本家请来，一顿海吃海喝后，让他们各自领回遗产——那怕半件大衣，那怕一只皮鞋，哪怕半条裤子。

出乎意料，没一个人肯接受这份遗产。"为什么？""我们怕到了阴间，他和我们对薄公堂。""这是他自己写的名字，怎会对簿公堂？"新浩努力说服他们。

"我们就是穷得光腚，也不拿他的一草一绳。"

"是啊！那会在我们心中留下一辈子抹不去的阴影。"众人纷纷拒绝。

新浩欲言又止，欲止又言。

"这衣服鞋子，还是烧给你父亲吧。既然活着不舍得穿，就让他在阴间穿个风风光光。"

"可这是父亲的遗愿。"

"对不起！我们不能服从他的遗愿。"客人一个接一个地走了。

终于到了曲终人散的时刻。士芳突然尖叫一声："存款呢？"

"哎呀！怎么把这事忘了！"于是一家人翻啊寻啊，一天过去一无所获，一星期过去依然一无所获。

"会不会交了党费？""他又不是共产党员。""可他争取了一辈子，会不会为了实现自己的遗愿？"士芳皱着眉。

"就是交党费，也该有个收据。"这事奇了，怪了，邪了，晕了。于是大家一起找，继续找。现在不是找钱而是找收据。结果依然一无所获。

许多年过去了，只要一提到陈老伯，所有的人都会问：那些巨款呢？那些巨款呢？现在，这笔巨款成了一个谜。谜到现在还没解开，看来只有九泉下的老陈能解开。

尾声

二〇〇〇年，新浩把老陈的骨灰盒放进启东烈士公墓，完成了父亲不是遗愿的遗愿；母亲和儿子媳妇先住在一起，后来进了养老院，享年九十三岁；新浩在上海某物业任电工领班。八九年六四屠杀时，儿媳孙宝强上街演讲并设置路障抗议屠城，被中共当局在虹口区体育场的万人大会上，公判三年。出狱后，因是独立中文笔会作家撰写文章反独裁，因而被监控二十年。孙子因为母亲孙宝强是"老暴徒"而成为"小暴徒"，屡受株连屡遭迫害。

薛书记虽已退休，依然用余热影响着乍浦路美食一条街；王书记从粮食局离休，功德圆满房子票子都到手；陈老伯亲手创造的闸北酱油厂，现在更名为上海酿造三厂；乍浦路一百号房子，陈老伯去世后母亲住到儿子家，于是就把房子借给饭店做厨房。现在房子已经被拆。

二〇一一年一月，新浩和妻子流亡澳洲，四十九天后拿到庇护签证；半年后，根据坐牢经历撰写成《上海女囚》并出版了。孙子小暴徒在二〇一二年底流亡美国。在他成为美国公民后，已入籍澳洲公民的陈新浩和孙宝强，于二〇二三年八月来到洛杉矶和儿子儿媳团聚，二个月后他们的孙子出生了。

至此，三代人的苦难，终于结束了。

孙宝强

　　女，一九五一年出生于上海。父母均为中共地下党员，父亲是中共进上海后第一任榆林区区长，后因不堪忍受无休止的运动而自尽。一九六八年孙宝强进上海炼油厂做操作员，后担任打字员。一九八九年六四屠城后，孙宝强上街演讲并设置路障；六月六日晚被关进虹口区看守所；八月二十二日，在虹口区体育馆万人大会上，宣判入狱三年；出狱后，又因不断撰写文章发表在互联网上而被监控二十年。二〇一一年一月，孙宝强和丈夫流亡澳洲，四十九天后获保护签证。二〇二三年八月赴美国与子团聚，现居洛杉矶。

　　著有自传《上海女囚》，长篇小说《上海守财奴》。

上海守财奴

作　　　者：孙宝强
责任编辑：李丰果
出　　　版：飞马国际出版社
网　　　址：https://www.pegasus-book.com/
电子邮箱：pegasusinternationalpress@gmail.com
出版日期：2024 年 6 月
国际书号：978-1-998496-00-6
版权所有 · 不得翻印

Published in Canada by Pegasus International Press

Library and Archives Canada Cataloguing in Publication

Title: Shanghai Miser (Simplified Chinese)

Names: Baoqiang Sun, author

ISBN: 978-1-998496-00-6 (paperback)

ISBN: 978-1-998496-02-0 (ebook)